我的第一本德語課本

QR碼行動學習版

GERMAN

全音檔下載導向頁面

https://booknews.com.tw/mp3/9789864543304.htm

掃描QR碼進入網頁後，按「全書音檔下載請按此」，可一次性下載音檔壓縮檔，或點選檔名線上播放。
全MP3一次下載為zip壓縮檔，若手機出現「不支援的檔案類型」訊息，請按右上角三點圖示後，再按清單中的「下載」。
此為大型檔案，建議使用WIFI連線下載，以免占用流量，並請確認連線狀況，以利下載順暢。

前 言

　　筆者編寫《我的第一本德語課本》的目的，是為了讓想接觸德語的人，能夠一步一步地輕鬆學習。藉由本書的詞彙、會話與文法，可以學到日常生活中基礎的德語表達。也整理出打招呼、自我介紹、描述事物、描述狀況等日常生活中必備的溝通短句與單字，同時也收錄了交通工具、找路、餐館、旅行等各種主題內容。

　　每一課裡的所有會話，皆由德語母語人士錄音，讀者能藉此熟悉最自然、道地的德語發音，並跟著練習開口說。此外，每一課都有插圖，輔助讀者理解對話情境，同時補充每個單字的含義及核心短句。在解說所需的文法時，同時列出簡單例句，讓初學者加深學習印象。如此便能將課中所介紹的文法知識，實際應用在基本對話當中。而且，課後也都有練習題，可以自行測驗、確認自己的學習狀況在哪一個程度。

　　德語初學者最大的問題，就是必須克服文法。可以將日常會話中出現的文法運用自如，是本書的學習目標。書中雖未能收錄大量的學習內容，但所介紹的單字、會話、基礎短句等，都能夠讓讀者隨時運用在實際的德語對話中，期待此書在培養讀者的語言能力上，能夠扮演重要的領頭先驅。

朴鎮權

本書架構

從零基礎開始，
醞釀你的德語邏輯、語感與品味

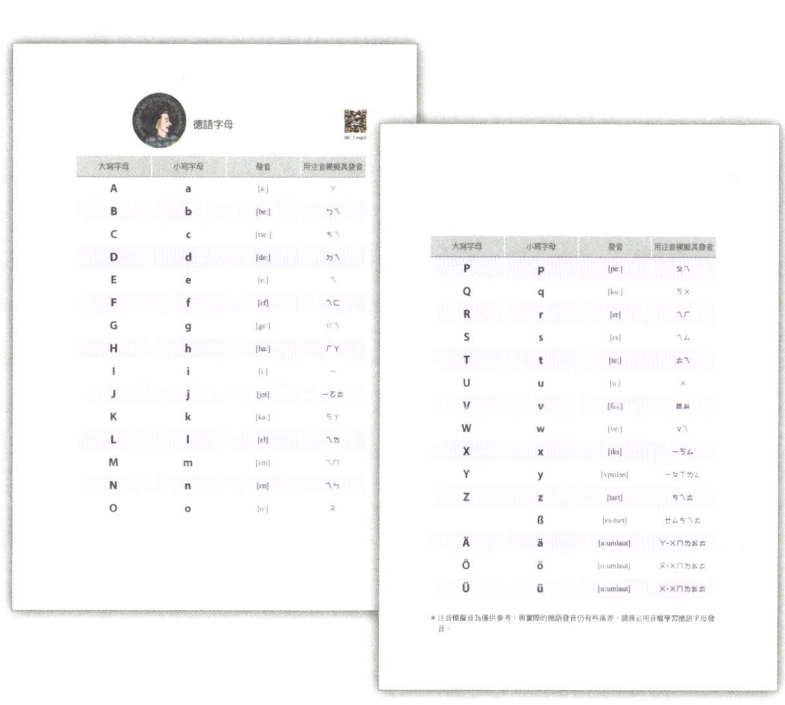

字母&發音規則

德語的字母與發音看起來好像很複雜，但其實很有規律。透過本書的整理，字母與發音規則一目了然、清楚易懂，搭配音標與QR碼音檔，馬上學會德語發音，打好德語基礎不是難事。

德語特徵的介紹

進入正文之前，先帶你簡單認識一下德語的特徵，像是先了解一下德語的格位與語順等等，為接下來的德語課程做好準備。

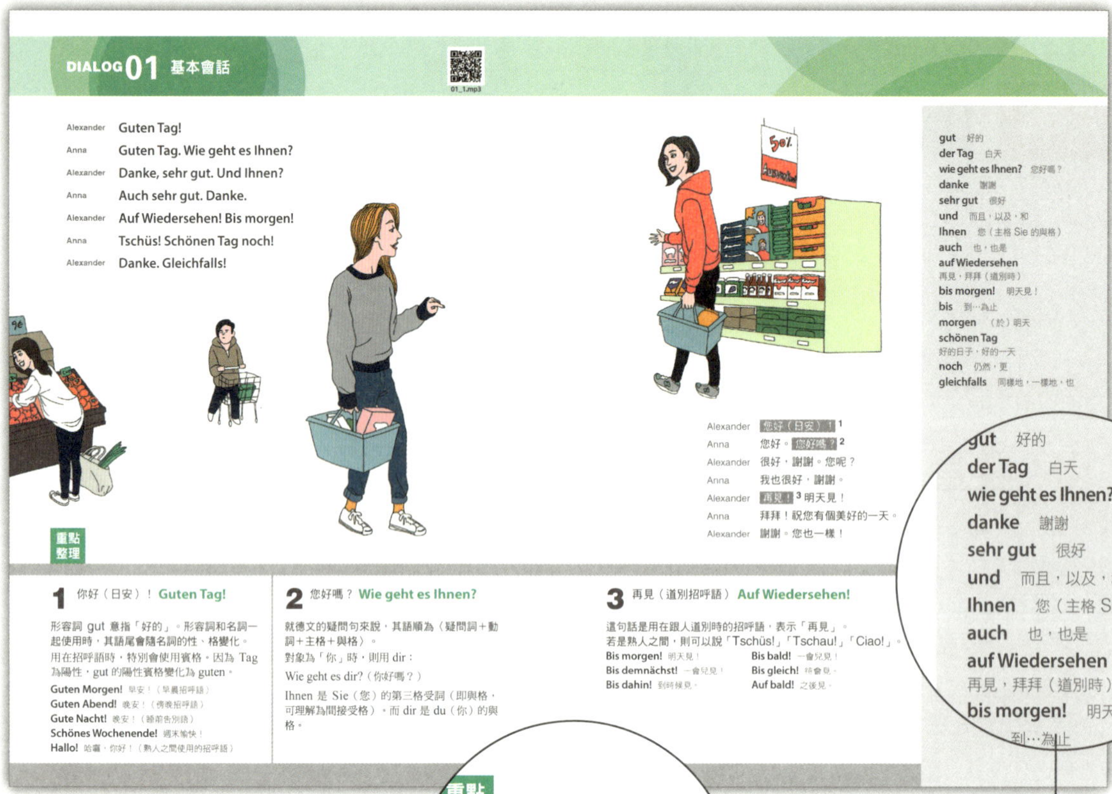

情境會話

以貼近德國生活的情境會話來設計,篇幅適當、長度適中,從基本的問候、自我介紹、購物、時間表達到買車票等一定要知道的實用主題,全都包含在本書中。

針對情境會話的單字整理。

配合情境會話的重點句型整理,讓讀者即時了解句型與用法。

德語文法教學

以重點式的教學方式,搭配清楚易懂的表格、豐富的例句、單字組合結構以及句型結構的拆解說明,來講解德語文法。

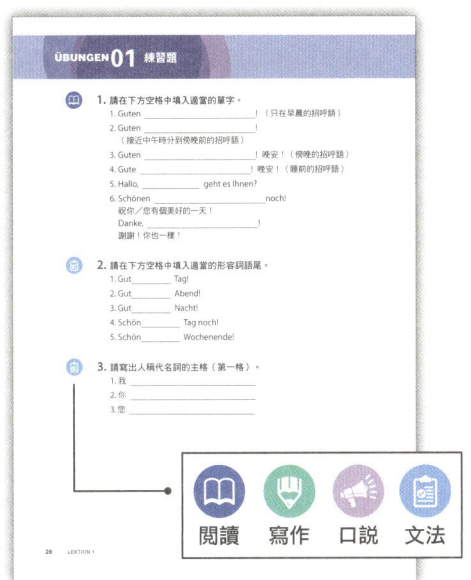

有助於學習的練習題

針對每課主題設計題目，並加強在閱讀上、文法上等的德語能力，讓初學者馬上複習到所學過的德語概念。標在每個題目前的圖示意指所加強的能力。

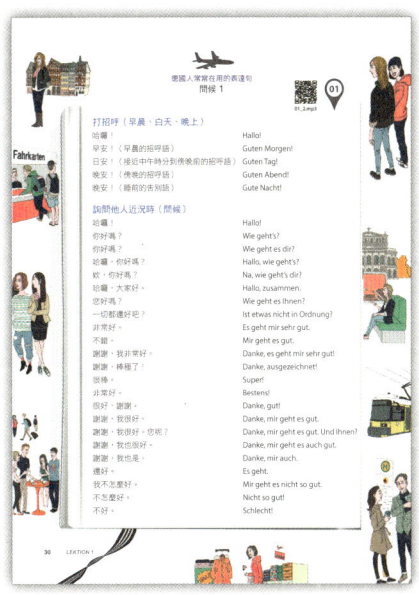

豐富的德語慣用短句補充

整理了在當地非常實用的大量短句，讓讀者學會活用德語，更能透過這些句子讓自己的德語表達更為豐富。

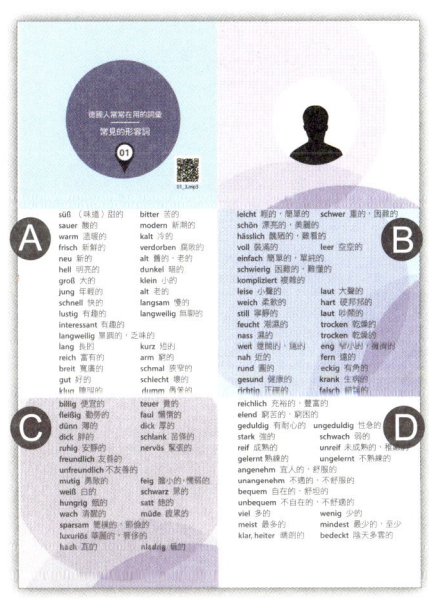

豐富的德語單字補充

依每課的主題再延伸收錄德國人常常在用的大量單字，讓初學者能藉由本書提升自己的德語能力。

（※音檔的順序，大部分的單元為：

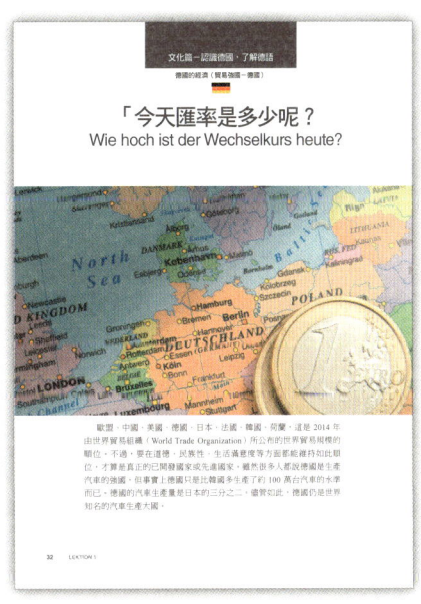

精采的德國文化介紹

每課最後的文化篇主要針對德國文化做趣味性的解說，讓初學者不只是單單學習德語而已，更能快樂地通盤了解德國。

目 錄

前言 ｜ 2　　　本書架構 ｜ 3　　　德語字母與發音 ｜ 8, 10

LEKTION 1　**Guten Tag!** 你好！｜ 20
德國人常常在用的表達句：問候 1
德國人常常在用的詞彙：常用的形容詞
文化篇－認識德國，了解德語：德國的經濟（貿易強國－德國）

LEKTION 2　**Ich heiße Mina.** 我的名字是 Mina。｜ 34
德國人常常在用的表達句：介紹
德國人常常在用的詞彙：家族
文化篇－認識德國，了解德語：德國的咖啡廳文化

LEKTION 3　**Oh, du bist Taiwanerin!** 喔，妳是台灣人！｜ 50
德國人常常在用的表達句：問候 2
德國人常常在用的詞彙：國家
文化篇－認識德國，了解德語：德國人的民族性

LEKTION 4　**Was ist das?** 這是什麼？｜ 66
德國人常常在用的表達句：問候 3
德國人常常在用的詞彙：廚房
文化篇－認識德國，了解德語：德國的環境政策

LEKTION 5　**Ich habe einen Bruder.** 我有一個弟弟 ｜ 82
德國人常常在用的表達句：詢問職業
德國人常常在用的詞彙：職業
文化篇－認識德國，了解德語：德國的青少年

LEKTION 6　**Nimmst du auch eine Currywurst?** 你也要吃咖哩香腸嗎？｜ 98
德國人常常在用的表達句：與當地人交談 1
德國人常常在用的詞彙：用餐－食物
文化篇－認識德國，了解德語：德國的飲食（德國香腸）

LEKTION 7　**Der Unterricht fängt gleich an.** 課馬上就要開始了。｜ 116
德國人常常在用的表達句：表達感謝
德國人常常在用的詞彙：劇場與表演
文化篇－認識德國，了解德語：德國的劇場、電影院

LEKTION 8　**Wie komme ich zu euch?** 我要怎麼去你們那裡呢？｜ 132
德國人常常在用的表達句：與人再次確認的表達
德國人常常在用的詞彙：住宅與居家
文化篇－認識德國，了解德語：德國的大眾運輸

LEKTION 9　**Den nehme ich.** 我要買這個。｜ 144
德國人常常在用的表達句：道歉／原諒
德國人常常在用的詞彙：服飾／配件、飾品
文化篇－認識德國，了解德語：德國的購物文化

LEKTION 10　**Wie viel Uhr ist es jetzt?** 現在幾點？｜ 158
德國人常常在用的表達句：理解
德國人常常在用的詞彙：學校
文化篇－認識德國，了解德語：德國的圖書館

LEKTION 11　**Wann hast du Geburtstag?** 你生日是什麼時候？｜ 172
德國人常常在用的表達句：祝賀
德國人常常在用的詞彙：節日／派對
文化篇－認識德國，了解德語：德國的派對

LEKTION 12 **Ich brauche eine Schere. Haben Sie eine?**
我需要剪刀，您有（一把）嗎？ ｜ 186
德國人常常在用的表達句：稱讚
德國人常常在用的詞彙：文具用品／書店與書籍
文化篇－認識德國，了解德語：德國的書局

LEKTION 13 **Ich muss heute noch lernen.** 我今天得再念點書。 ｜ 202
德國人常常在用的表達句：給予祝福
德國人常常在用的詞彙：餐廳／咖啡廳
文化篇－認識德國，了解德語：德國的飲食文化

LEKTION 14 **Gehen Sie hier immer geradeaus!** 請繼續直走！ ｜ 218
德國人常常在用的表達句：方向、方位、路線的表達
德國人常常在用的詞彙：方向
文化篇－認識德國，了解德語：德國的歷史教育

LEKTION 15 **Zieh dich warm an!** 衣服穿暖一點！ ｜ 236
德國人常常在用的表達句：情緒的表達（正面）
德國人常常在用的詞彙：身體
文化篇－認識德國，了解德語：德國的住宿

LEKTION 16 **Sie setzen sich ans Fenster.** 他們坐到窗邊去。 ｜ 254
德國人常常在用的表達句：邀請
德國人常常在用的詞彙：郵局
文化篇－認識德國，了解德語：德國的郵局

LEKTION 17 **Herrliches Wetter heute.** 今天天氣很好。 ｜ 270
德國人常常在用的表達句：許可／准許
德國人常常在用的詞彙：天氣
文化篇－認識德國，了解德語：德國的天氣

LEKTION 18 **Dieser hellbraune Teppich ist genauso groß wie der gelbe.** 這個淺褐色地毯和那個黃色地毯一樣大。 ｜ 286
德國人常常在用的表達句：情緒的表達（負面）
德國人常常在用的詞彙：顏色與形狀
文化篇－認識德國，了解德語：德國的汽車與交通

LEKTION 19 **Hast du deinen Bruder gefragt?** 你問過你弟了嗎？ ｜ 302
德國人常常在用的表達句：約定
德國人常常在用的詞彙：興趣
文化篇－認識德國，了解德語：德國人的休閒娛樂

LEKTION 20 **Mina hatte Husten.** Mina 咳嗽了。 ｜ 318
德國人常常在用的表達句：打電話與相關用語
德國人常常在用的詞彙：電話／電腦
文化篇－認識德國，了解德語：德國的教育制度

LEKTION 21 **Was werden Sie jetzt tun?** 現在您打算做什麼？ ｜ 332
德國人常常在用的表達句：請託與幫忙
德國人常常在用的詞彙：醫院
文化篇－認識德國，了解德語：德國的醫院

LEKTION 22 **Bevor er eine Fahrkarte bestellt, sieht er im Fahrplan nach.** 他在訂車票之前，先查了列車時刻表。 ｜ 346
德國人常常在用的表達句：與當地人交談 2
德國人常常在用的詞彙：交通工具（火車／公車／飛機）
文化篇－認識德國，了解德語：德國的公共廁所

LÖSUNGSSCHÜSSEL 解答篇 ｜ 360

 德語字母

00_1.mp3

大寫字母	小寫字母	發音	用注音模擬其發音
A	a	[aː]	ㄚ
B	b	[beː]	ㄅㄟ
C	c	[tseː]	ㄘㄟ
D	d	[deː]	ㄉㄟ
E	e	[eː]	ㄟ
F	f	[ɛf]	ㄟㄈ
G	g	[geː]	ㄍㄟ
H	h	[haː]	ㄏㄚ
I	i	[iː]	ㄧ
J	j	[jɔt]	ㄧㄛㄊ
K	k	[kaː]	ㄎㄚ
L	l	[ɛl]	ㄟㄌ
M	m	[ɛm]	ㄟㄇ
N	n	[ɛn]	ㄟㄣ
O	o	[oː]	ㄡ

大寫字母	小寫字母	發音	用注音模擬其發音
P	p	[pe:]	ㄆㄟ
Q	q	[ku:]	ㄎㄨ
R	r	[ɛr]	ㄟㄦ
S	s	[ɛs]	ㄟㄙ
T	t	[te:]	ㄊㄟ
U	u	[u:]	ㄨ
V	v	[faʊ]	ㄈㄠ
W	w	[ve:]	ㄫㄟ
X	x	[ɪks]	一ㄎㄙ
Y	y	[ʏpsilɔn]	ㄆㄒㄌㄥ
Z	z	[tsɛt]	ㄘㄟㄊ
	ß	[ɛs-tsɛt]	ㄝㄙㄘㄟㄊ
Ä	ä	[a:umlaut]	ㄚ-ㄨㄇㄌㄠㄊ
Ö	ö	[o:umlaut]	ㄡ-ㄨㄇㄌㄠㄊ
Ü	ü	[u:umlaut]	ㄨ-ㄨㄇㄌㄠㄊ

＊注音模擬音為僅供參考，與實際的德語發音仍有些落差，請務必用音檔學習德語字母發音。

發音

　　德語發音基本上大多是看到字母就能直接唸出，但摩擦音和破擦音的發音方式、單母音和長母音，還有嘴唇張開的大小等，都必須好好弄清楚，才能掌握德語表達的精確性。另外，德語發音有個特殊狀況，那就是緊鄰的兩個母音字母會唸成一個母音的情況很多（例：Radio 收音機，〈io〉在這裡是一個母音）。因此，請各位讀者參考下方表格，將德語發音好好牢記在心喔！

1. 母音

① 單母音

00_2.mp3

母音	發音	單字舉例		
a	[aː]	Tag [taːk]	Zahl [tsaːl]	Staat [ʃtaːt]
	[a]	danke [ˈdaŋkə]	hallo [ˈhalo]	ganz [gants]
e	[eː]	er [eːɐ]	geht [ˈgeːt]	Tee [teː]
	[ɛ]	England [ˈɛŋlant]	denn [dɛn]	setzen [ˈzɛtsən]
	[ə]	haben [ˈhaːbən]	Mantel [ˈmantəl]	Name [ˈnaːmə]

母音	發音	單字舉例		
i	[iː]	wir [viːɐ]	ihr [iːɐ]	sie [ziː]
	[i]	ist [ist]	bitte [ˈbitə]	ich [iç]
o	[oː]	wo [voː]	Zoo [tsoː]	ohne [ˈoːnə]
	[ɔ]	kommen [ˈkɔmən]	Moskau [ˈmɔskau]	Osten [ˈɔstn̩]
u	[uː]	gut [guːt]	Schuh [ʃuː]	Blume [ˈbluːmə]
	[u]	und [unt]	null [nul]	Mutter [ˈmutɐ]

注意1　母音 e 的發音如表格所示，長母音標示為[eː]，單母音標示為[ɛ]。字尾或最後音節的 e 唸 [ə]，要發很短的音。

　　　gehen [ˈgeːən]　　**haben** [ˈhaːbən]　　**Mantel** [ˈmantəl]　　**Name** [ˈnaːmə]

注意2　若母音之後出現子音，其母音要發短音。但〈母音＋h〉的情況則變成長母音，像是 gehen 是 h 不發音，且會造成前面母音 e 的發音要拉長唸成 [ˈgeːən]。

　　　Jahr [jaːɐ]　　**zahlen** [ˈtsaːlən]　　**Zahlung** [ˈtsaːluŋ]

母音＋h（發長母音）

母音	發音	單字舉例	
ah	[aː]	Bahn [baːn]	Jahre [jaːʀə]
äh	[ɛː]	Hähne [hɛːnə]	Zähne [ˈtsɛːnə]
eh	[eː]	gehen [ˈgeːən]	zehn [tseːn]
ih	[iː]	ihm [iːm]	ihr [iːɐ]

母音	發音	單字舉例	
oh	[oː]	Kohl [koːl]	Ohr [oːɐ]
öh	[øː]	Söhne [ˈzøːnə]	
uh	[uː]	Uhr [uːɐ]	Ruhe [ˈruːə]
üh	[yː]	Bühne [ˈbyːnə]	kühl [kyːl]

② **雙重重母音**

母音	發音	單字舉例		
ä	[ɛː]	Däne [ˈdɛːnə]	zählen [ˈtsɛːlən]	spät [ʃpɛːt]
ä	[ɛ]	Hände [ˈhɛndə]	älter [ˈɛltɐ]	
ö	[øː]	Öl [øːl]	schön [ʃøːn]	
ö	[œ]	Köln [kœln]	öffnen [ˈœfnən]	können [ˈkœnən]

母音	發音	單字舉例	
ü	[yː]	Süd [zyːt]	für [ˈfyːɐ]
ü	[ʏ]	Müller [ˈmʏlɐ]	dünn [dʏn]
y	[yː]	Syrien [ˈzyːriən]	
y	[ʏ]	Ägypten [ɛˈgʏptn]	Ypsilon [ˈʏpsilɔn]

母音	發音	單字舉例			
au	[au]	aus [aus]	Auto [ˈauto]	Bau [bau]	laut [laut]
eu	[ɔy]	Europa [ɔyˈroːpa]	heute [ˈhɔytə]		
äu		Bäume [ˈbɔymə]	Häuser [ˈhɔyzɐ]		

母音	發音	單字舉例	
ai	[ai]	Mai [mai]	
ay		Bayern [ˈbaien]	Haydn [ˈhaidn]
ei		nein [nain]	Rhein [rain]
ey		Ceylon [ˈtsailɔn]	

注意1 複合母音，也就是連續兩個的母音字母，其發音 [aʊ]（音近ㄚㄨ）、[ɔy]（音近ㄡㄧ）以及 [aɪ]（音近ㄚㄧ）並非兩個音節，而是一個音節。

注意2 複合母音中的 eu 除了表格所示的發音 [ɔy] 以外，也有 [eːu] 和 [øː] 的發音。
[eːu]：**Amadeus** [amaˈdeːʊs]　　[eːu]：**Museum** [muˈzeːum]　　[øː]：**Friseur** [friˈzøːɐ], **Ingenieur** [inʒeˈniøːɐ]

如同下表所示，〈連續的兩個母音字母〉仍算是一個音節。

母音	發音	單字舉例		
-ie	[iː]	Batterie [batəˈriː]	Liebe [ˈliːbə]	Theorie [teoˈriː]
	[iə]	Belgien [ˈbɛlgiən]	Italien [iˈtaːliən]	Familie [faˈmiːliə]
-io	[io]	Radio [ˈraːdio]		
oe	[øː]	Goethe [ˈgøːtə]		
ou	[au]	Couch [kautʃ]		
	[u]	Tourist [tuˈrist]	Rouge [ruːʒ]	

請熟悉這些母音，在查字典時，也請特別注意單字的發音。

2. 子音

在這裡不以塞音（[b][p] [d][t] [g][k]）、摩擦音（[v][f] [s][z] [ʒ][ʃ] [j][ç][x][h]）、破擦音（[pf][ts][tʃ][dʒ]）、鼻音與流音（[m][n][l][r][ŋ]）的方式來區別子音，而是以下面的順序來做區分。

① 單純子音

子音	發音	單字舉例			
f	[f]	Film [fɪlm]	Foto [ˈfoːto]	Freund [frɔɪ̯nt]	Affe [ˈafə]
h	[h]	haben [ˈhaːbən]	Haus [haus]	Hof [hoːf]	hoffen [ˈhɔfən]
j	[j]	Jahr [jaːɐ̯]	Japan [ˈjaːpan]	Joghurt [ˈjoːgurt]	
k	[k]	Kamera [ˈkamәra]	Kaffee [ˈkafe, kaˈfeː]	Korea [koˈreːa]	
l	[l]	lang [laŋ]	Land [lant]	Ball [bal]	Hallo [haˈloː, ˈhalo]

子音	發音	單字舉例			
m	[m]	Morgen [ˈmɔrgən]	Mutter [ˈmute]	kommen [ˈkɔmən]	dumm [dum]
n	[n]	Name [ˈnaːmə]	nehmen [ˈneːmən]	modern [moˈdɛʁn]	rennen [ˈrɛnən]
w	[v]	Wagen [ˈvaːgən]	wir [viːɐ̯]	wohnen [ˈvoːnən]	
x	[ks]	Taxi [ˈtaksi]	Text [tɛkst]	Maximum [ˈmaksimum]	
z	[ts]	zahlen [ˈtsaːlən]	Zeit [tsait]	Zimmer [ˈtsime]	Mozart [ˈmoːtsaʁt]

注意1 字母 j 唸作 [jɔt]，而 [j] 的發音如同上表，類似英文 yes 中 y 的發音，或是中文「液」。

注意2 h 前面若出現母音，則不發音。

[長母音] froh [froː]　nah [naː]　Bahn [baːn]
　　　　Hahn [haːn]　Jahr [jaːɐ̯]　Uhr [uːɐ̯]　ihm [iːm]

② 需要特別注意的子音發音

子音	發音	單字舉例			
b	[b]	Bonn [bɔn]	Berlin [bɛr`li:n]	aber [`a:be]	sieben [`zi:bn]
	[p]	gelb [gɛlp]	halb [halp]	abfahren [`apˌfa:ʀən]	Herbst [hɛrpst]
c	[k]	Café [ka`fe:]	Club [klub]		
	[ts]	circa [`tsirka]	Cäsar [`tsɛ:zar]		

子音	發音	單字舉例			
d	[d]	danke [`daŋkə]	denn [dɛn]	oder [`o:dɐ]	wieder [`vi:dɐ]
	[t]	bald [balt]	Land [lant]	und [unt]	Rad [ra:t]
g	[g]	gut [gut]	Geld [gɛlt]	Tage [`ta:gə]	liegen [`li:gn]
	[k]	Tag [ta:k]	sagt [zakt]		
	[ç]	wenig [`ve:niç]	billig [`biliç]	richtig [`riçtiç]	
	[ʒ]	Genie [ʒe`ni:]	Garage [ga`ra:ʒə]		

注意1　如 halb - halbe, bald - baldige, Tag - Tage, billig - billige 的情況，橫線左邊的字尾子音雖然是[p], [t], [k], [ç]的無聲子音，但後面若加上母音，就會回到原本有聲子音的發音。

注意2　就 wenig, billig, richtig 等這些單字，在南部地區有時會被唸成 [`ve:nik], [`bilik], [`riçtik]，字尾發 [k] 音的現象。。

子音	發音	單字舉例				
r	[r]	rechts [rɛçts]	rot [ro:t]	drei [drai]	Reise [`raizə]	Zigarre [tsi`garə]
	[ʁ]	dort [dɔʁt]	hart [haʁt]	lernen [`lɛʁnən]		
	[ɐ]	hier [hi:ɐ]	nur [nu:ɐ]	Tür [ty:ɐ]	Uhr [u:ɐ]	wir [vi:ɐ]
s, ß	[z]	Sie [zi:]	sagen [`za:gn̩]	lesen [`le:zn̩]	Sofa [`zo:fa]	
	[s]	Haus [haʊs]	Moskau [`mɔskau]	Fuß [fu:s]	Kuss [ku:s]	

子音	發音	單字舉例			
t	[t]	Tee [te:]	Peter [`pe:tɐ]	kommt [kɔmt]	
	[ts]	Nation [na`tsio:n]	Station [ʃta`tsio:n]		
v	[v]	Visum [`vi:zum]	privat [pri`va:t]	Universität [univɛʁzi`tɛ:t]	
	[f]	Vater [`fa:tɐ]	viel [fi:l]	verstehen [fɛɐ`ʃte:ən]	intensiv [intɛn`zi:f]

注意1 以子音 r 的情況來說，出現在〈-er〉的情況時 r 要發 [ɐ]（音近ㄜ）的音，而不是發[ʁ]（音近ㄌㄜ）的音。

Butter [`butɐ]　　**Lehrer** [`le:rɐ]　　**Mutter** [`mutɐ]　　**Zimmer** [`tsimɐ]
hier [hi:ɐ]　　**der** [de:ɐ]　　**Bier** [bi:ɐ]

注意2 依照新的拼法來說，ß 前面出現的母音若是單母音，ß 則要改成 ss。
Kuß → Kuss　　Fluß → Fluss　　ißt → isst　　daß → dass　　muß → muss
但就 Fuß, heißen, schließen 等情況來說，在長母音的後面要用 ß。

注意3 v 為摩擦音，上排牙齒先抵住下唇，然後再以送氣的方式來發音。

學習德語之前　15

子音	發音	單字舉例				
ch	[ç]	ich [iç]	rechts [rɛçts]	Bücher [byːçɐ]	China [`çiːna]	München [`mynçən]
	[x]	Bach [baχ]	Buch [buːx]	auch [aux]	nach [naːx]	acht [axt]
	[ʃ]	Chef [ʃɛf]	Chance [`ʃãːsə]			
	[k]	Charakter [ka`raktɐ]	Chaos [`kaːɔs]	Fuchs [fuks]	sechs [zɛks]	

子音	發音	單字舉例		
ck	[k]	dick [dik]	Scheck [ʃɛk]	zurück [tsu`ʀʏk]
ds	[ts]	abends [`aːbnts]	Landsmann [`lantsˌman]	
dt	[t]	Humboldt [humbɔlt]	Stadt [ʃtat]	

子音	發音	單字舉例		
ng	[ŋ]	Ding [diŋ]	England [`ɛŋlant]	fangen [`faŋən]
pf	[pf]	Apfel [`apfl]	Kopf [kɔpf]	Pfennig [`pfɛnik]
ph	[f]	Alphabet [alfa`beːt]	Physik [fy`ziːk]	Philosophie [filozo`fiː]

子音	發音	單字舉例		
qu	[kv]	bequem [bə`kveːm]	Quadrat [kva`draːt]	Qualität [kvali`tɛːt]
sp	[ʃp]	Spanien [`ʃpaːniən]	Sport [ʃpɔrt]	Spiel [ʃpiːl]
	[sp]	Kaspar [kaspa]	Wespe [`vɛspə]	

子音	發音	單字舉例		
sch	[ʃ]	schön [ʃøːn]	Tasche [ˈtaʃə]	Tisch [tiʃ]
st	[ʃt]	Stadt [ʃtat]	Student [ʃtuˈdɛnt]	verstehen [fɛɐ̯ˈʃteːən]
	[st]	Semester [zeˈmɛstɐ]	Fenster [ˈfɛnstɐ]	Post [pɔst]

子音	發音	單字舉例		
th	[t]	Theater [teˈaːtɐ]	Thema [ˈteːma]	Thomas [ˈtoːmas]
ts	[ts]	nachts [naxts]	nichts [niçts]	Rätsel [ˈrɛːtsl]
tsch	[tʃ]	Deutsch [dɔytʃ]	Quatsch [kvatʃ]	tschüs [tʃyːs]
tz	[ts]	jetzt [jɛtst]	Sitzung [ˈzitsuŋ]	Platz [plats]

德語文法的四個格 Kasus

德語最重要的特徵之一就是有四個格（Kasus）。它可以表示一個句子裡的名詞是處於什麼位置、在執行何種功能。

依據在句子中不同的功能（或位置），「格」分別執行主格（第一格）、賓格（第四格）、與格（第三格）、屬格（第二格）這四種功能。

- 「格」的功能，可當作句子的**主格**。

    Der Schüler fragt den Lehrer.　　　　　那個（中小學）學生問那個老師。

- 也可以是句子的**賓格**，即**直接受格**。

    Der Schüler fragt *den* Lehrer.　　　　　那個（中小學）學生問那個老師。

- 主格和受格的「格」是不一樣的。隨主格和受格的不同，冠詞也不同，可從冠詞語尾來判斷。der Schüler 的「der」是陽性名詞主格（第一格）的定冠詞；den Lehrer 的「den」是將陽性名詞 der Lehrer 表示為賓格（第四格）的定冠詞。「Schüler」和「Lehrer」都是陽性名詞，但在上方的句子中「學生」是主格（der Schüler）；「教師」是賓格或直接受格（den Lehrer），從定冠詞就能判斷。

 **語順**

德語的語順比英文更具變通性，但有幾個重要的規則，最重要的就是動詞的位置。

- 動詞一律位於句子的第二個位置。

    Ich *lerne* Deutsch.　　　　　　　　　我學德語。

    Morgen *fahre* ich nach Berlin.　　　明天我要去柏林。

- 若疑問句中沒有疑問詞，或是句子為祈使句時，則動詞固定位於句子的最前面。

    Hast du morgen Zeit?　　　　　　　你明天有時間嗎？

    Öffne die Tür, bitte!　　　　　　　　請開門。

- 從屬子句中的動詞，位於子句的最後面。

    Ich kann morgen nicht kommen, weil ich nach Berlin *fahre*.
    因為我要去柏林，所以明天無法過來。

- 如果句子中出現助動詞，原形動詞則位於句子的最後面。

    Morgen muss ich nach Berlin *fahren*.
    我明天一定要去柏林。

Guten Tag!

你好！

LEKTION
1

- 招呼語
- 疑問詞（wie）
- 非人稱主詞（es）

DIALOG 01 基本會話

Alexander　Guten Tag!
Anna　　　Guten Tag. Wie geht es Ihnen?
Alexander　Danke, sehr gut. Und Ihnen?
Anna　　　Auch sehr gut. Danke.
Alexander　Auf Wiedersehen! Bis morgen!
Anna　　　Tschüs! Schönen Tag noch!
Alexander　Danke. Gleichfalls!

重點整理

1 你好（日安）！ Guten Tag!

形容詞 gut 意指「好的」。形容詞和名詞一起使用時，其語尾會隨名詞的性、格變化。
用在招呼語時，特別會使用賓格。因為 Tag 為陽性，gut 的陽性賓格變化為 guten。

Guten Morgen! 早安！（早晨招呼語）
Guten Abend! 晚安！（傍晚招呼語）
Gute Nacht! 晚安！（睡前告別語）
Schönes Wochenende! 週末愉快！
Hallo! 哈囉，你好！（熟人之間使用的招呼語）

2 您好嗎？ Wie geht es Ihnen?

就德文的疑問句來說，其語順為〈疑問詞＋動詞＋主格＋與格〉。
對象為「你」時，則用 dir：
Wie geht es dir?（你好嗎？）

Ihnen 是 Sie（您）的第三格受詞（即與格，可理解為間接受格）。而 dir 是 du（你）的與格。

gut 好的
der Tag 白天
wie geht es Ihnen? 您好嗎？
danke 謝謝
sehr gut 很好
und 而且，以及，和
Ihnen 您（主格 Sie 的與格）
auch 也，也是
auf Wiedersehen
再見，拜拜（道別時）
bis morgen! 明天見！
bis 到…為止
morgen （於）明天
schönen Tag
好的日子，好的一天
noch 仍然，更
gleichfalls 同樣地，一樣地，也

Alexander	您好（日安）！ [1]
Anna	您好。您好嗎？ [2]
Alexander	很好，謝謝。您呢？
Anna	我也很好，謝謝。
Alexander	再見！ [3] 明天見！
Anna	拜拜！祝您有個美好的一天。
Alexander	謝謝。您也一樣！

3 再見（道別招呼語） Auf Wiedersehen!

這句話是用在跟人道別時的招呼語，表示「再見」。
若是熟人之間，則可以說「Tschüs!」「Tschau!」「Ciao!」。

Bis morgen! 明天見！ **Bis bald!** 一會兒見！
Bis demnächst! 一會兒見！ **Bis gleich!** 待會見。
Bis dahin! 到時候見。 **Auf bald!** 之後見。

23

GRAMMATIK 01 掌握文法

1 招呼語

(1) 形容詞的變化

德文的打招呼，經常會以〈形容詞＋名詞〉的結構來表達，形容詞會依據要修飾的名詞的性（陽性、陰性、中性）之不同，而產生語尾的變化。

▶ 在招呼語中，形容詞語尾固定使用賓格（第四格）。在初學德語的階段，建議先把招呼語當作是「一個語彙」直接背下來。詳細的形容詞語尾變化，等到學習進度再後面一點時再來學也來得及。

	單數
陽性	gut*en* Tag
陰性	gut*e* Nacht
中性	schön*es* Wochenende

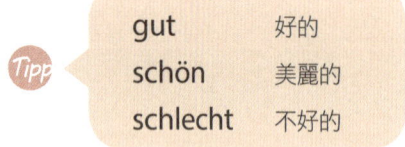

Tipp
gut　　　好的
schön　　美麗的
schlecht　不好的

Gut*en* Tag!	你／您好（日安）！
Schön*en* Tag noch!	祝你／您有個美好的一天！
Einen schön*en* Tag noch!	祝你／您有個美好的一天！
Schön*es* Wochenende!	祝你／您度過美好的週末！
Schön*en* Abend noch!	祝你／您度過美好的夜晚！

2 疑問詞 wie（如何）

Wie geht es dir?　　　　　　你好嗎？

疑問詞會出現在句子的最前面，主格和動詞的位置顛倒。在 Wie geht es dir? 的句子中，geht 是動詞，es 是主格（非人稱主詞），wie 是「如何」的意思，此句主要用來詢問對方近況。

Wie ist das Wetter?　　　　　天氣如何？
Es ist schön.　　　　　　　　（天氣）很好。

3 非人稱主詞 es

- 人稱代名詞分成單數、複數：單數的情況有第一人稱 ich（我）；第二人稱 du（你）、Sie（您）；第三人稱 er（他）、sie（她），還有 es（它）。（特別是第三人稱經常使用在指稱事物時。因為在德語中，所有事物都有語法上的性。）

- es 也可以作為非人稱主詞。所謂非人稱主詞，就是不帶有實質意義的主詞，相當於英文的虛主詞。特別是非人稱主詞「es」常被拿來使用在問候他人的慣用句「Wie geht es~」。

Wie geht *es* dir?　　　　　　你好嗎？
Wie geht'*s* Ihnen?　　　　　您好嗎？（es 與動詞 geht 縮寫成 geht's）
Es geht mir gut.　　　　　　我很好。

GRAMMATIK 01　掌握文法

(2) 問候、打招呼的方式

- 用德文打招呼，一般用 Hallo（你好）、Guten Tag（你好），或是各時段的招呼語 Guten Morgen（早安）, Guten Abend（晚安）等等。德國南部的人打招呼時，會用「Grüß Gott!」。與「Hallo!」意思差不多的還有「Servus!」，也是奧地利人常用的用語，是與人相遇、跟人道別時可使用的用語。

Hallo, Peter!	Peter，你好！
Guten Morgen, Frau Weiser!	Weiser 女士，早安！
Guten Tag, Herr Weiser!	Weiser 先生，您好！
Guten Abend, Fräulein Jandl!	Jandl 小姐，晚安！

> ▶ Herr 是男性稱呼語（稱呼某某先生）；Frau 是女性稱呼語（稱呼某某女士或小姐）。此兩者用於任何男性或女性，與是否結婚無關。
> ▶ 在德國，要稱呼某位女性的名字時，不需刻意區分該女性為已婚或未婚。英文的 Miss 或 Mrs.在德國一律使用 Frau 即可。在餐廳或酒吧等場合的女性服務生，有些長者仍習慣稱呼她們為「Fräulein」但這種用法已經很少人用了。在日常對話中，年紀大的長輩會稱呼青少年時期的女性為「Fräulein」。

- 要與人道別時，或是之後又會再見面時，可以用如對話中的幾種用法。最基本的 Auf Wiedersehen（再見），是最普遍的用法；類似的 Tschüs（再見）用於熟人之間；Schönen Tag noch 則是用在道別時，祝福對方有個美好的一天。至於「到時候見」「待會兒見」等的相關用法，有以下例句，bis 是「直到～為止」的意思：

Bis morgen!	明天見。
Bis nachher!	待會見。
Bis später!	待會見。

- 在〈wie geht es＋與格〉的慣用句中，雖然此句的主格是 es，但與格其實成了意思上的主格。

- 此慣用句型若使用的對象為朋友、家人或熟人時，則要使用較親密的稱呼 dir（對你：與格）→ 主格為 du。

- 回答時，第一人稱用 ich（我，主格）或 mir（對我，與格）。

- 若是用於尊稱，或彼此為不熟識的關係時，就使用尊稱的 Sie。它跟 du 一樣是第二人稱代名詞。在這種關係中，此慣用句要使用 Ihnen（對您：與格）→ 主格為 Sie。

Hallo, Johannes. Wie geht es *dir*?	你好，Johannes，你好嗎？
Danke, es geht *mir* gut. Und *dir*?	謝謝，我過好。你呢？
Es geht *mir* sehr gut.	我非常好。

Und dir? 省略了「wie geht es」的部分。

Guten Tag, Herr Schmidt! Wie geht es *Ihnen*?	Schmidt 先生您好。您好嗎？
Danke, gut.	很好，謝謝。
Danke, (es geht *mir*) gut.	很好，謝謝。
Mir geht es gut.	我很好。

ÜBUNGEN 01 練習題

1. 請在下方空格中填入適當的單字。
1. Guten _____！（只在早晨的招呼語）
2. Guten _____！
   （接近中午時分到傍晚前的招呼語）
3. Guten _____！晚安！（傍晚的招呼語）
4. Gute _____！晚安！（睡前的招呼語）
5. Hallo, _____ geht es Ihnen?
6. Schönen _____ noch!
   祝你／您有個美好的一天！
   Danke, _____！
   謝謝！你也一樣！

2. 請在下方空格中填入適當的形容詞語尾。
1. Gut_____ Tag!
2. Gut_____ Abend!
3. Gut_____ Nacht!
4. Schön_____ Tag noch!
5. Schön_____ Wochenende!

3. 請寫出人稱代名詞的主格（第一格）。
1. 我 _____
2. 你 _____
3. 您 _____

4. 請在下方空格中填入適當的人稱代名詞。

1. Wie geht's?
   Danke, es geht _____ gut.
2. Guten Tag, Herr Kim! Wie geht es _____?
   Danke, gut. Und _____?
3. Hallo, Erika! Wie geht es _____?
   Danke, gut. Und _____?

5. 請將下面的招呼語翻譯成中文。

1. Auf Wiedersehen! _____
2. Tschüs! _____
3. Bis morgen! _____
4. Bis gleich! _____
5. Bis demnächst! _____

6. 請將下面的中文翻譯成德文。

1. 您好嗎？ _____
2. 謝謝，我過得很好。 _____
3. 再見（正式用法）。 _____
4. 拜拜，明天見。（熟人之間用法） _____
5. 週末愉快；祝您有個美好的週末。 _____
6. 謝謝，你也一樣。 _____ _____

德國人常常在用的表達句
問候 1

01_2.mp3

打招呼（早晨、白天、晚上）

哈囉！	Hallo!
早安！（早晨的招呼語）	Guten Morgen!
日安！（接近中午時分到傍晚前的招呼語）	Guten Tag!
晚安！（傍晚的招呼語）	Guten Abend!
晚安！（睡前的告別語）	Gute Nacht!

詢問他人近況時（問候）

哈囉！	Hallo!
你好嗎？	Wie geht's?
你好嗎？	Wie geht es dir?
哈囉，你好嗎？	Hallo, wie geht's?
欸，你好嗎？	Na, wie geht's dir?
哈囉，大家好。	Hallo, zusammen.
您好嗎？	Wie geht es Ihnen?
一切都還好吧？	Ist etwas nicht in Ordnung?
非常好。	Es geht mir sehr gut.
不錯。	Mir geht es gut.
謝謝，我非常好。	Danke, es geht mir sehr gut!
謝謝，棒極了！	Danke, ausgezeichnet!
很棒。	Super!
非常好。	Bestens!
很好，謝謝。	Danke, gut!
謝謝，我很好。	Danke, mir geht es gut.
謝謝，我很好。您呢？	Danke, mir geht es gut. Und Ihnen?
謝謝，我也很好。	Danke, mir geht es auch gut.
謝謝，我也是。	Danke, mir auch.
還好。	Es geht.
我不怎麼好。	Mir geht es nicht so gut.
不怎麼好。	Nicht so gut!
不好。	Schlecht!

LEKTION 1

德國人常常在用的詞彙 — 常見的形容詞 01

süß （味道）甜的	bitter 苦的
sauer 酸的	modern 新潮的
warm 溫暖的	kalt 冷的
frisch 新鮮的	verdorben 腐敗的
neu 新的	alt 舊的，老的
hell 明亮的	dunkel 暗的
groß 大的	klein 小的
jung 年輕的	alt 老的
schnell 快的	langsam 慢的
lustig 有趣的	langweilig 無聊的
interessant 有趣的	
langweilig 單調的，乏味的	
lang 長的	kurz 短的
reich 富有的	arm 窮的
breit 寬廣的	schmal 狹窄的
gut 好的	schlecht 壞的
klug 聰明的	dumm 愚笨的

leicht 輕的，簡單的	schwer 重的，困難的
schön 漂亮的，美麗的	
hässlich 醜陋的，難看的	
voll 裝滿的	leer 空空的
einfach 簡單的，單純的	
schwierig 困難的，難懂的	
kompliziert 複雜的	
leise 小聲的	laut 大聲的
weich 柔軟的	hart 硬邦邦的
still 寧靜的	laut 吵鬧的
feucht 潮濕的	trocken 乾燥的
nass 濕的	trocken 乾燥的
weit 遼闊的，遠的	eng 窄小的，擁擠的
nah 近的	fern 遠的
rund 圓的	eckig 有角的
gesund 健康的	krank 生病的
richtig 正確的	falsch 錯誤的

billig 便宜的	teuer 貴的
fleißig 勤勞的	faul 懶惰的
dünn 薄的	dick 厚的
dick 胖的	schlank 苗條的
ruhig 安靜的	nervös 緊張的
freundlich 友善的	
unfreundlich 不友善的	
mutig 勇敢的	feig 膽小的，懦弱的
weiß 白的	schwarz 黑的
hungrig 餓的	satt 飽的
wach 清醒的	müde 疲累的
sparsam 簡樸的，節儉的	
luxuriös 華麗的，奢侈的	
hoch 高的	niedrig 低的

reichlich 充裕的，豐富的	
elend 窮苦的，窮困的	
geduldig 有耐心的	ungeduldig 性急的，急躁的
stark 強的	schwach 弱的
reif 成熟的	unreif 未成熟的，稚嫩的
gelernt 熟練的	ungelernt 不熟練的
angenehm 宜人的，舒服的	
unangenehm 不適的，不舒服的	
bequem 自在的，舒坦的	
unbequem 不自在的，不舒適的	
viel 多的	wenig 少的
meist 最多的	mindest 最少的，至少
klar, heiter 晴朗的	bedeckt 陰天多雲的

文化篇－認識德國，了解德語

德國的經濟（貿易強國－德國）

「今天匯率是多少呢？
Wie hoch ist der Wechselkurs heute?

歐盟、中國、美國、德國、日本、法國、韓國、荷蘭，這是 2014 年由世界貿易組織（World Trade Organization）所公布的世界貿易規模的順位。不過，要在道德、民族性、生活滿意度等方面都能維持如此順位，才算是真正的已開發國家或先進國家。雖然很多人都說德國是生產汽車的強國，但事實上德國只是比韓國多生產了約 100 萬台汽車的水準而已。德國的汽車生產量是日本的三分之二。儘管如此，德國仍是世界知名的汽車生產大國。

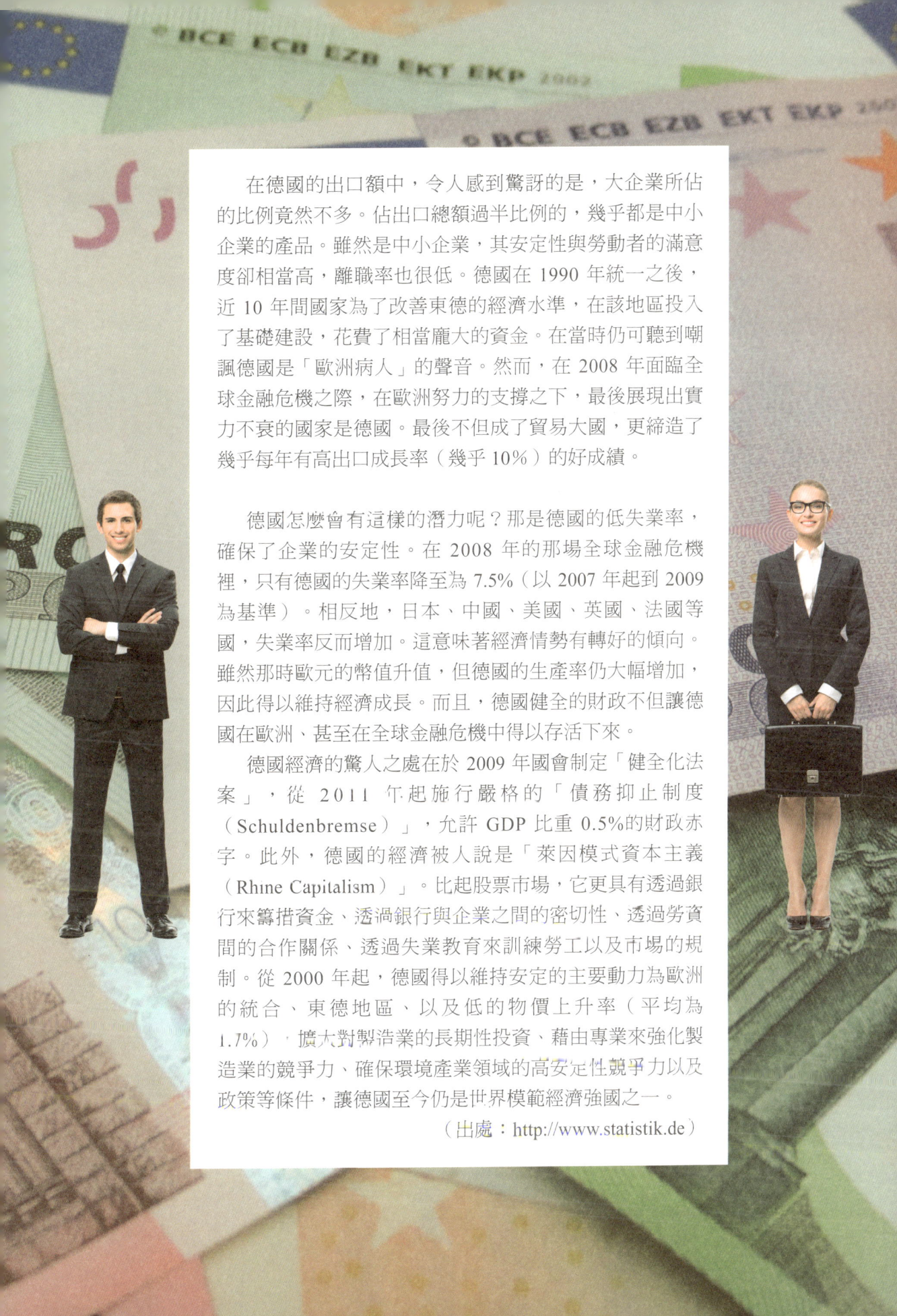

　　在德國的出口額中，令人感到驚訝的是，大企業所佔的比例竟然不多。佔出口總額過半比例的，幾乎都是中小企業的產品。雖然是中小企業，其安定性與勞動者的滿意度卻相當高，離職率也很低。德國在 1990 年統一之後，近 10 年間國家為了改善東德的經濟水準，在該地區投入了基礎建設，花費了相當龐大的資金。在當時仍可聽到嘲諷德國是「歐洲病人」的聲音。然而，在 2008 年面臨全球金融危機之際，在歐洲努力的支撐之下，最後展現出實力不衰的國家是德國。最後不但成了貿易大國，更締造了幾乎每年有高出口成長率（幾乎 10％）的好成績。

　　德國怎麼會有這樣的潛力呢？那是德國的低失業率，確保了企業的安定性。在 2008 年的那場全球金融危機裡，只有德國的失業率降至為 7.5％（以 2007 年起到 2009 為基準）。相反地，日本、中國、美國、英國、法國等國，失業率反而增加。這意味著經濟情勢有轉好的傾向。雖然那時歐元的幣值升值，但德國的生產率仍大幅增加，因此得以維持經濟成長。而且，德國健全的財政不但讓德國在歐洲、甚至在全球金融危機中得以存活下來。

　　德國經濟的驚人之處在於 2009 年國會制定「健全化法案」，從 2011 年起施行嚴格的「債務抑止制度（Schuldenbremse）」，允許 GDP 比重 0.5％的財政赤字。此外，德國的經濟被人說是「萊因模式資本主義（Rhine Capitalism）」。比起股票市場，它更具有透過銀行來籌措資金、透過銀行與企業之間的密切性、透過勞資間的合作關係、透過失業教育來訓練勞工以及市場的規制。從 2000 年起，德國得以維持安定的主要動力為歐洲的統合、東德地區、以及低的物價上升率（平均為 1.7％）、擴大對製造業的長期性投資、藉由專業來強化製造業的競爭力、確保環境產業領域的高安定性競爭力以及政策等條件，讓德國至今仍是世界模範經濟強國之一。

（出處：http://www.statistik.de）

Ich heiße Mina

我的名字是 Mina。

LEKTION
2

- 動詞的形態
- 定冠詞（第一格／主格）
- 人稱代名詞（第一格／主格）
- 指示代名詞（das）
- 動詞 sein 的人稱變化
- 疑問詞（wer, wie）
- 所有格冠詞

DIALOG 02 基本會話

Andreas **Guten Morgen!**
Mina **Guten Morgen!**
Andreas **Wie heißen Sie?**
Mina **Ich heiße Mina, Mina Kim.**

Andreas 早安！
Mina 早安！
Andreas 您叫什麼名字？[1]
Mina 我叫 Mina，Mina Kim。

重點整理

1 您叫什麼名字？ **Wie heißen Sie?**

相關的表達如下：
Wie ist Ihr Name? 您的名字是什麼？
Ich heiße .... 我叫做…。
Ich heiße Mina. 我叫做 Mina。
Mein Name ist Mina. 我的名字是 Mina。
Mein Familienname/Nachname ist Lin. 我姓 Lin。
Mein Vorname ist Mina. 我的名字是 Mina。

2 很高興（認識您）。 **Freut mich.**

相關的表達如下：
Freut mich, Sie kennen zu lernen. 很高興認識您。
（kennen lernen 認識…）
Erfreut mich. 很高興（認識您）。
「Ich freue mich, Sie kennen zu lernen」也是一樣的意思。Angenehm!（幸會！）這種表達也可以當作是一個句型，直接把它背下來吧！

Andreas	Freut mich. Ich heiße Andreas.	
	Mein Familienname ist Meyer.	
Mina	Freut mich. Und wer ist die Frau?	
Andreas	Das ist Erika. Sie ist meine Freundin.	
Mina	Freut mich.	
Erika	Hallo! Ich freue mich sehr.	
	Wer ist das hier?	
Mina	Das ist Min-gu. Er ist mein Bruder.	

guten Morgen 早安（早晨打招呼用語）
wie 如何
heißen 把…稱為…；把…叫做…
Sie 您（第二人稱）
ich 我
sich freuen 高興、喜悅
freut mich 高興（認識您）
mich ich（我）的賓格（第四格）
mein ich（我）的所有格冠詞
mein Familienname 我的姓
ist 是…（原形動詞是 sein）
und 和，並且，而且，還有
wer 誰（疑問詞）
die Frau 那個／這個女生、女士、小姐
sie 她（第三人稱，女生、陰性詞的人稱代名詞）
meine Freundin 我的（女）朋友
das 這個（指示代名詞，指說話者正前方的人或物）
hier 這裡，這邊
er 他（第三人稱，男、陽性詞的代名詞）
mein Bruder 我的哥哥或弟弟

Andreas	很高興認識您。 [2]我叫做 Andreas，我姓 Meyer。
Mina	很高興認識您。那這位小姐是誰呢？
Andreas	是 Erika。她是我的女朋友。
Mina	很高興認識您。
Erika	哈囉！非常高興認識您。這邊這位是誰呢？ [3]
Mina	這是 Min-gu。他是我的弟弟。

3 （這邊）這位是誰？ **Wer ist das (hier)?**

回應此問句或初次向人介紹某人或某物時，會使用 das ist（複數名詞使用 das sind）。

Das ist Erika. 這位是 Erika。
Das ist meine Mutter. 這位是我的母親。
Das ist mein Vater. 這位是我的父親。
Er ist mein Freund/Bruder. 他是我的（男）朋友／哥哥（或弟弟）。
Sie ist meine Schwester. 她是我的妹妹（或姊姊）。

GRAMMATIK 02　掌握文法

1　動詞的形態

動詞原形的組成結構為〈字幹＋字尾〉。其字尾主要的形態為「-en 或 -n」，例如 heißen 為 heiß（字幹）＋-en（字尾）。
動詞會依據主格人稱的不同，而產生字尾變化。

- 人稱代名詞「單數」有 ich（我）、du（你）、Sie（您）、er（他）、sie（她）、es（它）。

    ▶ 要表示「您（們）」時，第二人稱尊稱 Sie 的第一個字母要大寫。如果不小心寫成小寫，就會跟第三人稱「單數」的陰性人稱代名詞 sie（她）和第三人稱「複數」人稱代名詞 sie（他們）混淆。

    Wie heiß*en* Sie?　　　　　您叫什麼名字？
    → 若彼此皆維持尊稱的情況時，要使用人稱代名詞「Sie」，wie 是「如何」的意思。
    Wie heiß*t* du?　　　　　　你叫什麼名字？
    → 若是朋友、家人、親戚、熟人的關係，則使用親稱「du」。
    Wie heiß*t* er?　　　　　　他叫什麼名字？
    Wie heiß*t* sie?　　　　　　她叫什麼名字？

- 當主詞是第二人稱單數的 du（你）時，動詞變化的語尾為〈語幹＋st〉。但語幹最後以 -s、-ß、-tz、-x、-z 結尾的話，在進行動詞變化時，就要將語尾 -st 的「s」去掉。（動詞的人稱變化→第三課）

kommen（來）	Ich	komm*e*	heiß*e*
	du	komm*st*	heiß*t*
	er	komm*t*	heiß*t*

- 若主格是第三人稱單數，動詞變化的語尾為「-t」。

    Sie heiß*t* Mina.　　　　她的名字是 Mina／她叫做 Mina。
    Es freu*t* mich.　　　　　很高興見到您。（慣用句）
    → freut 的原形是 freuen，意指「使感到高興、感到愉快」；mich（我）是 ich（我）的賓格。此句話也可省略主詞 es，用 Freut mich 來表達。

2 主格人稱代名詞（第一格）

主要指 ich 我、du 你（親稱）／Sie 您（尊稱）、er 他、sie 她、es（可表示非人稱，也可指涉文法屬性為中性的人）。

	第一人稱	第二人稱 親稱	第二人稱 尊稱	第三人稱 陽性 m.	第三人稱 陰性 f.	第三人稱 中性 n.
單數	ich（我）	du（你）	Sie（您）	er（他）	sie（她）	es（它）
複數	wir（我們）	ihr（你們）	Sie（您們）	sie（他們）	sie（她們）	sie（它們）

- 第二人稱單數有分「親稱」和「尊稱」。
  — 「du」使用在朋友、家人、親戚、熟人、同事的關係之間，意指中文的「你」。
  — 尊稱的「Sie」使用在彼此不熟識的關係，或較正式的場合中。

Herr Lee, kommen *Sie* aus Korea?　　Lee 先生，您來自韓國嗎？

Mina, bist *du* Taiwanerin?　　Mina，妳是台灣人嗎？

Das ist Erika. *Sie* ist meine Freundin.　　這位是 Erika。她是我的（女）朋友。

Das ist Peter. *Er* ist mein Freund.　　這位是 Peter，他是我的（男）朋友。

A Wer ist das Kind?　　這孩子是誰？
B *Es* ist meine Tochter.　　它是我的女兒。

A Wer ist das Mädchen?　　這小女孩是誰？
B *Es* ist meine Tochter.　　它是我女兒。

- 如同上面例句中的 das Kind（小孩）、das Baby（寶寶）、das Mädchen（小女孩）一般，若在文法上為中性名詞，人稱代名詞要使用「es」。但 das Mädchen（小女孩）也可以使用人稱代名詞「sie」。

> 代名詞的應用

A Wo ist **der** Hauptbahnhof hier?　　這裡的火車站在哪裡？
B *Er* ist da drüben.　　在那邊。

GRAMMATIK 02 掌握文法

A Wo ist **das** Restaurant? 餐廳在哪裡？
B *Es* ist da rechts. 在那裡的右邊。

A Wo ist **die** Post hier? 這裡的郵局在哪裡？
B *Sie* ist da links. 在那裡的左邊。

③ 主格定冠詞（第一格）

定冠詞主要用在讓聽者能明確知道，所指的對象（名詞）是哪一個。

	單數			複數		
	m.(陽性)	f.(陰性)	n.(中性)			
主格（第一格）	der Mann（男士）	die Frau（女士）	das Kind（小孩）	Männer（男士們）	Frauen（女士們）	Kinder（小孩們）

A Wer ist *die* Frau? 這個女生是誰？ B Das ist Erika. 是 Erika。

A Wer ist *der* Mann? 這個男生是誰？ B Das ist Min-gu. 是 Min-gu。

A Wer ist *das* Kind? 這孩子是誰？ B Das ist Ralf. 是 Ralf。

④ 指示代名詞 das

- 指示代名詞 das 不用來修飾名詞，使用在指定與代稱某一對象（人或物）時。因此，無關名詞的性或數，皆可使用。

A Wer ist *das*? 這是誰？
B *Das* ist Anne. 是 Anne。

A Was ist *das*? 這是什麼？
B *Das* ist eine Tasche. 是包包。

A Wer ist die Frau? 那個女生是誰？
B *Das* ist Anne. Sie studiert Musik. 是 Anne，她專攻音樂。

- 德文所有的名詞有陰、陽、中性的區分。但若該對象（名詞）為不特定的人或物時，要使用不定冠詞。也就是說，當你不特定指名或無法知道具體對象為何的時候，就要使用不定冠詞。

Das ist ein Buch.		這是（一本）書。
Das ist eine Brille.		這是（一副）眼鏡。

5 動詞 sein 的人稱變化

動詞 sein（是～）會依據人稱與數（單數、複數）的不同，其形態也會有所變化。

	第一人稱	第二人稱 親稱	第二人稱 尊稱	第三人稱 m.(陽性)	第三人稱 f.(陰性)	第三人稱 n.(中性)
單數	ich **bin**（我是）	du **bist**（你是）	Sie **sind**（您是）	er **ist**（他是）	sie **ist**（她是）	es **ist**（它是）
複數	wir **sind**（我們是）	ihr **seid**（你們是）	Sie **sind**（您是）	sie **sind**（他們是）	sie **sind**（她們是）	sie **sind**（它們是）

Ich *bin* Mina.	我是 Mina。
Oh, du *bist* Julia.	喔！你是 Julia！
Er *ist* Fabian.	他是 Fabian。
Sind Sie Frau Krüger?	您是 Krüger 女士嗎？
Das *ist* Herr Park.	這位是 Park 先生。
Das *sind* Maria und Alexander.	這是 Maria 和 Alexander。
Sie *sind* Studenten.	他們是大學生。
A Kevin und Linus, *seid* ihr Studenten?	Kevin 和 Linus，你們是大學生嗎？
B Ja, wir *sind* Studenten.	對，我們是大學生。

GRAMMATIK 02　掌握文法

- 單數第二人稱 Sie（您）和複數第三人稱主格 sie（他們），其動詞是一樣的形態。所以若是在句中作為主格時，尤其又是出現在句首時，長相也都會是 Sie，因此，得看前句或文脈來判斷這裡的 Sie 是誰了。

❸ 疑問詞（wer、wie）

有疑問詞的疑問句，其疑問詞擺在句首，動詞在第二位。

Wer ist die Frau?	這位女生是誰？
Wer ist das?	這是誰？
Was ist das?	這是什麼？
Wo ist die Post?	郵局在哪裡？
Wie heißen Sie?	您叫什麼名字？
Wie heißt der Mann?	這位男生叫什麼名字？
A **Wie** ist Ihr Name?	您的名字是什麼？
B Mein Name ist Reiner Schulze.	我的名字是 Reiner Schulze。
Ich heiße Reiner Schulze.	我叫作 Reiner Schulze。

- 句子的語順為〈疑問代名詞＋動詞＋主格＋？〉。

W-疑問詞	動詞	主格
Wer（誰）	ist	das?
Was（什麼）	ist	das?
Wie（如何，怎麼）	heißen	Sie?
Wo（哪裡）	ist	die Post?

❼ 所有格冠詞

「所有格冠詞」是表示所有或所屬關係的冠詞。依據名詞的性（陽性、陰性、中性）、數（單數、複數）、格的不同，其形態會有不同的變化。

• 所有格冠詞的形態

| ich → **mein-**（我的） | du → **dein-**（你的） | er → **sein-**（他的） |
| sie → **ihr-**（她的） | Sie → **Ihr-**（您的） | es → **sein-**（它的） |

- 「冠詞」會跟名詞一起出現，依名詞「性」的不同，所有格冠詞的字尾也會不同。
- 「所有格冠詞」的字尾跟不定冠詞（ein, eine, einen...）的字尾變化相同。

m.(陽性)	f.(陰性)	n.(中性)
mein Name　我的名字 Ihr Name　您的名字 sein Name　他的名字	meine Familie　我的家庭 Ihre Familie　您的家庭 seine Familie　他的家庭	mein Buch　我的書 Ihr Buch　您的書 sein Buch　他的書

所有格冠詞的字尾，也會隨著「格位」的不同而變化。

我的…	單數 m.(陽性)	單數 f.(陰性)	單數 n.(中性)	複數
主格（第一格）	mein Vater	meine Mutter	mein Buch	meine Eltern
賓格（第四格）	meinen Vater	meine Mutter	mein Buch	meine Eltern

您的…	單數 m.(陽性)	單數 f.(陰性)	單數 n.(中性)	複數
主格（第一格）	Ihr Freund	Ihre Freundin	Ihr Kind	Ihre Kinder
賓格（第四格）	Ihren Freund	Ihre Freundin	Ihr Kind	Ihre Kinder

Das ist *meine* Freundin.　　　　這位是我的（女）朋友。

Das ist *mein* Vater.　　　　　　這位是我的父親。

Das sind *meine* Eltern.　　　　　這是我的父母親。

Ist das *Ihr* Freund?　　　　　　這位是您的（男）朋友嗎？

　　　Ihre Freundin?　　　　　這位是您的（女）朋友嗎？

　　　Ihr Kind?　　　　　　　這個人是您的孩子嗎？

Das ist Anton.　　　　　　　　這位是 Anton。

Seine Mutter ist Lehrerin.　　　　他的母親是教師。

ÜBUNGEN 02 練習題

1. 請在下方空格中填入動詞 sein 的正確形態。
1. Das _____ Erika.
2. Ich _____ Taiwaner.
3. _____ Sie Frau Bachmann?
4. Das _____ Peter. Er _____ mein Bruder.
5. Mina, _____ du Studentin?
6. Das _____ Maria und Alexander.
7. Kevin und Linus, _____ ihr Studenten?
   Ja, wir _____ Studenten.
8. Wer _____ der Mann?
9. Renate _____ Studentin.
10. Wer _____ Sie?
    Ich bin Kevin.

2. 請在下方空格中填入動詞 heißen 的正確形態。
1. Ich _____ Andreas.
2. Die Frau _____ Erika.
3. Wie _____ Sie?
4. _____ du Mina?
5. Der Mann _____ Reiner.

3. 請在下方空格中填入適當的疑問詞。
1. _____ heißen Sie?
2. A: _____ ist die Frau? B: Das ist Erika.
3. A: _____ seid Ihr? B: Wir sind Elias und Kevin.
4. _____ ist Ihr Name?
5. _____ ist hier Reiner?

44　LEKTION 2

4. 請在下方空格中填入適當的定冠詞與人稱代名詞。

1. A: Wie heißt _____ Frau?   B: _____ heißt Miriam.
2. A: Wie heißt _____ Mann?   B: _____ heißt Thomas.
3. A: Wer ist _____ Kind?   B: _____ ist meine Tochter.
4. Die Frau heißt Erika. _____ ist meine Freundin.
5. Der Mann ist Ralf. _____ ist mein Bruder.

5. 請填入所有格冠詞。

1. 我的名字　　　　：_____ Name.
2. 我的（男）朋友　：_____ Freund.
3. 我的（女）朋友　：_____ Freundin.
4. 您的名字　　　　：_____ Name.
5. 您的（女）朋友　：_____ Freundin.
6. 他的母親　　　　：_____ Mutter.
7. 她的父親　　　　：_____ Vater.

6. 請在空格中填入適當的兩個語彙形態。

1. 我叫做 Erika。　　　　：_____ _____ Erika.
2. 您是 Peter 嗎？　　　　：_____ _____ Peter?
3. 這位是我的（男）朋友。：_____ _____ mein Freund.
4. 很高興認識您。　　　　：_____ _____ mich.
5. 他是 Kim 先生。　　　　：_____ ist _____ Kim.

ICH HEIßE MINA   45

德國人常常在用的表達句
介紹

02_2.mp3

進行自我介紹時

容我自我介紹嗎？	Darf ich mich vorstellen?
容我向您自我介紹。	Darf ich mich Ihnen vorstellen?
我來向您自我介紹。	Ich möchte mich Ihnen vorstellen.
我能介紹我自己嗎？	Gestatten Sie, dass ich mich vorstelle?
我想要自我介紹。	Ich möchte mich vorstellen.
我的名字是 Mina。	Mein Name ist Mina.

回應他人自我介紹時

很高興認識您。	Freut mich.
非常高興認識您。	Freut mich sehr.
非常高興認識您。	Sehr erfreut.
幸會。	Angenehm.
我也一樣。	Ganz meinerseits.
我也一樣。	Gleichfalls.
很高興認識您。	Sehr angenehm, Sie kennen zu lernen.
很高興見到您。	Schön, Sie zu treffen.
很高興能再次見到您。	Sehr angenehm, Sie wiederzusehen.
很高興認識您。	Freut mich, Sie kennen zu lernen!
您的名字如何拼寫？	Wie schreibt man Ihren Namen?
如何拼寫您的名字呢？	Wie buchstabiert man Ihren Namen?
Mina 是你的姓嗎？	Ist Mina dein Nachname?
不是，Mina 是我的名字。	Nein, Mina ist mein Vorname.

46　LEKTION 2

德國人常常在用的詞彙
家族 02

02_3.mp3

die Mutter	媽媽
der Vater	爸爸
die Schwester	姊姊、妹妹
der Bruder	哥哥、弟弟
die Tante	姑姑、阿姨
der Onkel	叔叔、伯伯、舅舅
die Großmutter	奶奶,祖母
der Großvater	爺爺,祖父
die Großtante	嬸婆,姨婆
der Großonkel	叔公,伯父
die Urgroßmutter	曾祖母
der Urgroßvater	曾祖父

die Cousine, Kusine	堂(表)姊妹
der Cousin	堂(表)兄弟
die Nichte	姪女
der Neffe	姪子
der Enkel	孫子
die Enkelin	孫女
die Urenkelin	曾孫女
der Urenkel	曾孫子
die Ehefrau	妻子
der Ehemann	丈夫
die Schwiegermutter	婆婆、丈母娘
der Schwiegervater	公公、丈人

die Schwägerin	嫂嫂、小姑
der Schwager	妹夫、姊夫
die Schwiegertochter	媳婦
der Schwiegersohn	女婿

文化篇－認識德國，了解德語

德國的咖啡廳文化

「請給我一杯卡布奇諾！」
Einen Cappuccino, bitte!

如果當天天氣不佳，「咖啡廳」裡最受歡迎的位子，應該就是勉強有陽光的地方。如果選擇坐在角落的位子，服務生比較不會注意到，等服務生過來點餐的時間也許會比較久。如果是風和日麗的日子，服務生會在咖啡廳外頭擺放桌椅讓顧客們坐，這裡才是大家公認的最佳風水寶地。一般的啤酒屋和餐飲店也是如此。有時候，也會有音樂家來為客人演奏，而客人們也會投入硬幣或鈔票來表達感謝之意。

每間咖啡廳都有屬於自己的特色。不管是咖啡廳外觀或內部裝潢都獨具一格。特色大多取決於店經營者的經營哲學。德國人喜歡喝來自公平交易的咖啡或以環保耕作法生產的咖啡。德國全國上下，要找到知名的咖啡連鎖店並不容易。雖然有很多咖啡廳都是從 1800 年代初期營業至今的老字號，但他們並不傾向於在各地拓展分店的經營方式。

咖啡廳也是當地居民的交流場所、學生之間的討論場所、藝術家們彼此交流資訊的媒介。在歐洲的知識發展史當中，咖啡廳一直扮演著很重要的角色。法國就是代表性的例子，英國也是如此，德國的咖啡廳也漸漸成了文化人、言論家、大學生、企業家、商人、藝術家們的活動場所。

　　以前的咖啡廳是可以跟大家共同分享報紙的地方，也是可以取得世界重大資訊的場所，更是可以盡情揮灑研究與創作熱情之地。當然，它也是能讓人充分休憩的舒適空間。因此，如果你來到了歷史較悠久的咖啡廳，你可以看到店裡掛著刻上開業年度的木牌或招牌，以及古色古香的道具、老照片或畫。最近新開的咖啡廳也不少，跟台灣、韓國一樣，也都有很多圖書館式咖啡廳。不過，從以前流傳至今的德國風格咖啡廳氣氛，至今仍延續著。因此，每個人都有自己常光顧的咖啡廳，即便在咖啡廳裡待上好幾個小時，他人也不會投射異樣的眼光。如果已成為咖啡廳長年以來的老主顧，桌子上也會放置寫有客人名字的名牌。

　　此外，也有很多格局相當獨特的咖啡廳。將1940年代所使用的軍事地堡加裝了通風口，然後大致整修一下內部後，就這樣經營成咖啡廳；也有將以前的理髮廳直接改裝成咖啡廳來營業。甚至有咖啡廳只在空曠處擺放幾張小桌椅後，就直接營業了。讓我感到最神奇的是，將內部整修成最新式的裝潢，但老舊的內外格局卻保留下來不拆除掉，還是能夠讓顧客感受到這間咖啡廳獨有的特色。正因為咖啡廳的存在，德國人更喜愛與他人聚在一起討論。在與人談話時，一邊傾聽對方，然後一有機會就全力表達自己的意見，德國人在這方面的能力也許更為高超也說不定。

　　跟德國的餐飲店一樣，在咖啡廳喝咖啡時，也必須給服務生小費。小費只需要給總消費金額的10%即可。按慣例來說，小費是跟帳單分開支付的。但是，如果是那種站著喝咖啡的，或是不需要服務生服務的地方，則不需要額外支付小費。

Oh, du bist Taiwanerin!

喔，妳是台灣人！

LEKTION
3

- 動詞的人稱變化
- 疑問代名詞（wo）
- 介系詞（aus, bei, in）
- 職業，職位

DIALOG 03 基本會話

Erika　Woher kommst du, Mina?
Mina　Ich komme aus Taiwan. Ich bin Taiwanerin.
Erika　Oh, du bist Taiwanerin!
Mina　Und woher kommst du?
Erika　Ich komme aus Hamburg. Ich bin Deutsche.
Mina　Was machst du denn?
Erika　Ich studiere. Und was machst du?

重點整理

1 您來自於哪裡？
Woher kommen Sie?

詢問他人或自己回答來自哪裡時，會使用「哪裡」「來」「國家」「都市」等單字。
Woher kommst du? 你來自於哪裡？
Ich komme aus Taiwan. 我來自於台灣。
Ich komme aus Taipeh. 我是從台北來的。

2 我是台灣人（男／女）。
Ich bin Taiwaner/Taiwanerin.

在提及哪一國人、哪一城市的居民、某某職位等時，不使用冠詞。
Ich bin ein Taiwaner.(x)　　Ich bin Taiwaner.(o)
＊陰性名詞語尾要接「-in」。
Ich bin Student. 我是大學生（男）。
Erika ist Studentin. Erika 是大學生（女）。

Mina	Ich bin auch Studentin. Ich studiere Musik.		
Erika	Wo wohnst du denn?		
Mina	Ich wohne in Berlin.		
	Wo wohnen deine Eltern?		
Erika	Sie wohnen in Hamburg.		
	Aber mein Bruder wohnt in Harburg.		
Mina	Wo liegt das?		
Erika	Es liegt bei Hamburg.		

Erika	Mina 妳來自於哪裡[1]？	Mina	我也是大學生，我主修音樂。
Mina	我來自台灣。我是台灣人。[2]	Erika	那妳住在哪裡呢？
Erika	原來妳是台灣人啊！	Mina	我住在柏林，妳父母親住在哪裡呢？
Mina	那妳從哪裡來呢？		
Erika	我是從漢堡來的，我是德國人。	Erika	他們住在漢堡。但我哥住在哈堡。
Mina	咦，妳是做什麼的？[3]	Mina	那（都市）在哪裡呢？
Erika	我在念大學，那妳是做什麼的呢？	Erika	在漢堡附近。

woher 從何處，由何處
kommen 來
aus 從⋯（介系詞）
du 你
die Taiwanerin 台灣人（女）
ja 是的，對
denn （加強語氣的語氣詞，帶有「究竟，到底」等意思）
die Deutsche 德國人（女）
was 什麼東西（問事物的疑問詞）
machen 做
studieren 念大學；研究
die Studentin 大學生（女）
die Musik 音樂
wo （在）哪裡、何處
wohnen 居住
in 在（某空間內）（介系詞）
die Eltern 父母
das 那個（指示代名詞）
liegen 位於
bei 在⋯附近，靠近⋯（bei 常接在地名或城市名之前）

3 你是做什麼的？／你的職業是？
Was machst du?

相同的意思還有：
=Was machen Sie beruflich? 您的職業是做什麼的？
=Was sind Sie von Beruf? 您的職業是什麼？

Ich bin Student. 我是大學生。
Ich bin noch Schüler. 我還是（國小，國中，高中）學生。

GRAMMATIK 03 掌握文法

1 動詞的人稱變化 1

(1) 規則變化

單數		複數	
ich 我	komm*e*	wir 我們	komm*en*
du 你	komm*st*	ihr 你們	komm*t*
Sie 您（尊稱）	komm*en*	Sie 您（尊稱）	komm*en*
er/sie/es 他／她／它	komm*t*	sie 他們	komm*en*

- 動詞會依據人稱來做字尾變化。將動詞字尾 -en 拿掉，那就是動詞的字幹了。

  A Komm*en* Sie aus England?　　您是從英國來的嗎？
  B Ja, ich komm*e* aus England.　　是的，我是從英國來的。

  A Anne, was such*st* du hier?　　Anne，你在這裡找什麼？
  B Ich such*e* eine Post.　　我在找郵局。

  A Was mach*t* ihr hier?　　你們在這裡做什麼？
  B Wir lern*en* Deutsch.　　我們在學德語。

- 如 kommen 這類弱變化動詞主要是依據這樣的規則，來做人稱變化的。

bekommen 得到，取得，收到	**besuchen** 訪問，拜訪	**fragen** 提問，請教
gehen 去，前往	**hören** 聽	**kaufen** 買
lehren 教授，教導	**lernen** 學習	**liegen** （物品）平放；（建築物，城市）位於
legen 放，擱置	**machen** 做	**packen** 包裝，收拾
parken 停車	**rauchen** 抽菸	**reparieren** 修理，修繕
sagen 說	**schließen** 關閉，關上	**schreiben** 寫下，書寫
stehen 站	**stellen** 放，安置	**suchen** 尋求，尋找
trinken 喝，飲	**wohnen** 住，居住	**zeigen** 出示，給…看

LEKTION 3

(2) 需要注意的規則變化

單數		複數	
ich 我	wander*e*	wir 我們	wander*n*
du 你	wander*st*	ihr 你們	wander*t*
Sie 您（尊稱）	wander*n*	Sie 您（尊稱）	wander*n*
er/sie/es 他／她／它	wander*t*	sie 他們	wander*n*

- 動詞字幹的字尾若是 -er，動詞原形則會如同 wandern 一般，在字尾加上 -n。

  ärgern（生氣，發火）, **hindern**（妨礙，干擾）, **liefern**（配送，投遞）, **rudern**（划槳）, **spelchern**（儲藏，儲存）, **zittern**（抖動，震動）, **wandern**（走來走去，徒步旅行）, **wundern**（震驚，驚恐）, **zögern**（躊躇，猶豫）

- 就以上的情況，當動詞在變化時，如果人稱代名詞為複數（如 wir 等，但除了 ihr 之外），則需特別留意各個變化的字尾，其字尾是 -n（wir wander*n*），而非 -en，。

- 動詞字幹的字尾若是 -el，動詞原形則會如同 lächeln 一般，直接以 n 做為動詞原形的字尾。就此情況來說，第一人稱單數（ich）的動詞變化，會省略掉字幹中 el 的母音 e，字尾的地方照樣接上 e。以下動詞皆為此規則

  > **lächeln**（笑）, **bügeln**（燙衣服）, **angeln**（釣魚）, **bummeln**（漫步，悠閒地走路）, **handeln**（施行，行動）, **kegeln**（打保齡球）, **klingeln**（鐘響，響鈴）, **sammeln**（積攢，儲蓄）, **trommeln**（打鼓）, **wechseln**（更換，交換）, **würfeln**（擲骰子）

lächeln （笑，微笑）

ich lächl*e*	wir lächel*n*
du lächel*st*	ihr lächel*t*
Sie lächel*n*	Sie lächel*n*
er, sie, es lächel*t*	sie lächel*n*

Das Telefon klingelt.   電話鈴響（有人打電話來了）。

Ich gehe ran.   我來（接電話）。（Ich gehe heran 的省略語，字面意指「我要過去那邊」）

GRAMMATIK 03 掌握文法

2 疑問代名詞 WO

A **Wo** wohnst du denn?　　咦，你住在哪裡？
B Ich wohne in Berlin.　　我住在柏林。

A **Wo** ist der Bahnhof?　　車站在哪裡？
B Er ist dort.　　（他）在那裡。

A **Wo** ist die Post?　　郵局在哪裡？
B Sie ist dort.　　（她）在那裡。

A **Wo** ist das Internetcafé?　　網咖在哪裡？
B Es ist dort.　　它在那裡。

> **Tipp**
> wo　　哪裡，在哪裡
> woher　　從何處來
> wohin　　去哪裡

- 依據前句主格的性（陰陽中性）與數（單複數）之不同，可分成「單數人稱代名詞」與「複數人稱代名詞」。主格是物品的情況時，因為每個物品也都有各自的「性」之分，所以可用陽性、陰性、中性的代名詞（er, sie, es）或複數形 sie 來代替。

W-疑問句	回答
Wie heißen Sie? 您叫什麼名字？	Mina, Mina Kim. (Ich heiße Kim.) Mina，Mina Kim。（我叫 Kim。）
Wer ist das? 這位是誰？	Das ist Frau Jandl. 這位是 Jandl 女士。
Woher kommen Sie? 您來自於哪裡呢？	Aus Korea. (Ich komme aus Korea.) 來自韓國（我來自韓國）。
Was machst du? 你在做什麼？	Ich höre Musik. 我在聽音樂。
Wo wohnen Sie? 您住在哪裡？	In Berlin. (Ich wohne in Berlin.) 柏林（我住在柏林）。

3 介系詞（aus, bei, in）

- **aus「來自於…」（表示來源，出處，出生地）**

  A Kommst du aus Paris? 　　　　你來自巴黎嗎？
  B Ja, ich komme aus Paris. 　　　對，我來自巴黎。

  A Woher kommen Sie? 　　　　　您來自於哪裡？
  B Ich komme aus Korea. 　　　　我來自於韓國。

  — 表示出處，來源的介系詞 aus，後面的冠詞使用**與格（第三格）**。此外，也可以使用 sein 動詞來取代 kommen 動詞。

  — 一般而言，國家名稱多是中性名詞，使用時省略冠詞。然而，仍有一些例外，如陽性名詞的國家有 der lran（伊朗）, der lrak（伊拉克），陰性國家有 die Schweiz（瑞士）, die Türkei（土耳其），複數名詞的國家有 die Niederlande（荷蘭）, die USA（美國）等，必須使用冠詞。

  Ich komme aus der Schweiz. 　　我來自瑞士。
  Sie kommt aus der Türkei. 　　　她來自土耳其。
  Wir sind aus den USA. 　　　　　我們來自美國。

- **bei　在…（地方、地點），在…附近**

  Mein Vater arbeitet *bei* Siemens. 　　我父親在西門子公司上班。

  A Wo ist Tobias? 　　　　Tobias 他人在哪裡？
  B Er ist *bei* Max. 　　　他在 Max 家裡。

  Potsdam liegt *bei* Berlin. 　　波茨坦在柏林附近。

- **in　在…裡面，在…之中**

  Taiwan liegt in Asien. 　　台灣在亞洲。
  Ich wohne in Hamburg. 　　我住在漢堡。

GRAMMATIK 03 掌握文法

❹ 陳述職業別、某職位、某一國人、某宗教（的信徒）時，不使用冠詞。

- 所有的名詞都帶有文法上的性。陰性名詞大多會在陽性名詞的字尾部分加上 -in。

- 陳述**職位**或**職業名稱**、**身分**時，不接冠詞。

Herr Lohmann ist **Chef**.	Lohmann 先生是老闆。
Frau Werfel ist **Lehrerin**.	Werfel 小姐是老師。
Ich bin **Student**.	我是大學生。
Wir sind **Studenten**.	我們是大學生。
Sind Sie **Franzose**?	您是法國人嗎？
Das ist Ralf. Er ist **Deutscher**.	這位是 Ralf。他是德國人。
Das ist Inge. Sie ist **Deutsche**.	這位是 Inge。她是德國人。

- 不過在說明人的屬性時，補語中的名詞會使用不定冠詞。

Du bist **ein** Lügner.	你是個騙子。
Du bist **ein** Mädchen.	妳是小女孩。
Du bist **ein** Junge.	你是男生。
Du bist **eine** Frau.	妳是女生。

▶ 語順

- 德語直述句的語順為：主格＋動詞…。在直述句與 W-疑問句中，**動詞**固定放在**第二個**位置上。

Wer	**ist**	das	這位是誰？
Das	**ist**	Inge.	這位是 Inge。
Hier	**ist**	Berlin.	這裡是柏林。
	Ist	das Inge?	這位是 Inge 嗎？

- 如果句子的最前面是以非主格的詞類（如連接詞、介系詞片語等）引導時，動詞和主格會倒裝（主格移到動詞後面），讓動詞固定放在第二個位置。例如：

  In Taipeh **wohne** ich.　　　　　　　我住在台北。

- 在沒有疑問詞（如 wo, wer 等等）的決定性疑問句中，動詞會位於句子的最前面。

  Wohnst du in Taipeh?　　　　　　你住在台北嗎？

OH, DU BIST TAIWANERIN!　59

ÜBUNGEN 03 練習題

1. 請將下列的動詞依人稱做變化。

	ich	du	Sie	er, sie, es	wir	ihr	Sie	sie
kommen								
machen								
lernen								
spielen								
suchen								
wohnen								
liegen								
sein								

2. 請在下方空格中填入適當的詞彙。

1. _____ ist das? - Das ist Gabriel.
2. _____ ist Herr Schmidt. _____ ist Lehrer.
3. A: _____ Sie Taiwaner?   B: Ja, ich _____ Taiwaner.
4. Du _____ fleißig.
5. Das _____ Peter und Anne.
6. _____ hier ist Veronika.
7. Das ist Renate. _____ ist Lehrerin.
8. A: 這位是誰？   B: 這位是 Ute。
   A: _____ ist _____ ?   B: _____ ist _____ .

3. 請寫出下列名詞的陰性詞。

1. der Schüler _____
2. der Student _____
3. der Lehrer _____
4. der Professor _____
5. der Taiwaner _____
6. der Chinese _____
7. der Franzose _____
8. der Deutsche _____

4. 請在下方空格中填入適當的詞彙。

1. Kevin _____ aus Köln. (kommen)
2. _____ ihr in Berlin? (wohnen)
3. Marion _____ in Frankfurt. (studieren)
4. Was _____ du heute? (machen)
5. Woher _____ Elias? (kommen)
6. Ich _____ Deutsch. (lernen)
7. Wo _____ Sie, Herr Lohmann? (arbeiten)
8. Anne _____ eine Postkarte. (suchen)
9. Taiwan _____ in Asien. (liegen)
10. Was _____ ihr hier? (machen)

5. 請在下方空格中填入適當的介系詞。

1. Ich komme _____ Taiwan.
2. Manfred wohnt _____ München.
3. Harburg liegt _____ Hamburg.
4. Eva ist _____ Leonie.
5. Frau Leroc kommt _____ Paris.

6. 請選出適當的疑問詞填入下方空格中。
Wer - Wie - Wo - Woher

1. _____ heißen Sie?
2. _____ wohnst du?
3. _____ kommen Sie?
4. _____ sind Sie?
5. _____ ist Ihr Name?

德國人常常在用的表達句
問候 2

初次見面時

您好。	Guten Tag!
很高興見到您。	Ich freue mich, Sie zu treffen.
很高興見到您。	Wie schön, Sie zu treffen.
很高興認識您。	Nett, Sie kennen zu lernen.
我很高興能見到各位。	Ich freue mich, Sie alle getroffen zu haben.
很高興見到您。	Freut mich, Sie zu sehen.
很高興認識您／你。	(Es ist mir) ein Vergnügen.
很高興能認識您。	Sehr erfreut, Sie kennen zu lernen.
我的榮幸；我才高興呢！	Gern geschehen!

詢問對方的名字時

請問您尊姓大名？	Wie heißen Sie, bitte?
您的大名是什麼？	Wie ist Ihr Name?
您貴姓？	Wie heißen Sie mit Familiennamen?
您的名字是什麼呢？	Wie ist Ihr Vorname?
您的名字，麻煩請告知。	Ihr Vorname, bitte!
不好意思，您剛說您的名字是…？	Entschuldigung, wie war Ihr Name?
Kim 是您的名字嗎？	Ist Kim Ihr Vorname?
不，是我的姓。	Nein, (es ist) mein Nachname.
您是 Weihgold 先生嗎？	Sind Sie Herr Weihgold?
是的，沒錯，那是我。	Ja, das bin ich.
我姓 Park。	Mein Nachname ist Park.
請您叫我 Nina。	Nennen Sie mich Nina!

表示自己已聽說許多關於對方的事情時

我聽說了很多關於您的事。	Ich habe viel von Ihnen gehört.
我聽說了關於您的事。	Ich habe von Ihnen gehört.
久仰大名；已聽說很多關於您的事。	Viel von Ihnen gehört.
已久仰大名多時。	Ich kenne Sie vom Hörensagen.
一直很想與您見面。	Ich habe mir gewünscht, Sie zu treffen.

德國人常常在用的詞彙
國家 03

03_3.mp3

Ägypten	埃及
Brasilien	巴西
Chile	智利
China	中國
Dänemark	丹麥
Deutschland	德國
England	英國
Finnland	芬蘭
Frankreich	法國
Griechenland	希臘
Japan	日本
Indien	印度
Irak*	伊拉克
Italien	意大利

Kanada	加拿大
Korea	韓國
Kroatien	克羅地亞
Mongolei*	蒙古
Niederlande**	荷蘭
Norwegen	挪威
Österreich	奧地利
Polen	波蘭
Portugal	葡萄牙
Rumänien	羅馬尼亞
Russland	俄羅斯
Schweden	瑞典
Schweiz*	瑞士
Serbien	塞爾維亞

Singapur	新加坡
Slowakei*	斯洛伐克
Slowenien	斯洛文尼亞
Spanien	西班牙
Sudan*	蘇丹
Taiwan	台灣
Thailand	泰國
Tschechien	捷克
Türkei*	土耳其
Ukraine*	烏克蘭
Ungarn	匈牙利
USA**	美國
Vietnam	越南

*陰性名詞國家名
 die Türkei（土耳其）
 die Schweiz（瑞士）
 die Ukraine（烏克蘭）
 die Slowakei（斯洛伐克）
 die Mongolei（蒙古）

*陽性名詞國家
 der Irak（伊拉克）, der Iran（伊朗）, der Sudan（蘇丹）等。

**複數國家
 die USA（美國）,
 die Niederlande（荷蘭）

文化篇－認識德國，了解德語

德國人的民族性

「您是德國人，對吧？」
Sie sind Deutscher, nicht wahr?

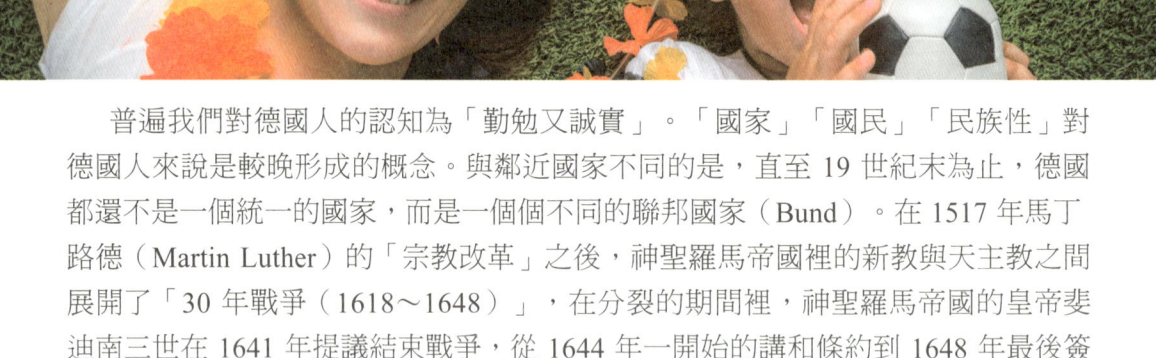

　　普遍我們對德國人的認知為「勤勉又誠實」。「國家」「國民」「民族性」對德國人來說是較晚形成的概念。與鄰近國家不同的是，直至 19 世紀末為止，德國都還不是一個統一的國家，而是一個個不同的聯邦國家（Bund）。在 1517 年馬丁路德（Martin Luther）的「宗教改革」之後，神聖羅馬帝國裡的新教與天主教之間展開了「30 年戰爭（1618～1648）」，在分裂的期間裡，神聖羅馬帝國的皇帝斐迪南三世在 1641 年提議結束戰爭，從 1644 年一開始的講和條約到 1648 年最後簽訂的威斯特伐利亞和約為止，結束了共長達 30 年的戰爭。德國人雖然是在對宗教的不信任以及反目成仇中成長，但仍培養出了虔誠的信仰生活及踏實的生活習慣。

　　如今，我們可以用「國家」「民族性」等的「價值觀」來形容德國人。出乎我們意料的是，對德國人而言，「民族」「國家觀」等概念，竟然是既陌生又忌憚的。對他們來說，這個概念會令人聯想到希特勒（Hitler）的「國家社會主義（Nationalsozialismus）」。然而，德國人的價值觀卻是「實用性，共存性，以及相互關懷」。不管是國家、地方自治團體、企業、教會、教育機關、家庭或個人，都是以這種價值觀來看待的。如同機械零件的齒輪一般有系統地運轉，這被認為是德國的特徵。這裡所提及的價值觀，簡單來說就是「社會性（sozial）」。德國的市場經濟也是「社會市場經濟」，國家體制也是「民族主義社會聯邦國家（Demokratischer Sozialer Bundesstaat）」。

　　「社會性」一詞，對我們來說可能是一個感覺很負面的字，很容易讓人聯想到共產主義。再者，「社會性」一詞因 1950 年代美國所發生的麥卡錫

（McCarthyism）風潮，而變成帶有「反自由主義」意思的概念。但在德國，「社會性」卻是以馬丁·路德（Martin Luther）的宗教改革（Reformation）精神為出發點，代表著個人的自由、平等、共同體的幸福及福祉等意涵。對他人的關懷，人與人之間的平等，共存與和諧等的精神，儼然已成為德國人的習慣。也因如此，德國成為了全世界社會福利國家的楷模。而且，德國對過去第二次世界大戰的歷史做出反省，也是基於這樣的價值觀。

許多自由民主國家的人不會對「國家」或「政治領袖」做出盲目的「服從」。但另一方面，卻對「國家」「政治家」或社會上的「領袖」，抱有尊敬之心。條件是不管是國家或領導人，人民或是團體，都必須對國民的共存與關懷做出實踐。如此一來才能得到國民的信任。對於全世界因「新自由主義」所引發的問題，德國卻克服了。德國運用了「社會性市場經濟」，以及將關懷、共存與共生等概念同時實踐在生活中。資本主義精神（係指自 1517 年宗教改革之後所形成的思考方式）認為，德國人因勤儉節約與努力所獲得的財富，是因為有上帝的祝福。這樣的思想，在國家所經營的社會福利（Sozialhilfe）等的保障制度中，仍好好維持著，這點是我們必須好好思考的議題。

德國人的「勤勉」無法斷定是促成「萊茵河奇蹟」的理由。但反倒可以說，是因為前面所提及的德國人價值觀，再加上以領先全世界的優秀技術為基礎，才能帶來這樣的發展。德國人以這種價值觀為基礎，正如同網路般將國家、社會、個人都連接在一起，並跨及勞動、教育、福利、政策、制度、日常生活、文化等所有層面，以合理的方式融合，這種跡象在東西兩德統一之後，從整個德國對東德居民們所做的行為態度中，可以明顯看得出來。因此，在統一之後，投入龐大的資金打造了舊東德地區的基礎建設，目前作為德國生產的前哨基地，以及作為學問與科學研究的中心等（如德勒斯登 Dresden，萊比錫 Leipzig 等），這些都能好好地發揮其作用與力量。並不是因為擁有全球出口第二大國的優秀技術所得到的結果，也許大家可以這樣來思考，是從平等、自由、共存的力量中所得到的成果。

Was ist das?

這是什麼？

LEKTION
4

- 不定冠詞，定冠詞（第四格）
- 否定詞（nicht）
- 否定的不定冠詞
- 名詞複數形

DIALOG 04 基本會話

Mina　Wie heißt das auf Deutsch?
Jasmin　Das ist ein Brötchen. Das Brötchen ist frisch.
Mina　Und was ist das?
Jasmin　Das ist eine Birne. Die Birne ist auch frisch.
Mina　Sie ist nicht groß. Oh, das ist eine Orange.
Jasmin　Nein, das ist keine Orange.
　　　　Das ist eine Zitrone.

Mina　這個東西用德語怎麼說？
Jasmin　這個是小麵包。這小麵包很新鮮 [1]（剛出爐）。
Mina　還有，這是什麼？
Jasmin　這個是梨子。這梨子也很新鮮。
Mina　這個梨子沒有很大。喔，那個是柳橙。
Jasmin　不是，那個不是柳橙。[2]
　　　　那個是檸檬。

重點整理

1 這是小麵包。這小麵包很新鮮。
Das ist ein Brötchen.
Das Brötchen ist frisch.

第一次提及某事物，且當該物為單數時，使用不定冠詞即 ein-。若再次指稱該事物時，使用定冠詞（即句中的 das）。
Das ist eine Birne. Die Birne ist gelb.
這是梨子。這梨子是黃的。

2 那個不是柳橙。
Das ist keine Orange.

與名詞搭配的否定詞為 kein-。
Ist das ein Apfel? 這是蘋果嗎？
Nein, das ist kein Apfel. 不是，這不是蘋果。
Da ist eine Tomate. 那裡有顆番茄。
Nein, das ist keine Tomate. 不，那不是番茄。

Mina	Ach, ja. Die Zitrone ist sauer.
Jasmin	Ja, stimmt.
Mina	Ich brauche Äpfel, Pilze, Tomaten, Kiwis und Eier.
Jasmin	Ich brauche nur Käse und Gemüse.
Mina	Ich mache einen Apfelsalat. Ich brauche eine Gurke, einen Apfel, einen Kopfsalat und Erbsen.

Mina	啊，對。檸檬是酸的。
Jasmin	對，沒錯！
Mina	我需要蘋果、蘑菇、番茄、奇異果和雞蛋。
Jasmin	我只需要起司和蔬菜。
Mina	我要做蘋果生菜沙拉。³我需要一條黃瓜、一顆蘋果、一顆生菜和碗豆。

3 我要做蘋果生菜沙拉。
Ich mache einen Apfelsalat.

machen、brauchen 等為及物動詞，需使用受格。一般來說，大部分的受格為第四格，即直接受格。
Ich brauche ein Brot. 我需要一個麵包。

---

auf Deutsch 用德語…
ein Brötchen （小的）麵包，麵包捲（一般為早餐食用）
frisch 新鮮的
was 什麼
die Birne 梨子
auch 也，同樣
nicht 不…
groß 大的
oh 喔（感嘆詞）
die Orange 柳橙
nein 不是，不對
die Zitrone 檸檬
ach 啊（感嘆詞）
sauer 酸的，有酸味的
stimmt 對的，正確，沒錯
brauchen 需要
der Apfel 蘋果
die Äpfel （複數形）
der Pilz 菇類
die Pilze （複數形）
die Tomate 番茄
die Tomaten （複數形）
die Kiwi 奇異果
die Kiwis （複數形）
das Ei 雞蛋
die Eier （複數形）
nur 只，僅
der Käse 起司
die Gemüse 蔬菜
da 那裡
machen 做，製作，製做
der Salat 生菜沙拉
die Gurke 小黃瓜
der Kopfsalat 生菜
die Erbse 碗豆，四季豆

69

GRAMMATIK 04 掌握文法

1 不定冠詞

	單數			複數		
	m.（陽性）	f.（陰性）	n.（中性)			
第 1 格（主格）	ein Apfel	eine Orange	ein Ei	Äpfel	Orangen	Eier
第 4 格（賓格）	einen Apfel	eine Orange	ein Ei	Äpfel	Orangen	Eier

- 不定冠詞使用在該名詞為不特定的事物或人物時，或是不特定指明某事物時。（第 1 格為主格，第 4 格為賓格，即直接受格。第 3 格也是受格的一種，為間接受格，也稱與格。）

    Hier ist *ein* Apfel.　　　　　這裡有顆蘋果。

    Das ist *ein* Ei.　　　　　　　這個是雞蛋。

    Hier ist *eine* Orange.　　　　這裡有顆柳橙。

    Das ist *eine* Kartoffel.　　　　這個是馬鈴薯。

    Das ist *ein* Kohl.　　　　　　這個是大白菜。

    Das ist *ein* Radieschen.　　　這個是小蘿蔔。

    Das sind Äpfel.　　　　　　　這些是蘋果。（複數去掉不定冠詞 ein-）

    Hier ist *ein* Kuli.　　　　　　這裡有支原子筆。

    Das ist *ein* Buch.　　　　　　這是書。

    Hier ist *eine* Schere.　　　　這裡有把剪刀。

    Das ist *eine* Postkarte.　　　這是明信片。

    Das ist *ein* Pass.　　　　　　這是護照。

    Das ist *ein* Regal.　　　　　　這是書架。

    Das sind Hefte.　　　　　　　這些是筆記本。

❷ 定冠詞的格

	單數			複數	
	m.（陽性）	f.（陰性）	n.（中性）		
第 1 格（主格）	der Apfel	die Orange	das Ei	die Äpfel / die Orang**en**	die Ei**er**
第 4 格（賓格）	den Apfel	die Orange	das Ei	die Äpfel / die Orang**en**	die Ei**er**

- 第一次提及某事物或人物時，使用不定冠詞，之後再提到時，使用定冠詞。

- 第 1 格帶有主格和補語的功能。不定冠詞相當於英文的 a 或 an，定冠詞相當於英文的 the。（請參照第二課文法）

- 第 4 格帶有及物動詞的受詞功能。

- 不特定複數名詞去掉不定冠詞 ein-，但名詞直接變複數，而特定指名的複數名詞，就必須要用定冠詞。

    Der Apfel ist zu süß.　　　　　這蘋果很甜。
    Brauchst du *den* Apfel?　　　你需要這顆蘋果嗎？
    Das Ei ist frisch.　　　　　　這雞蛋很新鮮。
    Das Ei brauche ich nicht.　　我不需要這顆雞蛋。
    Die Orange ist sehr gut.　　　這棵柳橙很好（吃）。
    Möchten Sie *die* Orange?　　　您想要這顆柳橙嗎？

- 由於定冠詞能用來特定指稱名詞，所以在語意上有「那」「這」的意思。

    Möchten Sie *die* Lampe?　　　您想要那個檯燈嗎？
    Das ist ein Brötchen.　　　　　這是小麵包。
    Das Brötchen ist sehr gut.　　這小麵包很好（吃）。
    Ich brauche *das* Brötchen nicht.　我不需要那個小麵包。
    Das sind Äpfel.　　　　　　　　這些是蘋果。
    Die Äpfel sind zu sauer.　　　這些蘋果太酸了。（zu 是表達程度的副詞，有「太」「過於」的意思）
    Ich esse *die* Äpfel nicht.　　　我不吃這些蘋果。

WAS IST DAS?

GRAMMATIK 04 掌握文法

③ 否定詞 nicht

- nicht 主要放在要否定的**補語或受詞前面**,如下面第一個例句(nicht groß)。

- **nicht 放在句尾**則是用來否定句子中的動詞或全句的意思,如下面最後一個例句(spielen nicht)。

Die Birne ist nicht groß. 　　　　　　這顆梨子不大。

A Ist der Apfel sauer? 　　　　　　　這蘋果會酸嗎?
B Nein, er ist *nicht* sauer. 　　　　　不會,它不酸。

A Wie ist das Wetter? 　　　　　　　天氣如何?
B Es ist *nicht* gut. 　　　　　　　　不好。(es 為天氣的代名詞)

A Kommst du aus China? 　　　　　你來自中國嗎?
B Nein, ich komme *nicht* aus China. 不,我並非來自中國。

A Spielt ihr auch Tennis? 　　　　　你們也打網球嗎?
B Nein, wir spielen *nicht* gern Tennis. 不,我們不喜歡打網球。

④ 否定的不定冠詞

當要否定名詞時,會使用 kein- 這種否定不定冠詞。相當於英文的 no。

	m.(陽性)	f.(陰性)	n.(中性)	Pl.(複數形)
第 1 格(主格)	**kein** Apfel	**keine** Orange	**kein** Ei	**keine** Äpfel/Eier/Orangen
第 4 格(賓格)	**keinen** Apfel	**keine** Orange	**kein** Ei	**keine** Äpfel/Eier/Orangen

	蘋果	麵包	番茄
Das ist	kein Apfel	kein Brot	keine Tomate
Das sind	keine Äpfel	keine Brote	keine Tomaten

A Ist das eine Kartoffel? 這個是馬鈴薯嗎？
B Nein, das ist *keine* Kartoffel. 不，這個不是馬鈴薯。
　Das ist ein Apfel. 這個是蘋果。

A Ist das ein Brötchen? 這個是麵包嗎？
B Nein, das ist *kein* Brötchen. 不，這個不是麵包。
　Das ist ein Kuchen. 這個是蛋糕。（der Kuchen）

A Sind das Bananen? 這些是香蕉嗎？
B Nein, das sind *keine* Bananen. 這些不是香蕉。

冠詞	定冠詞（der, die, das ...） 不定冠詞（ein, eine, ein ...） 否定冠詞（kein, keine, kein ...）		
性	第1格 （Nominativ 主格）	第3格 （Dativ 與格）	第4格 （Akkusativ 賓格）
m.（陽性）	der ein kein	dem einem keinem	den einen keinen
f.（陰性）	die eine keine	der einer keiner	die eine keine
n.（中性）	das ein kein	dem einem keinem	das ein kein
(m. f. n.)	複數（Plural） die keine	複數（Plural） den keinen	複數（Plural） die keine

WAS IST DAS?

GRAMMATIK 04 掌握文法

5 名詞的複數形

- 名詞複數形常見的有下列形態。

  ❶ 形態不會改變或變母音
  ❷ 語尾加上 (¨)e
  ❸ (¨)er
  ❹ -(e)n
  ❺ -s 的形態

- 單字的複數形請自行查字典確認與整理，比較容易記得。

  ▶ das Fleisch（肉）、das Obst（水果）、das Gemüse（蔬菜）、die Milch（牛奶）等，一般用作單數。
  ▶ die Eltern（父母）、die Geschwister（兄弟姊妹）、die Leute（人們）、die Ferien（假期）等是複數形。

- 但像是 die Lehrerin 這樣字尾接上 -in 的陰性名詞，其複數形為字尾再加上 -nen。

  ▶ die Lehrerin**nen**（女老師們），die Schülerin**nen**（女學生們），die Studentin**nen**（女大學生們）

種類	形態	陽性 單數	陽性 複數	陰性 單數	陰性 複數	中性 單數	中性 複數
1	不變者	der Kuchen der Lehrer der Schüler	die Kuchen die Lehrer die Schüler			das Fenster das Zimmer das Zucker das Brötchen	die Fenster die Zimmer die Zucker die Brötchen
	變母音 ¨	der Bruder der Vater der Apfel	die Br**ü**der die V**ä**ter die **Ä**pfel	die Mutter die Tochter	die M**ü**tter die T**ö**chter		

74　LEKTION 4

種類	形態	陽性 單數	陽性 複數	陰性 單數	陰性 複數	中性 單數	中性 複數
2	-e	der Brief der Film der Freund der Monat der Tag	die Brief**e** der Film**e** die Freund**e** die Monat**e** die Tag**e**			das Brot das Heft das Jahr das Wort （話語）	die Brot**e** die Heft**e** die Jahr**e** die Wort**e**
	¨e	der Saft der Sohn	die S**ä**ft**e** die S**öh**n**e**	die Hand die Kraft die Nacht die Stadt die Wurst	die H**ä**nd**e** die Kr**ä**ft**e** die N**ä**cht**e** die St**ä**dt**e** die W**ü**rst**e**		
3	-er					das Bild das Kind	die Bild**er** die Kind**er**
	¨er	der Mann der Wald	die M**ä**nn**er** die W**ä**ld**er**			das Buch das Haus das Land das Wort （單字）	die B**ü**ch**er** die H**äu**s**er** die L**ä**nd**er** die W**ö**rt**er**
4	-n	der Name	die Name**n**	die Kartoffel die Schwester die Schule die Banane	die Kartoffel**n** die Schwester**n** die Schule**n** die Banane**n**	das Auge das Erbe	die Auge**n** die Erbe**n**
	-en	der Herr der Student	die Herr**en** die Student**en**	die Frau die Uhr	die Frau**en** die Uhr**en**		
5	-s	der Kuli der Opa der Park	die Kuli**s** die Opa**s** die Park**s**	die Kiwi die Party	die Kiwi**s** die Party**s**	das Auto das Baby das Foto das Handy das Hotel	die Auto**s** die Baby**s** die Foto**s** die Handy**s** die Hotel**s**

ÜBUNGEN 04 練習題

1. 請參考以下範例，填入適當的冠詞。

> 範例　ein Brot (n.) - das Bort

1. ein Apfel (m.)　　　　-　_____ Apfel
2. eine Tomate (f.)　　　-　_____ Tomate
3. _____ Brötchen (n.)　-　das Brötchen
4. _____ Salat (m.)　　-　der Salat
5. _____ Banane (f.)　　-　die Banane

2. 請在下方空格中填入不定冠詞（ein, eine, ein）和定冠詞（der, die, das, 複數形的 die）的第 1 格。

> 範例　(f.) Das ist eine Rose. Die Rose ist sehr schön.
> 這是一朵玫瑰花。這玫瑰花很美。

1. (m.) Das ist _____ Computer. _____ Computer kostet 1200 Euro.
2. (n.) Das ist _____ Auto. _____ Auto ist neu.
3. (f.) Das ist _____ Zeitung. _____ Zeitung heißt Die Welt.
4. (n.) Das ist _____ Hotel. _____ Hotel heißt Maritim.
5. (m.) Das ist _____ Supermarkt. _____ Supermarkt heißt Aldi.
6. (pl.) Das sind _____ Studenten. _____ Studenten kommen aus China.

3. 請在空格中填入適當的冠詞。

1. Hier ist ein Apfel. _____ Apfel ist sehr frisch.
2. Hier ist _____ Ei. Das Ei ist klein.
3. _____ Eier hier sind frisch.
4. Das ist _____ Birne. Die Birne ist nicht groß.
5. Das ist ein Brötchen. _____ Brötchen ist ganz frisch.
6. Das ist keine Orange. Das ist _____ Zitrone.

76　LEKTION 4

7. A: Ist das _____ Kartoffel?
   B: Nein, das ist _____ Kartoffel.

8. A: Brauchst du einen Apfel?
   B: Nein, ich brauche _____ Apfel.

4. 請在下方空格中填入適當的不定冠詞與定冠詞。

1. Das ist ein Kohl. _____ Kohl ist frisch.
2. Das sind Brote. _____ Brote sind lecker.
3. Das ist _____ Frau. _____ Frau ist Deutsche.
4. Das ist eine Banane. _____ Banane ist frisch.
5. A: Ist _____ Birne groß?   B: Nein, sie ist klein.

5. 請在下方空格中填入適當的否定詞。

1. Die Birne ist _____ groß.
2. A: Ist der Apfel sauer?   B: Nein, er ist _____ sauer.
3. A: Wie ist das Wetter?   B: Es ist _____ gut.
4. A: Lernen Sie hier Englisch?   B: _____ , ich lerne Deutsch.
5. A: Spielt ihr noch Tennis?
   B: Nein, wir spielen _____ gern Tennis.

6. 請寫出下列單字的複數形。

1. Apfel - _____
2. Kartoffel - _____
3. Tomate - _____
4. Mann - _____
5. Brot - _____
6. Foto - _____
7. Sohn - _____
8. Tochter - _____
9. Frau - _____
10. Kind - _____

德國人常常在用的表達句
問候 3

04_2.mp3

詢問對方是否忙碌時
您最近事情很多嗎？	Haben Sie zurzeit viel Arbeit?
您最近很忙嗎？	Sind Sie zurzeit sehr beschäftigt?
你最近很忙嗎？	Bist du zurzeit sehr beschäftigt?
你最近有很多事要做嗎？／你最近忙嗎？	Hast du zurzeit viel zu tun?
您今天有很多事要做嗎？	Haben Sie heute viel zu tun?

描述心情時
我心情不好。	Ich habe schlechte Laune.
我不怎麼開心。	Ich fühle mich nicht wohl.
你怎麼這麼悶悶不樂？	Warum bist du so deprimiert?
你看起來真不錯。	Du siehst gut aus.
（您／你）發生什麼事了？	Was ist los (mit Ihnen/dir)?

在特別的日子給予祝福
聖誕快樂！	Frohe Weihnachten!
聖誕節快樂！	Frohes Weihnachtsfest!
祝有個愉快的新年！	Frohes neues Jahr!
新年快樂！	Ein glückliches neues Jahr!
祝新的一年萬事大吉。	Alles Gute zum neuen Jahr!
新年如意！（過年前才用的賀詞）	Guten Rutsch ins neue Jahr!

問候他人時
您事業做得怎麼樣？	Wie geht/läuft Ihr Geschäft?
您事業做得還順利嗎？	Was macht Ihr Geschäft?
您的新事業做得如何？	Wie geht Ihr neues Geschäft?
該事業並不差。	Das Geschäft ist nicht so schlecht.
該事業沒那麼好。	Das Geschäft ist sehr flau.
我的生意興隆。	Mein Geschäft ist lebhaft.
我的生意興隆。	Mein Geschäft ist im Hochbetrieb.
我的生意不好。	Mein Geschäft läuft nicht gut.
還應付得過去。（還好）	So leidlich.

LEKTION 4

德國人常常在用的詞彙
廚房
04

04_3.mp3

die Küche	廚房
das Leitungswasser	自來水
die Kaffeekanne	咖啡壺
die Teekanne	茶壺
das Glas, Gläser	玻璃杯
die Tasse	咖啡杯
die Untertasse	杯墊
die Suppentasse	湯碗
die Schüssel, Schüsseln	器皿,碗(大型)
die Serviette	餐巾紙
der Löffel	湯匙
die Gabel	叉子
das Messer	餐刀
die Pfanne	平底鍋
der Topf, Töpfe	鍋子
der Herd	爐,爐灶
die Mikrowelle	微波爐
der Kühlschrank	冰箱
der Toaster	烤麵包機
der Ofen	烤箱
die Spülmaschine, -n	自動洗碗機
die Spüle	洗水槽
die Küchenwaage, -n	廚房料理秤
der Teller, -	盤子
der Wasserkocher	燒水器
der Unterteller	器皿墊
die Kelle	湯勺
die Schere	剪刀
der Dosenöffner	開罐器
der Korkenzieher	螺旋形開瓶器
der Kochkessel	飯鍋
der Wasserkessel	水壺

文化篇－認識德國，了解德語

德國的環境政策

「要不要去看看被動式節能屋呢？」
Wollen wir ein Passivhaus besuchen?

　　1960 年代末期，人們終於對歐洲戰役所爆發的第二次世界大戰作出反省，也對「合理主義」的懷疑態度提供了現代主義的頭緒，更開啟了生態保育之路。那時，為了發展經濟，大自然被破壞是很常見的事，在 1970 年時終於發表了「即時環境保護對策」。內容是保護人類生活所需的環境，像是保護土地、空氣、水以及動植物等，這是為了避免環境被破壞所採取的措施。這個環境政策堅守了 3 大原則。分別是**預防原則**（保護及預防生物與生活空間之間的生態學關係）；**問題製造者負責制度**（自行負擔重建費用）；還有**公共協助原則**（所有市民擔負起環境保護之責，一同維護未來要使用的土地）。德國最主要的環境汙染是水質及土質汙染，而沒有空氣污染的問題。

　　德國雖是汽車生產大國，但所有的車輛都設置了可以排除廢氣的淨化裝置，叫做 Katalisator。由於很多企業之環保團體的環保意識很高，以及在所有市民的監督之下，各企業都很積極地參與各項環境保護。從事與環境相關的企業，在歐洲都擁有相當優秀的技術，並且將這些技術輸出到歐洲各國去。

德國日後打算廢掉核電廠，這是 2000 年代初期，FDP 自由民主黨和 Grune 綠黨在組成聯邦政府時，所擬定好的政策，現今這個政策成了政治圈要著手進行的國家課題。

　　特別是從「生態幼稚園」，這是以親近大自然且回歸大自然為目的所設置的幼稚園，這樣的幼稚園在全國日益漸增。為了讓學生們從小開始認識大自然，理解生態系，並且與大自然一起成長，希望能讓孩子們親身去體會。

　　特別是在德國南部的環境都市「Freiburg 弗萊堡」，它是世界聞名的生態都市。這都市的市中心不能開車，但取而代之的是住在市中心的所有市民，每個月可以得到交通費的補助，腳踏車是市民主要的交通工具。都市全區都建有 Passivhaus，所以不需使用太多能源，室內也可以維持適當的溫度，而且如果有使用太陽能住宅，太陽能發電廠，進口發電機等，都市使用剩下的能源還可以賣給鄰近的都市，然後再將販賣所得回饋給市民。在市中央還有清澈的溪水，溪水也設有小型的水力發電機來生產能源。

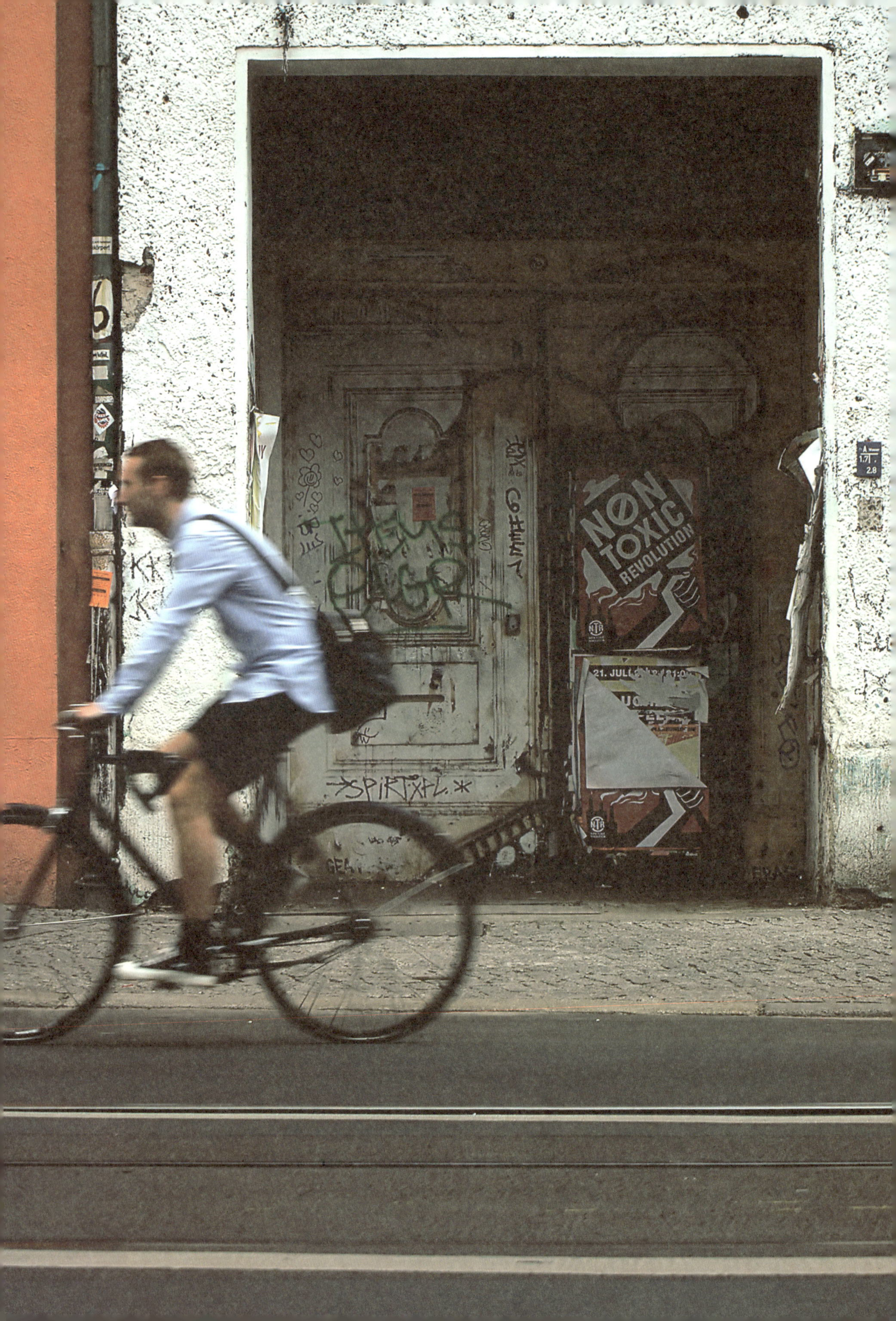
NØN TOXIC
REVOLUTION

LEKTION
5

- 動詞的人稱變化 2
- 不定冠詞（第 4 格：賓格）
- haben 動詞的現在人稱變化
- 人稱代名詞（第 4 格：賓格）
- 否定的不定冠詞（第 4 格：賓格）
- ja, nein, doch
- 介系詞（bei, in）＋第 3 格（與格）
- 複合名詞

Ich habe einen Bruder.

我有一個弟弟。

DIALOG 05 基本會話

Erika　Hast du Geschwister, Mina?
Mina　Ja, ich habe eine Schwester und einen Bruder.
Erika　Wo wohnen sie denn?
Mina　Meine Schwester wohnt in Taipeh.
　　　Aber mein Bruder wohnt hier in Berlin.
Erika　Wirklich? Was macht er?
Mina　Er ist Student. Er lernt jetzt Deutsch.
Erika　Ach so. Ich habe nur einen Bruder.
　　　Er ist schon verheiratet und arbeitet in einer
　　　Firma, bei Siemens.

Erika　Mina，妳有兄弟姊妹嗎？[1]
Mina　有，我有一個姊姊和一個弟弟。
Erika　他們住在哪裡？
Mina　我姊住在台北，但我弟住在柏林這裡。
Erika　真的嗎？他是做什麼的？[2]
Mina　他是大學生。他現在在學德語。
Erika　這樣啊！我只有一個哥哥。他已經結婚了，而且在公司上班[3]，在西門子公司。

重點整理

1 你有兄弟姊妹嗎？
Hast du Geschwister?

詢問對方是否有哥哥或弟弟時，通常會使用表示「兄弟姊妹」的詞彙 Geschwister 來詢問。

hast 的原形是 haben，為「有，持有」的意思。

2 （那）他是做什麼的呢？
Was macht er (denn)?

這句的字面意義是「他做什麼」，但同時也有「他的職業是什麼」的意思。

Er ist Student. 他是大學生。
Er ist Angestellter. 他是上班族。

Mina　Meine Schwester hat noch keine Arbeit.
　　　Sie sucht eine Stelle.
Erika　Ist deine Schwester verheiratet?
Mina　Nein, sie ist noch ledig.
Erika　Hat sie keinen Freund?
Mina　Doch, sie hat schon einen Freund.
　　　Ich finde ihn sehr sympathisch.

Mina　我姊還沒有工作。她在找工作。
Erika　你姊結婚了嗎？
Mina　沒有，她還是未婚。
Erika　她沒有男朋友嗎？
Mina　有，她已經有對象了。
　　　我覺得他人很和藹可親。

haben	有
die Geschwister	兄弟姊妹
wo	哪裡
wohnen	住，居住
sie	他們（第三人稱複數）
die Schwester	姊姊，妹妹
aber	但是，可是
der Bruder	哥哥，弟弟
hier	這裡
wirklich	真的
machen	做
jetzt	現在
lernen	學習
Deutsch	德語
nur	只，僅
schon	已經，早就
verheiratet	已婚的
arbeiten	工作
die Firma	公司
die Arbeit	工作
der Arbeitsplatz	職場，工作崗位
suchen	求，找
die Stelle	工作崗位，職位
ledig	未婚的
finden	認為，覺得
sympathisch	友好的，和藹可親的

3　他在公司上班。
Er arbeitet in einer Firma.

就像 arbeiten 一樣，若動詞的語幹是以 -d 或 -t 作結時，第二人稱單數和第三人稱單數的動詞在進行變化時，就要在變化的字尾前面加上母音 e，變成 -est 或 -et。

du arbeit*est*, er arbeit*et*
du find*est*, er find*et*

GRAMMATIK 05　掌握文法

1 動詞的人稱變化 2

單數				複數			
主格	heißen	arbeiten	finden	主格	heißen	arbeiten	finden
ich	heiß*e*	arbeit*e*	find*e*	wir	heiß*en*	arbeit*en*	find*en*
du	heiß*t*	arbeit*est*	find*est*	ihr	heiß*t*	arbeit*et*	find*et*
Sie	heiß*en*	arbeit*en*	find*en*	Sie	heiß*en*	arbeit*en*	find*en*
er/sie/es	heiß*t*	arbeit*et*	find*et*	sie	heiß*en*	arbeit*en*	find*en*

▶ 動詞字幹若是以 -s, -ß, -z 或是 -x 作結，第二人稱單數（du）動詞變化的字尾 -st 中的「s」會脫落。符合此規則的動詞有以下這幾個：

grüßen（問候）　mixen（混和）　kratzen（搔癢）　sitzen（坐落在，坐）
spritzen（噴灑，打針）

請比較：ich heiß -*e*　　　　du heiß -(s)*t*　　　　er heiß -*t*

Ich reis*e* oft.　　　　　　　　我常去旅行。（reisen 旅行）

Reis*t* du auch?　　　　　　　你也旅行嗎？

Du tanz*t* gut.　　　　　　　　你很會跳舞。（tanzen 跳舞）

Monika tanz*t* auch gut.　　　Monika 也很會跳舞。

▶ 動詞字幹如果是以 -d、-t 或 -m 作結，第二人稱單數、第三人稱單數、第二人稱複數的動詞在做變化時，字幹後面要再加上母音 e。例如：

antwor*t*en（回答，答覆）　arbei*t*en（工作）　fin*d*en（覺得，找到）
war*t*en（等待，等候）　at*m*en（呼吸）

請比較：ich arbeit -e　　　　du arbeit*e* -st　　　　er arbeit*e* -t

▶ 動詞字幹若是以 -n 作結，且 n 的前面為子音，第二與第三人稱單數、第二人稱複數的動詞在做變化時，字幹後面要再加上母音 e。例如：

reg*n*en（下雨）：es reg*n*et

rech*n*en（計算）：er rech*n*et

Wie find*e*st du es denn?　　　那你對那個有什麼看法？

Arbeit*e*t ihr fleißig?　　　你們有認真工作／念書嗎？

Wart*e*t er noch?　　　他還在等嗎？

Es regn*e*t viel.　　　下大雨。

❷ 不定冠詞（第 4 格：賓格／直接受格）

	單數			複數		
	陽性	中性	陰性			
第 1 格（主格）	ein Bruder Füller	ein Kind Heft	eine Schwester Schere	Brüder Füller	Kinder Hefte	Schwestern Scheren
第 4 格（賓格）	ein*en* Bruder Füller	ein Kind Heft	eine Schwester Schere	Brüder Füller	Kinder Hefte	Schwestern Scheren

- 第 4 格在德文句子中主要扮演著「直接受詞」的角色，而第 4 格不定冠詞就是放在「直接受詞」前面表示「一個」意義的冠詞。

- 複數名詞之所以沒有不定冠詞，是因為不定冠詞帶有「一個」的意思。

A Hast du vielleicht *einen* Bruder?　　　你是不是有一個弟弟？
B Ja, ich habe *einen* Bruder.　　　有，我有一個弟弟。

A Haben Sie *eine* Schwester?　　　您有姊姊嗎？
B Ja.　　　有。

A Haben Sie *ein* Heft?　　　您有筆記本嗎？
B Ja, ich habe *ein* Heft.　　　有，我有一本筆記本。

A Hast du vielleicht Geschwister?　　　你是否有兄弟姊妹？（Geschwister 為複數形，意指「兄弟姊妹」）
B Ja, ich habe drei.　　　嗯，我有三個兄弟姊妹。

GRAMMATIK 05 掌握文法

③ haben 動詞的人稱變化（現在式）

	單數		複數	
第一人稱	ich	**habe**	wir	**haben**
第二人稱	du	**hast**	ihr	**habt**
	Sie	**haben**	Sie	**haben**
第三人稱	er/sie/es	**hat**	sie	**haben**

- 由於 haben 動詞是及物動詞，要有直接受詞，所以需特別留意冠詞的格變化（賓格，即直接受詞）。

Ich *habe* ein*en* Bruder.　　　　我有一個兄弟。
→ 一般而言，德語沒有特別將哥哥和弟弟做區分，都講 Bruder。

Hast du auch Geschwister?　　　你也有兄弟姊妹嗎？

Ich *habe* nur eine Schwester.　　　我只有一個妹妹（姊姊）。

Maria *hat* eine Uhr.　　　　　　Maria 有一支手錶。

Udo *hat* ein Handy.　　　　　　Udo 有一支手機。

Katrin und Tobias, *habt* ihr Probleme?　　Katrin 和 Tobias，你們有問題嗎？

④ 人稱代名詞（第 4 格：賓格）

	單數						複數		
	第一人稱	第二人稱	第三人稱				第一人稱	第二人稱	第三人稱
第1格（主格）	Ich 我	du 你	Sie 您	er 他	sie 她	es 它	wir 我們	ihr 你們	Sie 您們	sie 他們
第3格（與格）	mir	dir	Ihnen	ihm	ihr	ihm	uns	euch	Ihnen	ihnen
第4格（賓格）	mich	dich	Sie	ihn	sie	es	uns	euch	Sie	sie

- 當德語要再次提及某名詞時，一般不會重複提到該名詞，而是會使用人稱代名詞。動詞如果是及物動詞（如 finden），人稱代名詞會是第 4 格。第 4 格也就是直接受詞，例如「我愛你」「我看到他」中，動詞都是及物動詞，所以這時的「你」「他」在德文中都是第 4 格。（另有支配第三格動詞）

A Wie finden Sie das Bild hier?　　　您覺得這邊這幅畫怎麼樣？
B Ich finde *es* gut.　　　　　　　　我覺得它很棒。

A Wie findest du die Tasche hier?　　你覺得這邊這個包包怎麼樣？
B Ich finde *sie* schön.　　　　　　 我覺得她很漂亮。

A Wie findest du den Hut?　　　　　 你覺得這頂帽子怎麼樣？
B Ich finde *ihn* gut.　　　　　　　 我覺得她還不錯。

A Herr Rippe kommt schon da.　　　　Rippe 先生已經從那裡過來。
　　　　　　　　　　　　　　　　　　（schon 已經，早就；da 那邊，那裡）
B Ich finde *ihn* sympathisch.　　　 我覺得他相當和藹可親。

A Der Mann liebt die Frau.　　　　　 那個男人愛那個女人。
B Ja, er liebt *sie* sehr.　　　　　 是呀，他很愛她。
→ liebt 原形為 lieben（愛）

5 否定的不定冠詞（第 4 格：賓格）

	m.（陽性）	f.（陰性）	n.（中性）	Pl.（複數）
第 1 格（主格）	kein Bruder	keine Schwester	kein Kind	keine Brüder/Kinder/Schwestern
第 4 格（賓格）	kein*en* Bruder	keine Schwester	kein Kind	keine Brüder/Kinder/Schwestern

- 不定冠詞 ein- 雖沒有複數形態，但其否定形為 kein-。否定形 kein- 放在直接受詞前面時，因為是賓格的位置，所以 kein- 除了隨名詞的性的變化外，也要有其賓格的變化。

A Hat deine Schwester einen Freund?　　你姊姊有男朋友嗎？
B Nein, sie hat noch *keinen* Freund.　 沒有，她還沒有男朋友。

A Hast du eine Freundin?　　　　　　　　你有女朋友嗎？
B Nein, ich habe noch *keine* Freundin. 沒有，我還沒有女朋友。

A Haben Sie Zeit?　　　　　　　　　　　您有時間嗎？
B Nein, ich habe *keine* Zeit.　　　　　沒有，我沒時間。
→「Zeit」是陰性名詞（die Zeit），所以用在否定時，否定冠詞要用陰性形。

A Haben Sie Kinder?　　　　　　　　　　您有小孩嗎？（das Kind 的複數形）
B Nein, ich habe *keine* Kinder.　　　　沒有，我沒有小孩。

ICH HABE EINEN BRUDER.　89

GRAMMATIK 05 掌握文法

6 回答問題時會用到的 ja（是→肯定），nein（不→否定），doch（是→對否定疑問句作肯定的回答）

- 肯定的回答用 ja，否定的回答用 nein。

    A Hast du heute Zeit? 　　　　　　　你今天有時間嗎？
    B *Ja.* 　　　　　　　　　　　　　　有。
    　Nein, ich habe keine Zeit. 　　　　不，我沒有時間。

    A Haben Sie *keine* Freundin? 　　　您沒有女朋友嗎？
    B *Nein,* ich habe keine Freundin. 　沒有，我沒有女朋友。
    　Doch, ich habe schon eine Freundin. 　有，我已經有女朋友了。

- 針對**否定的提問**做出**否定的回應**時，使用 nein。但針對否定的提問，如果要做**肯定的回應**時，會使用 doch。因此，doch 是對否定的問題作肯定的回應。

    A Kommst du *nicht* mit? 　　　　　你沒有要一起去嗎？
    B *Doch*, ich komme gern mit. 　　　有，我很樂意一起去。
    　Nein, ich komme nicht mit. 　　　沒有，我沒有要一起去。

    A Sind Sie *nicht* Herr Peters? 　　　您不是 Peters 先生嗎？
    B *Nein*. 　　　　　　　　　　　　不是。

7 介系詞 in + 第 3 格（與格）

如果動詞是帶有「狀態意義」時（如「住在」「待在」「學習」這類並非具有動態意義的動詞），會出現「in + 第 3 格」的情況。

Mein Bruder arbeitet *in einer* Firma. 　　我哥在公司上班。
Ich arbeite *in der* Bibliothek. 　　　　　我在圖書館念書。（die Bilbliothek）
Wohnst du *im* Studentenheim? 　　　　你住在宿舍嗎？（das Studentenheim）
Ingrid lernt noch *in der* Schule. 　　　　Ingrid 還在學校念書。（die Schule）
Seine Eltern wohnen *im* Iran. 　　　　　他的父母住在伊朗。（der Iran）
Maria studiert *in den* USA. 　　　　　　Maria 在美國讀大學。（USA 當作複數使用）
Ich wohne *in der* Herderstraße 15. 　　　我住在 Herderstraße 15 號。
Meine Mutter liegt *im* Krankenhaus. 　　我媽媽住院。
Ich bin *in der* Apotheke. 　　　　　　　我在藥局。

8 複合名詞

請依照下列的步驟，將各別的兩個名詞做結合，結合之後的名詞的性，會依照第二個名詞的性而定。此外，要注意名詞和名詞之間的結合點，是否有加上 s。

die Wörter 單字（複數）+ das Buch 書 → **das Wörterbuch** （字典）

das Land 土地 + die Karte 卡片 → **die Landkarte** （地圖）

die Kinder 孩童（複數）+ der Garten 庭園 → **der Kindergarten** （幼稚園）

die Arbeit 工作 + der Platz 位子，崗位	⇒	der Arbeitsplatz 工作，職場
der Druck 壓力 + der Stift 鉛筆	⇒	der Druckstift 自動鉛筆
das Telefon 電話 + das Buch 書	⇒	das Telefonbuch 電話號碼簿
das Foto 照片 + das Geschäft 商店	⇒	das Fotogeschäft 照相館
der Regen 雨 + der Schirm 降落傘	⇒	der Regenschirm 雨傘
das Gemüse 蔬菜 + die Suppe 湯	⇒	die Gemüsesuppe 蔬菜湯
das Papier 紙 + der Korb 籃子	⇒	der Papierkorb 垃圾桶
die Ansicht 景象 + die Karte 卡片	⇒	die Ansichtskarte 圖畫明信片
die Speise 食物 + die Karte 卡片	⇒	die Speisekarte 菜單，食譜
der Tag 日子 + das Menü 套餐	⇒	das Tagesmenü 今日套餐
die Hand 手 + die Tasche 包包	⇒	die Handtasche 手提包
die Kinder 孩童們 + der Garten 庭園	⇒	der Kindergarten 幼稚園

不過複合名詞中，也有「動詞＋名詞」的結合，請見以下例子。

fahren 去 + die Karte 票	⇒	die Fahrkarte 車票
schreiben 寫 + der Tisch 桌子	⇒	der Schreibtisch 書桌
fahren 去 + das Rad 車輪	⇒	das Fahrrad 自行車
⋮		⋮

ICH HABE EINEN BRUDER.

ÜBUNGEN 05 練習題

1. 請參考以下範例，將主格改成第三人稱並依人稱做動詞變化。

> 範例　Ich heiße Min-gu Kim. → Er heißt Min-gu Kim.

1. Ich komme aus Taiwan.　→ _____.
2. Ich bin Taiwaner.　→ _____.
3. Ich arbeite fleißig.　→ _____.
4. Ich habe eine Schwester.　→ _____.
5. Das finde ich gut.　→ _____.

2. 請填入正確的動詞字尾。

1. arbeiten
   (1) Ich arbeit _____ fleißig.　　(2) Du arbeit _____ fleißig.
   (3) Jasmin arbeit _____ fleißig.　(4) Ihr arbeit _____ fleißig.
2. A: Melanie, wie find _____ du das hier?
   B: Oh, ich finde das sehr gut.
3. Der Mann atm _____ sehr langsam.
4. Es regn _____ viel.
5. Beate, du tanz _____ schön.

3. 請把要填入的 haben 動詞，做適當的人稱變化。

1. A: _____ du Zeit?　B: Nein, ich _____ noch keine Zeit.
2. Anne _____ heute keine Zeit.
3. A: Kevin und Peter, _____ ihr Probleme?
   B: Nein, wir _____ keine Probleme.
4. Frau Lohmann _____ einen Sohn.
5. Frau Lohmann, _____ Sie Geschwister?

4. 請參考以下範例，將下列的定冠詞改成第 4 格不定冠詞。

> 範例　die Tasche → Ich brauche *eine* Tasche.
> 　　　der Computer → Ich brauche *einen* Computer.
> 　　　das Wörterbuch → Ich brauche *ein* Wörterbuch.

1. die Lampe → _____.
2. die Waschmaschine → _____.
3. der CD-Spieler → _____.
4. das Sofa → _____.
5. der Teppich → _____.

5. 請個別填入適當的代名詞。

1. A: Ist das ein Apfel?   B: Ja, der Apfel ist frisch. _____ ist sehr gut.
2. A: Ist das eine Tasche?
   B: Ja, die Tasche ist praktisch. _____ ist sehr gut.
3. A: Ist das ein Buch?
   B: Ja, das Buch ist neu. _____ ist sehr interessant.
4. A: Sind das Hefte?   B: Ja, das sind Hefte. _____ sind gut.
5. Der Kuli? _____ ist sehr klein.

6. 請填入適當的否定形不定冠詞。

1. Ich habe _____ Freundin.
2. Jasmin, hast du _____ Freund?
3. Was? Du hast noch _____ Heft?
4. Ich habe heute _____ Zeit.
5. Hast du _____ Geschwister?

7. 請在下列空格中填入適當的代名詞。

1. Da ist ein Heft. Brauchst du _____?
2. A: Haben Sie vielleicht einen Druckstift?
   B: Ja, hier ist _____.
3. A: Wie finden Sie den Mann?
   B: Ich finde _____ nett.
4. A: Wie finden Sie das Bild?
   B: Oh, ich finde _____ schön.
5. A: Wie finden Sie die Bluse hier?
   B: Ich finde _____ schön.

ICH HABE EINEN BRUDER.

德國人常常在用的表達句
詢問職業

您的職業是什麼？	Was sind Sie von Beruf?
想請問一下您的職業是什麼？	Was sind Sie von Beruf, wenn ich fragen darf?
您的職業是？	Was ist Ihr Beruf?
您從事什麼樣的工作呢？	Womit beschäftigen Sie sich?
您從事什麼樣的行業呢？	In welcher Branche sind Sie tätig?
您目前在做什麼工作？	Was für eine Arbeit haben Sie?
您在哪裡工作？	Wo arbeiten Sie?
您喜歡您的職業嗎？	Gefällt Ihnen Ihr Beruf?

我是股票分析師。	Ich bin Börsenanalytiker.
我目前從事股票經紀人的工作。	Ich bin als Börsenmakler tätig.
我在公司上班。（我是公司職員）	Ich bin Angestellte.
我是記者。	Ich bin Journalist.
我媽是家庭主婦。	Meine Mutter ist Hausfrau.
我姊是教師。	Meine Schwester ist Lehrerin.
我爸是自營商。	Mein Vater ist Selbstständiger.

我是領月薪的。	Ich bin Gehaltsempfänger.
我是生意人。	Ich bin Geschäftsmann.
我哥是公務員。	Mein Bruder ist Beamter.
我是技術人員。	Ich bin Ingenieur.
他是維修技師。	Er ist Mechaniker.
我是自由工作者。	Ich bin Freiberufler.
我是廚師。	Ich bin Koch.
我是公司的總裁。	Ich bin Direktor bei einer Firma.
我是大學生。	Ich bin Student.
我哥是口譯人員。	Mein Bruder ist Dolmetscher.
我在銀行上班。	Ich arbeite bei einer Bank.
我經營小公司。	Ich führe einen kleinen Betrieb.

德國人常常在用的詞彙
職業 05

der Chef	老闆
die Chefin	女老闆
die Sekretärin	女秘書
der Sekretär	男秘書
der/die Angestellte	職員
der Apotheker	藥劑師
der Architekt	建築師
der Arzt	醫生
die Ärztin	女醫生
der Bauer	農夫
der Busfahrer	公車司機
der Dolmetscher	口譯員
der Fotograf	攝影師
das Fotomodell	拍照模特兒
der Friseur, die Friseurin	髮型師
der Journalist	記者，新聞工作者
der Geschäftsführer	經理，執行長
der Kapitän	船長
der Geschäftsmann / die Geschäftsfrau	商人
der Lehrer	教師
der Matrose	船員，水手
der Müllmann	清潔工
der Pilot	飛機駕駛員，機師
der Polizist	警察
der Professor	教授
der Programmierer	程序員，程式設計師
der Putzmann, die Putzfrau	清潔工
der Rechtsanwalt	律師
der Richter	法官
der Schuhmacher	鞋匠
der Soldat	軍人
die Stewardess	空姐
der Staatsanwalt	檢察官
der Taxifahrer	計程車司機
der Zahnarzt	牙醫
die Zeichnerin	女繪圖師

05_3.mp3

文化篇—認識德國，了解德語

德國的青少年

「今晚一起看場電影吧！」
Gehen wir heute Abend ins Kino!

　　歐洲的青少年因為心智成長速度比身體成長速度來得慢，所以經常引起許多誤會。德國青少年的法定年齡為 16 歲，所以對於青少年，國家及教育機關的保護政策做得相當徹底。與其說是在壓抑青少年，不如說是在發生問題之前，能夠先保護青少年的政策。德國的青少年會將印有青少年保護法的印刷品夾在筆記本中，而像是使用網路時的一些法規內容，也一樣會隨時帶在身邊。

- 酒吧（Bar）及夜間酒吧：如果年紀未滿 16 歲，必須攜帶父母的許可書才准予出入；即使是滿 16 歲者，最晚也只能待到午夜為止，而夜店是絕對禁止的。
- 賭場，賭博性質的營業場所：不可進出。
- 迪斯可舞廳（非夜店）：年紀滿 16 歲者，可待到午夜為止；未滿 14 歲者可待到 10 點，但仍須先取得父母的許可書。
- 酒精飲料：濃度高的酒，例如伏特加是完全被禁止的；濃度低的酒，例如葡萄酒或啤酒，只有滿 16 歲者才能飲用；介於 14 到 15 歲之間者，原則上是禁止飲用的，但如果有長輩在旁就沒關係，因為現場的長輩可以保護他們，但前提是他們能遵從長輩的（僅限啤酒，濃度低的葡萄酒及香檳）。
- 有分級限制的電影：年紀未滿 14 歲者可以看到晚上 8 點；滿 16 歲者可以看到晚上 10 點；滿 18 歲者則是 24 小時皆可觀看。
- 電影或電視遊樂器：得依等級限制的級別來購買。
- 電玩遊戲：在等級限制的範圍內是可以購買的。
- 香菸：唯有 18 歲以上者才可以吸菸。

＊看得出來德國相當重視青少年健全的成長環境，促使他們得以成為身心健全的社會人，所以在安全機制等方面上做得很好。

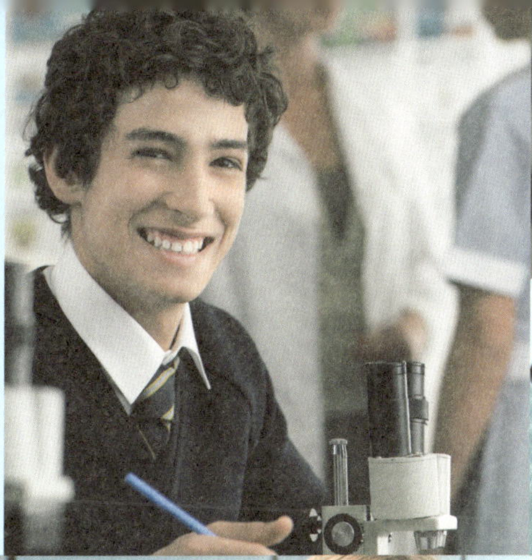
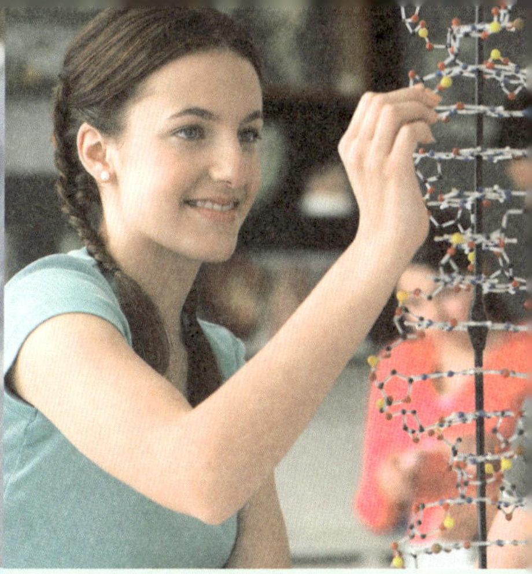
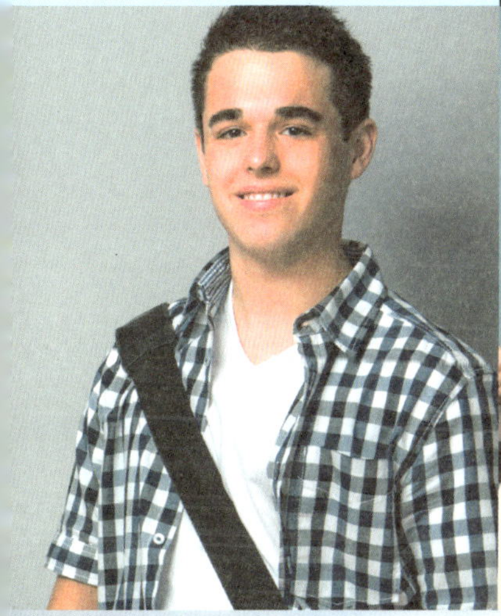
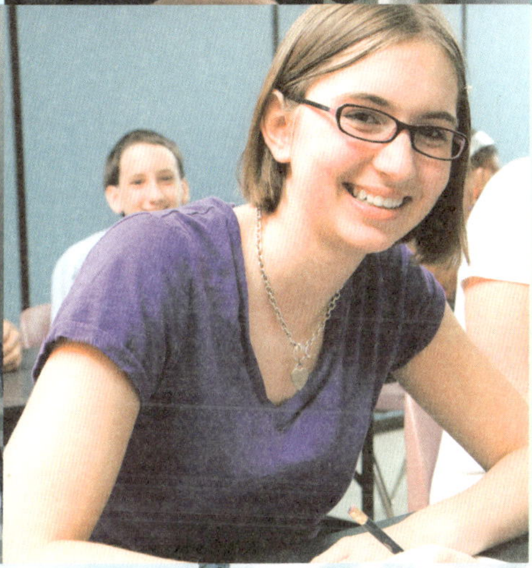
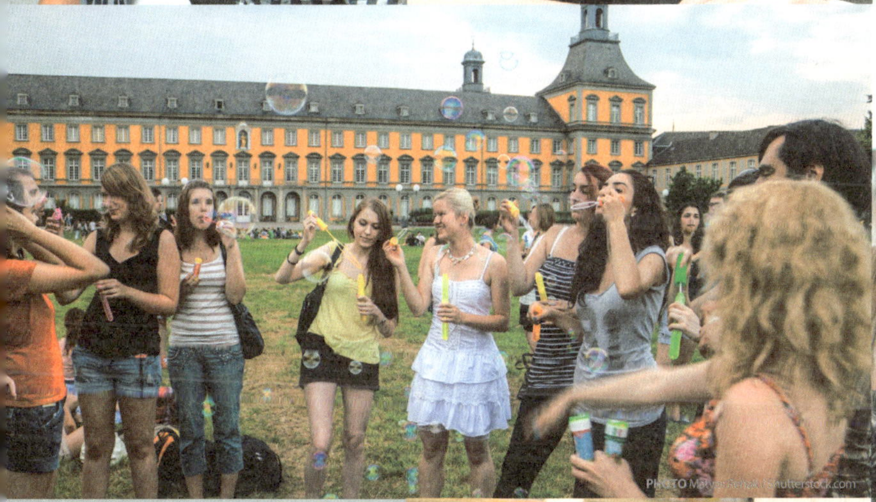
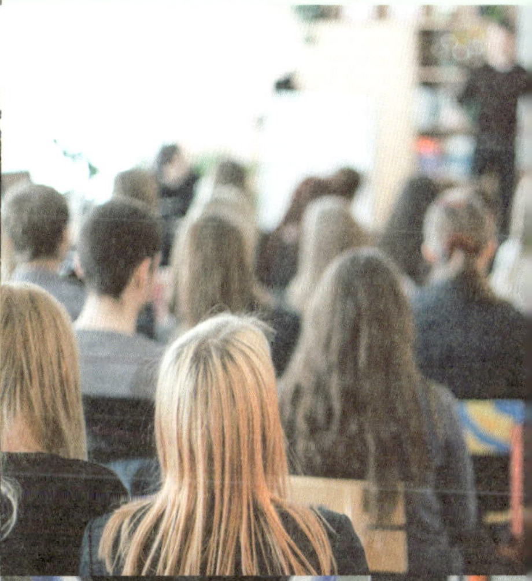
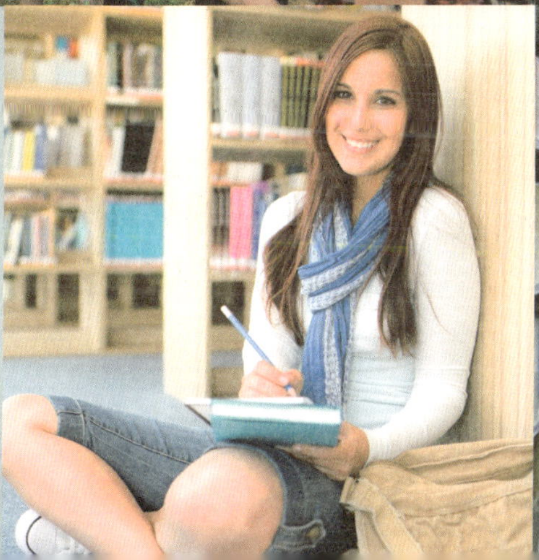
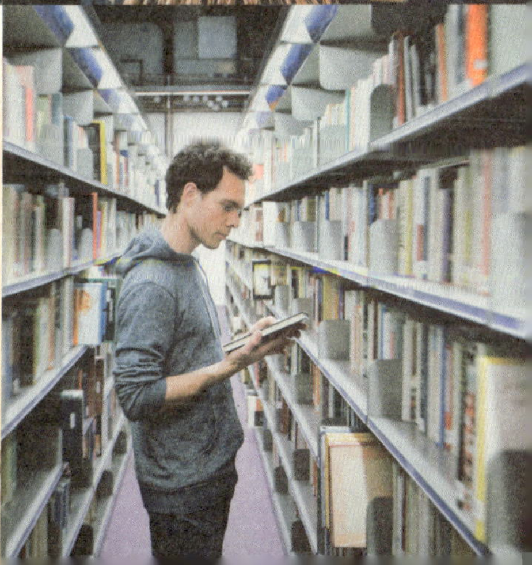

Nimmst du auch eine Currywurst?

你也要吃咖哩香腸嗎?

LEKTION
6

- 強變化動詞的人稱變化
- 不定冠詞和定冠詞的格
- 動詞原形＋kommen/gehen
- 人稱代名詞的格
- 支配第三格（與格）的動詞

DIALOG 06 基本會話

06_1.mp3

Erika　Hallo, Mina! Kommst du essen?
Mina　Ja, gern. Was essen wir?
Erika　Ich esse eine Currywurst mit Brötchen.
　　　Was isst du? Nimmst du auch eine Currywurst?
Mina　Nein, Currywurst schmeckt mir nicht und eine Wurst ist mir zu wenig.
　　　Ich bin sehr hungrig. Ich nehme ein Menü.
Erika　Oh, da oben steht etwas. Siehst du das? Das ist
　　　Chinesisch, nicht wahr?

Erika　哈囉！Mina，要不要一起去吃東西？[1]
Mina　好啊！我們要吃什麼？
Erika　我要吃麵包夾咖哩香腸。你要吃什麼？你也要吃咖哩香腸嗎？
Mina　不要，我不喜歡吃咖哩香腸，而且一根香腸對我來說太少了。[2]
　　　我肚子好餓，我要吃套餐。
Erika　喔！那上面寫了一些東西，你有看到嗎？那是中文，不是嗎？

重點整理

1 你要（一起）來吃東西嗎？
Kommst du essen?

句型〈kommen/gehen＋動詞原形〉表示「去做某事」。
Ich gehe schwimmen. 我去游泳。
Wir kommen einen Film sehen. 我們（一起）去看電影。
Ich gehe einkaufen. 我去購物。

2 一根香腸對我來說太少了。
Eine Wurst ist mir zu wenig.

在這裡，句型〈ist mir zu/sehr＋形容詞〉表示「對⋯來說太／很⋯」之意。
Die Jacke ist mir zu klein. 這件夾克對我來說太小了。
Das Hemd ist mir zu breit. 這件襯衫對我來說太寬了。
Der Mantel ist mir zu lang. 這件外套對我來說太長了。
Der Pullover steht dir sehr gut. 這件毛衣很適合你。

Mina	Stimmt. Das ist Chinesisch. Sprichst du Chinesisch?
Erika	Nein, ich spreche nur Deutsch und Englisch. Aber du sprichst gut Deutsch.
Mina	Wie bitte? Ich spreche doch nur ein bisschen Deutsch.
Erika	Nein.
Mina	Erika, isst du die Wurst nicht?
Erika	Doch, ich habe auch großen Hunger.

essen kommen 去吃東西
gern 樂意，喜歡
die Currywurst 咖哩香腸
mit 和⋯⋯一起，跟⋯⋯一同
das Brötchen 小圓麵包，麵包捲
nehmen 吃，拿，握，收下
die Wurst 香腸
zu 太
wenig 小的
hungrig 肚子餓的
gefallen 使喜歡（支配第三格動詞）
das Menü 套餐
da 那邊，那裡
oben 在上面，在上方
stehen 站著
sehen 看
nicht wahr? 不是嗎？
stimmt 對，沒錯
Chinesisch 中文
sprechen 說，講
nur 只，僅
ein bisschen 一點點，稍微
Hunger haben 肚子餓

Mina	正確。那個是中文。你會講中文嗎？[3]
Erika	不會，我只會講德語和英語。但你德語講得很好。
Mina	什麼？我只會講一點點德語而已。
Erika	哪有！
Mina	Erika，你不吃香腸嗎？
Erika	要，我也肚子很餓。

3 你會說中文嗎？
Sprichst du Chinesisch?

sprechen 在單數第二、第三人稱的變化中，母音 e 會變為 i。
Du spr**i**chst gut Deutsch. 你德語講得很好。
Er spr**i**cht gut Deutsch. 他德文講得很好。
Ich spr**e**che nur ein bisschen Deutsch. 我德語只會講一點點而已。

GRAMMATIK 06 掌握文法

1 強變化動詞的人稱變化

▶ 從 a 變成→ä 的變母音動詞

> **braten**（煎、曬）, **fahren**（開車、搭車）, **fangen**（捕捉、捉住）, **fallen**（墜落、掉下）, **gefallen**（滿意、中意）, **halten**（拿著、持、握）, **lassen**（讓、使）, **laufen**（跑、奔跑）, **einladen**（邀請、邀約）, **laden**（裝、載）, **raten**（推測、猜測）, **schlafen**（睡覺）, **tragen**（搬、穿戴）, **wachsen**（生長、成長）, **waschen**（洗、洗滌）

	a→ä			
	fahren	laufen	halten	raten
ich	fahre	laufe	halte	rate
du	fährst	läufst	hältst	rätst
Sie	fahren	laufen	halten	raten
er/sie/es	fährt	läuft	hält*	rät**
wir	fahren	laufen	halten	raten
ihr	fahrt	lauft	haltet	ratet
Sie	fahren	laufen	halten	raten
sie	fahren	laufen	halten	raten

- 在第二人稱單數（du）和第三人稱（er, sie, es）中，動詞字幹的母音會變化。

- 如果是 halten（拿著、持）和 raten（推測、猜測），單數第三人稱不是 hältet、rätet，而是 hält, rät。

Der Film *gefällt* mir sehr gut.	我很喜歡這部電影。（gefallen 是和「第三格（與格）」搭配的動詞）
Der Zug *fährt* schnell.	火車開很快。（fahren 駕駛）
Helene *trägt* einen Koffer.	Helene 提著旅行箱。
Der Zug *hält* in Köln.	這班火車停在科隆。
Elias *läuft* langsam.	Elias 慢慢地跑。
Das Baby *schläft* schon.	嬰兒已經睡覺了。
Das Mädchen *rät* ein Rätsel.	那個小女孩在猜謎語。

102　LEKTION 6

▶ 從 e 變成→i 的變母音動詞

brechen（打碎、砸碎）, **essen**（吃）, **geben**（給）, **gelten**（被視為、被看作是）, **helfen**（幫助、幫忙）, **messen**（測量、測定）, **nehmen**（拿、握）, **sprechen**（說話、講話）, **werfen**（拋、扔）

	e → i	*注意
	essen	nehmen
ich	esse	nehme
du	isst	nimmst
Sie	essen	nehmen
er/sie/es	isst	nimmt
wir	essen	nehmen
ihr	esst	nehmt
Sie	essen	nehmen
sie	essen	nehmen

- 第二人稱單數（du）中，字幹如果以 s, ß, tz, z 作結時，第二人稱單數動詞字尾 -st 的 s 會去掉。

- 動詞 nehmen 在第二、三人稱單數做動詞變化時，子音部分也要變化，即 nimmst 和 nimmt。

Manfred *isst* gern Pizza.	Manfred 喜歡吃披薩。
A *Isst* du gern Fisch?	你喜歡吃魚嗎？
B Nein, ich *esse* lieber Fleisch und Gemüse.	不，我更喜歡吃肉和蔬菜。
Sprecht ihr Deutsch?	你們說德語嗎？
Minho *spricht* gut Deutsch.	Minho 德語說得很好。
Florian *gibt* mir eine Karte.	Florian 給我一張明信片。
Wer *hilft* dir, Brigitte?.	Brigitte，是誰在幫你？
Min-gu, *nimmst* du ein Taxi?	Min-gu 你搭計程車嗎？
Was *isst* du zu Mittag?	你午餐吃什麼？

GRAMMATIK 06　掌握文法

▶ 從 e 變成→ie 的變母音動詞

empfehlen（推薦）, geschehen（發生、出現）, lesen（閱讀、朗讀）, sehen（看見）, stehlen（偷竊、偷）

e → ie	
lesen	sehen
lese	sehe
l*ie*st	s*ie*hst
lesen	sehen
l*ie*st	s*ie*ht
lesen	sehen
lest	seht
lesen	sehen
lesen	sehen

Was *lie*st du denn?　　　　　　咦，你在閱讀（看）什麼？

Ich *lese* eine Zeitung.　　　　　我在讀報紙。

Monika *sie*ht ein Bild.　　　　　Monika 在看畫。

Was *empfie*hlst du mir heute?　你今天要向我推薦什麼呢？

> **Tipp**
> 從 au 變成→ äu 的變母音動詞有：
> laufen（跑）、saufen（喝水、飲）
>
> 從 o 變成→ ö 的變母音動詞有：
> stoßen（撞、碰）、anstoßen（推動、乾杯）、verstoßen（驅逐、違反）

104　LEKTION 6

2 定冠詞的格

以下定冠詞依格位與性做整理。

	m.（陽性）	f.（陰性）	n.（中性）	Pl.（複數）
第一格（主格）	der	die	das	die
第二格（屬格）	des	der	des	der
第三格（與格）	dem	der	dem	den
第四格（賓格）	**den**	**die**	**das**	**die**

Das ist *ein* Kuli.	這個是原子筆。（ein 是陽性名詞不定冠詞第一格）
Der Kuli ist neu.	這原子筆是新的。（der 是陽性名詞定冠詞第一格）
Ich nehme *den* Kuli.	我要買這支原子筆。（den 是陽性名詞第四格）
Ich nehme *ein* Menü.	我點套餐。（ein Menü 在這裡是第四格）
Das Menü ist ganz gut.	這個套餐很不錯。（das Menü 是第一格）
Nimmst du auch *das* Menü?	你也點這個套餐嗎？（das Menü 在這裡是第四格）
Hier ist Herr Schmidt.	這位是 Schmidt 先生。
Kennen Sie *den* Mann?	您認識那位先生嗎？ （den Mann 在這裡是陽性第四格）
Die Bücher sind etwas teuer.	這些書有點貴。（Die Bücher 在這裡是複數第一格）
Dann nehme ich *die* Bücher nicht.	那麼，我不買這些書。 （Die Bücher 在這裡是複數第四格）

3 kommen/gehen＋動詞原形〈去做某事〉

Ich *gehe* essen.	我要去吃東西。＝Ich komme essen.
Ich *gehe* einen Film *sehen*.	我要去看電影。
Meine Mutter *geht* einkaufen.	我媽去購物。
Frau Meier *geht* schwimmen.	Meier 小姐去游泳。

GRAMMATIK 06 掌握文法

> （主格＋感官動詞＋受格＋動詞原形）表示〈主格在看／聽…某人做～〉
> Ich sehe den Mann kommen. 　　我看見那男子過來。
> Ich höre Monika singen. 　　我看見那男子過來。

❹ 人稱代名詞的格

這時要注意所用到的代名詞在句子中的格位。

	單數						複數					
	第一人稱	第二人稱	第二人稱	第三人稱	第三人稱	第三人稱	第一人稱	第二人稱	第二人稱	第三人稱
第 1 格（主格）	Ich 我	du 你	Sie 您	er 他	sie 她	es 它	wir 我們	ihr 你們	Sie 您們	sie 他們
第 3 格	mir	dir	Ihnen	ihm	ihr	ihm	uns	euch	Ihnen	ihnen
第 4 格	mich	dich	Sie	ihn	sie	es	uns	euch	Sie	sie

- 前面已提到，一般名詞被提到第二次時，經常會用人稱代名詞。不過之前只用到第 4 格，這裡還會同時用到第 3 格，也就是間接受詞。例如「我把一本書交給你」，這裡的「書」是直接受詞，而「你」則是間接受詞。請先比較德文這兩個格的形態差異。

A Gefällt dir das Buch? 　　你喜歡這本書嗎？（dir 是第 3 格。gefällt 的原形：gefallen）
B Ja, es gefällt mir gut. 　　嗯，我很喜歡（那）。（mir 是第 3 格。）

A Der Kuli ist neu. 　　這支原子筆是新的。
　Nimmst du ihn auch. 　　你也要買這個嗎？（ihn 是第三人稱 er 的第 4 格。）
B Nein, er gefällt mir nicht. 　　不，我不喜歡（那）。

A Sie tragen einen Koffer. 　　您提著行李箱。
　Ich helfe Ihnen. 　　我來幫您（拿）。（Ihnen 是第二人稱 Sie 的第 3 格。）
B Vielen Dank! 　　非常感謝你。

106　LEKTION 6

5 支配第三格的動詞

- 動詞可支配第三格的間接受詞 Dativ，可分三類，主要是依照該動詞的及物、不及物屬性，以及所接的受詞（即第四格的直接受詞 Akkusativ、第三格的間接受詞 Dativ）種類來分的。請見以下介紹：

【第一類：不及物動詞＋（間接受詞 Dativ）】
這裡的間接受詞是可加也可不加。

Das Essen *schmeckt* dem Kind nicht.	那食物不合那孩子的口味。（難吃）
Der Mann *hilft* einer Frau.	那位男子幫助某位女子。
Elias *antwortet* dem Lehrer.	Elias 回答老師。

【第二類：及物動詞＋間接受詞 Dativ＋直接受詞 Akkusativ】
這裡要接兩種受詞。

Der Junge *zeigt* den Touristen **den Weg**.	那個小男孩為那群觀光客指路。
Männer *schenken* Frauen oft **Blumen**.	男人經常是會送花給女人的。
Die Studentin *schreibt* dem Freund **eine E-Mail**.	那位女大學生寫 E-mail 給那位男性朋友。
A Was *zeigt* der Junge **den Touristen**?	那位男孩為那些觀光客指著什麼？
B Er *zeigt* ihnen **den Weg**.	他給他們指路。
Gisela *gibt* dem Großvater **ein Geschenk**.	Gisela 送爺爺一個禮物。
Sie *gibt* der Mutter **einen Strauß Blumen**.	她送媽媽一束花。

【第三類：不及物動詞＋間接受詞 Dativ】
此為支配第三格的動詞，為不及物動詞，但固定只接第三格（間接受詞）來當作受格，而不接第四格（直接受詞），否則句子不成立。

Das Fahrrad *gehört* der Schülerin.	這台腳踏車是屬於那位女學生的。
Das Buch *gefällt* mir.	我喜歡這本書。

GRAMMATIK 06 掌握文法

有時會發現，第一類動詞和第三類動詞有點相像，尤其是在只有一個受詞時。

分類	主格	動詞	與格
第三類	Das Handy	**gehort**	dem Mann.
第一類	Ein Schuler	**antwortet**	dem Lehrer.
第一類	Der Mann	**hilft**	einer Frau.

- 及物動詞＋兩個受格的位置。

第一格（主格）	動詞	第三格（與格）	第四格（賓格）
Peter	gibt	einer Freundin	ein Buch.
Der Ober	bringt	dem Mann	einen Kaffee.
Der Junge	zeigt	den Touristen	den Weg.

- 動詞接受詞時，會支配該受詞的格。大部分的及物動詞皆為採用第四格的動詞，以下列出一些比較特殊的動詞。

　　第一類：**antworten**（回答、答覆），**danken**（感謝），**folgen**（跟隨、追隨），**glauben**（相信、信任），**gratulieren**（祝賀），**helfen**（幫助、幫忙），**passen**（合適、適合），**raten**（勸告、建議），**schaden**（損失、損害），**verzeihen**（寬恕、原諒），**wehtun**（疼痛、痠痛）

　　第三類：**ähneln**（像、相似），**gefallen**（喜歡、滿意），**gehören**（屬於、歸屬）

Der Mantel *gefällt* mir nicht.	這件外套我不喜歡。
Das Fahrrad *gehört* mir.	那台自行車是屬於我的。
Ich *glaube* ihm nicht.	我不相信他。
Rauchen *schadet* der Gesundheit.	吸菸有害健康。
Er *antwortet* seinem Professor.	他回答自己的教授。
Das Kind *ähnelt* seinem Vater sehr.	那孩子很像自己的爸爸。
Der Mann *begegnet* einer Frau.	那男子偶然遇見某一位女子。

Ich *danke* Ihnen. 感謝您。

Folgen Sie mir bitte unauffällig! 請乖乖地跟隨我。

Ich *gratuliere* dir zum Geburtstag. 祝你生日快樂

Das Kleid *passt* Ihnen sehr gut. 這件連身裙很適合你。

Ich *rate* dir zum Arzt zu gehen. 我勸你去看醫生。

ÜBUNGEN 06 練習題

1. 請將下列動詞做正確的人稱變化。

1. du (essen) _____
2. ihr (tragen) _____
3. er (atmen) _____
4. du (sprechen) _____
5. er (nehmen) _____

2. 請在下方空格中填入適當的不定冠詞和定冠詞。

1. Das ist ein Kuli. _____ Kuli ist neu. Ich nehme _____ Kuli.
2. Ich nehme _____ Menü. Das Menü ist gut.
3. Thomas isst _____ Salat. Der Salat ist frisch.
4. Da steht ein Mann. Kennen Sie _____ Mann?
5. Das sind Bücher. _____ Bücher sind teuer.

3. 請在下方空格中填入適當的代名詞和人稱代名詞。

1. A: Gefällt dir das Buch?
   B: Ja, _____ gefällt mir gut.
2. A: Der Kuli ist neu. _____ ist praktisch.
   B: Nimmst du auch _____ ?
3. A: Ist die Lampe zu teuer?
   B: Nein, _____ ist nicht so teuer.
4. A: Die Bücher sind interessant.
   B: _____ sind auch günstig.
5. A: Habt ihr Hunger?
   B: Ja, _____ habt Hunger.

4. 請在下方空格中填入適當的人稱代名詞。

1. **A:** Nimmst du den Mantel?
   B: Nein, der Mantel gefällt _____ nicht.
2. Oh, da ist mein Fahrrad. Es gehört _____ .
3. Brigitte! Ich helfe _____ !
4. **A:** Frau Jandl, wie gefällt es _____ hier in Taiwan?
   B: Es gefällt _____ sehr gut.

5. 請在下方空格中填入適當的第三格（與格）。

1. Elias gibt _____ ein Buch. (das Kind)
2. Er gibt _____ ein Heft. (eine Schülerin)
3. Bringen Sie _____ einen Tee! (ich)
4. Julia antwortet _____ . (der Lehrer)
5. Das Handy gehört _____ . (die Lehrerin)
6. Daniel hilft _____ . (die Kinder)
7. Kevin zeigt _____ den Weg. (die Touristen)

避免尷尬的搭話法

您第一次來這裡嗎？	Sind Sie das erste Mal hier?
您有來過德國嗎？	Waren Sie schon mal in Deutschland?
不，這是我第一次來到德國。	Nein, das ist mein erster Besuch in Deutschland.

您第一次來德國嗎？	Sind Sie das erste Mal in Deutschland?
您有來過柏林嗎？	Waren Sie schon mal in Berlin?
我很常去漢諾威。	Ich bin oft in Hannover gewesen.

您說德語嗎？	Sprechen Sie Deutsch?
您會說德語嗎？	Können Sie Deutsch sprechen?
您也會說法語嗎？	Können Sie auch Französisch?
會，但只會說一點點。	Ja, aber nur ein bisschen.
您德語說得真好。	Sie sprechen aber schon gut Deutsch!
您這麼認為嗎？謝謝。	Finden Sie? Danke.
您的德語是在哪裡學的呢？	Wo haben Sie Deutsch gelernt?

您第一次來這裡嗎？	Sind Sie das erste Mal hier?
不，我常來這裡。	Nein, ich bin öfters hier.

這個位子是空的嗎？	Ist der Sitz hier frei?
這個位子是空的嗎？	Ist der Platz hier frei?
這個位子還是空的嗎？	Ist der Sitz hier noch frei?
您不是這裡的人，對吧？	Sie sind nicht von hier?

天氣真好，不是嗎？	Schönes Wetter, nicht?
天氣真棒，不是嗎？	Herrliches Wetter, nicht?
天氣真好，不是嗎？	Schönes Wetter, nicht wahr?
風景很棒！	Oh, eine schöne Aussicht!

德國人常常在用的詞彙
用餐－食物
06

06_3.mp3

das Brot	die Brote	麵包
das Brötchen	die Brötchen	麵包捲
die Brezel	die Brezeln	椒鹽卷餅
die Waffel	die Waffeln	鬆餅
das Croissant	die Croissants	可頌
der Kuchen	die Kuchen	蛋糕
die Torte	die Torten	圓形蛋糕
das Mehl		麵粉
das Salz		鹽
der Zucker		糖
die Gewürze		佐料、調料
die Soße		醬汁
die Petersilie		香芹
der Essig		食醋
die Butter		黃油、奶油
der Käse		乳酪、起司

das Müsli	麥片（早餐）
die Cornflakes	玉米片
die Konserve	罐頭
das Rindfleisch	牛肉
das Schweinefleisch	豬肉
das Schaffleisch	羊肉
das Lammfleisch	小羊肉
das Huhnfleisch/Hühnchenfleisch	雞肉
das Entenfleisch	鴨肉
der Fisch	魚
1 Liter Mineralwasser ohne/mit Kohlensäure	沒加／有加氣泡（碳酸）的一公升礦泉水
die Suppe	湯
der Kaffee	咖啡
der Tee	茶

die Wurst	die Würste	香腸
das Öl		油
der Reis		米，飯
die Milch		牛奶
das Joghurt		優格
das Ei	die Eier	雞蛋
die Nudel	die Nudeln	麵條
der Honig		蜂蜜
die Sahne		乳脂
geschlagene Sahne		鮮奶油
die Suppe		湯
der Senf		芥末
der Pfeffer		胡椒
das Ketchup		番茄醬
die Majonäse		美乃滋
die Marmelade/Konfiture		果醬
die Erdbeermarmelade		草莓醬
die Früchte		水果（複數）

der Salat	生菜沙拉
Salat mit Tomaten und Oliven	有番茄和橄欖的生菜沙拉
der Braten	烤、燒
die Nachspeise	甜點、點心
der Knödel	馬鈴薯丸子，糰子
das Gulasch	匈牙利湯
das Rindergulasch	匈牙利牛肉湯
das Kalbsgulasch	匈牙利小牛肉湯
der Zwiebelkuchen	洋蔥派
das Eintopf	雜燴（一種湯）
der/das Schnitzel	炸肉排
das Kotelett	煎肋肉排（排骨）
die Hühnerfrikassee	燉重汁雞肉丁
die Frikadelle	肉餅

文化篇－認識德國，了解德語

德國的飲食（德國香腸）

「德國的代表性食物～德國香腸！」
Die Wurst ist typisch deutsches Essen!

　　說到德國有名的食物，能讓人聯想到啤酒、馬鈴薯還有香腸。「香腸」早在古希臘荷馬史詩「奧德賽」中，就曾被提到「帶血的香腸」，中國在西元前 589 年也有用羊或羔羊來製做香腸的紀錄。在歐洲國家之中，特別是德國人，為了不讓肉品腐敗，他們知道做成香腸，就是可以長時間保存肉品的一個方法。

　　在路邊、廣場或車站的車攤、路邊攤等，都可以發現有人在販售香腸。不管是水煮的香腸或是烤的香腸，每個人可以依自己的喜好選擇塗在香腸上的醬汁，也可以選擇把香腸放在紙盤上，或是夾在麵包裡來販賣。一般來說，價格是一份香腸約 2~3 歐元左右，算是便宜的價格。在德國，德國人會在路上邊走邊吃，但不論吃什麼都不會留下痕跡，所以我們經常可以看到行人用紙盤裝有夾著香腸的麵包或薯條，邊走邊吃的現象。在垃圾的處理上，因為路邊到處都有垃圾桶，所以不需要擔心吃完的垃圾要丟到哪裡的問題。

德國各地幾乎都有在製作傳統的德國香腸。近年來，將香腸與辛香料一起儲放在瓶子或罐子裡的製品也賣得很好。在週末，我們還可以看到攤販或是市場裡專賣香腸或肉品的移動式攤販（將卡車改良成可以陳列肉品的車輛）。

　　德國香腸依各區域及製做方式的不同，做出來的香腸味道也各有不同。我們可以區分為燻製香腸、水煮香腸（Bockwurst）、燒烤用香腸（Bratwurst）、乾燥香腸（Trockenwurst）等。香腸主要是用牛肉、豬肉、羊肉或羔羊肉製作而成，但也有家禽類香腸（火雞肉、鴨肉、雞肉）。令人意外的是，家禽類香腸中即便混入了其他肉品（如牛肉，豬肉），法律上也認可其可以稱作「家禽類香腸」。在香腸裡加血的叫作黑香腸（Blutwurst），香腸裡加入牛肝或豬肝的稱為肝臟香腸（Leberwurst）。其中，肝腸（Leberwurst）在入口的瞬間，口感鬆鬆軟軟的，帶有濃烈的水煮肝臟味道，也許一開始會不太喜歡這種口味，不過若把肝臟香腸滿滿地加進麵包裡一起吃，你很快就會瘋狂愛上它了。雖然香腸也可以搭配麵包一起吃，但一般來說香腸才是德國人餐桌上的主食。此時，主食香腸搭配上馬鈴薯剛剛好。除此之外，也可以加咖哩做成咖哩香腸（Currywurst）；也可以將調味的絞肉做成醃燻口味，或是做成乾燥的重鹹口味的莎樂美腸（Salami）。德國的香腸就跟德國的啤酒一樣，其種類相當的多。

Der Unterricht fängt gleich an

課馬上就要開始了。

LEKTION
7

- 可分離動詞、不可分離動詞
- Es gibt＋第四格受格
- 一天的時刻（Tageszeiten）
- 數字表達法

DIALOG 07 基本會話

Jasmin　Hallo, Mina!
Mina　　Guten Morgen, Jasmin!
Jasmin　Hast du jetzt Unterricht?
Mina　　Ja, der Unterricht fängt gleich an. Und du?
Jasmin　Ich habe eine Vorlesung. Die beginnt erst am Nachmittag.
　　　　Aber ich habe vorher noch etwas zu tun.
Mina　　Hast du heute Abend schon etwas vor?
Jasmin　Nein, ich habe noch nichts vor.
　　　　Was gibt es denn?

Jasmin　哈囉，Mina！
Mina　　早安，Jasmin。
Jasmin　你現在有課嗎？
Mina　　嗯，課就要開始了[1]。你呢？
Jasmin　我有課，這堂課下午才開始。
　　　　但在那之前我有事要做。
Mina　　你今天晚上有什麼計畫嗎？
Jasmin　沒有，我沒有任何計畫。有什麼（不錯的活動）嗎？[2]

重點整理

1　課就要開始了。
Der Unterricht fängt gleich an.

動詞 anfangen 為〈分離動詞〉，是在動詞 fangen 前面加上前綴詞 an，形成新的意思。fangen 為強變化動詞。
Hast du schon etwas vor?
你已經有什麼計畫了嗎？
vorhaben 意指「計畫（einen Plan haben）」。

2　有什麼（不錯的活動）嗎？
Was gibt es denn?

es gibt 是「有⋯」「⋯存在」的意思，務必要和第四格搭配使用。es 為虛主格。
Es gibt in Berlin gute Bäcker.
柏林有些不錯的麵包店。
Es gibt einen Grund. 有一個理由。
Gibt es einen Weihnachtsmann?
聖誕老人存在嗎？

Mina	Das Musical „Mamma mia" im Stadttheater.
Jasmin	Dann komme ich mit.
Mina	Schön. Wie erreiche ich dich denn? Wie ist deine Handynummer?
Jasmin	0175 6827 4392.
Mina	Gut, ich rufe dich an.
Jasmin	Danke, tschüs!
Mina	Bis später!

Mina	市立劇場上演音樂劇「媽媽咪呀！」。
Jasmin	那我也一起去。
Mina	好啊，那我要怎麼聯絡你？ 你的手機號碼幾號？ 3
Jasmin	0175 6827 4392。
Mina	好，我打電話給你。
Jasmin	謝謝！再見！
Mina	待會見！

jetzt 現在
der Unterricht 課程、課
anfangen 開始
gleich 馬上、立即
die Vorlesung 講課、課（演講式課程）
erst （到某一時間點）才⋯
am Nachmittag 下午
vorhaben 計畫
etwas 某事、某物、什麼
tun 做
vorher 在那之前、預先
heute 今天
der Abend 傍晚
schon 已經
noch 還是、仍然
nichts 什麼也沒有、沒有東西
es gibt 有⋯，⋯存在
denn （表示親切語感的語助詞）
das Musical 音樂劇（也是戲劇（das Drama）的一種，所以也是中性名詞。）
das Stadttheater 市立劇場
dann 那麼
mitkommen 一起去
schön 好的
die Handynummer 手機號碼
anrufen 打電話（支配第四格的動詞）

3 你的手機號碼幾號？
Wie ist deine Handynummer?

詢問名字、住址、電話號碼時，會用 wie 來問。
Wie ist deine Adresse? 你的住址是？
Wie ist Ihr Name? 您貴姓大名？
Wie ist Ihre Telefonnummer? 您的電話號碼是幾號？

GRAMMATIK 07　掌握文法

1　可分離動詞

基本動詞和下列的分離前綴詞結合後，成為「可分離動詞」。可分離動詞跟基本動詞不同的一點是，可分離動詞帶有另一種新的意義。

```
                    → einsteigen（搭（船、車、飛機））
steigen（上升）   → umsteigen（換乘、轉乘）
                    → aussteigen（下車、下船）
```

- 句型在應用時，前綴詞會跟基本動詞分開，並出現在句子的最後。

  umsteigen 換乘、轉乘 → Mina steigt in Hannover um.　Mina 在漢諾威轉乘。

- 可分離動詞的前綴詞要發重音。以下是分離前綴詞：

> ab-,　an-,　auf-,　aus-,　ein-,　mit-,　nach-,　vor-,
> weg-,　weiter-,　zu-,　zurück-,　zusammen-

Der Unterricht *fängt* gleich *an*.	課馬上就要開始了。
Hast du etwas *vor*?	你有什麼計畫？（你在計畫什麼？）
Ich *komme* *mit*.	我也一起去。
Ich *rufe* dich *an*.	我打電話給你。
Der Zug *fährt* gleich *ab*.	火車馬上要出發了。
Der Zug *kommt* *an*.	火車要來了。
Min-gu *steigt* *ein*.	Min-gu 要上車了。
Er *steigt* in Berlin *aus*.	他在柏林下車。
Wo *steige* ich *um*?	我要在哪裡換車？
Siehst du viel *fern*?	你愛看電視嗎？

- 德語中有很多可分離動詞。常見的可分離動詞如下。

abfahren	出發、啟程	einkaufen	採購、買東西
abholen	接人、迎接人	einladen	邀請、邀約
anfangen	開始、著手	einschlafen	入睡
ankommen	到達、抵達	einsteigen	搭（車、船、飛機）
anrufen	打電話給某人（第四格）	fernsehen	看電視
aufhören	停止、終止（~mit＋第三格）	mitfahren	搭車一起去
		mitkommen	一起去、陪同
aufräumen	把…收拾乾淨、整理、清理	mitnehmen	攜帶、帶走、拿走
		saubermachen	把…弄乾淨、清掃
aufstehen	站起、起床	stattfinden	舉行、招開
aufstellen	架起、豎起	vorbereiten	準備、預備
ausgehen	外出、出門	vorhaben	計畫、打算
aussehen	給人（某種）印象、顯得	vorstellen	介紹
aussteigen	下車、下船	zurückkommen	歸來、回來

- 在現在式的句子中，可分離動詞的前綴詞會跟動詞原形分離，前綴詞擺在句子的最後面。

*an*kommen	Der Zug *kommt* *an*.	火車要抵達了。
*an*rufen	Er *ruft* seine Mutter *an*.	他打電話給他媽媽。
*auf*stehen	Ich *stehe* um sechs Uhr morgens *auf*.	我早上六點起床。
*aus*gehen	Kathrin *geht* jeden Tag *aus*.	Kathrin 每天外出。
*fern*sehen	Die Kinder *sehen* jetzt *fern*.	孩子們現在在看電視。
*ein*kaufen	Er *kauft* im Supermarkt *ein*.	他在超市購物。
*statt*finden	Die Sitzung *findet* am Montag *statt*.	會議在星期一舉行。

- 在由連接詞連接的兩個完整句子中，可分離動詞的字綴會出現在所在的句子的最後面。

Elias sieht fern, aber sein Bruder liest.	Elias 在看電視，但他的弟弟在讀書。

- 可分離動詞和不可分離動詞出現在由連接詞連接的兩個完整句子中時，在使用上要特別留意。

Ich stehe auf und dann frühstücke ich.	我起床後吃早餐。

GRAMMATIK 07 掌握文法

2 不可分離動詞

基本動詞和下列的不可分離前綴詞結合後，成為「不可分離動詞」。不可分離動詞跟基本動詞不同的地方是，不可分離動詞帶有另一種新的意義。

- 不可分離前綴詞不會跟基本動詞分開，而且此前綴詞不會有重音。常見的不可分離前綴字主要有：be-, ent-, er-, ver-...等。

be-, ent-, er-, ver-, miss,- ge-, emp-, zer-

Die Vorlesung *beginnt* am Nachmittag.	課下午開始。
Veronika *besucht* Petra.	Veronika 拜訪 Petra。
Ich *bekomme* einen Brief.	我收到一封信。
Wie *erreiche* ich dich?	我要怎麼聯絡你呢？
Die Marktfrau *verkauft* Kartoffeln.	這位市場女攤販賣馬鈴薯。
Ich *verstehe* dich nicht.	我不懂你的意思。
Die Leute *verlassen* den Bahnhof.	人們離開車站。
Ich *bestelle* eine Pizza.	我點一份披薩。
Er *bezahlt* mit seiner Kreditkarte.	他用信用卡結帳。
Verbinden Sie mich mit Anna!	請您把電話轉給 Anna。
Entschuldigen Sie bitte!	請您原諒我。
Verzeihen Sie mir bitte.	請您原諒我。
Ich *empfehle* ihm das Auto.	我向他推薦這部車。
Das Auto *gefällt* mir gut.	這本書我很喜歡。
Sie *missverstehen* mich.	您誤會我了。
Ich *zerbreche* das Glas.	我打破玻璃杯。

❸ Es gibt＋第四格受格

Was gibt es?「有什麼？」：es gibt 是「有…」的意思，要搭配第四格受格。虛主格 es 為非人稱。gibt 的動詞原形是 geben。

Es gibt einen Grund.	有一個理由。
Gibt es einen Weihnachtsmann?	有聖誕老人嗎？
Es gibt einen Film.	有部電影。
Es gibt ein Konzert.	有個音樂會。
Es gibt eine Vorlesung.	有課。

❹ 一天的時刻（Tageszeiten）

(der) **Morgen**（早上）- (der) **Vormittag**（上午）- (der) **Mittag**（中午）- (der) **Nachmittag**（下午）- (der) **Abend**（傍晚）

(die) **Nacht**（晚上）- (die) **Mitternacht**（午夜）

am Morgen（在早上）－**in der Nacht**（在深夜）

- 介系詞 an 在時間用法上要和第三格（與格）搭配使用。

Was machst du am Nachmittag?	你下午要幹嘛呢？
am Morgen = morgens	早上的時候
am Vormittag = vormittags	上午的時候
am Mittag = mittags	中午的時候
am Nachmittag = nachmittags	下午的時候
am Abend = abends	傍晚的時候
in der Nacht = nachts	晚上的時候
Am Vormittag habe ich einen Unterricht.	上午我有一堂課。
Jasmin sieht abends fern.	Jasmin 晚上時看電視。

GRAMMATIK 07 掌握文法

5 數字表達法

0	null	10	zehn	20	zwanzig	30	dreißig
1	eins	11	elf	21	einundzwanzig	40	vierzig
2	zwei	12	zwölf	22	zweiundzwanzig	50	fünfzig
3	drei	13	dreizehn	23	dreiundzwanzig	60	sechzig
4	vier	14	vierzehn	24	vierundzwanzig	70	siebzig
5	fünf	15	fünfzehn	25	fünfundzwanzig	80	achtzig
6	sechs	16	sechzehn	26	sechsundzwanzig	90	neunzig
7	sieben	17	siebzehn	27	siebenundzwanzig	100	(ein)hundert
8	acht	18	achtzehn	28	achtundzwanzig	101	(ein)hunderteins
9	neun	19	neunzehn	29	neunundzwanzig	200	zweihundert

```
1 3              2 1
 ↘ ↙             ↘ ↙
dreizehn      einundzwanzig
```

- 31～39,⋯, 91～99 的規則，就跟 21～29 的規則一樣。

- 唸 21～29,31～39,⋯, 91～99 時，個位數和十位數之間要加 und。

- 唸電話號碼時，可以一個一個數字唸，也可以兩個兩個數字唸。

  0175 3582 9461

  null eins fünfundsiebzig fünfunddreißig zweiundachtzig vierundneunzig einundsechzig.

  0175→null eins sieben fünf

  3582→drei fünf acht zwei

  9461→neun vier sechs eins

- 唸地址中的數字時，用一般的數字來唸即可。

A Wo wohnen Sie? 您住在哪裡？
B Ich wohne in der Wenderstraße 16. 我住在 Wenderstraße 16 號。

A Wie alt bist du? 你幾歲？
B Ich bin 20 Jahre alt. 我二十歲。

A Wie alt sind Sie? 您的年紀是？
B Ich bin 27 Jahre alt. 我二十七歲。

A Wie viele Geschwister haben Sie? 您有幾個兄弟姊妹？
B Ich habe drei Geschwister. 我有三個兄弟姊妹。
Einen Bruder und eine Schwester. 一個哥哥，一個妹妹。

→動詞 haben 為及物動詞，因此搭配賓格（第四格）。

- 〈wie viele＋複數名詞〉意指「多少～」

  A Wie viele DVDs hast du? 你有幾張 DVD？（DVDs 把字母唸出）
  B Ungefähr 100. 大約 100 張

  A Wie viele Freunde hast du? 你有多少位朋友？
  B Etwa 70 Freunde habe ich. 我大約有 70 位朋友。

> Tipp
> 「大概、大約」的德文是 ungefähr, etwa, ca.（ca 是 circa 的簡化字，唸成 [ˈtsirka]）

ÜBUNGEN 07 練習題

1. 請區分下列動詞，若為可分離動詞請填入(a)；若為不可分離動詞填入(b)。
1. aufstehen(　)　verlieren(　)　abfahren(　)　anrufen(　)
2. verstehen(　)　fernsehen(　)　aufhören(　)　stattfinden(　)
3. einladen(　)　mitkommen(　)　bezahlen(　)　erzählen(　)
4. aufräumen(　)　frühstücken(　)　einkaufen(　)　benutzen(　)

2. 請將括弧中提示的動詞做現在式變化。
1. _____ (vorhaben) du heute etwas _____ ?
2. Der Unterricht _____ (anfangen) gleich _____ .
3. Ich _____ (mitkommen) auch _____ .
4. _____ (abfahren) der Zug gleich _____ ?
5. Der Zug _____ (ankommen) _____ .

3. 請將括弧中提示的動詞做現在式變化。
1. Wie _____ (erreichen) ich dich _____ ?
2. Die Vorlesung _____ (beginnen) am Nachmittag.
3. Veronika _____ (besuchen) Petra.
4. Ich _____ (bekommen) einen Brief.
5. Die Marktfrau _____ (verkaufen) Kartoffeln.

4. 請參考範例，使用（ ）中的動詞來完成句子。

> 範例　**Ich frühstücke um sechs Uhr.**

1. Der Unterricht _____ um neun Uhr _____ . (anfangen)
2. Die Sitzung _____ am Donnerstag _____ . (stattfinden)
3. Wann _____ der Zug _____ ? (abfahren)
4. Wann _____ der Zug _____ ? (ankommen)
5. Sven _____ _____ . (aufräumen)
6. Die Kinder _____ . (fernsehen)

7. _____ du _____ ins Kino? (mitkommen)
8. Mina _____ ihre Freunde _____. (einladen)
9. Ich _____ dich morgen früh _____. (anrufen)

5. 請參考範例完成句子。

| 範例 | Herr und Frau Rainer stehen um sieben Uhr auf. |

1. Er _____ immer im Supermarkt _____. (einkaufen)
2. Ich _____ nicht viel _____. (fernsehen)
3. Wann _____ der Zug nach Frankfurt _____? (abfahren)
4. Wir _____ viele Gäste zu unserer Party _____. (einladen)

6. 請在下方的空格中填入適當的詞彙。

1. Gibt es _____? (ein Weihnachtsmann)
2. Im Stadttheater gibt es heute Abend _____. (ein Musical)
3. Was machst du _____ Nachmittag?
4. _____ Nacht sehe ich nicht fern.
5. _____ ruft mein Vater mich an. （Morgen 早上）

7. 請拼寫出下列數字。

1. **11** _____
2. **7** _____
3. **3** _____
4. **13** _____
5. **16** _____
6. **17** _____
7. **20** _____
8. **24** _____
9. **38** _____
10. **71** _____

德國人常常在用的表達句
表達感謝

07_3.mp3

表達感謝時

非常感謝。	Danke sehr.
非常感謝。	Danke schön.
謝謝。	Ich bedanke mich.
我非常感謝您。	Ich danke Ihnen vielmals.
我很感謝你。	Ich danke dir vielmals.
非常感謝。	Besten Dank.
真心感謝。	Herzlichen Dank.
非常感謝。	Schönen Dank!
非常感謝。	Vielen Dank!
非常感謝您。	Haben Sie vielen Dank!
我非常感謝您。	Ich danke Ihnen vielmals.
我真心感謝您。	Ich danke Ihnen herzlichst.
我非常感謝您。	Ich bin Ihnen sehr dankbar.
謝謝您的親切。	Es ist sehr nett von Ihnen.
謝謝你給我這麼棒的晚上。	Danke für den schönen Abend.

回應他人的謝意時

不客氣。	Bitte schön!
不會。	Bitte sehr!
哪裡的話。	Bitte, bitte!
不客氣。	Nichts zu danken.
不客氣，我也沒做什麼。	Keine Ursache!
不客氣，那沒什麼。	Das ist doch nicht der Rede wert.
不客氣，那是應該的。	Das ist doch selbstverständlich!
（不客氣）是我喜歡這麼做的。	Gern geschehen!

向對方的親切，表達謝意時

謝謝您的幫助。	Ich danke Ihnen für Ihre Hilfe.
謝謝邀請。	Danke sehr für die Einladung.
謝謝您的指教。	Vielen Dank für Ihren Rat.

德國人常常在用的詞彙
劇場與表演
07

07_4.mp3

das Theater	劇場、劇院
das Theaterstück	戲劇作品
die Bühne	舞台
das Publikum	觀眾
der Vorhang	幕
das Bühnenbild	佈景
aufführen	表演、上演
die Aufführung	上映、表演
die Probe	彩排
auftreten	登台、上台
ein klassisches Stück wird aufgeführt	上演古典作品

der Scheinwerfer	照明、燈光
die Bühnenausstattung	舞台裝置
das Kostüm	戲服
die Requisite	道具、小物
das Kino	電影院
der Film	電影
der Schauspieler / die Schauspielerin	演員
die Oper	歌劇
die Operette	輕歌劇
das Opernhaus	歌劇院
das Orchester	管弦樂團

der Dirigent	指揮
der Chor	合唱團
das Ballett	芭蕾舞
das Musical	音樂劇
der Platz	座位、座席
die Loge	包廂座位
die Reihe	座位的行列
die Galerie	最上層的座位

文化篇－認識德國，了解德語

德國的劇場、電影院

「我明天晚上要去看音樂劇。」
Morgen Abend will ich mir ein Musical ansehen.

德國戲劇的歷史跟鄰近國家相比，算是晚了很多。因為 1618~1648 年之間發生了「30 年戰爭」（新教與舊教之間的戰爭），國家幾乎成了廢墟，大都市幾乎呈現消失的狀態。巡迴劇團承襲了戲劇的命脈。在部分的宮廷劇院中（那時德國還不是統一的國家，德國的土地被許多國家分割。因此，宮庭劇院自然就多了）主要上演鄰國特別是義大利的歌劇。戲劇主要是巡迴劇團所演出的，德國的表演戲劇要歸功於 1725 年間的戈特舍德（Johann Christoph Gottsched）和諾伊貝爾（Carolina Neuber）。日後，可稱之為德國戲劇史祖的萊辛（Gotthold Ephraim Lessing）和大文豪哥德（Johann Wolfgang von Goethe）這兩人的活躍表現，讓德國的戲劇得以快速成長，甚至超越其他鄰近的國家。直至現在，德國的戲劇依然受到廣大市民們的喜愛，並且繼續上演著世界級水準的作品。

在德國要找間劇院並不是一件困難的事。首先，劇院相當普及，每個城市都有劇院，而且都有得到國家級的藝術認可。去劇院時，不同於平時，需要穿著正式服裝，並帶著莊重愉快的心情前去。劇院裡的觀眾群年紀很廣，從小朋友到年長者都有，是一種受到矚目的優秀藝文活動。

　　學生只要憑學生證就可以享有很多優惠，不是打五折，就是以非常優惠的價格優先欣賞到高級作品的權利。尤其是用大學的「學期卡」（Semesterkarte）就能以破天荒的價格觀看戲劇、歌劇、演奏會等的公演。到德國旅行的外國學生，只要持有「國際學生證」同樣可以享有這樣的優惠。戲劇演員們的品質與水準都相當高，這是因為大多演員都是都市、州政府，或是獨立劇團的專屬的演員。德國是文化強國，所以對藝術的支援幅度很大，專職的演員也多。只需要花 10 歐元～15 歐元，就可以坐在一個很好的位置，觀賞一部高規格的作品。在入場時，或是在休息時間時，會有人在販賣小冊子、劇本或解說書。即使戲劇、演奏會、歌劇的劇院都是不相同的，但規模都是相當大的。在眾人皆知的幾個德國主要城市裡，都有世界級水準的大型劇場，在 200 年以上的劇院裡，仍舊上演著劇作，且受到廣大人民的喜愛。

　　電影院（Kino）在週末也有許多的觀眾，即使是外國電影，也會有德語配音。已經習慣表演藝術的德國人在看電影時，一直等到最後的結束字幕跑完才會起身，可能也是因為如此，電影院的燈這時候才會亮起。雖然德國的電影院不算很多間，但市區裡有幾間大型的電影院，電影院裡可以透過販賣機來購票。

　　電影票價一般是 11 歐元，週末則是 13 歐元，如果希望安靜地看場電影，可以選擇平日來看。因為德國人平日裡主要是在家與家人共度時光，或是熱衷於自己的工作，但一到了假日，就會過很充實的悠閒生活。在這種有健全的設備及便利的交通，以及許多優秀的藝術作品之下，如果想要好好享受藝術或文化，恐怕還會覺得時間不夠用呢！

DER UNTERRICHT FÄNGT GLEICH AN　　131

Wie komme ich zu euch?

我要怎麼去你們那裡呢？

LEKTION
8

- 介系詞＋與格（第三格）
- 介系詞＋賓格（第四格）

DIALOG 08 基本會話

08_1.mp3

Elias　Wo wohnst du?
Heri　Ich wohne in der Heinestraße, und du?
Elias　Ich wohne bei der Universität. Wohnst du allein?
Heri　Nein, ich wohne mit meinem Bruder zusammen. Kommst du mal zu uns?
Elias　Ja, gern. Wie komme ich zu euch?
Heri　Du fährst einfach mit der Straßenbahn Nummer 16.

Elias　你住在哪裡呢？
Heri　我住在 Heinestraße。[1] 那你呢？
Elias　我住在大學附近。你一個人住嗎？
Heri　不，我跟我哥一起住。你要來我們這邊（看看）嗎？
Elias　好啊，我很樂意。我要怎麼過去你們那邊？
Heri　你搭 16 號電車就可以了。

重點整理

1 我住在 Heinestraße。
Ich wohne in der Heinestraße.

在某地區（用介系詞 in）、在～附近（用介系詞 bei）等，都要用第三格來支配介系詞。
Ich wohne bei der Universität. 我住在大學附近。

2 你就只要穿過庭院走過來即可。
Du musst einfach durch den Hof gehen.

durch（通過）是要與第四格（賓格）搭配的介系詞。
Der Zug fährt durch den Tunnel. 火車通過隧道。

Elias	Und wo soll ich aussteigen?
Heri	An der Haltestelle Heinestraße musst du aussteigen. Da gibt es eine Post. Ich wohne in dem Haus hinter der Post, in der dritten Etage.
Elias	Ist deine Wohnung gleich hinter der Post?
Heri	Ja, es sind zwei Minuten zu Fuß. Du musst einfach durch den Hof gehen und der Eingang ist auf der rechten Seite.

in 在…裡、在…中（用於場所、地點）
die Heinestraße Heinestraße 路
bei 在…附近、鄰近…
die Universität 大學
allein 一個人、獨自
zusammen （副詞）一起
zu 向、往
uns wir 人稱代名詞 wir（我們）的第三格受格
euch ihr 人稱代名詞 ihr（你們）的第三格受格
einfach 簡單地、只、僅僅
die Straßenbahn 電車
aussteigen 下車
die Haltestelle 公車站、電車站
es gibt 有…
hinter 在…後面（介系詞）
die Etage 樓、層
dritt 第三的，in der dritten Etage 是「在三樓」（相當於台灣的四樓），而 Erdgeschoss 是底層樓（相當於台灣的一樓）
die Wohnung 家、宿舍、公寓
gleich 一樣的，相同的，正
der Hof 庭院、院子
der Eingang 入口
die Seite （方向）邊、側、方向

Elias	那我得在哪裡下車？
Heri	你得在 Heinestraße 站下車。那邊有間郵局。我住在郵局後面的那棟房子三樓。
Elias	你家在郵局正後方嗎？
Heri	對，走路兩分鐘距離。你就只要穿過庭院走過來即可。[2]，入口在右邊。[3]

3 入口在右邊。
Der Eingang ist auf der rechten Seite.

auf 是支配第三格和第四格的介系詞。一般來說，句子在表示狀態時，就會出現第三格受格。

GRAMMATIK 08 掌握文法

1 介系詞＋第三格（與格）（支配第三格的介系詞）

以下的介系詞後面都要接第三格。

aus	從…，來自…，來源於…
bei	在…附近，在…時候
gegenüber	在…對面
mit	和…一起，帶有，帶著，搭乘（交通工具）
nach	在…之後，接著…
seit	自從…以來，從…以後
von	從…
zu	到…去，向…，往…

- 如果定冠詞、不定冠詞和所有格冠詞為第三格時，那麼單數陽性、中性的冠詞語尾為 -em，單數陰性的冠詞語尾為 -er，複數的為 -en。

Herr Wieser kommt *aus der* Schweiz.　　　　Wieser 先生來自於瑞士。

Potsdam liegt *bei* Berlin.　　　　波茨坦位於柏林附近。

Ich war *beim* Arzt.　　　　我去過醫院。

Ingrid fährt *mit dem* Zug. (m.)　　　　Ingrid 搭火車去。

Ingrid fährt *mit der* U-Bahn. (f.)　　　　Ingrid 搭地鐵去。

Ingrid fährt *mit dem* Fahrrad. (n.)　　　　Ingrid 騎腳踏車去。

Wir fahren *mit* unseren Eltern. (pl.)　　　　我們跟爸媽一起去。

Die Bank liegt *gegenüber der* Post.　　　　銀行在郵局對面。

Nach dem Unterricht komme ich wieder.　　　　課後我會再來。

Er kennt sie *seit* einem Jahr.　　　　他一年前就認識她了。

Wie komme ich *zum* Hauptbahnhof?　　　　請問要怎麼去火車總站（中央火車站）？

Ich gehe meine Mutter *vom* Bahnhof abholen.　　　　我要去車站接我媽過來。

> **以下是第三格支配介系詞的縮寫形**
>
> | | | |
> |---|---|---|
> | an dem | → | am |
> | in dem | → | im |
> | bei dem | → | beim |
> | von dem | → | vom |
> | zu dem | → | zum |
> | zu der | → | zur |

❷ 介系詞＋第四格（賓格）受格（支配第四格的介系詞）

以下的介系詞後面都要接第四格。

bis	到…為止
durch	穿過…，經過…，通過…
entlang	沿著…，順著…
für	為了…
gegen	與…相反，朝，對著
ohne	沒有，無，不包括
um	圍繞，周圍，環繞
wider	與…相反，違反，反對

> **以下是支配第四格的介系詞的縮寫形**
>
> | | | |
> |---|---|---|
> | durch das | → | durchs |
> | für das | → | fürs |

Ich komme *bis* nächsten Montag zurück.	我直到下週一以前才會回來。
Der Zug fährt *durch* den Tunnel.	火車通過隧道。
Wir spazieren *durch* den Park.	我們在公園散步。
Wir kaufen ein Geschenk *für* unsere Mutter.	我們給媽媽買一個禮物。
Ich reise *ohne* meine Kamera.	我沒帶相機旅行。
Wir machen einen Spaziergang *um* den See.	我們沿著湖濱散步。
Gegen meinen Willen füttere ich den Kater.	與我的意願相違，我餵貓咪吃飼料。
Elias läuft die Staße *entlang*.	Elias 沿路奔跑。（entlang 在此作為後置詞使用）
Ohne seine Brille liest er nicht mehr.	沒有眼鏡他不再閱讀。

ÜBUNGEN 08 練習題

1. 請寫出下列括弧內的介系詞與定冠詞的縮寫形。

1. Ich wohne (bei dem) _____ Stadtpark.
2. Meine Schwester geht (zu dem) _____ Arzt.
3. Elias geht (zu der) _____ Universität.
4. Er war heute Morgen (bei dem) _____ Arzt.
5. Ich gehe Inge (von dem) _____ Bahnhof abholen.

2. 請在下方空格中填入適當的介系詞。請視情況使用介系詞與冠詞的縮寫形（durch, gegen, nach, mit, zu）。

1. Ich bin _____ den Plan.
2. Alexander geht _____ den Park.
3. Ich fahre _____ dem Auto.
4. Wie komme ich _____ Bahnhof?
5. Am Wochenende fahre ich _____ Berlin.

3. 請參考下列範例，填入與介系詞搭配的冠詞。

> 範例　**Ingrid fährt mit _____ U-Bahn. (f.)**
> → **Ingrid fährt mit der U-Bahn.**

1. Er ist gegen d_____ Plan. (m)
2. Ohne sein_____ Brille kann er nicht mehr lesen. (f)
3. Gehen wir durch d_____ Park? (m)
4. Nach d_____ Schule will er eine Weltreise machen. (f)
5. Seit ein_____ Jahr lernt Mina Deutsch. (n)

4. 請在下方空格中填入適當的介系詞。

aus,	hinter,	gegenüber,	mit,	zum,	zur

1. Max kommt _____ der Schweiz, aber lebt in Berlin.
2. Er wohnt _____ der Post.
3. Sven fährt _____ dem Fahrrad.
4. Wie komme ich _____ Hauptbahnhof?
5. Ist das der Weg _____ Post?
6. Die Post ist _____ dem Museum.

5. 請在下方空格中填入適當的介系詞與受格。

durch	entlang	für	gegen	ohne	um

1. Wir spazieren _____ _____ Park.
2. Min-gu läuft die Straße _____.
3. Kochst du heute Abend _____ _____? (ich)
4. Der Bus fährt _____ einen Baum.
5. Wir sitzen _____ _____ Feuer.(n)
6. _____ _____ macht der Urlaub keinen Spaß.(du)

WIE KOMME ICH ZU EUCH? 139

德國人常常在用的表達句
與人再次確認的表達

聽不懂對方所言時

你／您說什麼？	Wie bitte?
可惜我不知道。	Leider weiß ich es nicht.
我聽不懂您的意思。	Ich verstehe Sie nicht.
我聽不清楚您說什麼。	Ich habe Sie akustisch nicht verstanden.
您說太快了（我聽不懂）。	Sie sprechen zu schnell.
我聽不懂您說的意思。	Ich habe Sie nicht verstanden.
對不起，我聽不見。	Entschuldigen Sie, ich kann Sie nicht hören.
那是什麼意思呢？	Was bedeutet das?

聽不懂對方所言時

抱歉。您說什麼？	Entschuldigen Sie!
（你說）什麼？	Was?
（你／您說）什麼？	Wie bitte?
是嗎？	Ist das richtig?
真的嗎？	Wirklich?
你在開玩笑，對吧？	Sie machen nur Spaß, oder?
您開玩笑的吧？	Machst du Witze?

請對方再說一遍時

（你／您）可以再說一遍嗎？	Wie bitte?
您可以再大聲說一遍嗎？	Könnten Sie das nochmal laut sagen?
請您慢慢說。	Sprechen Sie bitte langsam!
請您說慢一點。	Sprechen Sie bitte langsamer!
您可以慢慢說嗎？	Könnten Sie bitte langsam sprechen?
您可以稍微說大聲一點嗎？	Könnten Sie etwas lauter sprechen?
您可以說清楚一點嗎？	Könnten Sie bitte deutlicher sprechen?

德國人常常在用的詞彙
住宅與居家
08

08_3.mp3

das Land	農村、鄉下	die Tür, Türen	門
die Stadt	都市	das Schlafzimmer	寢室
die Großstadt	大都市	das Elternzimmer	父母房
die Weltstadt	大都會	das Kinderzimmer	小孩房
das Hochhaus	大都會	das Wohnzimmer	客廳
der Wolkenkratzer	摩天大樓	das Esszimmer	廚房
das Mehrfamilienhaus	多戶型住宅	das Treppenhaus, -häuser	樓梯間
das Reihenhaus	排房	das Fenster, Fenster	窗戶
das Einfamilienhaus	獨戶住宅	der Garten	庭院
der Raum, Räume	空間	der Schreibtisch, Schreibtische	書桌
das Zimmer, Zimmer	房間	der Stuhl, Stühle	書桌
die Küche, Küchen	廚房	der Kleiderschrank, -schränke	衣櫃
die Treppe, Treppen	樓梯	das Bett, Betten	床
die Diele, Dielen	走廊	die Bettdecke, -decken	床單
der Flur	玄關	die Lampe, Lampen	燈
die Terrasse, Terrassen	陽台	das Kissen, Kissen	枕頭
der Teppich, Teppiche	地毯	die Waschmaschine, -n	洗衣機
der Couchtisch, -e	（沙發）茶几桌	das Waschbecken,	洗手台
der Fernseher, –	電視	der Spiegel, –	鏡子
der Sessel, –	單人沙發椅	der Wasserhahn, Wasserhähne	水籠頭
das Sofa, Sofas / die Couch	沙發	die Fliese, -n	磁磚
das Bücherregal, -regale	書架	die Seife, -n	肥皂
der Kamin, Kamine	壁爐	die Zahnbürste, -n	牙刷
die Steckdose, -dosen	插座	die Zahnpasta, -s	牙膏
der Stecker, –	插頭	das Shampoo	洗髮精
die Heizung	暖氣設備、暖氣	die Haarspülung	潤髮乳
die Badewanne, -wannen	浴缸、澡盆	das Klo	馬桶
die Toilette, -n / das WC, -s	廁所		

文化篇―認識德國，了解德語

德國的大眾運輸

「請給我一張學期票！」
Ein Semesterticket bitte!

用一張 Semesterticket 來使用交通、文化及運輸設備

　　所有大學生在註冊入學的時候，都可以購買所謂「學期票 Semesterticket」的票。這種票可以搭乘大學周邊城市的公車、火車、地鐵等，不止如此，一張 Semesterticket 的價格大約是 99 歐元，如果你再多加 10 歐元，就可以得到「Vollticket」的附加服務功能。舉凡電影院、劇場、一般表演場、博物館等，都可以免費進場，並能以超低的價格入場。學生每學期都會領取一本詳細的解說指南，介紹交通或藝文活動等，在這本指南裡，會詳細地告知這張票可以免費買到什麼東西，或是需要額外再支付多少錢。而且，如果你一個學期多繳交 1 歐元 50 分的保證金，在你想搬運行李或大型家具時，就可以使用運輸車輛的服務。當要使用這個服務時，只需要 5 歐元，就可以 24 小時使用那部車輛。

　　當然，如果持有重度殘疾證的話，則不須理會以上規定，皆可免費使用。不管是藝文活動或是交通方面的特惠都面面俱到，讓人可以無負擔地享受各種藝文活動及大眾交通。

　　看到這裡，大家已經都想去德國念大學了吧！德國的許多公立大學是學費全免，但仍要繳註冊費，一年約 1000-1200 歐元。雖然有些大學也開始收學費（每學期 1800-2000 歐元左右），但每學期付一些交通費卻可以享有無限次的遠距離的交通，真是羨慕德國的大學生。而且騎腳踏車上學的學生，如果持有以上的票，就可以免費擁有並使用這台腳踏車。有時看情況，還可以免費載一隻寵物呢！

PHOTO andersphoto / Shutterstock.com

為什麼給大學生這樣的優惠呢？很簡單，因為他們都是未來德國的高級勞工，為了國家的社會福祉，他們是最大的納稅的支柱。

　　對遠距離通勤的學生來說，交通費無疑是一個很大的負擔。這樣的制度是在教育當局、州政府以及大學學生會彼此的相互協助之下，為了大學生的福祉，所提供的良好教育條件與服務。

　　具體來說，進入大學的網頁後，可以看到 Semestericke 的選單，點選下面的選項之後，便可以去確認地鐵（Bahn）、公車（Bus）還有文化（Kultur）等的票所提供的使用範圍與限制。

　　Infos des AStA zum Bahn – Semesterticket

　　Infos des AStA zum Bus – Semesterticket

　　Infos des AStA zum Kulturticket

　　重症殘疾學生可以免費享有以上所有的服務，當然在大學入學時，必須先依法去確認屬於殘疾級別的身分後，才可免費享有這些優惠。

Den nehme ich.

我要買這個。

LEKTION
9

- 指示代名詞第四格（賓格）
- stehen＋第三格（與格）
- passen zu＋第三格（與格）
- 人稱代名詞第一格（主格）與第四格（賓格）的活用
- 形容詞
- dies（這）、jene（那）

DIALOG 09 基本會話

Verkäufer	Guten Tag, Sie wünschen?
Mina	Ich suche einen Rock in meiner Größe.
Verkäufer	Wie gefällt Ihnen der Rock hier?
Mina	Ja, aber die Farbe gefällt mir nicht.
Verkäufer	Dann wie finden Sie den Rock hier?
Mina	Schön. Wie viel kostet der Rock?
Verkäufer	10,90 €. Er steht Ihnen sehr gut!

店員	您好,您要找什麼嗎?
Mina	我在找符合我尺寸的裙子。
店員	這邊這件裙子您喜歡嗎?
Mina	喜歡,但顏色我不喜歡。
店員	那這邊這件您覺得怎麼樣?
Mina	好看。這件裙子多少錢?[1]
店員	10 歐元 90 分。這(裙子)很適合您![2]

重點整理

1 這件裙子多少錢?
Wie viel kostet der Rock?

由於 kosten 的字幹是以 -t 作結的關係,如果主格為第二、三人稱單數和第二人稱複數時,動詞在變化時,字尾前面會加上母音 e。(請參考 arbeiten 動詞的情況)

Wie viel kostet das Brot? 那塊麵包多少錢?
(=Was kostet das Brot)

2 這(衣服)很適合您呢!
Er steht Ihnen sehr gut!

stehen(有、存在)為不及物動詞,與〈第三格受格〉一起使用時為「很適合某人」的意思。

Der Mantel steht dir gut. 這外套很適合你。
Die Jacke steht Ihnen sehr gut.
這夾克很適合您。

Mina	Den nehme ich.
Verkäufer	Brauchen Sie sonst noch etwas?
Mina	Ja, ich brauche noch eine Bluse.
Verkäufer	Wie finden Sie diese Bluse?
Mina	Sie ist zu groß. Ich nehme sie nicht.
	Haben Sie vielleicht einen Katalog?
Verkäufer	Tut mir leid. Ich habe keinen.

der Verkäufer 店員
wünschen 希望，期望
Sie wünschen? 您想要什麼呢？／要給您什麼呢？／能幫您什麼呢？
Was wünschen Sie? 您想要什麼呢？／要給您什麼呢？／能幫您什麼呢？
suchen 找，尋求，尋覓
der Rock 裙子
in meiner Größe 符合我尺寸的
die Farbe 顏色
wie viel 多少
kosten 價格為⋯
Euro 歐元
billig 便宜的，廉價的
brauchen 需要
sonst 此外，另外
etwas 某物
die Bluse 女性襯衫
dies- 這
(mir) zu groß （對我來說）太大
vielleicht 也許，可能，或許
der Katalog 商品型錄
tut mir leid 很遺憾，抱歉

Mina	我要買這件。[3]
店員	您還有其他需要的嗎？
Mina	有，我還需要一件（女性）襯衫。
店員	這件襯衫您覺得怎麼樣？
Mina	那件太大件了。我不要那件。
	請問您有商品型錄嗎？
店員	對不起，我們沒有那個。

3 我要買這個。
Den nehme ich

den 為代名詞，主要是用來指稱前面已提過的事物，在這裡是陽性名詞的第四格（賓格）代名詞。

Ich suche ein Hemd 我在找一件（男用）襯衫。
Ist das hier richtg? 是這邊這件嗎？
Eine Bluse? Ist die hier richtig? （女性）襯衫嗎？是這邊這件嗎？

GRAMMATIK 09 掌握文法

1 指示代名詞第四格（賓格）

指示代名詞主要用來指稱前面所提到的事物或人。其形態與定冠詞形態相同。

	m.（陽性）	f.（陰性）	n.（中性）	Pl.（複數）
第一格（主格）	der	die	das	die
第四格（賓格）	**den**	**die**	**das**	**die**

- 指示代名詞若不是疑問句，經常會是第一格或第四格，且位於句子的最前面。

　　A Wie gefällt Ihnen der Rock hier?　　　這邊這件裙子您喜歡嗎？
　　B *Der* gefällt mir nicht.　　　　　　　我不喜歡。（der 在此為第一格，作為 der Rock 的代名詞）

　　A Dann ist der hier richtig?　　　　　　是這邊這個嗎？
　　B Gut. *Den* nehme ich.　　　　　　　是的，我要買那個。

　　A Das Buch ist interessant.　　　　　　那本書很有意思。
　　B Nehmen Sie *das*?　　　　　　　　您要買（那）嗎？

　　A Die Tasche ist zu klein.　　　　　　　那個包包太小了。
　　B *Die* nehme ich nicht.　　　　　　　我沒有要買（那）。

2 stehen＋第三格（與格），passen zu＋第三格（與格）

- 以上兩句型皆為「適合…」的意思，且皆要搭配第三格，即間接受格。

　　Das Hemd *steht dir* sehr gut.　　　　這件襯衫很適合你。
　　Die Bluse *steht Ihnen* sehr gut.　　　這件（女性）襯衫很適合您。
　　Der Rock *passt* gut *zu deiner* Bluse.　這件裙子跟你的（女性）襯衫很搭。
　　Der Schal *passt* gut *zu dem* Hemd.　這件圍巾跟這件（男性）襯衫很搭。

❸ 人稱代名詞第一格（主格）與第四格（賓格）的活用

	第三人稱單數			第三人稱複數
第一格（主格）	er	sie	es	sie
第四格（賓格）	ihn	sie	es	sie

- 人稱代名詞若是第三人稱（如某某人、某某東西），在提及某個人或某事物的時候都可以用。

A Der Apfel ist frisch. 　　　　　這顆蘋果很新鮮。
B *Er* ist sehr gut. 　　　　　　　這個很好。

A Ist das eine Tasche? 　　　　　這是包包嗎？
B Ja, die Tasche ist praktisch. 　對，這包包很實用。
　Sie ist sehr schön. 　　　　　　這個很美。

A Ist das ein Buch? 　　　　　　這是書嗎？
B Ja, das Buch ist neu. 　　　　對，這本書是新的。
　Es ist sehr interessant. 　　　它非常好看（有意思）。

A Sind das Hefte? 　　　　　　　這些是筆記本嗎？
B Ja, die Hefte sind sehr gut. 　對，這些筆記本很棒。
　Sie sind auch billig. 　　　　　這些也很便宜。

A Der Kuli? *Er* ist sehr praktisch. 　那支原子筆嗎？很實用。
B Gut, ich nehme ihn. 　　　　　　好，我要買。

❹ 形容詞

以下補充一些實用的形容詞。

richtig 正確的，對的	gut 好的	billig 便宜的	teuer 貴的
groß 大的	klein 小的	lang 長的	kurz 短的
breit 寬敞的	eng 狹窄的	neu 新的	alt 舊的
praktisch 實用的	unpraktisch 不實用的	schön 漂亮的，好的	
kaputt 故障的，壞掉的	gebraucht 中古的，二手的		
modern 新型的	altmodisch 落後的，過時的		

DEN NEHME ICH.

GRAMMATIK 09 掌握文法

Der Mantel ist *altmodisch*. 這件外套跟不上流行了。（＝aus der Mode）
Das Heft ist *praktisch*. 這筆記本很實用。
Der Druckstift ist *kaputt*. 這自動筆壞掉了。
Dieses Hemd ist *gut* und *billig*. 這件襯衫既好又便宜。
Die Vase ist sehr *billig*. 這個花瓶很便宜。
Das Buch ist zu *teuer*. 這本書太貴了。
Was kostet das alles zusammen? 總共多少錢？
58,90 Euro. 58 歐元 90 分。
Das ist zu *teuer*. 太貴了。

2 dies-（這）, jene-（那）

dies- 為「這」的意思，用來指稱、強調雙方都已經知道的人或物。其語尾變化和定冠詞的語尾變化相同。

	m.（陽性）	f.（陰性）	n.（中性）	Pl.（複數）
第一格（主格）	dies**er**	dies**e**	dies**es**	dies**e**
第四格（賓格）	dies**en**	dies**e**	dies**es**	dies**e**

A Wie finden Sie *diese* Bluse? 這件（女性）襯衫您覺得如何？
B Ich finde sie schön. 我覺得還不錯。

A *Dieser* Rock ist sehr schön und billig. 這件裙子好看又便宜。
B Ich nehme ihn. 我買了。

Diese Bluse steht Ihnen sehr gut. 這件（女性）襯衫很適合您。

- 中性名詞的定冠詞是 das，在 dies- 形中，語尾不是 diesas，而是 dieses。

    Dieses Hemd ist ein bisschen groß.　　這件襯衫有點大件。

    A　Nehmen Sie *dieses* Taxi?　　您要搭這台計程車嗎？
    B　Ja, ich nehme es.　　對，我要搭這台。

    A　Nehmen Sie *diesen* Zug?　　您要搭這班火車嗎？
    B　Nein, den nehme ich nicht.　　不，我不搭這班。

jene- 為「那」的意思，也是用來指稱已經提過的人或物。

	m.（陽性）	f.（陰性）	n.（中性）	Pl.（複數）
第一格（主格）	jen**er**	jen**e**	jen**es**	jen**e**
第四格（賓格）	jen**en**	jen**e**	jen**es**	jen**e**

Dieser Mantel ist schön.　　這件外套很漂亮。

Aber *jener* Mantel ist nicht schön.　　但那件外套不漂亮。

Dieses Auto ist neu.　　這輛車是新的。

Aber *jenes* Auto ist gebraucht.　　但那輛車是中古的。

in *jener* Zeit　　那個時候／那個時期

> **Tipp**
>
> 德國目前使用的貨幣單位為歐元，歐元的標示為 €。10€ 為 10 Euro。6,95€ 是 6 Euro 95 Cent 的意思。唸的時候，不會將「Cent」此單位唸出來。也就是會讀作「Sechs Euro fünfundneunzig」。還有，歐洲貨幣單位裡的逗點（,）和小數點（.），和台灣、美國不同，請特別留意。6.789€ 是指「6 千 7 百 8 十 9 歐元」的意思，而不是指 6 歐元 789 分，千的單位以小數點（.）來做標示。在標示 1 萬歐元的價格時，不用 10,000€ 來標示；10.000€ 才是正確的標示法。價格 10 歐元會標作 €10,-。
>
> 歐分 Cent 的錢幣分別有 1, 2, 5, 10, 20, 50 歐分。分別是 Eincentstück, Zweicentstück, Fünfcentstück, Zehncentstück, Zwanzigcentstück, Fünfzigcentstück。
>
> 鈔票唸作「Schein」。有 5-Euroschein, 10-Euroschein, 20-Euroschein, 50-Euroschein, 100-Euroschein, 200-Euroschein, 500-Euroschein, 1000-Euroschein。

ÜBUNGEN 09 練習題

1. 請在下方空格中填入適當的指示代名詞。

1. A: Ich suche einen Rock.　　B: Ist _____ hier richtig?
   Er ist gut. _____ nehme ich.
2. A: Ich suche eine Bluse?　　B: Ist _____ hier richtig?
   Sie ist prima. _____ nehme ich.
3. A: Ich suche ein Hemd.　　B: Ist _____ hier richtig?
   Es ist schön. _____ nehme ich.
4. A: Ich suche Hosen.　　B: Sind _____ hier richtig?
   Sie sind gut. _____ nehme ich.

2. 請在下方空格中填入適當的人稱代名詞。

1. A: Wie gefällt Ihnen der Rock hier?
   B: Gut. Ich nehme _____.
2. A: Die Tasche hier ist sehr schön.
   B: Gut. Ich nehme _____.
3. A: Das Wörterbuch ist gut.
   B: Ja, das ist richtig! Ich nehme _____.
4. A: Ich suche Socken.　　B: Die sind hier.
   A: Aber _____ gefallen mir nicht.
5. Möchten Sie diese Bluse? Wie gefällt _____ die Bluse hier?
6. A: Wie viel kostet der Rock?
   B: Er ist ganz billig und steht _____ sehr gut!
7. Mina, die Brille passt zu _____ gar nicht.

3. 將 dies- 的字尾做適當的變化後，填入下方空格中。

1. A: Wie finden Sie _____ Bluse?
   B: Ich finde sie schön.
2. A: _____ Rock ist sehr billig.
   B: Ich nehme ihn.
3. A: Wie finden Sie _____ Mantel?
   B: Er gefällt mir nicht gut.
4. A: _____ Hemd ist ein bisschen groß. Das nehme ich nicht.
5. A: Nehmen Sie _____ Taxi?
   B: Ja, ich nehme es.
6. A: Nehmen Sie _____ Zug?
   B: Nein, den nehme ich nicht.
7. A: _____ Handtasche steht Ihnen sehr gut.
   B: Wie viel kostet sie?

4. 請在下方空格中填入適當的 jene- 形態。

1. Dieser Mantel ist nicht schön. Wie finden Sie _____ Mantel da?
2. Dieser Film ist amerikanisch. _____ Film ist französisch.
3. Diese Frau kenne ich schon. Aber ich kenne _____ Frau nicht.
4. Dieses Buch ist sehr interessant. _____ Buch ist auch interessant.
5. Kennen Sie den Mann an _____ Tisch?
6. Die Mutter _____ Kindes kommt noch nicht.
7. Der Name _____ Studentin ist sehr lang.

DEN NEHME ICH. 153

德國人常常在用的表達句
道歉／原諒

道歉時

對不起。／很抱歉。（您）	Entschuldigung! / Entschuldigen Sie, bitte!
對不起。（您）	Verzeihung! / Verzeihen Sie, bitte!
對不起。（你）	Entschuldige mich! / Entschuldige!
對不起。	Pardon!
對不起。	Es tut mir leid./Tut mir leid!
真的很抱歉。	Es tut mir wirklich leid!
非常抱歉。	Es tut mir sehr leid!
真的很抱歉。	Es tut mir aufrichtig leid!
非常對不起。	Es tut mir furchtbar leid!

尋求諒解時

不好意思／請原諒我。	Entschuldigen Sie mich, bitte!
我失陪一下。	Entschuldigen Sie mich bitte einen Moment!
不好意思，打斷您的話。	Entschuldigen Sie, dass ich Sie unterbreche!
我可以打擾您一下嗎？	Darf ich Sie mal kurz stören?
我的話還沒說完。	Ich bin noch nicht fertig!
我話快說完了／我馬上就好了。	Ich bin gleich fertig!
可以讓我把話說完嗎？	Darf ich noch ausreden?
不好意思，可以讓我過去嗎？	Entschuldigen Sie, darf ich vorbeigehen?
您容許我將報紙拿走嗎？	Gestatten Sie, dass ich die Zeitung nehme?
對不起，您有沒有怎麼樣？	Entschuldigung, sind Sie in Ordnung?

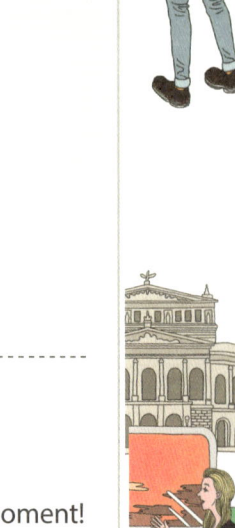

德國人常常在用的詞彙
服飾／配件、飾品 09

09_3.mp3

die Bluse	（女性）襯衫
das Hemd	（男用）襯衫
die Jacke	夾克
der Mantel	大衣
die Socken	短襪
die Strumpfhose	褲襪
der Büstenhalter	胸罩
die Unterhose	內褲
das T-Shirt	T恤
der Rock	裙子
das Kleid	洋裝
der Pullover	毛衣
die Hose	褲子
der Damenanzug	套裝、女士套裝
der Anzug	西服
die Krawatte	領帶
die Jeans	牛仔褲
der Schmuck	寶石
das Armband	手鍊、手環
die Armbanduhr	手錶
der Ring	戒指
der Ehering	結婚戒指
der Verlobungsring	訂婚戒指
der Silberring	銀戒指
der Goldring	金戒指
der Diamantring	鑽石戒指
die Ohrringe	耳環
die Halskette / die Kette	項鍊
die Perlenkette	珍珠項鍊
die Goldkette	金項鍊
die Herrenkette	男士項鍊
der Schmuckanhänger	（項鍊的）垂飾
die Brosche	胸針
die Manschettenknöpfe	袖扣
die Krawattenklammer / die Krawattennadel	領帶夾

文化篇－認識德國，了解德語

德國的購物文化

「這裡的店家幾點關門呢？」
Um wie viel Uhr schließt das Geschäft hier?

在德國，有百年歷史的 Karstadt，也有 Galeria 和 KaDeWe 這些有名的百貨公司。也有像傳統市場、小型賣場和地攤型態的場所。只不過，在德國購物時一定要注意時間。

在德國，有 Ladenschluss（商店打烊時間）的法律，所有賣場都須遵守此法規所規定的打烊時間。歐洲是一個與「自由競爭」「無限競爭」等觀念無緣的國家。共同利益的觀念，是早在 19 世紀就開始了的觀念，至今仍原封不動地保留著，這在生活中也不難發現。

一般店家或購物中心，之前都是早上 9 點或 9 點半開門，晚上 6 點或 6 點半關門，有些店家星期三會延長到晚上 8 點關門。因此在以往，當地人一到下午 4 點，就會下班去購物，或是利用中午時間購物，尤其到了星期六下午 1 點或 2 點店家就會關門，星期天又不營業，可以購物的時間非常有限。不過現在晚上關店的時間已經有延後了，週一至週五像是柏林（Berlin）、漢堡（Hamburg）等大城市，店家或購物中心會開到晚上 9 點或 10 點，而且週六有些也會開到晚上。此外，在柏林有些店家在禮拜天也有開店。

在德國的購物中心，你可以發現消費者不會衝動購物，館內也不會透過廣播進行喧鬧的限時搶購活動。因為他們在家裡就會先確認好自己需要購買的東西與價格，並把它寫下來再去購物，因此很難說服這些客群。消費者本身就很自律且很理性的，所以較少會發生衝動購物的情況。

　　這裡值得一提的是，在櫃檯結帳的店員的動作之慢，慢到令人感到鬱悶。但其實這些職員皆受過完整的職業訓練，換個角度想想，如果是為了安全及嚴謹才這樣的話，我們也就比較能接受了吧。

　　大型的折扣賣場大多位於郊區，一般人主要會在星期五或星期六時到這樣的賣場購物。大到像個運動場般的停車場和購物中心，一進去就讓人覺得彷彿來到了某某遊樂場一樣，有時還會舉行藝文活動。還有別忘了，他們是沒有夜間購物的。如果真的要說營業要很晚的店，村子裡轉角處或路邊的 Imbis（簡易餐館兼雜貨攤）可能才會營業到很晚。

　　比較例外的是，餐廳（Restaurant）會開到晚上 10 點，酒吧等地方則營業到凌晨 4 點，也有一些是連星期日也會營業。

Wie viel Uhr ist es jetzt?

現在幾點？

LEKTION
10

- 表達時刻
- 非人稱主格（es）
- 介系詞（交通工具、場所）

DIALOG 10 基本會話

Elias: Wann stehst du morgens auf?
Ming: Ich wache um 7 Uhr auf.
Dann bleibe ich noch ein bisschen im Bett liegen.
Und dann stehe ich auf und dusche.
Elias: Um wie viel Uhr gehst du zum Deutschkurs?
Ming: Ich gehe um 8.10 Uhr zum Deutschkurs.
Elias: Wie lange dauert dein Deutschkurs?
Ming: Ungefähr vier Stunden.
Wann gehst du denn zur Schule?

Elias 你早上都是什麼時候起床的？[1]
Ming 我七點就會醒了。然後會賴一下床。接著再起來沖澡。
Elias 你幾點去上德文課？[2]
Ming 我八點十分去上德文課。
Elias 德文課上多久？
Ming 大概四個小時。你什麼時候去學校？

重點整理

1 你早上都是什麼時候起床？
Wann stehst du morgens auf?

wann 是表達時間的疑問詞，意指「何時」。動詞會出現在疑問詞的後面。
Wann beginnt die Schule? 學校什麼時候開始？
Wann hast du Zeit? 你什麼時候有時間？
Wann kommst du nach Hause? 你什麼時候回家？

2 你幾點去上德文課？
Um wie viel Uhr gehst du zum Deutschkurs?

「幾點？」的德文為「um wie viel Uhr」。此疑問句的語順為〈介系詞＋wie viel Uhr＋動詞＋主格〉。
Um wie viel Uhr fängt der Unterricht an?
幾點開始上課？
Um wie viel Uhr macht die Bäckerei auf?
麵包店幾點開門。

Elias:	Ich gehe um 8.15 Uhr zur Schule.
Ming:	Wie lange dauert es bis zur Schule?
Elias:	Es dauert zu Fuß etwa zehn Minuten.
Ming:	Wann beginnt die Schule?
Elias:	Der Unterricht fängt um 8.30 Uhr an.
Ming:	Von wann bis wann lernst du in der Schule?
Elias:	Von 9.00 Uhr bis zwei Uhr nachmittags.
Ming:	Wie viel Uhr ist es jetzt?
Elias:	Es ist 16.45 Uhr.

Elias	我八點十五分去學校。
Ming	到學校要多久時間？ 3
Elias	走路大約十分鐘。
Ming	學校幾點開始上課？
Elias	八點三十分開始上課。
Ming	你是幾點到幾點在學校裡學習？
Elias	從九點到下午兩點。
Ming	現在是幾點？
Elias	現在是下午四點四十五分。

wann 什麼時候，何時
aufstehen 起床
morgens （每天）早上的時候
aufwachen 睜開眼，睡醒
liegen bleiben 躺著
das Bett 床
duschen 沖澡
um wie viel Uhr 幾點
gehen 去，往
der Deutschkurs 德文課程，德文補習班
um （表示鐘點）在…點
die Uhr ～點，小時（時間單位）
wie 多少，多麼
lange 久的，長時間的
lernen 學習，念書
im (=in dem) 在…裡
ungefähr 大約，大概
die Stunde 小時
zur (=zu der) 向…，朝…
die Schule 學校
dauern 花費，持續（時間）
etwa 約，大約
die Minute 分，分鐘
zu Fuß 走路
beginnen 開始
anfangen 開始
der Unterricht 課程
von ~ bis ~ 從…到…為止
nachmittags （每天）下午的時候
jetzt 現在

3 到學校要多久時間？
Wie lange dauert es bis zur Schule?

「wie lange」為一個詢問時間長度的疑問詞，動詞放在後面。
Wie lange dauert der Kurs? 那課程有多長時間？
Wie lange dauert der Film? 那部電影片長有多長？
Wie lange dauert das Konzert? 音樂會時間有多長？
Wann ist der Kurs zu Ende? 那堂課什麼時候結束？

GRAMMATIK 10 掌握文法

1 表達時刻（幾點幾分）

Wie spät / *Wie viel Uhr* ist es?　　　幾點了呢？

Es ist ein Uhr. / Es ist eins.　　　一點。

時刻標示	日常生活用法（12 小時制）	正式場合用法（24 小時制）	
1.00/13.00 Uhr	ein Uhr（1 點）	ein/dreizehn（1 點／13 點）	Uhr
1.05/13.05 Uhr	fünf nach eins（1 點過了 5 分）	ein/dreizehn（1 點／13 點 5 分）	Uhr fünf
1.10/13.10 Uhr	zehn nach eins（1 點過了 10 分）	ein/dreizehn（1 點／13 點 10 分）	Uhr zehn
1.15/13.15 Uhr	Viertel nach eins（1 點過了一刻鐘）	ein/dreizehn（1 點／13 點 15 分）	Uhr fünfzehn
1.20/13.20 Uhr	zwanzig nach eins（1 點過了 20 分）	ein/dreizehn（1 點／13 點 20 分）	Uhr zwanzig
1.25/13.25 Uhr	fünf vor halb zwei（離 1 點半還剩下 5 分鐘）	ein/dreizehn（1 點／13 點 25 分）	Uhr fünfundzwanzig
1.30/13.30 Uhr	halb zwei（1 點半；2 點的一半）	ein/dreizehn（1 點／13 點 30 分）	Uhr dreißig
1.35/13.35 Uhr	fünf nach halb zwei（離 2 點還剩下 25 分鐘）	ein/dreizehn（1 點／13 點 35 分）	Uhr fünfunddreißig
1.40/13.40 Uhr	zwanzig vor zwei（離 2 點還剩下 20 分鐘）	ein/dreizehn（1 點／13 點 40 分）	Uhr vierzig
1.45/13.45 Uhr	Viertel vor zwei（離 2 點還剩下一刻鐘）	ein/dreizehn（1 點／13 點 45 分）	Uhr fünfundvierzig
1.50/13.50 Uhr	zehn vor zwei（離 2 點還剩下 10 分鐘）	ein/dreizehn（1 點／13 點 50 分）	Uhr fünfzig
1.55/13.55 Uhr	fünf vor zwei（離 2 點還剩下 5 分鐘）	ein/dreizehn（1 點／13 點 55 分）	Uhr fünfundfünfzig
2.00/14.00 Uhr	zwei Uhr（2 點）	zwei/vierzehn（2 點／14 點）	Uhr

*火車時刻表、電視時刻表等，會以較正式的方式（24 小時制）來表示下午的時刻。

12.30 Uhr → Es ist **zwölf Uhr dreißig**. 或者 Es ist **halb eins.**

12.45 Uhr → Es ist **zwölf Uhr fünfundvierzig**. 或者 Es ist **Viertel vor eins.**

15.00 Uhr → Es ist **fünfzehn Uhr.** 或者 Es ist **drei Uhr.**

16.00 Uhr → Es ist **sechzehn Uhr.** 或者 Es ist **vier Uhr.**

Was ist das? Das ist eine Uhr!   這是什麼？這是時鐘。

A **Wie spät ist es?**   現在幾點？
B (Es ist)   fünf Uhr dreißig. (5.30 Uhr)   五點三十分。
           halb sechs.(5.30 Uhr)   五點半。
           kurz nach acht. (大約是 8.03 Uhr)   剛過八點。
           kurz vor acht. (大約是 7.58 Uhr)   快要八點了。

A **Um wie viel Uhr** fängt der Film an?   那部電影幾點開始？
B **Um** 18.30 **Uhr.** (= Um halb sieben.)   六點三十分開始。

A **Wann** beginnt der Unterricht?   什麼時候開始上課？
B **Um** 9 **Uhr.**   九點。
   Um Viertel nach neun.   九點十五分。

> *Tipp* 「幾點」會使用介系詞 um。

> *Tipp* kurz nach… 剛過
>   kurz vor… 快到

A Wann beginnt der Kurs?   那門課什麼時候開始？
B Er beginnt *um* Viertel vor neun.   這門課八點四十五分開始。

A *Von* wann *bis* wann ist der Deutschkurs?   德文課的上課時間是從幾點到幾點？
B Er ist *von* neun *bis* zwölf Uhr.   那門課是從九點到十二點。

A Wann hast du Unterricht?   你什麼時候有課？
B *Von* Montag *bis* Freitag.   星期一到星期五有課。

GRAMMATIK 10 掌握文法

- 時間要用「第四格（賓格）」來表達。

den ganzen Tag	一整天	*einen* Monat lang	一個月的期間
Guten Tag	你好。	*nächsten* Monat	下個月
einen Moment	等一下。	*nächstes* Jahr	明年

- jed-（每～）跟定冠詞一樣會有語尾變化。而且，表示時間時，會使用「第四格（賓格）」。

jeden Tag	每天	*jeden* Morgen	每天早上
jeden Abend	每天傍晚	*jeden* Monat	每個月
jede Woche	每週	*jedes* Wochenende	每個週末
jede Nacht	每天晚上	*jedes* Jahr	每年

- 德文的「今天」「明天」等單字，若放在某一個不明確的時段（如早上、下午）之前時是副詞作用。

heute Morgen	今天早上
heute Nachmittag	今天下午
morgen früh	明天早上（不會說成 morgen Morgen）
morgen Abend	明天傍晚

- 但如果是用來表示特定星期的某個時段時，則是名詞作用。

Sonntagvormittag	星期日上午
Montagnachmittag	星期一下午
Dienstagabend	星期二傍晚

2 非人稱主格 es 可用來表達時間

A　Wie spät ist *es* jetzt?　　　　　　　現在幾點？
B　*Es* ist Viertel nach zehn.　　　　　十點十五分。（10 點過了一刻鐘）
　　Es ist kurz vor acht.　　　　　　　快八點了。
　　Es ist gegen acht Uhr.　　　　　　大約八點。

Es ist etwa acht Uhr. 大約八點。

③ 介系詞（mit, in, zu）

(1) 表示交通工具的介系詞

- 一般會以〈介系詞 mit + 交通工具〉來表示，並搭配「第三格」，只有「用走的」的時候，會使用介系詞 zu。

    Es dauert *eine halbe Stunde zu Fuß*. 走路要花半小時。
    Es dauert *eine Viertelstunde mit dem Bus*. 搭公車要花十五分鐘。
    Es dauert *eineinhalb Stunden mit der U-Bahn*. 搭地鐵要花一個半小時。
    Es dauert etwa *zwanzig Minuten mit dem Fahrrad*. 騎腳踏車要花大約二十分鐘。

(2) 表示場所的介系詞

- 介系詞 in 如果用來表示某一場所的「狀態」時，會採用「第三格（與格）」。

    Ich lerne *in der* Schule. 我在學校上課／學習。
    Wir trinken Kaffee *im* Café. 我們在咖啡廳喝咖啡。
    Ich bin *im* Theater. 我在劇院。
    Kevin ist *im* Kino. Kevin 在電影院。

- zu 不管什麼時候，都只採用第三格（與格），以表示前往某一場所，含有目的。但如果是使用「動作動詞」讓主格是朝某一場所移動時，介系詞 in 之後會出現第四格受格，以表示前往某一空間從事某事。

    Ich gehe *zur* Schule. 我去學校。
    　　　　zur Universität. 我去大學。
    　　　　zum Deutschkurs. 我去上德文課。

- 但如果是使用「動作動詞」讓主格是朝某一場所移動時，介系詞 in 之後會出現第四格受格，以表示在某一空間做某事。

    Ich gehe in die Schule. 我去上學。
    Ich gehe ins Theater. 我去看戲劇。

WIE VIEL UHR IST ES JETZT?　165

ÜBUNGEN 10 練習題

1. 請用德文寫出下列的時刻。

1. 3.45 Uhr _____
2. 0.05 Uhr _____
3. 20.50 Uhr _____
4. 4.25 Uhr _____
5. 1.15 Uhr _____
6. 9.35 Uhr _____
7. 10.50 Uhr _____
8. 22.10 Uhr _____
9. 14.40 Uhr _____
10. 18.30 Uhr _____

2. 請用德文寫出下面的電話號碼。

1. Martin Krüger: 85 23 01 _____
2. Metzgerei Otto: 80 66 29 _____
3. Hans Adler: 49 36 82 _____
4. Zahnarzt (07432)16937 _____
5. Astrid Wieser: 78 33 620 _____

3. 請依提示，在下列劃線之處填入適當的單字，來完成疑問句（可重覆使用）。

範例	wie lange, wann, um wie viel Uhr, bis wann, wie oft, von wann bis wann, wie viel Zeit, wie spät

1. A: _____ kommt Herr Meier?
   B: Er kommt heute Abend.
2. A: _____ bleiben Sie in Taipeh?   B: Eine Woche.
3. A: _____ beginnt der Unterricht?   B: Um 9.15 Uhr.
4. A: _____ gehst du ins Theater?   B: Einmal im Monat.

5. A: _____ ist der Kurs?
   B: Von 10 bis 11.30 Uhr.
6. A: _____ ist die Bank offen?   B: Bis halb vier.
7. A: _____ dauert das Fußballspiel?   B: 90 Minuten.
8. A: _____ habt ihr noch Zeit?   B: Eine halbe Stunde.
9. A: _____ gehen Sie ins Bett?
   B: Gegen Mitternacht.
10. A: _____ ist es jetzt?   B: Halb eins.

4. 請在下列劃線之處，填入適當的介系詞。

1. Wann stehst du _____ Morgen auf?
2. Jens wohnt _____ einem Studentenheim. (das Studentenheim 宿舍)
3. Heute, _____ Mittwoch hat er eine Vorlesung. (die Vorlesung 大學講課)
4. Die Vorlesung fängt _____ Viertel nach zwei an.
5. Er fährt _____ dem Bus zur Universität.
6. Nach der Vorlesung arbeitet er noch _____ der Bibliothek.
7. Abends _____ sechs Uhr kommt er nach Hause zurück.
8. Nach dem Abendessen sieht er _____ seinem Zimmer ein bisschen fern.
9. _____ Wochenende besucht er seine Freundin Birgit.
10. Sie gehen zusammen _____ Kino.

5. 請在下列空格中填入適當的 jed- 格字尾。

1. A: Was machst du _____ Abend?
   B: Ich mache meine Hausaufgaben.
2. _____ Nacht höre ich oft Musik.
3. _____ Sommer machen wir Urlaub.
4. _____ Tag spielen wir Tennis.
5. Ich fahre _____ Wochenende nach Hause.

德國人常常在用的表達句
理解

確認對方是否理解

您瞭解了嗎？	Verstehen Sie?
你到底懂了嗎？	Kapierst du endlich?
你懂嗎？	Kapierst du?
您理解我說的意思嗎？	Verstehen Sie, was ich meine?
我的意思，您理解了嗎？	Verstehen Sie, was ich gemeint habe?
您懂我說的嗎？	Verstehen Sie, was ich sage?
到目前為止我說的話，您懂了嗎？	Verstehen Sie, was ich bisher gesagt habe?
你很清楚我的意思吧！	Du weißt ganz genau, was ich meine!

已經理解時

我贊成。	Einverstanden.
啊！我知道了。	Oh, ich hab's!
啊！原來如此。	Ach so ....!
啊！我知道了。	Ach so, ich verstehe schon.
啊！我現在懂了。	Ach, jetzt verstehe ich.
現在我清楚了！	Nun ist es mir klar!
我知道您的意思。	Ich begreife, was Sie meinen.
我理解你的立場。	Ich verstehe Ihre Einstellung.
我現在懂了。	Jetzt verstehe ich.
現在能抓到感覺了。	Jetzt komme ich damit klar!

無法理解時

我不懂。	Ich verstehe nicht.
我無法理解。	Ich habe nicht verstanden.
你說什麼？	Wie bitte?
我不知道您在說什麼。	Ich weiß nicht, was Sie meinen!
您所指的是什麼意思？	Was meinen Sie damit?
很難理解。	Es ist schwer zu verstehen!
我理解的正確嗎？	Habe ich richtig verstanden?
這我無法理解。	Das kann ich nicht nachvollziehen.
那個我不能理解。	Das kann ich nicht kapieren.
對此我有疑惑。	Ich komme damit nicht klar.
您讓我混淆不清。	Sie verwirren mich.
我不懂您說的意思。	Ich kann Sie nicht verstehen.

德國人常常在用的詞彙
學校

10_3.mp3
（此單元音檔的順序為：左欄全部唸完之後→右欄全部）

學校與科目

der Rektor	校長／（專科大學）校長
der Direktor	校長／院長／管理者
der Schüler	學生
der Lehrer	教師
der Stundenplan	功課表
das Fach	科目
das Lieblingsfach	最喜歡的科目
Geschichte	歷史
Deutsch	德語
Englisch	英文
Erdkunde	地理
Mathematik	數學
Physik	物理
Biologie	生物
Chemie	化學
Sport	體育

教室

der Unterricht	課程，課
die Landkarte	地圖
die Tafel	黑板
das Klassenzimmer	教室
die Kreide	粉筆
der Pausenhof	下課時間使用的遊樂場；操場
die Pause	休息時間
die Universität	大學
der Student	大學生
der Professor	教授
der Seminarraum	研討會議室
die Hausaufgabe, Hausaufgaben	作業
das Referat	報告，學術報告
ein Referat halten	發表報告

文化篇－認識德國，了解德語

德國的圖書館

「您要借的書總共是 20 本嗎？」
Wollen Sie 20 Bücher ausleihen?

　　不管是哪一個國家都是這樣，國立的圖書館是結合該國的歷史、文化、政治、社會、藝術等各知識的結晶體。德國的國立圖書館不是只有首都才有，幾乎是 16 個邦都有。而且，各個都市都個別營運著各自的市立圖書館、自治區圖書館以及圖書館分館等。地區性的作家皆可在圖書館內舉辦發表會或各種藝文活動。這些都是可以在德國的圖書館文化中發現的。較特別的一點是，即便是小型圖書館的活動，不只是附近居民，連參加大學研討會的學生們也會和教授一起來參加這類文化發表會、作品討論會或各種藝文活動，並認真進行意見交流。居住在德國的外國人，也可以成為圖書館的會員，而且可借閱的書籍本數至少是 5 本以上。特別是大學的圖書館，可借閱的書籍本數基本上是 20 本左右，借閱時間為三週，並可以延長借閱時間。

如果想看的書籍不是德國國內出版的書，而是國外出版的，但只要該本書籍與這間大學圖書館有合作關係，那間圖書館也會很樂意幫你把書借過來的。出借的時間比照該大學的圖書館規定。

　　大學的中央圖書館規模相當大，每一間專科大學都有圖書館，它佔據了一般建築物的一到兩層以上，可見其規模之大。德國學生很會善用圖書館。由於圖書館內部鋪有地毯，所以人們在走動時不會發出聲響，學生們可以安靜的閱讀。而且圖書館的桌子很大，可以同時放得下包包和許多本書籍，提供學生舒適的閱讀環境。歐洲有很多大學都有上百年的歷史，所以可以輕易地在圖書館發現很久遠的書籍。德國的大學教育不以就業為目標，主要以學術為主。因此，每間圖書館皆為使用者提供各種便利的服務，不會讓使用者感到不便。要注意的一點是，由於在週末時，大多的大學生都會回家，因此職員也沒有上班，所以圖書館是不開門的。

Wann hast du Geburtstag?
你生日是什麼時候?

LEKTION
11

- 表達日期、星期
- 介系詞（in）
- 第二格支配介系詞
- 冠詞（第二格）

DIALOG 11 基本會話

Erika　Ming, wann hast du Geburtstag?
Ming　Am 1. Mai.
Erika　Im Mai ist das Wetter hier sehr schön.
　　　Wie ist das Wetter im Frühling in Taiwan?
Ming　Es ist schön und warm. Und du, wann hast du Geburtstag?
Erika　Am 10. September.
Ming　Welches Datum haben wir heute?
Erika　Heute ist der 6. September. Du, ich mache am
　　　Samstag eine Party. Ich lade dich zu meiner
　　　Geburtstagsparty ein.

Erika　Ming，你的生日是什麼時候？
Ming　五月一號 [1]。
Erika　五月的時候，這裡的天氣很好。
　　　台灣的春天，天氣怎麼樣？[2]
Ming　天氣很好，很溫暖。
　　　那你生日是什麼時候？
Erika　九月十號。
Ming　今天是幾號？
Erika　今天是九月六號。欸～我星期六要開派對。
　　　我邀請你來參加我的生日派對。

重點整理

1 （我）五月一號（生日）。
(Ich habe) am 1. Mai (Geburtstag).

表示日期時，介系詞使用 am，數字使用序數。此外，在 Geburstag haben 的用法中不用冠詞。

2 台灣的春天，天氣怎麼樣？
Wie ist das Wetter im Frühling in Taiwan?

表示季節時，會使用介系詞 in。
im 是 in dem 的縮寫形，在這裡冠詞使用第三格，而季節又是陽性名詞，所以第三格冠詞為 dem。表達「月份」時也是使用介系詞 im。
如 im Oktober, im November

Ming	Wirklich? Danke!
	Um wie viel Uhr beginnt denn die Party?
Erika	Um halb sechs. Kommst du zu mir?
Ming	Na klar! Aber wie komme ich zu dir?
Erika	Das ist ganz einfach. Du nimmst den Bus Nr. 3.
	Er fährt zum Hauptbahnhof.
Ming	O.K, ich rufe dich während der Fahrt an.
Erika	Dann hole ich dich am Hauptbahnhhof ab.

der Geburtstag 生日
1. 第一，首先
Mai 五月
das Wetter 天氣
der Frühling 春天
warm 溫暖的
10. 第十
September 九月
welch- 哪個
das Datum 天氣
6. 第六
der Samstag 星期六
eine Party machen 開派對
einladen 邀請，招待
wirklich 真地，實際地
klar 當然
aber 但是，可是
fahren （車）行駛，開動
der Hauptbahnhof 中央車站
während 在⋯的期間
die Fahrt 行駛
abholen 接（人）

Ming	真的嗎？謝謝！派對幾點開始？
Erika	五點半開始。你要來嗎？
Ming	當然好啊！但我要怎麼去你那裡？ [3]
Erika	很簡單。你搭三號公車。它會開往中央車站。
Ming	好的。我上車後路上會打給你。
Erika	那我在中央車站接你。

3 我要怎麼去你那裡？
Wie komme ich zu dir?

問路時，會以〈wie komme ich zu ＋與格〉的形式來問。
Wie komme ich zu Ihnen? 應該要怎麼去您那裡呢？
Wie komme ich zum Bahnhof? 去車站的路要怎麼走？

GRAMMATIK 11 掌握文法

① 關於日期、月份時間、星期及特定時段的表達

(1) 表達日期

- 德文在表達日期時，是以「日期＋月份」的順序來呈現的，且日期是使用「序數」（即第 1、第 2...），在標示上只要在數字後面加上一點即可。介系詞主要是搭配 am。

  A Wann hast du Geburtstag? 　　　　　　　你的生日什麼時候？
  B Ich habe *am* 25. *April* Geburtstag. Und du? 　我生日是四月二十五號，那你呢？

---

am＋序數＝日期的表達。請見以下序數：

1. ersten	2. zweiten	3. dritten	4. vierten	5. fünften
6. sechsten	7. siebten	8. achten	9. neunten	10. zehnten
11. elften	12. zwölften	13. dreizehnten	14. vierzehnten	15. fünfzehnten
16. sechzehnten	17. siebzehnten	18. achtzehnten	19. neunzehnten	20. zwanzigsten

21. einunzwanzigsten　22. zweiundzwanzigsten　23. dreiundzwanzigsten
24. vierundzwanzigsten　25. fünfundzwanzigsten　26. sechsundzwanzigsten
27. siebenundzwanzigsten　28. achtundzwanzigsten　29. neunundzwanzigsten
30. dreißigsten　31. einunddreißigsten

Januar（一月）　Februar（二月）　März（三月）　April（四月）　Mai（五月）
Juni（六月）　Juli（七月）　August（八月）　September（九月）　Oktober（十月）
November（十一月）　　　　Dezember（十二月）

A *Welches Datum* haben wir heute? 　　　今天幾月幾號？
B Heute ist *der* erste März. 　　　　　　今天三月一號。
　　　　der zweite April. (2. 4) 　　　　今天四月二號。
　　　　der einunddreißigste Dezember. (31. 12) 　今天十二月三十一號。

Am 10. Mai spielen wir Fußball. 　　　　五月十號我們要踢足球。

Am 3. Juni habe ich eine Prüfung. 　　　六月三號我有考試。

Ich fahre *am* 1. Juli nach Hamburg. 　　我七月一號要去漢堡。

Am 15. Mai beginnt das Konzert. 那場音樂會五月十五號開始。

Habt ihr *am* 30. Zeit? 你們三十號有時間嗎？

Der wievielte ist heute? 今天幾月幾號？

Der 18. Januar. 一月十八號。

Der wievielte ist morgen? 明天是幾月幾號？

Der wievielte ist am Samstsag? 星期六是幾月幾號？

(2) 表達星期

- 以下是德文關於星期的單字。

星期日	星期一	星期二	星期三	星期四	星期五	星期六
Sonntag	Montag	Dienstag	Mittwoch	Donnerstag	Freitag	Samstag

Welcher Tag ist heute? 今天星期幾？

Was für ein Tag ist heute? 今天星期幾？

Was für ein Wochentag ist heute? 今天星期幾？

Heute ist *Montag*. 今天星期一。

Es ist *Dienstag*. 星期二。

Du spielst jeden *Dienstag* Tennis. 你每週二會去打網球。

Es ist *Freitag*. 星期五。

Mina hat jeden *Freitag* Gitarrenunterricht. Mina 每週五有吉他課。

Es ist *Samstag*. 星期六。

Es ist *Wochenende*. 週末。

Es ist heute *Sonntag*. 今天星期日。

Samstagvormittag spiele ich mit dem Hund. 星期六上午我會跟狗玩。

Jeden *Sonntag* gehe ich spazieren. 每週日我會去散步。

- 如果要同時表達某個星期與不特定的時段時，不使用介系詞 am。但如果是單純表達星期幾，或是很明確地表示星期幾的幾點時，則要用到 am。

GRAMMATIK 11 掌握文法

Montagnachmittag 　　　　　　　　　星期一下午

Dienstagabend 　　　　　　　　　　　星期二傍晚

A Hast du *am Samstag* Zeit?　　　　　你星期六有時間嗎？
B Nein, ich habe keine Zeit.　　　　　沒有，我沒時間。
　 Warum denn?　　　　　　　　　　為什麼沒時間？

A Ich habe Geburtstag. Kommst du auch?　我生日要到了，你也會來嗎？
B Ja, gerne. Wann soll ich denn kommen?　當然，我很樂意去。那我應該在什麼時候去呢？

A Gegen drei Uhr *am Samstagnachmittag*.　星期六下午三點左右過來。

2　表達季節與月份時會用到介系詞 in

- 德文的月份和季節都是陽性名詞，介系詞使用 in。所以陽性名詞第三格為 dem，因此介系詞的縮寫形為 im。

im	Januar,（一月）	Februar,（二月）	März,（三月）	April,（四月）	Mai,（五月）	Juni,（六月）
	Juli,（七月）	August,（八月）	September,（九月）	Oktober,（十月）	November,（十一月）	Dezember（十二月）
im	Frühling,（春天）	Sommer,（夏天）	Herbst,（秋天）	Winter（冬天）		

Es regnet viel *im Sommer*.　　　　　夏天很會下雨。
Ich laufe oft *im Winter* Ski.　　　　我冬天經常去滑雪。
Der Sprachkurs beginnt *im September*.　語言課程九月開始。
Wann machst du Urlaub?　　　　　　你什麼時候開始休假？
Im Juli.　　　　　　　　　　　　　七月的時候。
Vom 23. Juli bis 3. August.　　　　　從七月二十三號到八月三號為止。

3　第二格（屬格）支配的介系詞

以下介紹一些要搭配第二格的介系詞。

(an)statt ... 代替	**wegen** 由於
trotz 儘管，不管	**während** 在…期間

Anstatt eines Kaffees möchte ich einen Tee.	我想喝一杯茶來代替咖啡。
Trotz des Regens gehen wir spazieren.	儘管下雨，我們還是去散步。
Trotz der Erkältung geht er ins Schwimmbad.	儘管感冒了，他還是去游泳池。
Während der Fahrt liest er die Zeitung.	搭車的期間，他在看報紙。
Wegen der Prüfung lerne ich heute fleißig.	因為有考試，所以我今天要認真念書。
Wegen der Grippe geht er nicht in die Schule.	由於得了流感，所以他沒去學校。

- 上面的介系詞為第二格（屬格）支配的介系詞，因此介系詞之後出現的「冠詞＋名詞」die Fahrt 會變成 der Fahrt，der Regen 會變成 des Regens，die Prüfung 會變成 der Prüfung，ein Kaffee 會變成 eines Kaffees。以上使用了定冠詞和不定冠詞的第二格（屬格）。

❹ 冠詞第二格（屬格）：在「名詞＋第二格」情況下，會出現「…的」語意的所有格關係。

	定冠詞（屬格）	不定冠詞（屬格）	所有格冠詞（屬格）
陽性	*des* Vaters	*eines* Vaters	*meines* Vaters
陰性	*der* Mutter	*einer* Mutter	*meiner* Mutter
中性	*des* Kindes	*eines* Kindes	*meines* Kindes
複數	*der* Eltern	Eltern	*meiner* Eltern

Der Wagen *meines* Vaters steht dort.	我爸的汽車在那裡。
Ich bin die einzige Tochter *meiner* Eltern.	我是我爸媽的獨生女。
Er ist der Sohn *einer* Lehrerin.	他是某位女老師的兒子。
Die Mutter *des* Kindes ist sehr nett.	那孩子的媽媽很親切。
Wir wohnen in der Nähe *einer* Großstadt.	我們住在大都市附近。
Der Mann *der* Lehrerin ist mein Onkel.	那位女老師的丈夫是我的叔叔。
Der Titel *des* Buches ist interessant.	這本書的書名很有意思。

ÜBUNGEN 11 練習題

1. 請填入下列關於日期的問題。

Welches Datum haben wir heute?
Heute ist der _____. (13.1.)
_____. (8.2.)
_____. (15.7.)
_____. (31.8.)
_____. (17.9.)
_____. (4.10.)
_____. (11.11.)
_____. (25.12.)

2. 請填入正確的日期。

> 範例　**Wann hat Melanie Geburtstag?**
> (3.2.) Sie hat am dritten Februar Geburtstag.

1. (14.4.) Sie hat _____.
2. (20.5.) Sie hat _____.
3. (31.7.) Sie hat _____.
4. (16.10.) Sie hat _____.
5. (27.12.) Sie hat _____.

3. 請用下面的提示來完成句子。

> 範例　**Januar – Neujahr**（新年）→ Der erste Januar ist Neujahr.

1. 20. März – Frühlingsanfang（立春）
   ➡ _____

2. 7. Sonntag nach Ostern（復活節）– Pfingstern（聖靈降臨節／五旬節）
   ➡ _____

3. 1. Mai – Maifeiertag（五一勞動節）
   ➡ _____

4. 9. Mai – Muttertag
   ➡ _____

5. 3. Oktober – Der Tag der Deutschen Einheit（德國統一紀念日）
   ➡ _____

6. 11. November – Der Beginn der Faschingszeit（謝肉節期間／狂歡節期間）
   ➡ _____

7. 6. Dezember – Nikolaustag（聖尼古拉斯日）
   ➡ _____

8. 24. Dezember – Heiligabend（聖誕節前夕）
   ➡ _____

4. 請在空格處填入適當的第二格支配介系詞。

1. _____ eines Kaffees möchte ich einen Tee.
2. _____ des Regens gehen wir spazieren.
3. _____ der Erkältung geht er ins Schwimmbad.
4. _____ der Fahrt liest er die Zeitung.
5. _____ der Prüfung lerne ich heute fleißig.

5. 請利用提示的單字，組合成完整的句子。

1. ich/ anrufen/ dich/ während/ die Fahrt/.

   _____

2. Trotz/ der Regen/ wir/ gehen/ spazieren/.

   _____

3. trotz/ die Erkältung/ er/ gehen/ ins Schwimmbad/.

   _____

4. während / die Fahrt / er / die Zeitung/ lesen/.

   _____

5. wegen / die Hausaufgaben / ich / spielen / nicht /.

   _____

德國人常常在用的表達句
祝賀

11_2.mp3

道歉時

恭喜。／恭喜你（您）！	Herzlichen Glückwunsch!
恭喜。／恭喜你（您）！	Herzliche Glückwünsche!
恭喜。／恭喜你（您）！	Herzliche Gratulation!
真心恭喜你（您）！	Meine besten Glückwünsche!
一切順利！	Alles Gute!
恭喜你。／恭喜您！	Ich gratuliere dir/Ihnen!

慶祝生日時

生日快樂！	Herzlichen Glückwunsch zum Geburtstag!
生日快樂！	Herzliche Glückwünsche zum Geburtstag!
生日快樂，祝事事順利。	Alles Gute zum Geburtstag.
衷心祝賀！	Herzlichen Glückwunsch!
祝賀你！	Ich gratuliere dir!
祝你生日快樂！	Ich gratuliere dir zum Geburtstag!
祝您生日快樂！	Ich gratuliere Ihnen zum Geburtstag!

回應他人的祝福時

謝謝！	Vielen Dank!
我也祝您好運！	Das wünsche ich Ihnen auch!
非常謝謝，希望您也是！	Danke schön! Ihnen auch.
謝謝，希望你也是！	Danke, gleichfalls!

贈送禮物時

我買了點東西要送您。	Ich habe etwas für Sie gekauft.
這是給您的禮物。	Das Geschenk ist für Sie.
我準備了點小禮物要給您。	Ich habe ein kleines Geschenk für Sie.
這是要給您的禮物。	Das ist für Sie.
不是什麼大禮。	Das ist nichts Besonderes.

182　LEKTION 11

德國人常常在用的詞彙
節日／派對 11

11_3.mp3

der Geburtstag	生日
die Party	派對
eine Party geben	開派對
zur Party einladen	邀請參加派對
das Geschenk	禮物
die Glückwunschkarte	賀卡
der Gutschein	禮卡／禮品卡
die Verpackung	包裝
Geschenke auspacken	拆禮物
die Torte	蛋糕
die Kerze	蠟燭
die Geburtstagstorte	生日蛋糕

der Luftballon, die Luftballons	氣球
die Blumen	花
der Blumenstrauß	花束
der Heiligabend	聖誕節前夕；平安夜
Weihnachten	聖誕節
der Weihnachtsbaum	聖誕樹
Ostern	復活節
Frohe Weihnachten!	聖誕節快樂！

Prost!	乾杯！
Zum Wohl!	祝健康！
Trinken wir auf Ihr Wohl!	為了您的健康，乾杯吧！
Auf Sie!	祝您！
Auf unsere Freundschaft!	祝我們的友情！

文化篇—認識德國，了解德語

德國的派對

「我該帶什麼禮物參加派對呢？」
Was für ein Geschenk nehme ich zur Party mit?

　　如果你結交的德國朋友慢慢變多了之後，你會發現，你參加派對的機會也就會變多。不只是年輕人，連中年的人也喜歡參加派對、跳舞。如果是收到正式的派對邀請（Einladung），絕對不能遲到。但如果是受邀到對方家裡，遲到個 10 到 15 分鐘，反而是比較禮貌的，這是為了體貼主人，多給對方一些準備的時間。德國人從小就教導孩子好的時間觀念。如果自己的小孩要去朋友家玩，雙方父母也會事先以電話商議到訪的時間、玩耍的時間，並且嚴格遵守雙方定下的時間。小孩子玩好之後，一定會一起將玩具收拾乾淨。

　　如果要帶禮物參加生日派對的話，真的就傷腦筋了。如果送貴重的禮物，會讓人感到「負擔」，或是被當作「賄絡」之嫌。該如何拿捏比較好呢？即便是第一次參加派對，20~30 歐元左右的東西，已經算是「大禮」了。一般超過 20 歐元（約 700 元台幣左右）以上的禮物，在德國人的認知裡，已經算是「賄絡公務員」了。所以禮物的價格不要超過這條線，才是既恰當又不會失禮的。

　　一般收到「正式的派對邀請」，禮貌上一定要答覆「去或不去」。如果是受邀到對方家中，品嚐「茶和茶點」的這種聊天聚會，就不能使用對方家裡的廁所，因為聚會的時間很短，這麼做是很不禮貌的。但如果是受邀到對方家裡用餐，使用對方家裡的廁所是無傷大雅的。以國際禮儀來說，用餐時發出「嘖嘖」或「呼嚕嚕」的聲音，是非常不禮貌的。叉子和刀子要拿在哪一支手，是沒有強制規定的，因為有人是左撇子，有人是右撇子，按照自己的習慣來使用就可以了。但如果是在用餐時，原本拿在左手的東西換到右手拿，就很失禮了。其中令人感到驚訝的是，在用餐或談話過程中，德國人經常會用手帕大聲擤自己的鼻子。那是因為德國的天氣造成德國人有這樣的習慣，即使覺得噁心也要忍耐一下。除了阿拉伯國家以外，飯後打嗝都是一件非常骯髒的行為。另外，用餐時講手機也是件失禮的事，要特別留意。

184　LEKTION 11

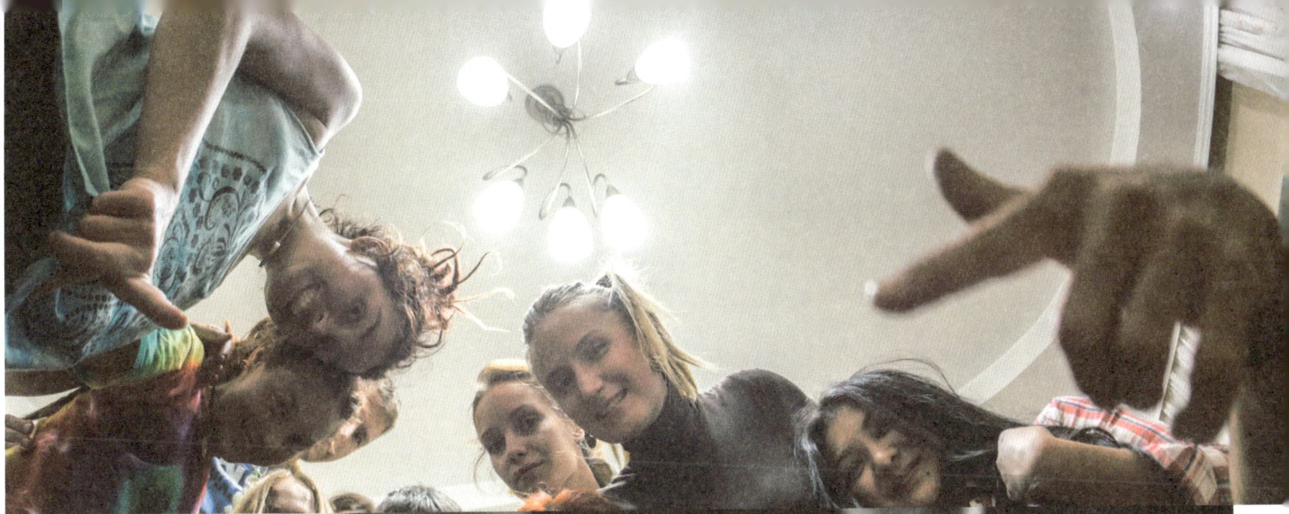
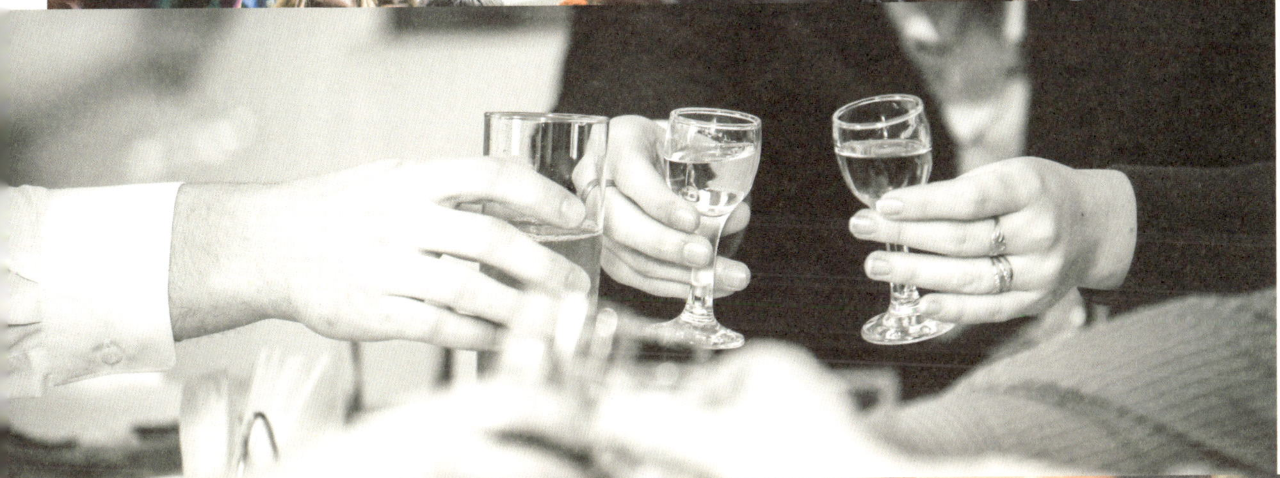
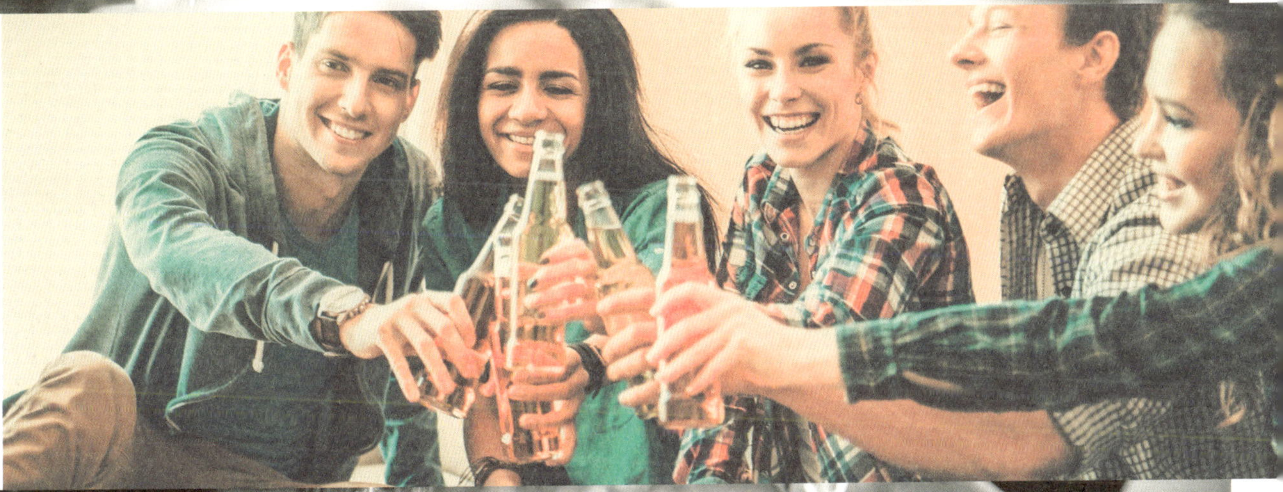
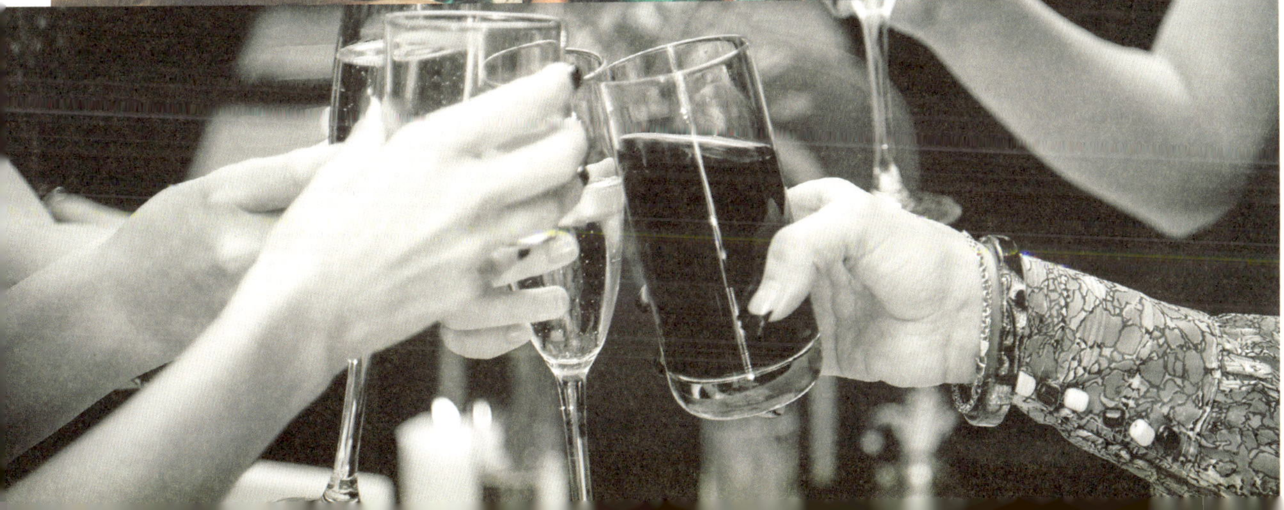

Ich brauche eine Schere. Haben Sie eine?

我需要剪刀,您有(一把)嗎?

LEKTION
12

- 動詞 möchte（想要）
- 副詞 zu
- 不定代名詞
- 否定代名詞

DIALOG 12 基本會話

Verkäuferin　Guten Tag, Sie wünschen?
Mina　　　　Ich möchte einen Ordner.
Verkäuferin　Ist der hier richtig?
Mina　　　　Nein, der ist viel zu groß.
Verkäuferin　Und der hier?
Mina　　　　OK. Der ist in Ordnung.
　　　　　　 Was kostet ein Ordner?
Verkäuferin　Der kostet 4,75 Euro.
Mina　　　　Der ist mir zu teuer. Und der da?
Verkäuferin　Der kostet 3,20 Euro.

店員　您好，有什麼需要幫您的嗎？
Mina　我想買一個活頁夾。
店員　是這邊這種嗎？[1]
Mina　不是，那個實在太大了。
店員　那這邊這個呢？
Mina　對，就是那個。
　　　一個活頁夾多少錢？
店員　這個 4 歐元 75 分。
Mina　那個我覺得太貴了。[2]
　　　那麼那邊那個（多少錢）呢？
店員　那個要 3 歐元 20 分。

重點整理

1　是這邊這個／種嗎？
Ist der hier richtig?

對話中所使用的指示代名詞（即 der），使用時機為，要再次提到對方前面所提及的事物時，其形態與定冠詞相同。

2　那個我覺得太貴了。
Der ist mir zu teuer.

也可以使用 Der ist zu teuer。
zu 不是介系詞，而是帶有「太～」意思的副詞。

billig 便宜的　　**günstig** 適當的，良好的

Mina	In Ordnung.
Verkäuferin	Sonst noch etwas?
Mina	Ich brauche auch eine Schere. Haben Sie eine?
Verkäuferin	Die hier kostet 1,98 Euro. Möchten Sie eine?
Mina	Ja, gern. Haben Sie auch Wörterbücher?
Verkäuferin	Nein, ich habe leider keine.
Mina	Ist hier eine Buchhandlung in der Nähe?
Verkäuferin	Ja, gleich nebenan ist eine. Fragen Sie mal da.
Mina	Vielen Dank.

möchten 想要
der Ordner 活頁夾
der hier 這邊這個
richtig 正確的，準確的
viel 許多，多量
zu 太
groß 大
OK. 可以
in Ordnung 好的，可以
mir 對我
teuer 貴的
da 那，那邊
sonst 此外，另外
noch 還，再
etwas 某物，某種東西
brauchen 需要…
die Schere 剪刀
ja, gern 好的，樂意
Wörterbücher 字典
（Wörterbuch 的複數形）
die Buchhandlung 書店，書局
in der Nähe 附近
gleich 立刻，馬上
nebenan 在旁邊，隔壁
fragen 問，提問
mal （一）次，回
da 在那裡
vielen Dank 非常感謝！

Mina	好的。
店員	還有其他需要的嗎？
Mina	我也需要一把剪刀，您這有嗎？ [3]
店員	這邊這把是 1 歐元 98 分。您要一把嗎？
Mina	當然要。您這也有字典嗎？
店員	沒有。我這裡沒有。
Mina	這附近有書局嗎？
店員	有，旁邊就有一間。您去那裡問看看吧。
Mina	非常感謝。

3 我需要一把剪刀，您這有（一把）嗎？
Ich brauche eine Schere. Haben Sie eine?

「不定代名詞」（中 ein-）的形態跟「不定冠詞」的形態幾乎相同。但是中性並非 ein，而是 eins。複數形為 welch-。

GRAMMATIK 12 掌握文法

1 動詞 möchten（想要～，要～）

- möchte 的動詞原形為 mögen，為條件式 2（Konjunktiv II）針對主格 ich 變化的形態。

ich	möchte	wir	möchten
du	möchtest	ihr	möchtet
Sie	möchten	Sie	möchten
er, sie, es	möchte	sie	möchten

Ich *möchte* ein Eis.   我想吃冰淇淋。
    ein Wörterbuch.   我想要字典。
    eine Bluse.   我要一件（女性）襯衫。
    einen Pullover.   我要一件毛衣。
    Büroklammern.   我要迴紋針。

Was *möchtest* du?   你想要什麼呢？
Ich *möchte* eine Tasse Kaffee.   我想要一杯咖啡。
    einen Kaffee.   我想要一杯咖啡。
    ein Bier.   我想要啤酒。
    Bananen.   我想要香蕉。

- 在「想要做…」「想…」等表示期望的句子中，möchte 後面要接的動詞放到句子最後面，且此動詞為原形的形態。這時，möchte 為「情態式助動詞」。

Ich *möchte* einen Kaffee *trinken*.   我想要喝一杯咖啡。
Ich *möchte* heute Abend *fernsehen*.   我今天晚上想看電視。
Ingrid *möchte* einen Salat *essen*.   Ingrid 想吃生菜沙拉。

- 在有情態式助動詞的句子中，後面要接的一般動詞位於句子的最後面，此動詞為原形。

- 動詞原形 mögen 為「喜歡、喜愛」的意思，可當作獨立動詞使用。

ich	**mag**	wir	**mögen**
du	**magst**	ihr	**mögt**
Sie	**mögen**	Sie	**mögen**
er/sie/es	**mag**	sie	**mögen**

A *Mögen* Sie Beethoven? 您喜歡貝多芬。

B Ja, ich *mag* ihn. 對，我喜歡他。

Möchten Sie Beethoven? 您想要（聽）貝多芬（的音樂）嗎？

A *Magst* du Kaffee? 你喜歡喝咖啡嗎？

B Nein, Kaffee *mag* ich *nicht*. 不，我不喜歡喝咖啡。

② 副詞 zu：副詞 zu 的使用方式主要是用來強調形容詞或副詞。

- zu 的意思是「太～」，要強調時會在前面加上 viel 一同使用。

A Ist der hier richtig? 是這邊這個／種嗎？

B Nein, der ist viel *zu* groß. 不是，這個真的太大了。

Die Schere ist *zu* klein. 那把剪刀太小了。

Das Wetter ist *zu* kalt. 天氣太冷了。

Das Buch ist *zu* alt. 這本書太老舊了。

Der Rock ist *zu* lang. 這件裙子太長了。

GRAMMATIK 12　掌握文法

3　不定代名詞

不定代名詞用來代稱某一非特定的人或物，用來指稱某人群之中不特定的其中一位，或眾多物品中不特定的其中一件，相當於中文的「一個（把、支…）」。複數形為 welche，相當於中文的「一些、幾個（把、支…）」。

	m.（陽性）	f.（陰性）	n.（中性）	Pl.（複數）
第一格（主格）	einer	eine	eins	welche
第四格（賓格）	einen	eine	eins	welche

A　Ich habe keinen Kugelschreiber.　　　我沒有原子筆。
　　Hast du *einen*?　　　　　　　　　　你有（一支）嗎？
B　Ja, hier ist *einer*.　　　　　　　　　嗯，這裡有一支。

A　Ich brauche eine Schere.　　　　　　我需要剪刀。
　　Haben Sie *eine*?　　　　　　　　　您有（一把）嗎？
B　Ja, hier ist *eine*.　　　　　　　　　有，這邊有一把。

A　Ich habe kein Wörterbuch.　　　　　我沒有字典。
　　Hast du *eins*?　　　　　　　　　　你有（一本）嗎？
B　Nein, ich habe auch *keins*.　　　　沒有，我也沒有。

A　Ich habe keine Bonbons.　　　　　　我沒有糖果。
　　Hast du *welche*?　　　　　　　　你有（一些）嗎？
B　Ja, ich habe *welche*.　　　　　　嗯，我有（一些）。

A　Ich brauche einen Kugelschreiber.　　我需要一支原子筆。
B　Hier ist *einer*.　　　　　　　　　　這邊有一支。

A　Ich brauche eine Postkarte.　　　　　我需要一張明信片。
B　Hier ist *eine*.　　　　　　　　　　這邊有一張。

A　Ich brauche ein Blatt Papier.　　　　我需要一張紙。
B　Hier ist *eins*.　　　　　　　　　　這邊有一張。

A　Wo sind Farbstifte.　　　　　　　　哪裡有色鉛筆？
B　Hier sind *welche*.　　　　　　　　這裡有（幾支）。

4 否定代名詞

不定代名詞的「否定形」，其語尾變化與不定代名詞相同。

	m.（陽性）	f.（陰性）	n.（中性）	Pl.（複數）
第一格（主格）	kein**er**	kein**e**	kein**s**	kein**e**
第四格（賓格）	kein**en**	kein**e**	kein**s**	kein**e**

A　Haben Sie Wörterbücher?　　　　您有字典嗎？

B　Nein, ich habe *keine*.　　　　不，我沒有。

A　Ich brauche ein Heft. Hast du *eins*?　　我需要（一本）筆記本，你有（一本）嗎？

B　Nein, ich habe *keins*.　　　　不，我沒有。

A　Hast du einen Zirkel?　　　　你有帶圓規嗎？

B　Nein, ich habe *keinen*.　　　　不，我沒有。

A　Hast du vielleicht eine Freundin?　　你有女朋友嗎？

B　Nein, ich habe *keine*.　　　　不，我沒有。

GRAMMATIK 12 掌握文法

補充例句

以下例句中包含人稱代名詞、不定冠詞、定冠詞、指示代名詞、不定代名詞、否定代名詞。

A Wo ist mein Rucksak?	我的背包在哪裡？
B Hier ist *er*.	他在這裡。
A Wo ist meine Handtasche?	我的手提包在哪裡？
B Hier ist *sie*.	她在這裡。
A Wo ist mein Heft?	我的筆記本在哪裡？
B Hier ist *es*.	它在這裡。
A Wo sind *die* Bleistifte?	那些鉛筆在哪裡？
B Hier sind *sie*.	它們在這裡。
A Was kostet *ein* Radiergummi?	一塊橡皮擦要多少錢？
B *Der* hier kostet 0,90 Euro.	這邊這個要 90 分。
A Was kostet *eine* Ansichtskarte?	風景明信片一張要多少錢？
B *Die* hier kostet 0,45 Euro.	這邊這張 45 分。
A Was kostet *ein* Lineal?	尺一支要多少錢？
B *Das* hier kostet 1,95 Euro.	這邊這支 1 歐元 95 分。
A Was kosten 2 Brötchen?	麵包捲兩個多少錢？
B *Die* kosten 0,80 Euro.	這些要 80 分。
A Ich möchte *einen* Pullover.	我想要（買件）毛衣。
B *Der* hier kostet 19 Euro.	這邊這件要 19 歐元。
A Ich möchte *eine* Brille.	我想要買一副眼鏡。
B *Die* hier kostet 110 Euro.	這個 110 歐元。
A Ich möchte *ein* Hemd.	我想要買一件襯衫。
B *Das* kostet 30 Euro.	這件 30 歐元。
A Ich möchte Socken.	我想要（買）襪子。
B *Die* hier kosten nur fünf Euro.	這邊只要 5 歐元。
A Möchten Sie *die* Brille hier?	您要（買）這邊這付眼鏡嗎？
B Nein, *die* ist nicht schön.	不，那個不好看。

A Möchten Sie *das* Hemd hier? 您要這邊這件襯衫嗎？
B Nein, *das* ist zu breit. 不，那件太鬆了。

A Möchten Sie die Socken hier? 您要這邊這些襪子嗎？
B Nein, die gefallen mir nicht. 不，那些襪子我不太喜歡。

A Ich möchte *einen* Füller. 我要（買）一支鋼筆。
Was kostet *einer*? 一支要多少錢？
B *Der* hier kostet 79 Euro. 這邊這支 79 歐元。

A Ich brauche *einen* Rucksack. 我需要一個背包。
Haben Sie *einen*? 您有（一個）嗎？
B Nehmen Sie *den* hier. 請挑這邊這個。

A Ich brauche *eine* Bluse. 我需要一件（女性）襯衫。
Haben Sie *eine*? 您有（一件）嗎？
B Nehmen Sie *die* hier. 請挑這邊這件。

A Ich brauche *ein* Fahrrad. 我需要一台腳踏車。
Haben Sie *eins*? 您有（一台）嗎？
B Nehmen Sie *das* hier. 請挑這邊這台。

A Ich brauche CDs. 我需要幾片 CD。
Haben Sie *welche*? 您有（幾片）嗎？
B Nehmen Sie *die* hier. 請挑這邊這些。

A Nehmen Sie *diesen* Rucksack? 您要選這個背包嗎？
B Nein, *den* nicht. *Der* ist zu lang. 不，我不要那個。它太長了。

A Nehmen Sie *diese* Postkarte? 您要選這張明信片嗎？
B Nein, *die* nicht. *Die* ist nicht schön. 不，我不要那個。它不漂亮。

A Nehmen Sie *dieses* Buch? 您要選這本書嗎？
B Nein, *das* nicht. *Das* ist zu teuer. 不，我不要那個。它太貴了。

A Nehmen Sie *diese* Bilder? 您要選這些畫嗎？
B Nein, *die* nicht. *Die* sind nicht schön. 不要。這些畫不漂亮。

ÜBUNGEN 12　練習題

1. 請在下方空格中填入適當的人稱代名詞。

1. A: Wo ist mein Heft?
   B: Hier ist _____.

2. A: Wo ist mein Rucksack?
   B: Hier ist _____.

3. A: Wo ist meine Handtasche?
   B: Hier ist _____.

4. A: Wo sind Bleistifte?
   B: Hier sind _____.

5. A: Der Pullover ist schön. Wie findest du _____?

2. 請在下方空格中填入適當的不定代名詞。

1. A: Ich brauche einen Druckstift. Haben Sie _____?
   B: Ja, hier ist er.

2. A: Hast du vielleicht eine Telefonkarte dabei?
   B: Ja, brauchst du _____?

3. A: Ich brauche eine Postkarte.
   B: Hier ist _____.

4. A: Ich brauche ein Etui. Haben Sie _____?
   B: Ja, hier ist es.

5. A: Haben wir noch Äpfel zu Hause?
   B: Ja, wir haben noch _____.

6. A: Was kostet ein Kalender?
   B: Der hier kostet 10,90 Euro. Möchten Sie _____?

7. A: Ich brauche 30 Postkarten. Haben Sie _____?
   B: Natürlich, die sind da.

8. A: Hast du Bonbons?
   B: Ja, ich habe _____.

9. A: Ich suche einen Kuli.
   B: Hier ist _____.

10. A: Wie viele Brötchen möchten Sie?

   B: Nur _____ davon, bitte.

3. 請在下方空格中填入適當的否定代名詞。

1. A: Jens, hast du ein Wörterbuch?

   B: Nein, ich habe _____.

2. A: Hast du Bonbons?

   B: Leider habe ich _____.

3. _____ von meinen Freunden spricht Chinesisch.

4. A: Kennen Sie die Frauen hier?

   B: Nein, ich kenne _____.

5. A: Hast du einen Füller?

   B: Nein, ich habe noch _____.

4. 請在下方空格中填入適當的指示代名詞。

1. A: Was kostet ein Radiergummi?

   B: _____ hier kostet 0,90 Euro.

2. A: Was kostet eine Ansichtskarte?

   B: _____ hier ist nur 1 Euro.

3. A: Was kostet ein Lineal?

   B: _____ hier kostet 2 Euro.

4. A: Was kosten 2 Brötchen?

   B: _____ kosten 0,80 Euro.

5. A: Da ist ein Pullover. Der Pullover ist sehr schön.

   B: Möchten Sie _____ hier?

德國人常常在用的表達句
稱讚

12_2.mp3

回應他人的稱讚時

非常謝謝您的稱讚。	Danke sehr, ich fühle mich geschmeichelt!
謝謝你這麼說。	Es ist sehr nett, dies von Ihnen zu hören!
您過獎了。	Ich fühle mich sehr geschmeichelt!
別太捧我了。	Loben Sie mich nicht zu sehr!
這樣說我會臉紅。	Das lässt mich erröten.
別讓我臉紅。	Lassen Sie mich nicht erröten!
不用這麼讚美我。	Loben Sie mich nicht zu sehr!

稱讚對方的外表時

很好看／帥／棒。	Das ist schön!
哇！很帥呢！	Oh, prächtig!
歐～好看／很時尚！	Oh, schick!
你真美！	Du siehst umwerfend aus!
您看起來真年輕！	Sie sehen jünger aus, als Sie sind!
看不出您已經有那個年紀了。	Man sieht Ihnen Ihr Alter nicht an!
真可愛的孩子。	Ein hübsches Baby!
您的眼睛真美。	Sie haben schöne Augen!
您的兒子長得真帥。	Ihr Sohn ist sehr gutaussehend!
那件洋裝很適合您。	Das Kleid steht Ihnen sehr gut!
那件（女性）襯衫很搭那件裙子。	Die Bluse passt sehr gut zum Rock!
您本人比照片更美呢！	Sie sind schöner als auf den Fotos!
您看起來很健康！	Sie sehen fit aus!
我迷上您了！	Ich bin begeistert von Ihnen!
我迷上您的演奏了。	Ich bin begeistert von Ihrem Spielen!
你真苗條。	Du bist schlank!
您怎麼保持這麼苗條？	Wie bleiben Sie in so schlanker Verfassung?
您一定很有人氣吧？	Sie müssen sehr beliebt sein!

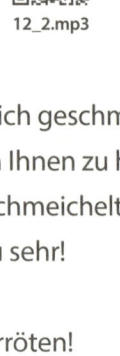

LEKTION 12

德國人常常在用的詞彙
文具用品／書店與書藉 12

12_3.mp3
（此單元音檔的順序為：左欄全部唸完之後→右欄全部）

文具用品

die Schultasche, -taschen	書包
das Heft, Hefte	筆記本
die Schere, Scheren	剪刀
der Radiergummi, -gummis	擦布
der Bleistift, -stifte	鉛筆
das Lineal, Lineale	尺
das Zeichendreieck	三角尺
das Dreiecklineal, -lineale	三角尺
der Zirkel, –	圓規
der Druckstift, -stifte	自動鉛筆
der Füller, –	鋼筆
der Kugelschreiber, –	原子筆
das Etui, Etuis	鉛筆盒
der Farbstift, -stifte	色鉛筆
die Buntstifte 24 Farben	24色色鉛筆
der Notizblock	筆記本／便條
der Ordner	活頁夾
der Bürolocher	打洞機
der Klebestift	膠水、口紅膠
die Klammer	迴紋針
der Korrekturroller	立可帶
der Tesafilm	膠帶
der Spitzer	削鉛筆刀
die Spitzdose	削鉛筆機
der Klebezettel(das Post-it)	便利貼

書局

die Buchhandlung / der Buchladen	書局
der Roman	小說
der Kriminalroman	偵探小說
die Erzählung, die Novelle	短篇小說
der epische Roman, die Saga	長篇小說
der Science-Fiction-Roman	科幻小說
die Gedichtsammlung	詩集
die Autobiografie	自傳
die Biografie	傳記
das Geschichtsbuch	歷史書籍
der/das Essay	隨筆、散文、小品
das Kochbuch	食譜
das Märchen	童話故事
der Reiseführer	旅遊書
das Wörterbuch	字典
der Comic	漫畫書
die Zeitschrift	雜誌
die Wochenzeitschrift	周刊
die Monatszeitschrift	月刊
die Kinderzeitschrift	兒童雜誌
die Tageszeitung	日報
die Jugendbücher	青少年書籍
die Kinderbücher	孩童書籍
die Fachbücher	專業書籍
die Sachbücher	實用書籍

文化篇－認識德國，了解德語

德國的書局

「我在書店對面等你。」
Gegenüber der Buchhandlung warte ich auf dich.

去德國旅遊時，會給人感覺德國有很多書店的印象。事實上都市裡到處都是書店，這也代表著讀書的人很多。從小孩到年老者，全德國的讀書風氣相當興盛。去買菜時，也會經常看到家庭主婦或年輕人一邊走路、一邊手裡拿著書閱讀的景象。也可以發現在眾多知名畫家的作品當中，常出現讀書人的肖像畫。由此可以看出，從以前開始，讀書風氣對市民的文化教養方面，有著相當重要的作用。

而且，德國許多都市裡的大型書店，都是歷史悠久的書店。尤其是法蘭克福、慕尼黑、柏林、杜塞爾多夫等都市，都有知名的大型書店。像是慕尼黑的「Hugendubel」書局，或是杜塞爾多夫（Düsseldorf）的「Mayersche M Droste」書店，其規模都是歐洲最高水準的。首先，書店裡的空間非常大，書櫃和書櫃之間的距離很寬，客人不管是要閱讀書籍或是暫時坐下來讀書，都不會影響到旁邊經過的人。在書籍的陳列上也是令人印象深刻的。室內設計和書架的擺設都非常融合、協調，書本的種類和分類也是一目瞭然，讓客人方便找書。說到德國，難免讓人聯想到傳統跟保守，但特別的是，我們在書店裡卻可以發現他們獨特的藝文美感。舉例來說，如果走到了旅行書籍的書櫃區，可以看到書架上掛著登山鞋或後背包等商

PHOTO Sorbis / Shutterstock.com

品，就和旅遊書籍一同展示。如果到了兒童書籍區，可以看到流行的卡通人物被製成人偶或雕刻品掛在天花板上或木頭等地方。

　　德國的書籍價格偏貴，大部分的書籍都以精裝本出版，但也有出版重量較輕的平裝本或口袋書。即使是不到 100 頁，且用質量較輕薄的紙張所做成的口袋書，其價格從 1 歐元到 5 歐元都有；即使是用平裝本所製成的書籍，最貴也有到 29 歐元。如果是精裝本的書，則是從 30 歐元到 100 歐元以上的程度。據說，德國的出版社就有 1 萬 5 千間左右。而就讀者購書的管道來看，目前親自到書店購書的比例，仍比在網路書店或跟出版社直接購買的高出許多。因為在德國，書店隨處可見，其便利性為最大的優勢。

　　從 2014 年「法蘭克福的書籍博覽會」所發表的資料（Buch und Buchhandel in Zahlen 2014）〈2014 年書籍及書籍交易的數字統計〉來看，德國人的書籍購買量比起去年增加許多。德國青少年經常藉由閱讀來度過悠閒的假日，而就成年人的情況，則是女性買書的比例比男性多出許多。透過書店購買書籍的比例，目前是 50%左右，但透過網路購書的比例有漸漸增加的趨勢。較奇特的一點是，在 22,500 多間的書籍相關企業中，有 16,000 間是出版社，2013 年度書籍銷售額是 9 兆 5 千 3 百 60 億歐元，與前年度相比成長了 0.2%，這表示透過網路購書的比例逐漸成長的事實。幾乎所有的出版社都會出版有聲書，聽說有 6.7%的讀者是在家一邊聽有聲書，一邊度過悠閒的週末的。

Ich muss heute noch lernen.
我今天得再念點書。

LEKTION
13

- 情態式助動詞
- 第三格支配動詞
- 名詞的第二格

DIALOG 13 基本會話

13_1.mp3

Melanie　Hallo, Min-gu.
Min-gu　Tag, Melanie.
Melanie　Hast du jetzt etwas vor?
Min-gu　Warum denn?
Melanie　Ich möchte dich zum Essen einladen.
Min-gu　Das ist nett von dir, aber ich muss heute noch lernen.
Melanie　Ach, schade. Muss das unbedingt heute sein?
Min-gu　Ja, morgen habe ich eine Prüfung.

Melanie　哈囉，Min-gu！
Min-gu　你好啊，Melanie。
Melanie　你現在有什麼計畫嗎？
Min-gu　怎麼這麼問呢？
Melanie　我想邀請你一起吃個飯。[1]
Min-gu　你人真好，但我今天得再念點書。[2]
Melanie　啊！真遺憾！一定要今天（念書）嗎？
Min-gu　對，我明天要考試。

重點整理

1 我想邀請你一起吃個飯。
Ich möchte dich zum Essen einladen.

〈jn＋zu 三格＋einladen〉指「邀請某人」，受格固定是第四格，即句中的 dich。如果要表示場所，使用 in＋第四格冠詞與名詞，如 ins Kino（在電影院）, ins Theater（在劇院）。

Ich möchte Sie zur Party einladen.
我想邀請您來參加派對。

2 你人真好，但我今天得再念點書。
Das ist nett von dir, aber ich muss heute noch lernen.

也可以簡單說 Nett von dir.、Nett von Ihnen.、Sehr nett.。

Das ist nett von Ihnen. 您人真好。

Melanie	**Gehen wir mal erst essen, dann helfe ich dir.**
Min-gu	**Okay, prima. Wohin wollen wir gehen?**
Melanie	**Ins Restaurant „Die Sonne".**
	Das liegt in der Nähe der Universität.
Min-gu	**Darf ich dich etwas fragen?**
Melanie	**Ja, sicher.**
Min-gu	**Was für ein Lokal ist das denn?**
Melanie	**Das ist ein gemütliches Restaurant.**

Melanie	我們先去吃飯吧,然後我再幫你(學習)。
Min-gu	ＯＫ,好啊!我們要去哪呢?
Melanie	我們去「Die Sonne」餐廳吧。
	那間餐廳在大學附近。3
Min-gu	我可以問你問題嗎?
Melanie	好啊,當然可以。
Min-gu	那間是什麼樣的餐館呢?
Melanie	是氣氛很好的餐廳。

Tag 你好(Guten Tag 的省略語)
vorhaben 計畫
etwas 某物,某種東西
warum 為什麼
denn 到底,究竟
das Essen 用餐
einladen 邀請,招待
das 那個(指示代名詞)
nett 友善的(das ist nett von dir 你真親切/謝謝你為我這麼做)
aber 但是,可是
noch 還是,仍然
schade 可惜,遺憾
unbedingt 無論如何,一定
eine Prüfung haben 有考試
erst 首先,先
mal 下次
Okay OK,同意,好的
prima 極好的
das Restauarant 餐廳,餐飲店
in der Nähe 附近
etwas 某物,某種東西
fragen 提問,詢問
sicher 確實的,可靠的
was für ein- 某一種類的
das Lokal 餐飲店,酒吧
gemütlich 氣氛好的,舒適的

3 那間餐廳在大學附近。
Das liegt in der Nähe der Universität.

in der Nähe der Universität 中,第二個 der 是屬格。在專有名詞字尾加上 s,也可表示與第二格相同的概念。
Die Mutter des Kindes ist da. 那孩子的媽媽在那邊。
Das ist die Tasche der Frau. 這個是那位女生的包包。
Mozarts Oper. 莫札特的歌劇(die Oper von Mozart)

GRAMMATIK 13 掌握文法

1 情態式助動詞

「情態式助動詞」為用來表示允許、可能、必然、義務、意志、期望等的助動詞。

	dürfen	können	müssen	sollen	wollen	möchten ←mögen
ich	darf	kann	muss	soll	will	möchte
du	darfst	kannst	musst	sollst	willst	möchtest
Sie	dürfen	können	müssen	sollen	wollen	möchten
er/sie/es	darf	kann	muss	soll	will	möchte
wir	dürfen	können	müssen	sollen	wollen	möchten
ihr	dürft	könnt	müsst	sollt	wollt	möchtet
Sie	dürfen	können	müssen	sollen	wollen	möchten
sie	dürfen	können	müssen	sollen	wollen	möchten

在有「情態式助動詞」的敘述句中，助動詞在人稱變化之後會出現在句子的**第二個位置**，第二個動詞會以動詞原形的形態，出現在句子最後面。

Ich　*trinke*　gern　Cola.

Ich　*möchte*　gern　Cola　*trinken.*
　　情態式助動詞　　　　　動詞原形

	darf		允許
	kann		能，可能
Min-gu	muss	nach Hause *gehen*.	必須
	will		意志
	soll		義務
	möchte		期望

- 第一人稱單數和第三人稱，其情態式助動詞的語尾是相同的，請特別留意語幹中的母音會做更換（dürfen, können, müssen, wollen）。

LEKTION 13

❶ **dürfen**　可以，允許

Darf ich dich zum Essen einladen?　　我可以邀請你一起吃頓飯嗎？

A　*Darf* ich hier kurz parken?　　我可以在這邊停車嗎？
B　Ja, das *dürfen* Sie.　　可以，您可以停。

Hier *dürfen* Sie nicht rauchen.　　您不可以在這裡抽菸。

A　Was *darf* es sein?　　有需要什麼嗎？
B　Ein Stück Kuchen bitte.　　請給我一塊蛋糕。

❷ **können**　能，可以，能夠

Ich *kann* Klavier spielen.　　我會彈鋼琴。

A　*Können* Sie Französisch?　　您會法語嗎？
B　Ja, aber nur ein bisschen.　　會，但只會一點點。

❸ **wollen**　打算…，想要…

Wohin *wollen* wir mal gehen?　　我們要去哪裡？

A　Was machst du am Wochenende?　　你週末要做什麼？
B　Ich *will* meine Großeltern besuchen.　　我打算去拜訪我的祖父母。

A　*Wollt* ihr ein Taxi nehmen?　　你們要搭計程車嗎？
B　Nein, wir *wollen* mit dem Bus fahren.　　不，我們要搭公車去。

▶ Ich *will* ins Kino.　　我要去看電影。

❹ **müssen**　必須，一定要，應該…

Muss das unbedingt heute sein?　　那個一定要今天做嗎？

Warum kommst du nicht mit?　　為什麼你不一起去？

Ich *muss* arbeiten.　　我得工作。

▶ Du *musst* zum Arzt.　　你必須去看醫生。

- 情態式助動詞也可以跟一般動詞一樣，單獨使用，而且各個情態式助動詞，也都有各自不同的意思。

GRAMMATIK 13 掌握文法

❷ 動詞＋第三格（與格）＋第四格（賓格）受格

以下介紹在句子中有兩個受詞的情況。

Was schenkst du *deinem* Vater?	你送你爸爸什麼？
Ich kaufe *dem* Kind *ein* Spielzeug.	我買玩具給那個孩子。
Zeigen Sie *mir* bitte Ihren Pass!	請您出示護照。
Was können Sie *mir* empfehlen?	您能為我推薦什麼呢？
A Bringen Sie *mir einen* Kaffee, bitte!	請您拿一杯咖啡給我。
B Ich bringe *Ihnen den* Kaffee gleich.	我馬上拿那杯咖啡給您。
(=Ich bringe *ihn Ihnen* gleich.)	我馬上拿它（那杯咖啡）給您。
Meine Mutter gibt *mir* ein Handtuch.	我媽給我手帕。
(=Meine Mutter gibt es *mir*.)	媽媽給我那個。

- 不過要注意的是，當受格被當作人稱代名詞來使用時，就要將第四格（賓格）放在第三格前面，即 Meine Mutter gibt **es** mir.。

❸ 名詞的第二格（屬格）

這裡要來介紹關於第二格（屬格）的用法，其位置主要放在兩個名詞之間，相當於中文「～的～」，並會隨後面名詞的性與數進行第二格變化。請見例句與表格。

Das liegt in der Nähe *der* Universität.	那個在大學附近。
der Vater *des* Mädchen*s*	那位小女孩的爸爸
die Frau *des* Mann*es*	那位男子的妻子
die Mutter *der* Kinder	這些孩子的媽媽

	第一格（主格）		第二格（屬格）	
陽性	der Mann der Bahnhof	ein Mann ein Bahnhof	**des** Mannes **des** Bahnhofs	**eines** Mannes **eines** Bahnhofs
陰性	die Frau die Post	eine Frau eine Post	**der** Frau **der** Post	**einer** Frau **einer** Post

208　LEKTION 13

	第一格（主格）		第二格（屬格）	
中性	das Kind das Kino	ein Kind ein Kino	des Kindes des Kinos	eines Kindes eines Kinos
複數	die Kinder die Häuser	Kinder Häuser	der Kinder der Häuser	von Kindern von Häusern

▶ 第二格變化的注意事項

－語尾會添加 s 的情況，只有在陽性名詞和中性名詞的第二格時。

（例）des Vaters

－某些陽性名詞和中性名詞，語尾可使用 s 或 es，某些語尾固定要使用 es：

・如果是單音節（可以使用 s 或 es）：das Jah → des Jahr(e)s
・如果是以齒音（s, ß, x, z）結尾的字，固定要使用語尾 es：
　（例）der Einfluss → des Einflusses
・以單母音＋s 作結的單字，要變成第二格時，語尾要再多加上一個 s，再接上第二格語尾 es。
　（例）das Ergebnis（結果）→ des Ergebnisses
　（例）der Bus → des Busses

－如果單字的語尾有好幾個子音，也可用第二格語尾 es。

（例）das Geschenk → des Geschenk(e)s

－某些陽性名詞在第二格（屬格）、第三格（與格）、第四格（賓格）中，語尾會變成 -n 或 -en。以下是陽性名詞的語尾。

-e　　　der Kollege 同事, der Löwe 獅子, der Affe 猴子
-ant　　der Praktikant 實習生
-ent　　der Konsument 消費者, der Präsident 議長、會長, der Assistent 助教
-ist　　 der Journalist 記者, der Polizist 警察, der Komponist 指揮者
-at　　 der Diplomat 外交官

GRAMMATIK 13 掌握文法

一 人或動物（如 der Mensch 人類, der Bauer 農夫, der Bär 熊）的第二格變化如下：

der Junge	男孩	– *des* Junge*n*
der Name	姓名	– *des* Name*n*
der Assistent	助理	– *des* Assistent*en*
der Student	大學生	– *des* Student*en*
der Herr	先生	– *des* Herr*n*
der Mensch	人類	– *des* Mensch*en*
der Bauer	農夫	– *des* Bauer*n*
der Bär	熊	– *des* Bär*en*

Kennst du den Namen *des* Student*en*?　　你知道那個大學生的名字嗎？

Kennen Sie die Adresse *des* Kolleg*en*?　　您知道那位同事的住址嗎？

一 專有名詞還有另外一種表示第二格的概念，那就是在語尾添加第二格 **s**。

Mozart*s* Opern　　莫札特的歌劇

Holger*s* Fahrrad　　Holger 的腳踏車

一 **無冠詞的名詞**和**專有名詞**會以 von 來表示第二格的概念，即以「von＋名詞」呈現，在語意上和語尾添加第二格 s 是相同的。

der Import *von* Öl　　石油的進口

die Opern *von* Mozart　　莫札特的歌劇

das Fahrrad *von* Franz　　弗蘭茲的腳踏車

一 人名若以 s, ß, x, z 作結，表達第二格的概念時不在語尾加上 s，而是加上 ’ 就好了。

Franz' Fahrrad = das Fahrrad von Franz　　弗蘭茲的腳踏車

Heinz' Bücher = die Bücher von Heinz　　海因茨的書

Elias' Eltern = die Eltern von Elias　　埃利亞斯的父母

一第二格變化的名詞，和 von＋第三格名詞，在意思上是相同的。

in der Nähe *vom* Bahnhof　　　　　車站附近
= in der Nähe *des* Bahnhof*s*　　　車站附近

in der Nähe *von* der Post　　　　　郵局附近
= in der Nähe *der* Post　　　　　　郵局附近

in der Nähe *vom* Kino　　　　　　那間電影院附近
= in der Nähe *des* Kino*s*　　　　那間電影院附近

in der Nähe *von den* Häuser*n*　　那些房子附近
= in der Nähe *der* Häuser　　　　那些房子附近

die Adresse *vom* Krankenhaus　　醫院的地址
= die Adresse *des* Krankenhaus*es*

ÜBUNGEN 13 練習題

1. 請在空格中填入適當的情態式助動詞。

1. Frau Weber _____ (wollen) am Wochenende nach Paris fliegen.
2. Robert _____ (können) Englisch gut sprechen.
3. Ich _____ (müssen) heute meine Hausaufgaben machen.
4. Mein Bruder sagt, ich _____ (sollen) schnell meine Mutter anrufen.
5. Du _____ (dürfen) hier nicht rauchen.
6. Was _____ (sollen) wir jetzt machen?

2. 請利用下面列舉的單字完成句子。

> 範例　Wollen / im Sommner / fahren / er / in den Urlaub
> → Er will im Sommer in den Urlaub fahren.

1. am Wochenende / besuchen? / wollen / du / uns
➡ _____

2. Sie / mir / können / helfen?
➡ _____

3. tanzen / Tango / kann / er / sehr gut
➡ _____

4. eine Reise / Michael / nächstes Jahr / möchten / machen
➡ _____

5. im Sommer / fahren? / wollen / ihr / wieder nach Madrid
➡ _____

3. 請使用第二格冠詞將句子改成相同的意思。

> 範例　Können Sie mir bitte die Adresse von der Schule geben?
> → Können Sie mir die Adresse der Schule geben?

LEKTION 13

1. Das Fahrrad von Gisela ist kaputt.
   ➡ _____

2. Hast du den Schlüssel vom Zimmer?
   ➡ _____

3. Ich brauche die Telefonnummer von der Universität.
   ➡ _____

4. Kennen Sie die Eltern von dem Jungen?
   ➡ _____

5. Der Wagen vom Polizisten ist hier.
   ➡ _____

4. 請將( )括弧中提示的冠詞變成第二格，並完成句子。

1. Er ist der Sohn (eine Lehrerin) _____.
2. Er gibt mir die Adresse (ein Kunde) _____.
3. Wie ist der Name (der Junge) _____?
4. Der Schluss (das Buch) _____ ist sehr interessant.
5. Die Tür (das Haus) _____ ist sehr hoch.

5. 請為下列的專有名詞改以接上第二格語尾 -s 或 ' 的方式，寫出意思相同的句子。

1. der Hut von Opa → _____
2. die Landkarte von Deutschland → _____
3. das Café von Boris → _____
4. die Werke von Goethe → _____
5. der Garten von Max → _____

ICH MUSS HEUTE NOCH LERNEN.

德國人常常在用的表達句
給予祝福

祈求好運時

祝你成功。	Viel Erfolg!
祝你好運。	Viel Glück!
考試順利！	Viel Glück bei der Prüfung!
好好玩吧！	Viel Spaß noch!/Viel Vergnügen!
一切順利！	Alles Gute!
希望您事事順心！	Ich wünsche Ihnen alles Gute!
祝考試順利！	Alles Gute zum Examen!

敬酒時

乾杯！	Prost!/Prosit!
為健康乾杯！	Zum Wohl!
為了您的健康，我們乾杯吧！	Trinken wir auf Ihr Wohl!
為你的健康，乾杯！	Auf deine Gesundheit!
為您的成功，乾杯！	Auf Ihren Erfolg!
為您的事業，乾杯！	Auf Ihr Geschäft!
為事業乾杯！	Auf das Geschäft!
為您乾杯！	Auf Sie!
為您的健康，乾杯！	Auf Ihr Wohl!
為我們的友誼，乾杯！	Auf unsere Freundschaft!
為了合作愉快，乾杯！	Auf gute Zusammenarbeit!

（註：德國人喝酒會互碰酒杯，但不會一口氣喝完一杯酒）

祈願時

祝早日康復！	Gute Besserung!
行車平安！	Gute Fahrt!
旅遊愉快／一路順風！	Gute Reise!
週末愉快！	Schönes Wochenende!
假期／假日愉快！	Schöne Feiertage/Feiertag!
（寒暑）假期愉快！	Schöne Ferien!
休假愉快！	Schönen Urlaub!
祝您度假愉快！	Ich wünsche Ihnen einen schönen Urlaub!

德國人常常在用的詞彙
餐廳／咖啡廳 13

13_3.mp3
（此單元音檔的順序為：左欄全部唸完之後→右欄全部）

西餐廳

das Restaurant	西餐廳
der Ober	男服務生（舊式用法）
das Fräulein	女服務生（舊式用法）
die Speisekarte	菜單
das Menü	套餐
die Suppe	湯品
die Tagessuppe	今天的湯品
die Vorspeise	開胃菜
das Hauptgericht	主餐
die Nachspeise	餐後甜點
das Trinkgeld	小費
die Rechnung	帳單
die Bedienung	服務
bestellen	點餐
servieren	接待，招待
das Tagesmenü	今天的套餐
der Koch	廚師
der Kochmeister	主廚
roh	沒熟的，生的
halb durch	五分熟的
gut durch	全熟的
der Teller	盤，碟子
das Glas	玻璃杯
das Salz	鹽
der Pfeffer	胡椒

咖啡廳

der Tee	茶
der Kräutertee	草本茶，花草茶
der Kaffee	咖啡
der Milchkaffee	牛奶咖啡
der Latte Macchiato	拿鐵馬奇朵
der Espresso	義式濃縮咖啡
der Kakao	可可亞，巧克力飲料
das Wasser	水
das Mineralwasser	礦泉水
der Fruchtsaft	果汁
das Sodawasser	蘇打水
die Limonade	檸檬汽水
der Zitronensaft	萊姆汁（似檸檬）
der Zucker	糖
die Terrasse	（庭院中的）露台，平台屋頂
die Speisekarte	菜單
der Teelöffel	茶匙
mit Kreditkarte	信用卡
bar	現金
bar zahlen/bezahlen	用現金付款

文化篇－認識德國，了解德語

德國的飲食文化

「可以把沙拉遞給我嗎？」
Kannst du mir bitte den Salat reichen?

　　每個國家都一樣，很難只選出一樣食物來代表國家的飲食。雖然德國也是，但一提到德國的食物，還是不免讓人聯想到馬鈴薯、香腸、Eisbein（德國豬腳）、Schweinehaxen（德國烤豬腳），還有啤酒。

　　德國人最重視早餐，一般早餐也是最豐盛的。德文俗語說：早餐要吃得像個皇帝；中午吃得像個平民；晚上吃得像個乞丐，相當符合現代的養生。早餐的話，就是一般稱為麵包卷的德國小餐包（Brötchen），塗上果醬、起司、香腸、火腿等一起吃，再搭配咖啡、牛奶、可可亞來喝。雖然麵包卷上會塗些東西，但不會像漢堡一樣，裡面加很多東西，德國人一般只會加一種東西在麵包裡。早餐也吃水煮蛋或煎蛋，或是將類似玉米片的穀物（Musli）加在牛奶裡面來吃。這樣的吃法，德國人一直到中午都不會餓。不管是小孩還是成人，很少會有不吃早餐的情況。在吃午餐之前，大概是10點至11點之間，會先吃個麵包簡單充飢一下，但吃早午餐的人也不少。

　　德國中午一般吃熱食。晚餐則一般不開火，以吃麵包為主。德國人較重視與家人相處的時間，所以一般不會下班後還跟朋友或公司同事吃飯，也不會因為要續攤而太晚回家。即便是企業家，那樣的行為也只有久久一次或辦活動時才會發生，並不是經常發生的。

一定要吃早餐!

比起外食,德國人更重視在家裡做飯,而且也不會在吃這方面花太多錢。在1517年馬丁路德（Martin Luther）發起宗教改革後,人民認為暴飲暴食是一種「罪過」,也是「羞恥的事」。不知道是不是因為如此,德國人不會製造過多的廚餘。當然也是因為德國人的料理過程非常簡單,所有的食物幾乎都只用鹽巴調味,沒有過多使用醬料。在餐廳裡,我們也很難看到以家庭為單位的客人在餐廳用餐的場面,當然不能說完全沒有,只是說,在家裡和家人一起做飯、一起聊天來共度時光是比較常見的。

在德國用餐時,喝湯（Suppe）或喝咖啡時,不能發出「呼嚕嚕」的聲音。吃東西也是一樣的。用餐時,發出「嘖嘖」的聲音是不符合餐桌禮儀的。還有,如果吃飯時一下把頭抬起來,一下又低頭的動作,一樣是不符合餐桌禮儀的。即使小孩子不願意吃飯,也不會看到父母主動餵小孩吃飯。因為德國人受到的教育是,小孩子如果肚子餓自然就會吃了。

拿刀叉的時候,右撇子把叉子拿在右手是很正常的,但在吃飯的過程中,把刀叉左右交替著拿是不可以的。令人訝異的是,德國人在用餐時會擤鼻涕,而且會發出聲音。因為他們認為這樣總比一直在吸鼻涕好,不只是在餐桌前而已,只要是在多人聚集的地方,經常可以聽到這種不舒服的聲音。

Brötchen 是「小麵包」的意思!

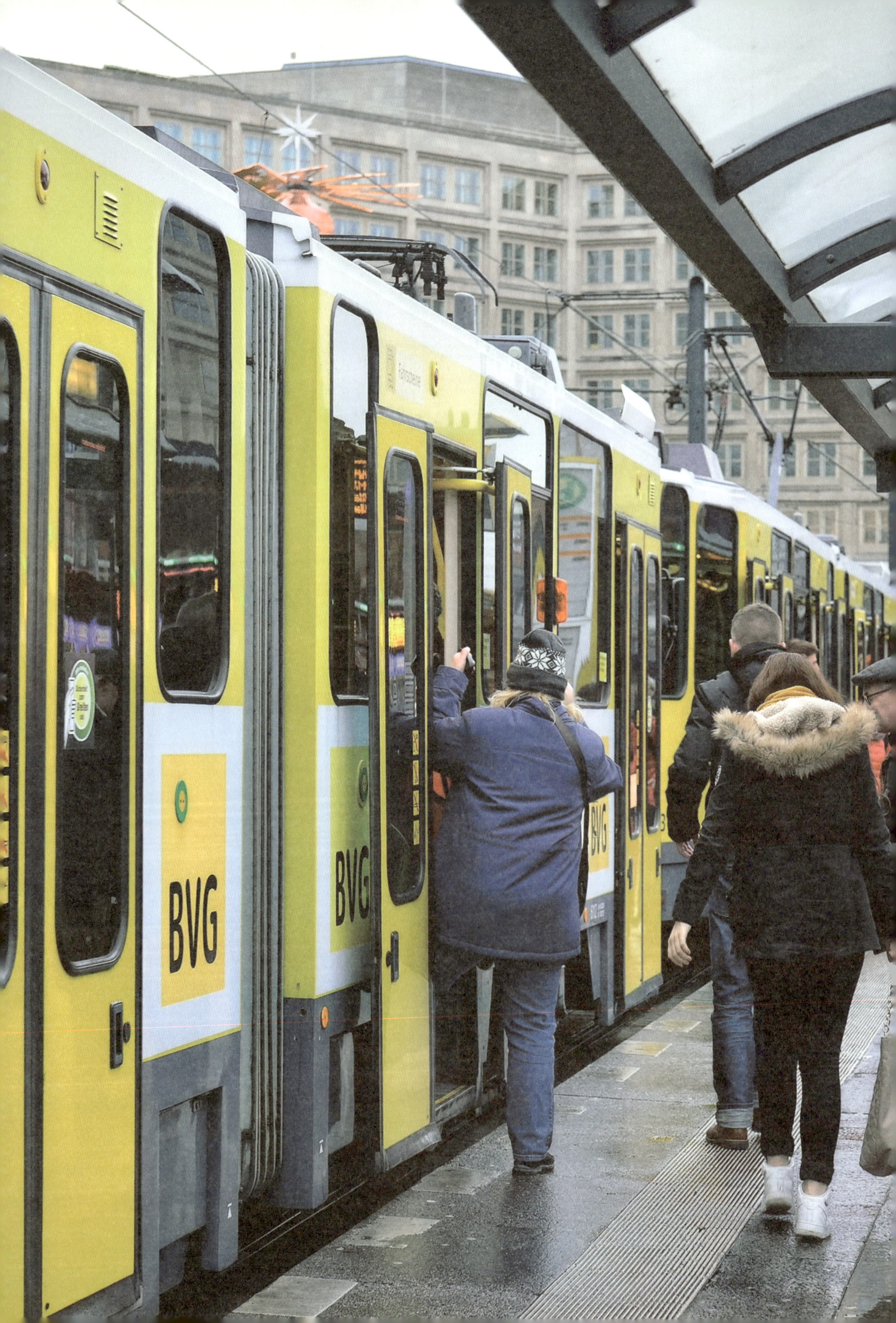
BVG
BVG
BVG

LEKTION
14

Gehen Sie hier immer geradeaus!
請繼續直走。

● 介系詞（bis）
● 命令句

DIALOG 14 基本會話

Mina　Entschuldigung, wie komme ich zum Rathaus?
Passant　Ja, also da gehen Sie hier immer geradeaus bis zur Haltestelle und nehmen Sie dort den Bus Nummer 731 Richtung Bismarckplatz!
Mina　Wie bitte? Sprechen Sie bitte langsam!
Passant　Ja, also sehen Sie die Kreuzung da vorn?
Mina　Ja.
Passant　Da gehen Sie rechts um die Ecke, und da sehen Sie dann eine Post, und da ist die Haltestelle.

Mina　不好意思，請問要怎麼去市政府？[1]
路人　是的，請從這邊直走[2]，直到看到公車站為止。然後在那裡搭乘開往 Bismarckplatz 方向的 731 路公車。
Mina　您說什麼？請您說慢慢說。
路人　好的，您有看到那邊前面的交叉路吧？
Mina　有的。
路人　請在那邊右轉。然後你會看到郵局。那邊就是那公車站。

重點整理

1　請問我要怎麼去市政府？
Wie komme ich zum Rathaus?

也可以使用〈Wie kommt man zu~〉。
要特別注意介系詞之後受格的性和人稱。
Wo ist hier das Rathaus? 這裡的市政府在哪裡呢？
Wie komme ich zur Post? 要怎麼去郵局？

2　是的，就是請從這裡往⋯去。
Ja, also da gehen Sie hier ….

此句型 Gehen Sie... bis zu 主要是向人報路線時的用法。
Ja, also da gehen Sie hier immer geradeaus!
是的，請從這裡直走。
Gehen Sie bis zur Post. 請走到郵局。
Gehen Sie bis zur Kreuzung! 請走到交叉路。

Mina	Also, zuerst immer geradeaus und dann rechts.
Passant	Genau.
Mina	Welcher Bus fährt zum Rathaus?
Passant	Nehmen Sie dort den Bus Nummer 731 Richtung Bismarckplatz und steigen Sie nach drei Haltestellen aus!
Mina	Und wo liegt das Rathaus?
Passant	Ach ja, das Rathaus ist gegenüber der Haltestelle.
Mina	Vielen Dank, das ist sehr nett von Ihnen.
Passant	Bitte, bitte.

Mina	所以是先直走，然後右轉。
路人	沒錯。
Mina	哪台公車開往市政府呢？
路人	您搭乘開往 Bismarckplatz 方向的 731 號公車。三站後下車。
Mina	那市政府在哪裡呢？
路人	啊，是的。市政府在公車站的對面。[3]
Mina	很感謝您！您真的很親切。
路人	不客氣。

Entschuldigung 不好意思，打擾了，抱歉
zu 向、往（第三格支配介系詞）
das Rathaus 市政府，市政廳
der Passant 行人，路人
immer geradeaus gehen 直走
bis 到…為止，直到
die Haltestelle 公車站
die Richtung 方向
Wie bitte? 什麼？您說什麼？
sprechen 說，講
langsam 慢慢地
also 那就是說，所以
die Kreuzung 交叉路，十字路口
vorn 前方
hinten 後方
rechts 右邊
die Ecke 拐角
die post 郵局
genau 對，沒錯（stimmt 沒錯），精準
welch- 哪一，哪個
aussteigen 下車
nach 經過，下一
liegen 位於，處在
gegenüber 在對面（第三格支配介系詞）
schon 已經
nett 親切的
bitte, bitte 不客氣

3 市政府在公車站的對面。
Das Rathaus ist gegenüber der Haltestelle.

gegenüber 是第三格支配介系詞。
gegenüber dem Café 咖啡廳對面
gegenüber der Schule 學校對面
Das ist gleich zwei Straßen weiter links. 那個在過兩條馬路後的左邊。

GRAMMATIK 14 掌握文法

1 介系詞 bis（表示場所、時間）

Gehen Sie *bis zur* Kreuzung!　　　請走到交叉路口。

- bis 為介系詞，表示「到…為止」的意思，經常使用於〈bis zu＋第三格〉的形態。如果是陽性名詞和中性名詞，就用 bis zum；複數名詞用 bis zu den；陰性名詞用 bis zur。

bis zur Post	到郵局	*bis zur* Schule	到學校
bis zum Theater	到劇場	*bis zum* Kino	到電影院
bis zum Spielplatz	到遊樂場	*bis zum* Hauptbahnhof	到中央站

Ich fahre *bis zum* Rathaus.　　　我去市政府。

Ist es weit *bis zur* Schule?　　　到學校的距離很遠嗎？

- 介系詞 bis 也能用在表示時間的時候。

bis heute	到今天
bis Sonntag	到星期天
von Montag *bis* Freitag	從星期一到星期五
bis neun Uhr	到九點
Ich habe heute nur *bis* 13.00 Uhr Zeit.	我只有今天下午一點以前有時間。
bis nächstes Jahr	到明年
Bis wann brauchst du das Buch?	你那本書需要用到什麼時候？

Tipp

介系詞 gegenüber「在…對面」（第三格支配介系詞）

Das Rathaus ist gegenüber der Haltestelle.　　市政府在公車站對面。
Er sitzt mir gegenüber.　　他坐在我的對面。
Ich wohne gegenüber dem Park.　　我住在公園對面。
(= Ich wohne dem Park gegenüber.)

→gegenüber 也可以使用在名詞之後。

222　LEKTION 14

2 命令式（Imperativ）

命令式是向聽者要求、命令、勸誘、警告的用法，會藉由動詞的命令形來表達。動詞的命令形只出現在第二人稱（du, ihr, Sie）。在命令式中，只有主詞敬稱 Sie 會被保留下來，放在動詞後面，而 ihr、du 必須拿掉。。

```
du
ihr    →  動詞語幹    (e)         →  Komm!
Sie       [komm-]  +  t   + Sie  →  Kommt!
                     en          →  Kommen Sie!
```

	du-命令形	ihr-命令形	Sie-命令形
gehen	Geh!	Geht!	Gehen Sie!
fahren	Fahr!	Fahrt!	Fahren Sie!
laufen	Lauf!	Lauft!	Laufen Sie!
anrufen	Ruf an!	Ruft an!	Rufen Sie an!
entschuldigen	Entschuldige*!	Entschuldigt!	Entschuldigen Sie!
warten	Warte*!	Wartet!	Warten Sie!
geben	Gib!	Gebt!	Geben Sie!
sehen	Sieh!	Seht!	Sehen Sie!
nehmen	Nimm!	Nehmt!	Nehmen Sie!
sein	Sei ruhig!	Seid ruhig!	Seien Sie!

(1) machen（動詞原形）的命令式變化：du machst（直陳式）→ mach!（命令式）：如同上方表格所述，第二人稱單數 du 的命令形要省略主語，同時省略動詞字尾，只保留動詞語幹。

  Sag mal!   說！

(2) *動詞語幹的最後一個字母如果是「t」、「d」、「ig」、「chn」、「dn」、「bn」、「fn」、「gn」、「dm」或「tm」的話，就要在語幹後面添加母音「e」。

  Arbeite schnell! 趕快做事！（arbeiten）

- 即使動詞的語幹是以「ern」或「eln」結尾也是一樣加上 e：

  Verbessere! 去改善！（verbessern!）

  Lächle! 笑吧！（lächeln ＊不會講成 lächele。）

GRAMMATIK 14 掌握文法

(3) 可分離動詞，用在命令句中時會先分離前綴詞，動詞語尾的人稱變化和其他動詞相同。

Steh bitte **auf**!	請（你）起床！
Ruft mich **an**!	（你們）打電話給我！
Hören Sie mir **zu**!	請您好好聽我說！

(4) 在直陳式中，原本語幹裡的母音 a 會變成 ä 的那些動詞，在命令句中其母音不變。但其他強變化動詞的語幹母音則會變母音。（第二人稱單數和第三人稱的情況）

命令式		直陳式	
Fahr doch langsam!	車慢慢開！	Du fährst zu schnell.	你開太快。
Fahrt doch langsam!	（你們）車開慢一點！	Ihr fahrt zu schnell.	你們開太快。
Fahren Sie doch langsam!	請您慢慢開！	Sie fahren zu schnell.	您開太快。

→搭配在命令句中常見的單字有 bitte, mal, doch, 或 doch mal 來緩和命令口吻。

① du-（你）命令形

Frag noch mal.	再問一次！
Komm **mit**!	一起來！
Sag mal!	說說看！
Lies mal das Buch hier!	看一下這邊這本書！
Sprich doch leise!	小聲講話！
Nimm deinen Rucksack **mit**!	把你的背包帶走！
Ruf mich heute Abend **an**!	今天晚上打電話給我！

② ihr-（你們）命令形

Wartet!	等著！
Kommt herein!	進來吧！
Seid brav, Jungs!	孩子們，拿出勇氣來吧！
Habt keine Angst!	別害怕！

③ Sie-（您）命令形

Gehen Sie immer geradeaus!　　請您直走！

Essen Sie bitte langsam!　　請您慢用！

Nehmen Sie den Bus hier!　　請您搭乘這裡這班公車！

④ Wir-（我們）勸誘形

Gehen wir ins Kino!　　我們去電影院吧！

Machen wir Pause!　　我們休息一會兒吧！

Gehen wir Fußball spielen!　　我們去踢足球吧！

命令形 範例

動詞	du	Sie	ihr	
sein	sei*	seien Sie	seid	存在，有
haben	hab*	haben Sie	habt	擁有，具有
werden	werde*	werden Sie	werdet	變為，變得，成為

動詞	du	Sie	ihr	
atmen	atme*	atmen Sie	atmet	呼吸
beginnen	beginn	beginnen Sie	beginnt	開始
bleiben	bleib	bleiben Sie	bleibt	逗留，停留
bringen	bring	bringen Sie	bringt	帶來
denken	denk	denken Sie	denkt	思考，想
fragen	frag	fragen Sie	fragt	提問，詢問
gehen	geh	gehen Sie	geht	去，往

打＊為例外的情況

GRAMMATIK 14 掌握文法

動詞	du	Sie	ihr	
kommen	komm	kommen Sie	kommt	來
lernen	lern	lernen Sie	lernt	學習
nehmen	nimm	nehmen Sie	nehmt	拿，握，拿取
rechnen	rechne	rechnen Sie	rechnet	計算
rufen	ruf	rufen Sie	ruft	喊，呼喊
sagen	sag	sagen Sie	sagt	說
schreiben	schreib	schreiben Sie	schreibt	書寫
singen	sing	singen Sie	singt	唱歌
sich setzen	setz dich	setzen Sie sich	setzt euch	坐下
stellen	stelle	stellen Sie	stellt	放置
übersetzen	übersetz	übersetzen Sie	übersetzt	翻譯

動詞語幹是 -d, -t, -ig 的動詞

動詞	du	Sie	ihr	
antworten	antworte	antworten Sie	antwortet	回答
beleidigen	beleidige	beleidigen Sie	beleidigt	侮辱，傷害，冒犯
entscheiden	entscheide	entscheiden Sie	entscheidet	決定
entschuldigen	entschuldige	entschuldigen Sie	entschuldigt	道歉
finden	finde	finden Sie	findet	找到
halten	halt	halten Sie	haltet	停住，停留
treten	tritt	treten Sie	tretet	踏，踩

動詞	du	Sie	ihr	
warten	warte	warten Sie	wartet	等待，等候

動詞語幹是 -ern 或 -eln 的動詞

動詞	du	Sie	ihr	
ärgern	ärgere	ärgern Sie	ärgert	生氣
erinnern	erinnere	erinnern Sie	erinnert	記憶，記得
handeln	handle	handeln Sie	handelt	行動
lächeln	lächle	lächeln Sie	lächelt	微笑
verbessern	verbessere	verbessern Sie	verbessert	改進，改善
zweifeln	zweifele	zweifeln Sie	zweifelt	懷疑，不相信

動詞語幹為變母音動詞 e→i；e→ie

動詞	du	Sie	ihr	
essen	iss	essen Sie	esst	吃
geben	gib	geben Sie	gebt	給
helfen	hilf	helfen Sie	helft	幫助
lesen	lies	lesen Sie	lest	閱讀
sehen	sieh	sehen Sie	seht	看
sprechen	sprich	sprechen Sie	sprecht	說，講
vergessen	vergiss	vergessen Sie	vergesst	忘記
versprechen	versprich	versprechen Sie	versprecht	承諾

GRAMMATIK 14 掌握文法

動詞語幹中的母音 a 不變的情況

動詞	du	Sie	ihr	
fahren	fahr	fahren Sie	fahrt	搭乘（車、船）
lassen	lass	lassen Sie	lasst	讓、使、請
raten	rate	raten Sie	ratet	猜、猜測
schlafen	schlaf	schlafen Sie	schlaft	睡覺
tragen	trag	tragen Sie	tragt	搬
waschen	wasch	waschen Sie	wascht	洗

可分離動詞

動詞	du	Sie	ihr	
anrufen	ruf an	rufen Sie an	ruft an	打電話
anfangen	fang an	fangen Sie an	fangt an	開始
aufwachen	wach auf	wachen Sie auf	wacht auf	睡醒、醒來
herkommen	komm her	kommen Sie her	kommt her	過來、走過來
mitbringen	bring mit	bringen Sie mit	bringt mit	帶來、送來
mitkommen	komm mit	kommen Sie mit	kommt zu	一起來
zugeben	gib zu	geben Sie zu	gebt zu	承認、招認
zuhören	hör zu	hören Sie zu	hört zu	注意聽、傾聽

補充例句

Wie komme ich zu ~

Wie komme ich zum Rathaus?	請問我要怎麼去市政府？
Wie kommt man zum Rathaus?	請問要怎麼去市政府？

→man 是指「一般人；你；我；我們」，泛指一般人的主格。

Wo ist hier das Rathaus?	這裡的市政府在哪裡呢？
Ich möchte zum Rathaus.	我想去市政府。
A Ich suche das Rathaus, aber wie?	我在找市政府，但是要怎麼去呢？
B Ja, also da gehen Sie hier immer geradeaus.	請您直走。
A Ist es weit von hier?	離這裡很遠嗎？
B Nein, es ist nicht weit.	不，不遠。
Ja, es sind 5 Stationen von hier.	是的，距離這裡有五站的距離。

不知道路怎麼走時

Tut mir leid, ich weiß nicht.	對不起，我不知道。
Schade, ich bin nicht von hier.	可惜，我不是這裡的人。
Ich bin fremd hier.	我對這裡很陌生。／我對這裡不熟。
Das Rathaus? Kenne ich nicht.	市政府嗎？我不知道。
Das gibt es hier nicht.	這裡沒有市政府。
Ich weiß es nicht genau.	我不太清楚那個在哪裡。／我不太清楚那個是什麼。

A Entschuldigung, wo ist hier die Post?	不好意思，請問這裡的郵局在哪裡？
B Die ist gleich da hinten.	（那個）就在那個後面。
A Wo ist hier der Taxistand?	計程車等候區在哪裡？
B Er ist da vorn.	（那個）在那邊前面。

ÜBUNGEN 14 練習題

1. 請在表格中找出可以填入空格中的單字。

> 提示　bis,　bis zum,　bis zur,　gegenüber,　mit

1. Wo ist hier die Post?
   Gehen Sie _____ Kreuzung und dann links!
2. Wie komme ich _____ Bahnhof?
   Es ist weit von hier. Fahren Sie bitte _____ dem Bus!
3. Die Post ist _____ der Kirche.
4. Gehen Sie immer _____ Kino. Da vorn ist eine Bushaltestelle.
5. Ich habe heute nur _____ 13.00 Uhr Zeit.

2. 請將括弧中的單字改成命令形。
1. Felix, _____(gehen) mal spazieren!
2. Frau Schmitt, _____(trinken) Sie bitte keinen Alkohol!
3. Papa, du fährst zu schnell. _____(fahren) doch langsam!
4. Du isst zu viel. _____(essen) doch nicht so viel.
5. Du bist zu laut. _____(sein) doch bitte ruhig!

3. 請將（）中的單字改成符合句意的形態。
1. _____ keine Sorge, ich helfe dir. (haben)
2. Mina, _____ doch das Buch hier mal! (lesen)
3. Meine Kinder, _____ nicht so viel _____! (fernsehen)
4. Mina, _____ doch die Kamera _____! (mitnehmen)
5. Inge und Petra, _____ doch mal _____! (zuhören)

4. 請利用下方提示的單字來完成句子。

1. (kommen)   _____ sofort, Renate! Ich warte noch.
   Andrea und Anne, _____ doch!
2. (warten)   Frau Müller, ich komme gleich. _____ Sie doch bitte!
   Maria, ich komme gleich, _____ bitte noch!
   Thomas und Sabine, _____ doch mal!
3. (essen)   _____ wir doch jetzt!
   _____ doch nicht viel, Peter!
4. (schlafen)   _____ nicht so spät, mein Sohn!
5. (seien)   _____ Sie bitte doch nett!
   Manfred, _____ bitte freundlich!
6. (fahren)   Papa, _____ doch nicht so schnell!
   Bitte, _____ mit dem Bus, Jürgen und Max!
7. (sprechen)   Herr Choi, _____ _____ bitte langsam!
   Veronika, _____ nicht so schnell!
8. (geben)   _____ mir das Buch, Minho!
   _____ uns die Bücher, Anne und Lora!
9. (sehen)   Miriam, _____ doch einen Film!
10. (ausgehen)   Monika und Inge, _____ heute mal _____!

5. 請將以下中文翻譯成德文。

1. 我去市政府。　_____
2. 九點以前過來！　_____
3. 我們住在郵局對面。　_____
4. 請您慢慢說！　_____
5. 打通電話給我！　_____

德國人常常在用的表達句
方向、方位、路線的表達

14_2.mp3

我去看電影。	Ich gehe ins Kino.
我去鄉下。	Ich fahre aufs Land.
我們去科隆。	Wir fahren nach Köln.
我想去博物館。	Ich möchte zum Museum.
請您搭乘 3 號線往中央火車站的方向。	Nehmen Sie die Linie 3 in Richtung Hauptbahnhof!

請過馬路。	Gehen Sie über die Straße!
請向前行駛！	Fahren Sie immer geradeaus!
請直走。	Gehen Sie immer geradeaus!
請拐彎。	Gehen Sie um die Ecke!
請在這個廣場右轉。	An diesem Platz gehen Sie rechts!
那裡的右邊是市政府。	Da rechts ist das Rathaus.
右邊是市政府。	Auf der rechten Seite ist das Rathaus.

請在第一個紅綠燈左轉。	An der ersten Ampel links.
請在下一個紅綠燈直行。	Fahren Sie an der nächsten Ampel geradeaus!
請在教會前面右轉。	An der Kirche rechts.
請過橋。	Fahren Sie über die Brücke!
請迴轉。	Fahren Sie noch mal zurück!
請再回去兩個街。	Fahren Sie doch mal zwei Straßen zurück!
請過來這邊。	Kommen Sie hierher!

請從這裡直走。	Gehen Sie hier geradeaus!
請從這裡往前直走。	Gehen Sie hier immer geradeaus!
請左轉。	Gehen Sie nach links!
或是在第一條路左轉。	Oder nehmen Sie die erste Straße links!

德國人常常在用的詞彙
方向
14_3.mp3

im Osten		東部
im Westen		西部
im Süden		南部
im Norden		北部
nach Osten		往東邊
nach Westen		往西邊
nach Süden		往南邊
nach Norden		往北邊
vorwärts		往前
rückwärts		往後
vorn		前面
hinten		後面
nach links		往左邊
nach rechts		往右邊

ans Meer	fahren	去海邊
an die See	fahren	去海邊
an den See	fahren	去湖邊
aufs Land	fahren	去鄉下
ins Ausland	fahren	去國外
in die Schweiz	fahren	去瑞士
zur Post	gehen	去郵局
zur Schule	gehen	去學校
zum Bahnhof	gehen	去車站
ins Kino	gehen	去電影院
nach Berlin	fahren	去柏林

raus	往外面
rein	往裡面
rauf	往上面
runter	往下面
geradeaus	直直往前

da vorn	在那前方
da hinten	在那後方
da oben	在那上方
da drüben	在那邊
daneben	在那旁邊

認識德國，看見德語

德國的歷史教育

「我們看見了對歷史的反思！」
Das zeigt Nachdenken über die Geschichte.

　　距離第一次世界大戰爆發以來，到 2017 年為止，已經超過 100 年了。德國的媒體對此曾大肆報導，甚至出版了許多書籍。第二次世界大戰是希特勒所引發的恣意殺戮，德國人對此做出反省與反思，對過去不堪的歷史做出防範教育，值得我們效仿。

　　舉個例子來說，現在 90 歲左右的老人，在當時幾乎都是德國軍人，但他有辦法侃侃而談自己過往的英雄事蹟或痛苦的往事嗎？如果他回答說「可以」，那大概都已經接受過法律制裁之後的事了。德國政府目前仍在捉拿當時參與德國軍隊的官兵。

　　想想亞洲，連曾經做過親日勾當的那些賣國賊，我們都無法公開其身分並給予嚴厲的懲罰。以我們的立場來看，實在是件難以想像的事。想想若要處決當時因徵兵制而入伍的士兵們，這說得過去嗎？但這就是德國要與過去做割捨的決心。現在在國中的歷史課本裡，也描述了納粹殘忍屠殺猶太人（大屠殺 Holocaust）的事件。

位於柏林的因大屠殺時所犧牲的猶太人紀念碑
PHOTO Noppasin / Shutterstock.com

PHOTO Alexander Inglessi / Shutterstock.com

讓德國學生接受這樣的歷史教育時，並沒有產生社會上的對立。雖然確實是有包庇過去歷史的勢力產生，但卻無法好好發聲，因為不能再重蹈過去納粹政權所犯下的蠻橫行為。而且身為世界的市民，在培養下一代時，就必須告別過去，好好深根世界同胞的市民意識，如此一來才能好好地成長。這樣的教育不只侷限於歷史科，宗教相關的科目也參與討論歷史問題以及人種歧視的部分。

　　此外，德國小學低年級的教科書，甚至還有爸爸和新媽媽再婚的故事、同父異母兩兄弟一起成長的故事、在其他國家出生的故事等，可以看出德國政府和教育當局，希望讓小朋友從小就能接觸、理解各種多元的文化。

　　特別是 1990 年德國的再次統一（第一次德國統一是 1871 年）之後，德國政府對舊東德地區的學校學生們進行周密、階段式的歷史教育。在共產政權之下，根本沒有機會看到外國人，所以對父母那一輩的人來說，外國人只是一個很陌生的對象。統一後，湧入了許多從東歐過來的移民者，以及從第三世界過來的外國人，如果對這些人產生歧視的文化，那麼，德國的未來將不會是光明的。因此，要讓爺爺或父母那一輩的人，以及正在受家庭教育的小孩們，了解到人的尊嚴為何，並親身體會異國文化，這是相當重要的事。在統一的過程中，西德政府重新教育了無數的東德教師，對於歷史的議題傾注了心力。

　　西德地區的教師或知名人士們，會參與課堂教學，以及發表演說，並藉由課堂的教學，把接觸異國文化的機會提供給學生。（例如看電影、邀請外國人來學校做料理、討論歷史議題等）

　　即使做了這麼多的努力，德國全區加入新納粹（Neonazi）運動的人數卻還是不斷地攀升。他們認為這些流著純日耳曼血統的異邦人，佔去了很多工作機會。這些加入新納粹運動的人，有很多都是高級人才。但看在社會的眼裡，這些人是非常危險的存在。

　　在移居德國的外國人當中，也有信奉伊斯蘭教的人，所以也常有和伊斯蘭教徒發生爭吵、衝突的情形。另一方面，有些健全的市民團體會以示威或教育的方式，來強調人權、自由與生命的寶貴。不管是政治家或市民運動，甚至是媒體都試圖說服眾人要凝聚接受各種文化的風氣，讓德國成為一個堅固的共同體！

Zieh dich warm an!

衣服穿暖一點！

LEKTION
15

- 動詞（werden）
- 第二格支配介系詞
- 反身動詞
- 介系詞＋代名詞

DIALOG 15 基本會話

Wegen des Durchfalls geht Ming zum Arzt. Auf dem Weg trifft er seinen Freund Elias.

Elias Hallo! Wohin gehst du denn?
Ming Ich gehe zum Arzt.
Elias Was fehlt dir denn?
Ming Seit drei Tagen habe ich Durchfall und sogar eine Erkältung.
Elias Zieh dich warm an! Hast du auch Fieber?

Ming 因腹瀉[1] 的關係去醫院。在路上他偶然遇見朋友 Elias。

Elias 嗨，你要去哪裡呢？
Ming 我要去看醫生。
Elias 你怎麼了嗎？
Ming 我腹瀉 了三天[2]，甚至還感冒了。
Elias 衣服要穿暖一點。你也有發燒嗎？

重點整理

1 因為腹瀉的關係
wegen des Durchfalls

wegen 是第二格支配介系詞，要注意變化。其他第二格支配介系詞還有 (an)statt, trotz, während。

wegen der Prüfung 因為考試的關係

2 從三天前起
seit drei Tagen

seit 為第三格支配介系詞，其他像是 ab, aus, bei, mit, nach, von, zu 等也都是。

seit dem letzten Sonntag 從上個星期天開始
seit zwei Monaten 從兩個月前開始

Ming	Nein, aber der Bauch tut mir sehr weh.
Elias	Dann geh doch schnell zum Arzt! Und ich wünsche dir gute Besserung!
Ming	Danke.
Elias	Du, sag mal, wann können wir uns denn mal treffen?
Ming	Vielleicht in einigen Tagen. Ich glaube, es wird mir bald besser gehen.
Elias	Ich freue mich schon darauf, dich bald zu sehen.

Ming	沒有，但是肚子很痛。
Elias	這樣的話你要趕快去看醫生。希望你早日康復。
Ming	謝謝。
Elias	欸～可以跟我說嗎，我們什麼時候可以見面呢？
Ming	大概幾天後吧。我相信，我會很快康復的。 3
Elias	我已經開始期待很快再到見你呢！

wegen 因為…的關係（第二格支配介系詞）
der Durchfall 腹瀉，拉肚子
der Arzt 醫生
auf dem Weg 途中，路上
treffen 見面，遇到
fehlen jm. 缺少，不足，缺乏
seit 從…以來（第三格支配介系詞）
sogar 甚至於
die Erkältung 感冒
sich anziehen 穿衣服
Fieber 熱度，發燒
der Bauch 腹部，肚子
wünschen 希望，期望
die Besserung 恢復
sich treffen 約碰頭，約見面
glauben 想，認為
einig 幾個
schon 分明地
werden＋動詞原形 會變得…／將…／會…（未來式）
sich freuen auf etw 期待…
bald 不久，即將，馬上

3 我會康復的。
Es wird mir besser gehen.

在這裡用了未來式〈werden＋動詞原形〉的句型，werden 隨主詞 es 變化成 wird。

Er wird bald kommen. 他很快就會來了。
Es wird bald regnen. 快要下雨了。

GRAMMATIK 15 掌握文法

❶ 動詞 werden 的現在式人稱變化

werden 是「變得、變為」的意思，其人稱變化如下。

ich	werde	wir	werden
du	w*i*rst	ihr	werdet
Sie	werden	Sie	werden
er/sie/es	w*i*rd	sie	werden

Es *wird* mir schon bald besser *gehen*.   我會很快康復的。

Ich *werde* nächstes Jahr nach Italien fahren.   我明年會去義大利。

Da am Fenster *wird* gerade ein Platz frei.   那邊的窗戶旁邊剛空出了一個位子。

A Was willst du mal *werden*, Min-gu?   Min-gu，你以後想當什麼？
B Ich will Journalist *werden*.   我打算當記者。（wollen 為情態式助動詞）

Es ist spät. In wenigen Minuten *wird* es zehn Uhr.   時間很晚了，再幾分鐘就十點了。

❷ 第三格支配介系詞

第三格介系詞有 ab, aus, bei, mit, nach, seit, von, zu 等等，主要用來表示時間，請注意後面的冠詞或名詞的變化。

Seit drei Tage*n* habe ich eine Erkältung.   三天前我就得了感冒。

In einigen Tage*n* komme ich wieder.   幾天後我會再來。

Was machst du *zu/(an)* Weihnachten?   你聖誕節時要做什麼？

Ich möchte dir ein Geschenk *zum* Geburtstag geben.   我想送你生日禮物。

❸ 反身動詞（Reflexive Verben）

(1) 及物動詞與反身動詞

及物動詞：主格的行為、動作（動詞）會影響到其他對象（受格）。

240   LEKTION 15

反身動詞：主格的行為、動作（動詞）會影響到自己（主格）。
反身代名詞放在受格的位置，接在反身動詞的後面，與主格一樣都是指同樣的人事物。

及物動詞

Die Mutter *kämmt* die Tochter.
媽媽給女兒梳頭髮。

Die Mutter *wäscht* sie.
（die Mutter ≠ sie）彼此不同人
媽媽給她洗澡。

反身動詞

Die Mutter *kämmt* **sich**.
媽媽梳頭髮。（梳自己的頭髮）

Die Mutter *wäscht* **sich**.
（die Mutter = sich）為同一人
媽媽（自己）洗澡。

及物動詞

Ich *bestelle* eine Pizza.
我點披薩。

反身動詞

Ich *bestelle mir* eine Pizza.
→動詞（行為）會影響到自己。
我點披薩給自己。（給自己，也就是自己要吃的意思）

Ich *ziehe mich* warm an.
我衣服穿很暖。

Zieh dich doch warm an!
衣服穿暖一點！

- 如果出現一般名詞當直接受格（第四格）時，反身代名詞就會變成第三格。若沒有出現直接受格，反身代名詞則維持在第四格（賓格）。

Ich *ziehe mir* den Mantel *an*.　　　　　我穿外套。

Ich *wasche mich*.　　　　　　　　　　我洗臉。

Ich *wasche mir* das Gesicht.　　　　　　我洗臉。

Wann können wir *uns* denn *treffen*?　　我們什麼時候可以見面？

Bedanke dich bei deinen Eeltern!　　　感謝你的父母親！

Beeil dich doch!　　　　　　　　　　拜託快一點！

GRAMMATIK 15 掌握文法

(2) 反身代名詞

- 第一人稱和第二人稱（du, ihr）的反身代名詞和人稱代名詞的形態相同。

- 敬稱 Sie 和第三人稱的反身代名詞會使用 sich。

		第一人稱 ich / wir	第二人稱 親密稱呼 du / ihr	第二人稱 敬稱 Sie	第三人稱 er, sie, es / sie 單數／複數
單數	第三格 第四格	mir mich	dir dich	sich sich	sich sich
複數	第三格 第四格	uns uns	euch euch	sich sich	sich sich

及物動詞

Elise *kauft* mir ein Eis.
Elise *bestellt* Gisela ein Buch.
Setzen Sie das Kind auf den Stuhl!
Das Geschenk *freut* ihn.
Der Film *interessiert* mich.
Der Lehrer *erinnert* uns an die Grammatik.
Er *informiert* Bora über die Reise.

反身動詞

Elise *kauft* **sich** ein Eis.
Elise *bestellt* **sich** ein Buch.
Setzen Sie **sich**!
Er *freut* **sich** über das Geschenk.
Ich *interessiere* **mich** für den Film.
Erinnert ihr **euch** an die Grammatik?
Bora *informiert* **sich** über ihre Reise.

解說

Elise 買一個冰淇淋給我。
Elise 幫 Gisela 訂購一本書。
請您讓那孩子坐在椅子上。
那個禮物讓他很高興。
那部電影引起了我們興趣。
老師讓我們記住那個語法。
他給 Bora 有關旅遊的情報。

Elise 為自己買一個冰淇淋。（自己要吃的）
Elise 為自己訂購一本書。（自己要看的）
您請坐！
他收到禮物很高興。
我對那部電影感興趣。
你們記得那個語法嗎？
Bora 收集有關旅遊的情報。

Ich wasche mich.　　我洗自己。
Du wäschst dich.　　你洗自己。
Sie waschen sich.　　您洗自己。
Er wäscht sich.　　他洗自己。
Sie wäscht sich.　　她洗自己。

Wir waschen uns.　　我們自己。
Ihr wascht euch.　　你們自己。
Sie waschen sich.　　大家自己。
Sie waschen sich.　　他們自己。
Sie waschen sich.　　他們自己。

242　LEKTION 15

- 在反身動詞的句子裡，如果有反身代名詞以外的直接（第四格）受格，該反身代名詞變為第三格。

第三格反身代名詞＋第四格受格	第四格反身代名詞
Ich *wasche* **mir** das Gesicht.	Ich *wasche* **mich**.
Ich *rasiere* **mir** den Bart.	Ich *rasiere* **mich**.
Zieh **dir** den Mantel *an*!	*Zieh* **dich** *an*!
Christina *wäscht* **sich** die Hände.	Christina *wäscht* **sich**.
Die Mutter *kämmt* **sich** die Haare.	Die Mutter *kämmt* **sich**.
Luisa *putzt* **sich** die Zähne.	→putzen sich 不會被單獨使用。因此沒有第四格（賓格）。Luisa putzt sich.(✗)
Luisa *putzt* **sich** die Nase.	

解說

我洗臉。
我刮鬍子。
（你）穿上外套！
Christina 洗手。
媽媽梳頭髮。
Luisa 刷牙。
Luisa 擤鼻涕。

我洗自己（臉／澡）。
我刮自己（鬍子）。
（你）穿上（衣服）！
Christina 洗自己（澡）。
媽媽梳自己（頭髮）。

第四格（wen?）	第三格（wem?）
＿＿＿＿記得。	＿＿＿＿給自己買腳踏車。
Ich erinnere *mich*.	Ich kaufe *mir* ein Fahrrad.
Du erinnerst *dich*.	Du kaufst *dir* ein Fahrrad.
Sie erinnert *sich*.	Er kauft *sich* ein Fahrrad.
Wir erinnern *uns*.	Wir kaufen *uns* ein Fahrrad.
Ihr erinnert *euch*.	Ihr kauft *euch* ein Fahrrad.
Sie erinnern *sich*.	Sie kaufen *sich* ein Fahrrad.
* sich erinnern 記憶，記得	*sich kaufen 買

GRAMMATIK 15 掌握文法

▶ 固定當作反身動詞的情況

Ich muss *mich beeilen*.	我必須快一點。
Ich *bedanke mich für* Ihre Hilfe.	謝謝您的幫助。
Erholen Sie *sich* gut im Urlaub!	休假期間請好好休息。
Der Zug *verspätet sich um* zehn Minuten.	火車延遲十分鐘。
Zieh dich warm an, sonst *erkältest* du *dich*.	衣服穿暖一點，不然會感冒。
Luisa *entschudigt sich* bei Bora.	Luisa 向 Bora 道歉。

▶ 經常使用的反身動詞

sich amüsieren	覺得有趣，感到開心	sich freuen	高興
sich anziehen	穿衣服	sich wohl fühlen	狀況好，心情好
sich aufregen	興奮	sich hinlegen	躺
sich ausruhen	休息，好好休息	sich kämmen	梳頭髮
sich ausziehen	脫衣服	sich rasieren	刮鬍子
sich beeilen	趕緊，急忙	sich schminken	化妝
sich duschen	沖澡	sich setzen	坐下
sich erkälten	感冒	sich treffen	見面
sich entscheiden	決定	sich umziehen	換衣服
sich entschuldigen	道歉	sich verletzen	受傷
sich erholen	休養，恢復健康	sich vorstellen	自我介紹
sich erinnern	想起，記起	sich waschen	洗自己，洗澡，洗臉、手

反身動詞＋介系詞＋賓格（直接受詞）

sich ärgern über ＋第四格（賓格）	對⋯生氣
sich erinnern an ＋第四格（賓格）	記起⋯
sich freuen über ＋第四格（賓格）	對⋯高興
sich gewöhnen an ＋第四格（賓格）	習慣於⋯
sich kümmern um ＋第四格（賓格）	照顧⋯
sich interessieren für ＋第四格（賓格）	對⋯感興趣
sich verlieben in ＋第四格（賓格）	和⋯戀愛了

反身動詞＋與格（間接受詞）

sich erkundigen nach ＋第三格
詢問⋯

sich fürchten vor ＋第三格
害怕⋯

④ 採用特定介系詞的動詞

(1) 動詞＋介系詞

Klara *wartet auf* ihren Bus.	Klara 在等公車。
Ich *danke* Ihnen *für* die Einladung.	感謝您的邀請。
Mina *denkt an* ihre Eltern in Taiwan.	Mina 想在台灣的父母親。
Lea *hält* den Film *für* ausgezeichnet.	Lea 認為那部電影很棒。

(2) 反身動詞＋介系詞

Freust du *dich auf* die Reise?	你期待這趟旅行嗎？
Min-gu *interessiert sich für* den Film.	Min-gu 對這部電影感興趣。
Veronika *verabschiedet sich von* ihrer Freundin.	Veronika 和她的朋友道別。
Ich *erinnere mich* noch *an* meine Großeltern.	我還記得我的祖父母。

⑤ 介系詞＋代名詞

(1) 用代名詞指稱人時

「代名詞」主要用來代稱前面句子已經提到過的名詞，若前一句子是用「介系詞＋人物名詞」，回應時就會用「介系詞＋人稱代名詞」。

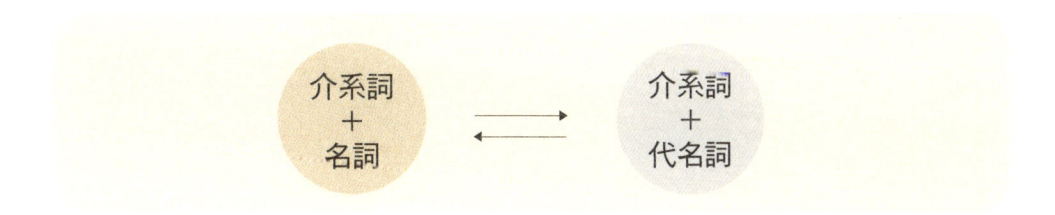

介系詞＋名詞 ⇌ 介系詞＋代名詞

A **Mit wem** fährst du?	你跟誰去？
B Ich fahre *mit meinem Freund*.	我跟朋友去。
A Fährst du *mit deinem Freund*?	你跟你男友去嗎？
B Ja, ich fahre *mit ihm*.	嗯，我跟他一起去。

GRAMMATIK 15 掌握文法

A　Wartest du *auf deine Freundin*?　　　你在等你的女朋友嗎？
B　Ja, ich warte *auf sie*.　　　　　　　嗯，我在等她。

A　**Auf wen** wartest du, Bora?　　　　Bora，你在等誰？
B　Ich warte *auf meinen Kollegen*.　　　我在等我的同事。

(2) 用代名詞來指稱東西時

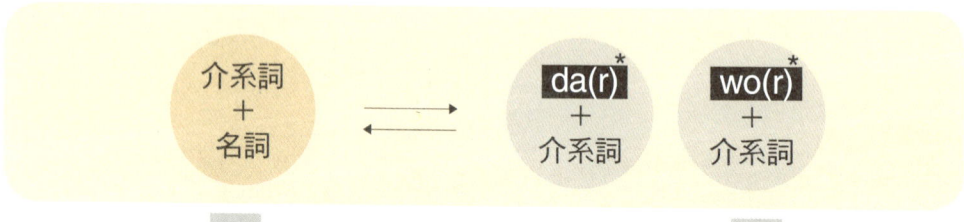

介系詞 + 名詞　⇌　da(r)* + 介系詞　　wo(r)* + 介系詞

＊如果介系詞以母音開始，為了方便發音，會加入 r。

Fährst du <u>mit</u> der U-Bahn?　　　　　Ja, ich fahre **da**mit.
你搭地鐵去嗎？　　　　　　　　　　　嗯，我搭那個去。

Womit fährst du?　　　　　　　　　　Ich fahre mit dem Bus.
你搭什麼去？　　　　　　　　　　　　我搭公車去。

Bitte, vergessen Sie nicht die　　　　　Keine Sorge. Ich denke schon
Verabredung!　　　　　　　　　　　　**da**ran.
拜託，別忘了約定。　　　　　　　　　別擔心，我已經記住了。

Woran denkst du noch?　　　　　　　*An* die Prüfung.
你還在想什麼？　　　　　　　　　　　我在想考試的事。

Worüber unterhaltet ihr euch?　　　　Wir unterhalten sich *über* den Film.
你們在聊什麼？　　　　　　　　　　　我們在聊那部電影。

常用的介系詞句型

antworten auf + 第四格（賓格）受格	Antworten Sie bitte auf **meine Frage**! 請您回答我的問題。
erzählen von + 與格	Wir erzählen von **der deutschen Geschichte**. 我們在談論德國的歷史。
sich freuen über + 第四格（賓格）受格	Kathrin hat sich sehr über **die Blumen** gefreut. Kathrin 收到花很高興。
sich freuen auf + 第四格（賓格）受格	Kathrin freut sich sehr auf **die Blumen**. Kathrin 期待著花。
sich informieren über + 第四格（賓格）受格	Ich informiere mich über **den Film**. 我收集那部電影的情報。
sich interessieren für + 第四格（賓格）受格	Ich interessiere mich für **den Film**. 我對那部電影感興趣。
sich kümmern um + 第四格（賓格）受格	Wer kümmert sich um **den Haushalt**? 誰打理家務呢？
sprechen mit + 與格	Der Student spricht noch mit **seinem Freund**. 那位大學生還在和朋友聊天。
sprechen über + 第四格（賓格）受格	Der Student spricht über **die Umweltpolitik**. 那位大學生正在講有關環境政策的議題。
sprechen von + 與格	Der Student spricht von **der Politik**. 那位大學生正在談論政治。
teilnehmen an + 與格	Wir nehmen an **dem Seminar** teil. 我們參加那堂研討課。
sich treffen mit + 與格	Ich muss mich mit **meiner Freundin** treffen. 我必須見見我（女）朋友。

ÜBUNGEN 15 練習題

1. 請在下列空格中填入適當的反身代名詞。

1. Ich dusche _____ .
2. Ich putze _____ die Zähne.
3. Ich ziehe _____ an.
4. Kämmst du _____ noch?
5. Kämmst du _____ die Haare noch?
6. Kevin zieht _____ eine Jacke an.
7. Ich ziehe _____ eine Jacke an.
8. Ingrid und Peter, beeilt _____ !
9. Ja, wir beeilen _____ schon.
10. Wasch _____ die Hände!

2. 請參考範例，完成下列句子。

> 範例　Er putzt die Nase. → Er putzt sich die Nase.

1. Ich wasche die Hände.
   ➡ _____.

2. Putzt du heute nicht die Zähne?
   ➡ _____.

3. Zieh warm an. Es ist kalt.
   ➡ _____.

4. Ich wasche das Gesicht.
   ➡ _____.

5. Morgen treffe ich meine Freundin.
   ➡ _____.

3. 請將（　）中的動詞做現在式人稱變化，並填入下列空格中。

1. Elias _____ (werden) bald Vater.

2. Es _____ (werden) kalt.

3. Was _____ (wollen) du mal _____ (werden)?
   Ich _____ (wollen) Journalist _____ (werden).

4. Wir _____ (werden) nächste Woche in Urlaub fahren.

5. _____ (werden) ihr morgen den Film wieder sehen?

4. 請填入〈介系詞＋代名詞〉的正確形態。

1. A: _____ interessieren Sie sich?
   B: Ich interessiere mich für Musik.

   A: Interessierst du dich auch für Musik?
   B: Ja, ich interessiere mich auch _____ .

2. A: _____ fährt Mina nach Frankfurt?
   B: Sie fährt mit ihrem Bruder.

   A: _____ fahren sie nach Frankfurt?
   B: Sie fahren mit dem Zug.

3. A: _____ wartet ihr jetzt?
   B: Wir warten auf unsere Freundin Gisela.

   A: Wartest du auch auf Gisela?
   B: Nein, ich warte nicht _____ .

4. A: _____ denkst du?
   B: Ich denke an meinen Urlaub.

5. A: _____ freut er sich?
   B: Er freut sich über das Geschenk.

德國人常常在用的表達句
情緒的表達（正面）

萬歲！	Hurra!
（喝采聲）好啊！	Bravo!
極好！	Herrlich!
哇，很好！真棒！	Toll!
心情很好！	Was für ein schönes Gefühl!
我很高興！	Das freut mich!
我非常高興！	Ich freue mich sehr!
我很高興！	Ich bin froh!
你要來我很高興。	Ich bin froh, dass du kommst!
聽到那個消息，我真的很高興。	Ich freue mich, das zu hören!
好消息！	Eine wunderbare Nachricht!
令人高興的消息！	Eine frohe Nachricht!
那是個好消息呢！	Das ist eine gute Nachricht!
哇，好高興！	Was für ein Spaß!
很好玩！我很盡興！	Das macht mir Spaß!
不敢相信！	Unglaublich!
極好／精采／極美	Wunderbar!
很高興見到您。	Ich freue mich, Sie zu treffen!
我真的很滿足。	Ich bin vollständig zufriedengestellt!
我對那個很滿足。	Ich bin damit zufrieden!
很有趣。	Sehr lustig!
聽起來很有意思！	Das klingt interessant!
太棒了！	Alles ist gut!
今天運氣很好。	Heute habe ich Glück!
今天是您的幸運日！	Heute ist Ihr Gückstag!
太幸福了！太快樂了！	Ich bin sehr glücklich!
祝你幸福！	Seien Sie glücklich!
安心了！	Welche Erleichterung!
聽到那句話我就安心了。	Es beruhigt mich, das zu hören!

德國人常常在用的詞彙 — 身體 15

15_3.mp3

der Kopf	die Köpfe	頭
das Haar	die Haare	頭髮
der Bart		鬍子
das Gesicht		臉
das Auge	die Augen	眼睛
die Augenbraue	die Augenbrauen	眉毛
die Wimper	die Wimpern	睫毛
das Ohr	die Ohren	耳朵
die Nase	die Nasen	鼻子
der Mund	die Münder	嘴巴
das Kinn		下巴
die Falte	die Falten	皺紋
die Lippe	die Lippen	嘴唇
die Backe	die Backen	臉頰
(die Wange, die Wangen)		

der Hals	die Hälse	脖子
die Schulter	die Schultern	肩膀
der Arm	die Arme	手臂
der Oberarm	die Oberarme	上臂
der Unterarm	die Unterarme	下臂
der Ellbogen	die Ellbogen	手肘
die Brust	die Brüste	胸
der Bauch	die Bäuche	肚子
der Bauchnabel		肚臍
die Bauchmuskeln		腹肌
der Nacken		頸項
der Rücken	die Rücken	背
die Hüfte	die Hüften	臀部
der Popo/der Hintern		屁股
das Bein	die Beine	腿

der Oberschenkel	die Oberschenkel	大腿
der Unterschenkel	die Unterschenkel	小腿
die Wade	die Waden	小腿
das Knie	die Knie	膝蓋
die Kniekehle	die Kniekehlen	膝彎
der Fuß	die Füße	腳
das Fußgelenk	die Fußgelenke	腳腕
die Zehe	die Zehen	腳趾頭
die Ferse	die Fersen	腳後跟
（der Absatz, die Absätze 鞋後跟）		
die Fußsohle	die Fußsohlen	腳掌
die große Zehe	die großen Zehen	拇指腳趾頭

die kleine Zehe	die kleinen Zehen	小指腳趾頭
die Fußspitze	die Fußspitzen	腳趾尖
die Hand	die Hände	手
die Faust	die Fäuste	拳頭
der Finger	die Finger	手指
die Handfläche	die Handflächen	手掌
der Handrücken		手背
der Daumen		手拇指
der Zeigefinger		食指
der Mittelfinger		中指
der Ringfinger		無名指
der kleine Finger		小指頭

文化篇－認識德國，了解德語

德國的住宿

「請問還有空房間嗎？」
Haben Sie noch ein Zimmer frei?

　　對背包客或是短期旅遊的人來說，住宿是非常重要的一環。這種情況，我們可以參考一下青年旅館（Jugendheberge）。德國全境都有青年旅館（www.jugendherberge.de）。也可以先在台灣直接上網搜尋德國的青年旅館，如果持有會員卡的話，價格會比較優惠。

- **民宿**

　　也可以住在德國人的家裡，這方面的資訊在該城市的市政廳會提供更多情報。如果是台灣人經營的民宿，則可以透過社群網站、網頁、雜誌等方法來訂房，但在訂房之前，最好事先確認是否為合法經營的民宿，再做選擇會比較好。

- **若要租房子或房間長期居留時，所需的資料如下。**
  1. 身分文件（如護照及簽證）。
  2. 若是學生，則要準備在學證明；上班族則要準備在職證明。
  3. 收入來源證明書（如果是拿旅遊簽證居留的情形，很難滿足第二條規定。而且也不能用貸款來租房子）。

- **共同居住（Wohngemeinschaft(WG)合租公寓）**

  www.wohngemeinschaft.de

  www.wg-gesucht.de

  －對居住在德國的外國人來說，這個方式是最便宜且方便的住宿形態。

  －一起居住的人數約為 2~20 名，但要先取得原屋主的同意。

  －特別是對大學生而言，這裡不但很適合交朋友，也比較快熟悉德國的文化。大學宿舍不是一入學就被安排好了，而是需要排隊等待入住的，有時會等很久。

- 住在共同的住宅裡，要遵守的規則也很多。噪音、清潔、洗衣服等的時間，都必須在入住前先了解。另外，多位居住者之間也許還會訂下一些規矩。舉例來說，不在陽台曬衣服是德國的文化。

- 在德國，保證金（押金）是 3 個月的月租。如果是合租公寓，保證金則是一個人繳交 1 個月的月租費。搬走之前，必須把自己之前釘在牆上的釘子拔掉，還要把洞補回去，不然的話，修補費會直接從保證金裡扣掉。

  ＊管理費一般是每個月約 150 歐元。

  ＊Kaltmiete 指的是基本月租，如果另外標示 Warmmiete 的話，表示已包含了管理費。

  ＊此外，個人使用的電話費、水電費、網路費等，都是個人另外要負擔的。

THE ANGLO IRISH
THE ANGLO IRISH
sky
GUINNESS
Give him a Guinness!
THE ANGLO IRISH
GUINNESS

LEKTION 16

Sie setzen sich ans Fenster

他們坐到窗邊去。

- 介系詞＋第二格／第四格
- 關係代名詞

DIALOG 16 基本會話

Erika und Heri gehen ins Café. Sie setzen sich ans Fenster und unterhalten sich.

kellner	Sie wünschen?
Erika	Einen Kaffee.
Heri	Für mich einen Latte Macchiato, bitte.
kellner	Danke schön, warten Sie einen Moment, bitte.
Heri	Was hast du in den Ferien vor?

Erika 和 Heri 去咖啡廳。他們坐在窗邊 1 聊天。

服務生	要幫您點什麼？
Erika	一杯咖啡。
Heri	請給我拿鐵瑪奇朵。
服務生	謝謝，請您稍待一會兒。
Heri	你放假有規畫什麼嗎？

重點整理

1 他們坐在窗邊。
Sie setzen sich ans Fenster.

當動詞是帶有（在某場所）移動意義時，會使用〈介系詞＋第四格〉。
Sie gehen ins Café. 他們去咖啡廳。

2 我要在車站附近的郵局打工。
Ich ... einer Post jobben, die in der Nähe vom Bahnhof liegt.

隨著功能的不同，關係代名詞的格也會有所不同。以下的關係代名詞 den 具受格功能。
Das ist mein Onkel, *den* du auch kennst.
這位是你也認識的我的叔叔。

Erika	Ich will bei einer Post jobben, die in der Nähe vom Bahnhof liegt.
Heri	Das ist toll.
Erika	Aber nachmittags ist in der Post nicht viel los. Und du?
Heri	Da will ich noch mehr in der Bibliothek lernen, die sich direkt neben meiner Wohnung befindet.

Da bringt der Ober (Kellner) ihre Bestellungen und stellt ihre Kaffeegetränke auf den Tisch.

Erika	我要在車站附近的郵局打工。 2
Heri	不錯耶！
Erika	但下午的時候郵局並不會很忙。那你呢？
Heri	放假的時候，我打算在我家旁邊的圖書館再多念點書。

這時，服務生將他們點的東西端了過來，把咖啡飲品放在桌子上。 3

sich setzen 坐
das Fenster 窗戶
sich unterhalten 對話
der Kellner 服務生
wünschen 想要
die Ferien 放假，假期
die 關係代名詞陰性主格
jobben 打工，（兼職的）工作
toll 了不起的，極好的（das 是前面的內容）
viel los sein 忙碌
noch mehr 更多
die 關係代名詞陰性主格
direkt 直接的，直率的
neben 旁邊
die Wohnung 家，住宅
sich befinden 在；處在
bringen 拿來，帶來
der Ober 服務生（舊式用法）
die Bestellungen 點好的餐點
stellen 放，放著

3 服務生把他們的咖啡飲品放在桌上。
Der Ober (Kellner) stellt ihre Kaffeegetränke auf den Tisch.

隨動詞功能的不同，也會產生隨受格改變的介系詞。
Der Kaffee steht auf *dem* Tisch. 咖啡在桌上。

257

GRAMMATIK 16　掌握文法

1　介系詞＋第三格受格／第四格受格

an	auf	hinter	in	neben	über	unter	vor	zwischen
前面	上面	後面	裡面	旁邊	上面	下面	前面	中間

▶ 下面是第四格（賓格）支配介系詞的縮寫形

　　an das　→ *ans*

　　auf das　→ *aufs*

　　in das　→ *ins*

Erika geht *ins* Café	Erika 去咖啡廳。
Veronika geht *auf den* Hof.	Veronika 去中庭。
Sie geht *aufs* Gymnasium.	那孩子就讀八（或九）年制中學。
Melanie geht *ins* Kino.	Melanie 去看電影。
Sie ist *im* Kino.	他在電影院。（im 為 in dem 的縮寫，這裡沒有動作動詞，只有狀態動詞，所以用第三格支配介系詞）
Der Ober stellt die Tasse *auf den* Tisch.	服務生把杯子放在桌子上。

- 「動作動詞」之後若要使用上面的介系詞，會出現第四格（賓格）受格。

	Wo?　→ 第三格（Dativ 與格）	第四格（Akkusativ 賓格）
der Laden	in *dem* Laden	in *den* Laden
die Bibliothek	in *der* Bibliothek	in *die* Bibliothek
das Café	in *dem* Café	in *das* Café
die Vasen（複數）	in *den* Vasen	in *die* Vasen

- 若出現狀態動詞（用來表示「位於、處於…的狀態」的動詞），以上所介紹的介系詞後面就會出現 Dativ 與格。（若是陽性名詞，主格定冠詞 der 會變成 dem，die 會變成 der，das 會變成 dem。）

Wo steht ...?	Die Tasse steht *auf dem* Tisch.	那個杯子在桌上。
Wo hängt ...	Die Tafel hängt *an der* Wand.	黑板掛在牆上。
Wo sitzt ...?	Das Kind sitzt *auf dem* Stuhl.	那孩子坐在椅子上。

第三格（Dativ 與格）
[位置－Wo（在哪裡）？]

❶ Die Bilder hängen **an** *der* Wand.
❸ Das Kind sitzt **auf** *dem* Sofa.
❺ Der Hund liegt **unter** *dem* Tisch.
❼ Das Buch liegt *im* Regal.
❾ Die Lampe steht **neben** *dem* Fenster.

第四格（Akkusativ 賓格）
[方向移動－Wohin（往哪裡去）？]

❷ Er hängt die Bilder **an** *die* Wand.
❹ Das Kind klettert *aufs* Sofa.
❻ Der Hund geht **unter** *den* Tisch.
❽ Ich lege das Buch *ins* Regal.
❿ Ich stelle die Lampe **neben** *das* Fenster.

hängen	掛著	hängen	掛…
sitzen	坐著	klettern	（出力）爬
liegen	放著	legen	放置、躺下
stehen	站著	stellen	豎立、置放

❶ 圖畫掛在牆上。
❸ 那孩子坐在沙發上。
❺ 那隻狗躺在桌子下。
❼ 那本書在書櫃裡。
❾ 那個燈在窗戶旁邊。

❷ 他把圖畫掛在牆上。
❹ 那孩子爬上沙發。
❻ 那隻狗跑到桌子底下。
❽ 我把那本書放在書架上。
❿ 我把那個燈放在窗戶旁邊。

Ich stelle den Stuhl *an den* Tisch.　　我把椅子放在書桌前面。
Der Stuhl steht *an dem* Tisch.　　椅子在書桌前面。
Ich hänge das Bild *an die* Wand.　　我把圖畫掛在牆上。
Das Bild hängt *an der* Wand.　　圖畫掛在牆上。

→ stecken（插著　插入）跟 hängen 一樣可當作不及物動詞和及物動詞來使用。

Ich stecke die Blumen *in die* Vase.　　我把這些花插在花瓶裡。
Die Blumen stecken *in der* Vase.　　這些花插在花瓶裡。

GRAMMATIK 16 掌握文法

- 根據動詞的不同,介系詞之後的受格格位也會有所不同。

Min-gu setzt das Kind *aufs* Sofa.	Min-gu 讓那孩子坐在沙發上。
Das Kind sitzt *auf dem* Sofa.	那孩子坐在沙發上。
Elias geht *ans* Fenster.	Elias 走向窗邊。
Elias sitzt *am* Fenster.	Elias 坐在窗邊。
Das Kind sitzt *zwischen den* Bauklötzen.	那孩子坐在積木之間。
Das Kind kriecht *zwischen die* Bauklötze.	那孩子爬向積木之間。
Die Kinder spielen *auf der* Wiese.	孩子們在草皮上玩耍。
Die Kinder laufen *auf die* Wiese.	孩子們跑向草皮。
Ich gehe *vor eine* Tür.	我走過門前。
Ich stehe *vor einer* Tür.	我站在門前。
Ich gehe *unter einen* Baum.	我從樹下走過。
Ich liege *unter einem* Baum.	我躺在一棵樹下。

- 以下整理了搭配第二格、第三格、第四格的介系詞。

第三格(與格)或 第四格(賓格)	第三格	第四格	第二格(屬格)
an, auf in, hinter neben, über unter, vor zwischen	aus, bei mit, nach seit, von zu	bis durch für gegen ohne um	(an)statt trotz während wegen

2 關係代名詞

- 關係子句是一個用來修飾前面名詞(先行詞)的句子,關係代名詞會放在子句的最前面。

- 關係代名詞的「性」與「數」會依據先行詞而定,「格位」則會依關係子句中的功能不同而定。

- 在關係子句中，會依人稱而產生變化的「主要動詞」，會出現在句子最後面。
- 如果關係子句是插入在主要句的中間，子句的前後都要用逗點來標示。
- 以下整理了會隨格位、陰陽中性、單複數改變的關係代名詞。

	單數			複數
	陽性	陰性	中性	
第一格（主格）	der	die	das	die
第二格（屬格）	dessen	deren	dessen	deren
第三格（與格）	dem	der	dem	denen
第四格（賓格）	den	die	das	die

(1) 陽性關係代名詞

① Ich will **meinem Onkel** helfen.　　　　我要幫忙我的叔叔。（第四格）

② **Der Onkel** besitzt ein Reataurant.　　　那位叔叔擁有一間餐廳。（第一格）

①＋② ➡ Ich will **meinen Onkel** helfen, *der* ein Restaurant besitzt.
我要幫忙我那位有開一間餐廳的叔叔。

① Das ist **mein Onkel**.　　　　　　　　這位是我的叔叔。（第一格）

② Du kennst auch **ihn** gut.　　　　　　你也熟識他。（第四格）

①＋② ➡ Das ist mein Onkel, *den* du auch gut kennst.
這位是你也熟識的我的叔叔。

(2) 陰性關係代名詞

① Ich lerne in **der Bibliothek**.　　　　　我在圖書館念書。（第三格）

② **Die Bibliothek** befindet sich direkt neben meiner Wohnung.
那間圖書館就在我家旁邊。（第一格）

①＋② ➡ Ich lerne in der Bibliothek, *die* sich direkt neben meiner Wohnung befindet.
我在我家旁邊的圖書館念書。

GRAMMATIK 16 掌握文法

① *Die Frau* ist Lehrerin. 　　　　　　那位女士是老師。

② **Ihr Sohn** ist erst 5 Jahre alt. 　　　她的兒子現在才五歲。

①+② ➡ Die Frau, *deren* Sohn erst 5 Jahre alt ist, ist Lehrerin.
　　　她是兒子才五歲的老師。

(3) 中性關係代名詞

① Wir gehen **ins Café**. 　　　　　　我們去咖啡廳。

② **Das Café** ist sehr gemütlich. 　　那間咖啡廳氣氛很好。

①+② ➡ Wir gehen ins Café, *das* sehr gemütlich ist.
　　　我們去那間氣氛很好的咖啡廳。

① **Das Kind** ist sehr süß. 　　　　　那個孩子很可愛。

② Ich kenne **seinen Vater** gut. 　　　我和他的爸爸很熟。

①+② ➡ **Das Kind**, *dessen Vater* ich gut kenne, ist sehr süß.
　　　我跟他爸很熟的那個孩子很可愛。

① **Das Kind** ist sehr süß. 　　　　　那個孩子很可愛。

② Du gibst **ihm** ein Eis. 　　　　　　你給他冰淇淋。

①+② ➡ Das Kind, *dem* du ein Eis gibst, ist sehr süß.
　　　你給冰淇淋的那孩子很可愛。

(4) 複數關係代名詞

Die Leute, *die* hier wohnen, sind nett.
住在這裡的人很親切。

Die Leute, *deren* **Kinder** noch *studieren*, müssen viel Geld verdienen.
自己孩子還在念大學的那些人，必須多賺錢。

Die Leute, *denen* Sie helfen, sind Obdachlose.
您幫助的那些人是無家可歸的人。

262　LEKTION 16

Die Leute, *die* ich suche, kommen noch nicht.
我在找的那些人還沒來。

(5) 介系詞＋關係代名詞

在關係子句中，介系詞與關係代名詞不會分開。

Der Herr, *mit dem* meine Mutter *spricht*, ist mein Lehrer.
跟我媽談話的那位先生，是我的老師。
(Der Herr ist mein Lehrer. Meine Mutter spricht mit ihm.)

Mein Vater will **das Geschenk** kaufen, *auf das* ich mich schon freue.
(Ich freue mich schon auf das Geschenk.)
我爸會買那個我很期待的禮物。

Die U-Bahn, *mit der* du fährst, fährt sehr schnell.
你搭的那班地鐵行駛地很快。

ÜBUNGEN 16 練習題

1. 請在空格中填入適當的介系詞、冠詞，或是介系詞＋冠詞縮寫形。

1. _____ dem Essen trinke ich immer einen Kaffee.
2. In der Nähe _____ Bahnhof ist ein Café.
3. Bei_____ Essen lese ich oft Zeitung.
4. Das Ticket kaufen Sie bei_____ Fahrer.
5. Fährt der Bus zu_____ Rathaus?

2. 請寫出（　）中提示的介系詞和定冠詞的縮寫形。

1. Meine Schwester geht (zu dem) _____ Arzt.
2. Elias geht (in das) _____ Café.
3. Ich gehe (an das) _____ Fenster.
4. Ich sitze (an dem) _____ Fenster.
5. Das Buch liegt (in dem) _____ Regal.

3. 請在空格中填入適當的名詞的格位。

1. Ich gehe in _____ Laden. (der Laden)
2. Ich bin in _____ Laden.
3. Er geht in _____ Bibliothek. (die Bibliothek)
4. Er studeiert in _____ Bibliothek.
5. Mina geht in _____ Kino. (das Kino)

4. 請在介系詞之後的空格中，填入受格正確的格位。

1. Ich lege das Buch auf _____ Tisch.（第四格（賓格））
2. Das Buch liegt auf _____ Tisch.（第三格（與格））
3. Er hängt das Poster an _____ Wand.（第四格（賓格））
4. Das Poster hängt an _____ Wand.（第三格（與格））
5. Sie legt die CDs in _____ Regal.（第四格（賓格））
6. Die CDs sind in _____ Regal.（第三格（與格））

5. 請在下列空格中填入適當的關係代名詞。

1. Max fährt in die Schweiz, _____ schöne Landschaft hat.
2. Er will bei seinem Onkel wohnen, _____ ich noch nicht kenne.
3. Frau Lehmann, _____ Sohn sehr nett ist, arbeitet sehr viel.
4. Frau Ahmed, _____ wir helfen, ist Ausländerin.
5. Herr Schmidt, _____ _____ mein Vater arbeitet, kommt gleich.
   (Mein Vater arbeitet mit ihm. 我爸和他一起工作。)

德國人常常在用的表達句
邀請

邀請他人與確認

今天晚上見個面一起用餐吧。	Treffen wir uns heute Abend zum Essen!
我想邀請你來參加我的生日派對。	Ich möchte Sie zu meiner Geburtstagsparty einladen!
我想邀請你一起吃晚餐。	Ich möchte Sie zum Abendessen einladen!
我想邀請你來我們家用晚餐。	Ich möchte Sie bei uns zum Abendessen einladen!
你有收到派對的邀請嗎？	Haben Sie eine Einladung zu der Party bekommen?
您要來參加派對吧。	Kommen Sie doch auf die Party!
下週二可以嗎？	Geht es am Dienstag nächster Woche?
下週三如何呢？	Wie wäre es am Mittwoch nächster Woche?

答應對方的邀請

好，很樂意！	Ja, mit Vergnügen!
好主意！	Das ist eine gute Idee!
我很樂意。	Sehr gerne!
聽起來很棒！	Das hört sich gut an!
我同意！	Damit bin ich einverstanden!
非常謝謝，我很樂意過去。	Danke sehr, ich komme gerne!
謝謝，我很樂意去您那！	Danke. Ich komme gern zu Ihnen!
謝謝，我會去的。	Danke, ich werde gehen!
我欣然接受邀請。	Ich nehme Ihre Einladung mit Freude an!

婉拒對方的邀請

對不起，我不能去。	Tut mir leid, aber ich kann nicht kommen!
我相信，我不能去。	Ich glaube nicht, dass ich kann.
對不起，我有事。	Entschuldigung, aber ich habe etwas zu tun!
可惜，我恐怕不能！	Ich fürchte, ich kann leider nicht!
若是能去就好了！（事實上無法去）	Ich wünschte, ich könnte zu Ihnen kommen!
可惜今天晚上不行。	Heute Abend lieber nicht!
今天晚上我有訪客。	Heute Abend bekomme ich Besuch!

德國人常常在用的詞彙
郵局 16

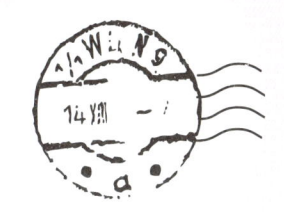

16_3.mp3

die Post	郵局
der Briefkasten	信箱
der Brief	信
das Paket	包裹
das Päckchen	小型包裹（2KG 以內）
die Briefmarke	郵票
das Formular	文件格式
schicken	發送、寄出
die Postleitzahl	郵遞區號
per Luftpost	以航空寄出
der Briefträger / die Briefträgerin	郵遞員，郵差

der Eilbrief	快遞／信件
Einschreiben	掛號郵件
Einschreiben International	國際掛號郵件
per Einschreiben	用掛號寄出
mit Luftpost	用航空寄出
Aufpreis zum Briefporto	額外費用加至郵資
die Postkarte	明信片
der Standardbrief	標準規則信封
die E-Postbrief	電子郵件
Einschreiben per E-Postbrief	掛號電子郵件
Internetmarke	網路郵票

Porto online drucken	郵資線上列印
das Porto	郵資
einen Brief schreiben	寫信
einen Brief öffnen	開信
einpacken	打包
die Verpackung	包裝
die Hauslieferung	宅配
der Lieferdienst	運送服務
das Telegramm	電報
der Absender	寄信人、寄件人

der Empfänger	收信人，收件人
die Adresse	住址
Gebühr bezahlt der Empfänger	收件人付費
Gebühr bezahlt der Absender	寄件人付費

文化篇－認識德國，了解德語

德國的郵局

「郵局在哪裡？」
Wo ist die Post?

PHOTO AR Pictures / Shutterstock.com, Christian Mueller / Shutterstock.com

　　兩德統一之後，1995 年郵局開始進行民營化及改革，全國的郵寄配送系統和郵件受理設施皆重新整頓與調整。最引人注目的是，市區裡到處都可以看到德國郵政（Deutsche Post 德國郵局）的廣告。為了方便民眾的使用，在設施上也有大幅改變。在室內裝潢上都是最新型的，讓人踏入郵局就感覺像進入了銀行或證券行一樣，而且郵局的服務也變得更方便了。進到郵局，就好像來到了高級百貨公司的心情一樣，連消耗品的設計也相當有品味。此外，郵局還設有「無人包裹郵寄中心（Briefstation 或是 Packstation）」，可以 24 小時隨時收寄包裹，任何人都能在家裡、辦公室或工作場所等地方，透過電腦取得郵局發行的郵票，然後將之列印下來。但是一定要在 3 天內到無人包裹郵寄中心使用才有效。

268　LEKTION 16

任何人都可以透過網路的電子磅秤，將自己想寄的郵件秤重之後，再透過自己的電腦，將符合該郵資費用的郵票從網路上列印下來。不過，親自到郵局寄件，和透過郵筒或無人包裹郵寄中心郵寄，在費用上是有些許差異的。目前一般郵件的基本費用是 20g 為 60 分，小型包裹若不到 2kg 的話，是 4 歐元 10 分，10kg 以內是 6 歐元 99 分。如果從德國郵寄小型包裹到台灣的話，大約需支付 10~24 元。

　　郵局若要調高郵資，聯邦通訊廳（Bundesnetzagentur）需以德國一直以來的平均物價上升率的 0.2% 為標準來做調漲。德國的郵局（即現在的郵政辦公室）以民間企業的身分，不斷努力改革中，致力於更優質、更便利的郵政服務。

SIE SETZEN SICH ANS FENSTER　　269

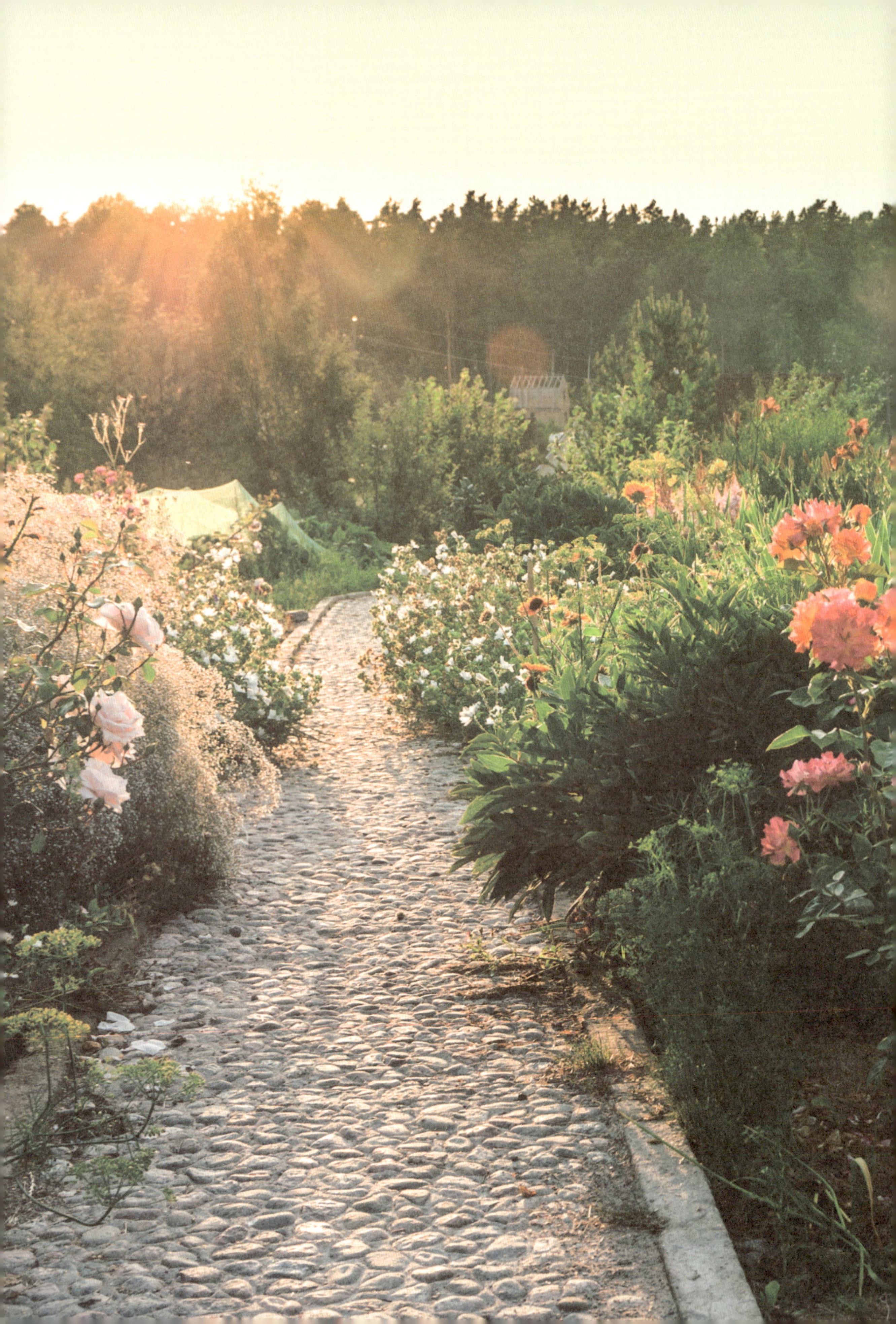

LEKTION
17

Herrliches Wetter heute.

今天天氣很好。

- 形容詞的語尾變化 2
- 疑問冠詞 was für (ein-), welch-

DIALOG 17 基本會話

Mina	Wohin gehst du?
Kathrin	Ich gehe ins Kaufhaus, weil ich einen schönen Mantel kaufen möchte.
	Kommst du mit ins Kaufhaus?
	Wir könnten danach noch ein Eis essen gehen.
Mina	Gut, wenn wir danach noch ein Eis essen gehen, komme ich mit.
Kathrin	Herrliches Wetter heute, nicht wahr?
Mina	Ja, es ist viel schöner als gestern.
Kathrin	Ist das Wetter hier genauso schön wie in Taiwan?
Mina	Nein, es ist viel schlechter als in Taiwan.

Mina	你要去哪裡呢？
Kathrin	我要去百貨公司，因為我想去買件好大衣。[1]
	你要一起去百貨公司嗎？
	我們之後還可以去吃冰淇淋。
Mina	好啊，如果之後要去吃冰淇淋的話，我就一起去。
Kathrin	今天天氣真好，不是嗎？[2]
Mina	是啊！比昨天的天氣好太多了。
Kathrin	這裡的天氣跟台灣一樣好嗎？
Mina	不，這裡的天氣比台灣差很多。

重點整理

1 因為我想去買件好大衣
weil ich einen schönen Mantel kaufen muss

weil 是表示「原因、理由」的連接詞。在 weil 引導的子句中，動詞位於最後面。

Ich muss lernen, weil ich morgen eine Prüfung habe. 我得念書，因為我明天有考試。

2 今天天氣真好，不是嗎？
Herrliches Wetter heute, nicht wahr?

在〈形容詞＋名詞〉句型中，形容詞語尾變化會跟定冠詞的一樣。但就中性的情況，主格和賓格的語尾為 -es。

Schönen Tag noch! 祝你有個愉快的一天！
Gute Idee! 好主意！

Die beiden sind schon im Kaufhaus.

Kathrin	Ich möchte einen Mantel.
Verkäuferin	Was für einen Mantel möchten Sie gern?
Kathrin	Ich möchte einen dunkelbraunen.
Verkäuferin	Welchen Mantel möchten Sie kaufen?
	Vielleicht den hier? Der ist ziemlich gut.
Kathrin	Aber er ist hellbraun.
	Haben Sie keinen dunkelbraunen?
Verkäuferin	Tut mir leid, das ist der letzte

wohin, wo ~ hin 到哪裡，往哪裡
der Mantel 大衣
danach 接著，之後
wenn 假如
herrlich 壯觀、美麗的
viel schöner 更漂亮些，更好些
als 比⋯
gestern 昨天
genauso 一樣地
wie 如同，正如
beid– 兩者
dunkelbraun 深褐色
vielleicht 可能，或許
ziemlich 相當地，可觀地
hell 明亮的，淺色的
letzt 最後

兩個人已經在百貨公司了。

Kathrin	我想買一件大衣。
店員	您比較想要什麼樣的大衣呢？
Kathrin	我要深褐色的（大衣）。 3
店員	您想買什麼樣的大衣呢？
	或許會是這邊這件嗎？這件相當不錯。
Kathrin	但是那是淺褐色。
	您沒有深褐色的嗎？
店員	很遺憾，這是最後一件了。

3 我要深褐色的（大衣）。
Ich möchte einen dunkelbraunen.

若為陽性不定冠詞第四格（賓格）的情況，後接的形容詞，其語尾會是 -en。

Ich möchte eine gelbe Bluse. 我想要黃色的（女性）襯衫。
Das ist ein neues Auto. 這是新車。

GRAMMATIK 17 掌握文法

1 形容詞的語尾變化 2

- 德語的形容詞若被當作「謂語」來使用時（即此結構中「主格＋sein＋形容詞」的形容詞），其形態不變。

  Das Hemd ist **schön**.　　這件襯衫很漂亮。

- 但如果是當作修飾語來使用時（形容詞＋名詞），會依據前面出現的冠詞性質、後面出現的名詞的性、數、格的不同，而有不同的語尾變化。

  Das ist **ein schön**es Hemd.　　　　　Wer hat **das schön**e Hemd?
  　　不定冠詞＋中性單數第一格　　　　　　　定冠詞＋中性單數第四格
  這是件漂亮的襯衫。　　　　　　　　　　誰有那件漂亮的襯衫。

- 以下整理了當**形容詞**前面有**定冠詞**或**不定冠詞**，或是**沒有冠詞**時，形容詞會因冠詞、格位、陰陽中性、單複數產生的字尾變化。

當定冠詞出現在形容詞前面的情況：如 der, dieser, jener 等定冠詞〔弱變化〕

		陽性			中性			陰性		
單數	第一格（主格）	der	rote	Mantel	das	rote	Kleid	die	rote	Jacke
		dieser	rote	Mantel	dieses	rote	Kleid	diese	rote	Jacke
	第二格（屬格）	des	roten	Mantels	des	roten	Kleid	der	roten	Jacke
		dieses	roten	Mantels	dieses	roten	Kleid	dieser	roten	Jacke
	第三格（與格）	dem	roten	Mantel	dem	roten	Kleid	der	roten	Jacke
		diesem	roten	Mantel	diesem	roten	Kleid	dieser	roten	Jacke
	第四格（賓格）	den	roten	Mantel	das	rote	Kleid	die	rote	Jacke
		diesen	roten	Mantel	dieses	rote	Kleid	diese	rote	Jacke
複數	第一格（主格）				die	roten	Mantel			
					diese	roten	Mantel			
	第二格（主格）				der	roten	Mantel			
					dieser	roten	Mantel			
	第三格（與格）				den	roten	Manteln			
					diesen	roten	Manteln			
	第四格（賓格）				die	roten	Mantel			
					diese	roten	Mantel			

當不定冠詞出現在形容詞前面的情況：如 ein; kein; mein, dein, sein... 等不定冠詞〔混合變化〕

		陽性			中性			陰性		
單數	第一格（主格）	ein	rot**er**	Mantel	ein	rot**es**	Kleid	eine	rot**e**	Jacke
		kein	rot**er**	Mantel	kein	rot**es**	Kleid	keine	rot**e**	Jacke
		mein	rot**er**	Mantel	mein	rot**es**	Kleid	meine	rot**e**	Jacke
	第二格（屬格）	ein**es**	rot**en**	Mann**es**	ein**es**	rot**en**	Kleid**es**	ein**er**	rot**en**	Jacke
		kein**es**	rot**en**	Mann**es**	kein**es**	rot**en**	Kleid**es**	kein**er**	rot**en**	Jacke
		mein**es**	rot**en**	Mantels	mein**es**	rot**en**	Kleid**es**	mein**er**	rot**en**	Jacke
	第三格（與格）	ein**em**	rot**en**	Mantel	ein**em**	rot**en**	Kleid	ein**er**	rot**en**	Jacke
		kein**em**	rot**en**	Mantel	kein**em**	rot**en**	Kleid	kein**er**	rot**en**	Jacke
		mein**em**	rot**en**	Mantel	mein**em**	rot**en**	Kleid	mein**er**	rot**en**	Jacke
	第四格（賓格）	ein**en**	rot**en**	Mantel	ein	rot**es**	Kleid	eine	rot**e**	Jacke
		kein**en**	rot**en**	Mantel	kein	rot**es**	Kleid	keine	rot**e**	Jacke
		mein**en**	rot**en**	Matel	mein	rot**es**	Kleid	meine	rot**e**	Jacke
複數	第一格（主格）		(zwei)	rot**e***	Mantel					
			keine	rot**en****	Mantel/ Hemden/ Blusen					
			meine	rot**en**	Mantel/ Hemden/ Blusen					
	第二格（主格）		(zwei**er**)	rot**er***	Mantel					
			kein**er**	rot**en**	Mantel/ Hemden/ Blusen					
			mein**er**	rot**en**	Mantel/ Hemden/ Blusen					
	第三格（與格）		(zwei)	rot**en***	Manteln					
			kein**en**	rot**en**	Manteln/ Hemden/ Blusen					
			mein**en**	rot**en**	Manteln/ Hemden/ Blusen					
	第四格（賓格）		(zwei)	rot**e***	Mantel					
			keine	rot**en**	Mantel/ Hemden/ Blusen					
			meine	rot**en**	Mantel/ Hemden/ Blusen					

＊在無冠詞的〈形容詞＋複數名詞〉情況下，形容詞語尾會像定冠詞語尾（die）一樣做變化。

＊＊在有冠詞的〈冠詞＋形容詞＋複數名詞〉情況下，形容詞語尾都是 en。

A Was kostet der *rote* Mantel? 這件紅色大衣要多少錢？
B Er kostet 99 Euro. 那件 99 歐元。

A Wie heißt die Frau mit einer *roten* Bluse? 那位穿著紅色襯衫的女孩叫什麼名字？
B Sie heißt Anna. 她叫安娜。

HERRLICHES WETTER HEUTE.

GRAMMATIK 17 掌握文法

A　Wie findest du diesen kurz*en* Rock?　　你覺得這件短裙怎麼樣？
B　Ich finde ihn ganz schick.　　我覺得它很暴露。

Gibt es kein *großes* Einkaufszentrum in der Nähe?　　附近沒有大型的購物中心嗎？

Die neu*e* Wohnung hat drei *große* Zimmer.　　新的公寓有三間大房間。

Mein Vater hat einen neu*en* Wagen.　　我爸有輛新車。

Ich will den ganz*en* Tag zu Hause bleiben.　　我要一整天都待在家。

Ich will das ganz*e* Wochenende Deutsch lernen.　　我會整個週末都在學德語。

Ich wünsche dir ein schön*es* Wochenende!　　祝你有個美好的週末！

Meine Lehrerin wohnt in einer schön*en* Wohnung.　　我的老師住在很漂亮的公寓。

- 以 a 結尾的顏色形容詞，不必做形容詞字尾變化，例如：lil*a*, ros*a* 等。

   Ich möchte ein ros*a* Kleid.　　我想要玫瑰色的連身洋裝。

   Ich möchte ein rot*es* Kleid.　　我想要紅色的連身洋裝。

形容詞前面沒有冠詞的情況〔強變化〕

		陽性		中性		陰性	
單數	第一格（主格）	deutsch*er*	Film	deutsch*es*	Bier	deutsch*e*	Wurst
	第二格（屬格）	deutsch*en*	Film(e)s	deutsch*en*	Bier(e)s	deutsch*er*	Wurst
	第三格（與格）	deutsch*em*	Film	deutsch*em*	Bier	deutsch*er*	Wurst
	第四格（賓格）	deutsch*en*	Film	deutsch*es*	Bier	deutsch*e*	Wurst
複數	第一格（主格）	deutsch*e*	Filme / Biere / Würste				
	第二格（屬格）	deutsch*er*	Filme / Biere / Würste				
	第三格（與格）	deutsch*en*	Filme*n* / Biere*n* / Würste*n*				
	第四格（賓格）	deutsch*e*	Filme / Biere / Würste				

A　Ist das hier deutsch*er* Film?　　這個是德國電影嗎？
B　Nein, das ist kein deutsch*er* Film.　　不，這不是德國電影。

A　Magst du deutsch*en* Film?　　你喜歡德國電影嗎？
B　Ja, deutsch*er* Film gefällt mir sehr gut.　　嗯，我很喜歡德國電影。

A Mögen Sie Wurst?
B Ja, *deutsche* Wurst mag ich gern.

Deutsche Würste sind lecker.

Deutsches Bier ist weltberühmt.

Was wollt ihr *nächstes* Wochenende machen?

Das sind *amerikanische* Filme.

Der junge Mann kauft eine *rote* Rose.

Seine Freundin liebt *rote* Rosen.

Die Mutter des jungen Mädchens ist sehr streng.

A *Guten* Appetit!　　B *Vielen* Dank!

你喜歡香腸嗎？
喜歡，我很喜歡德國香腸。

德國香腸很好吃。

德國的啤酒世界聞名。

你們下個週末打算做什麼？

這些是美國的電影。

這位年輕人買一朵紅玫瑰。

他的女朋友喜歡紅玫瑰。

這位小女孩的媽媽非常嚴格。

A 請慢用！　　B 非常謝謝你！

- 名詞前面出現地名，此地名被拿來當作形容詞的功能時，只會以「地名 -er」的形態呈現，而不會接續其他東西。

Besonders mag ich gern Berlin*er* Wurst.　　我特別喜歡柏林的咖哩香腸。

以下是當作修飾語使用時，形態會改變的形容詞

teu*er*	→ teur-	Die Bluse ist teuer.	這件（女性）襯衫很貴。
		Das ist eine teu*re* Bluse.	這是一件很貴的（女性）襯衫。
dunk*el*	→ dunkl-	Das Zimmer ist dunkel.	這間房間很暗。
		Das ist ein *dunkles* Zimmer.	這是一間暗的房間。
hoch	→ hoh-	Der Baum ist hoch.	這棵樹很高。
		Das ist ein ho*her* Baum.	這是一棵高大的樹木。

以下列出當「形容詞＋名詞」前無冠詞、有定冠詞或有不定冠詞時的形容詞字尾變化。

陽性第一格（主格）	陰性第一格（主格）	中性第一格（主格）	複數第一格（主格）
jung*er* Mann	junge Frau	junge*s* Mädchen	junge Leute
ein jung*er* Mann	eine junge Frau	ein junge*s* Mädchen	junge Leute
der junge Mann	die junge Frau	das junge Mädchen	die jung*en* Leute

陽性第四格（賓格）	陰性第四格（賓格）	中性第四格（賓格）	複數第四格（賓格）
junge*n* Mann	junge Frau	junge*s* Mädchen	junge Leute
einen jung*en* Mann	eine junge Frau	ein junge*s* Mädchen	junge Leute
den jungen Mann	die junge Frau	das junge Mädchen	die jung*en* Leute

GRAMMATIK 17 掌握文法

❷ 疑問冠詞 was für（ein-）, welch-

> **was für（ein-）?（什麼樣的…／什麼的…？）**
>
> - 主要是用在詢問人或物的種類、性質時。
> - ein- 會依據後面出現的名詞的性、數、格的不同，此不定冠詞的語尾變化也會有所不同。這時，was für 之後出現的名詞句，不管是否為第四格（賓格）支配介系詞 für，都會受到動詞的格支配。
>
> **A** Was für einen Rock suchst du?　你在找哪一種裙子？
> （陽性單數第四格）
>
> **B** Einen kurzen und nicht zu hellen.　短的、顏色不要太淺的那一種。

		陽性	中性	陰性
單數	第一格（主格）	was für **ein** Rock	was für **ein** Hemd	was für **eine** Bluse
	第二格（屬格）	was für **eines** Rock(e)s	was für **eines** Hemd(e)s	was für **einer** Bluse
	第三格（與格）	was für **einem** Rock	was für **einem** Hemd	was für **einer** Bluse
	第四格（賓格）	was für **einen** Rock	was für **ein** Hemd	was für **eine** Bluse
複數	第一格（主格）	was für Schuhe		
	第二格（屬格）	was für Schuhe		
	第三格（與格）	was für Schuhe**n**		
	第四格（賓格）	was für Schuhe		

A Was für *eine* Bluse suchst du?　你在找什麼樣的（女性）襯衫？
B Eine *helle*.　淺色的。

A Was für *ein* Hemd suchen Sie?　您在找什麼種類的襯衫？
B Ein *weißes* aus Baumwolle.　棉質白色的。

A Was für Schuhe möchtest du?
你想要什麼種類的鞋子？
B *Leichte* Turnschuhe.
輕便的運動鞋（體操鞋）。

> **Tipp**　Was hast du für ein Auto?
> （= Was für ein Auto hast du?）

welch-?（哪一…？）

- 主要是用在從同一類的物品中，選出特定某件事物時。
- 會依後面出現的名詞的性、數、格之不同，來做定冠詞的語尾變化。

A **Welcher Rock** gefällt Ihnen, der schwarze oder der braune?
（陽性單數第一格）

B Der schwarze.

		陽性		中性		陰性	
單數	第一格（主格）	welch**er**	Rock	welch**es**	Hemd	welch**e**	Bluse
	第二格（屬格）	welch**es/en**	Rock(e)s	welch**es**	Hemd(e)s	welch**er**	Bluse
	第三格（與格）	welch**em**	Rock	welch**em**	Hemd	welch**er**	Bluse
	第四格（賓格）	welch**en**	Rock	welch**es**	Hemd	welch**e**	Bluse
複數	第一格（主格）		welch**e**	Röcke / Hemden / Blusen			
	第二格（屬格）		welch**er**	Röcke / Hemden / Blusen			
	第三格（與格）		welch**en**	Röcken / Hemden / Blusen			
	第四格（賓格）		welch**e**	Röcke / Hemden / Blusen			

A *Welcher* Rock gefällt Ihnen, der *schwarze* oder der *braune*?
　什麼樣的裙子您會喜歡呢？黑色的還是褐色的？

B Der *schwarze*.　　　　　　　　　　　黑色的。

A *Welchen* Rock nimmst du, den *kurzen* oder den *langen*?
　你要選什麼樣的裙子？短裙還是長裙？

B Den *langen*.　　　　　　　　　　　　長裙。

A *Welche* Hemden wollen Sie nehmen?　您要買什麼樣的襯衫？

B Das *weiße* und das *braune*.　　　　白色的和褐色的。

A *Welche* Größe haben Sie?　　　　　您穿幾號？

B 38.　　　　　　　　　　　　　　　　38 號。

HERRLICHES WETTER HEUTE.　279

ÜBUNGEN 17 練習題

1. 請參考範例改寫句子。

> Das Zimmer ist klein. → Das ist ein kleines Zimmer.

1. Die Küche ist modern. → Das ist eine _____ Küche.
2. Das Bad ist schön. → Das ist ein _____ Bad.
3. Der Rock ist teuer. → Das ist ein _____ Rock.
4. Die Tasche ist praktisch. → Das ist eine _____ Tasche.
5. Die Kinder sind nett. → Das sind _____ Kinder.

2. 請將（　）中提示的單字改成正確的形態並填入空格中。

1. Sabine fährt mit einem _____ Wagen. (*neu*)
2. Ich habe gestern einen _____ Freund getroffen. (*alt*)
3. Wie heißt der _____ Berg? (*hoch*)
4. Ich mag keinen _____ Kaffee. (*stark*)
5. Martin wohnt in einer _____ Stadt. (*klein*)

3. 請在空格處填入適當的形容詞語尾。

1. Ich wohne im zweit_____ Stock.
2. Er hat ein schmal_____ Gesicht, einen klein_____ Mund.
3. Da ist die jung_____ Frau in dem schwarz_____ Rock.
4. A: Kennst du den Mann da?
   B: Welchen Mann meinst du?
   A: Den dick_____ Mann in der blau_____ Hose.

4. 請在空格處填入適當的形容詞語尾。

1. Wir wohnen im viert_____ Stock.

2. Es gibt keinen groß_____ Supermarkt in der Nähe.

3. A: Ist das Ihr Wagen?
   B: Ja, das ist mein neu_____ Wagen.

4. A: Wo sind Ihre klein_____ Kinder?
   B: Sie spielen im Garten.

5. A: Diese Bluse passt gut zu deinem braun_____ Rock.
   B: Danke.

5. 請用疑問冠詞 was für（ein-）或 welch- 完成疑問句，並填入適當的形容詞語尾。

1. A: _____ Schuhe möchten Sie?
   B: Leicht_____ Turnschuhe.

2. A: _____ Hemd suchst du?
   B: Ein dunkl_____ aus Wolle.
   A: Wie findest du dann dieses grau_____?
   B: Das finde ich nicht schlecht.

3. A: _____ Bus fährt zur Universität?
   B: Der rot_____ Bus da vorn.

4. A: Ich suche ein Wörterbuch Englisch-Deutsch.
   B: _____ Wörterbuch möchten Sie hier?
   A: Dieses klein_____.

德國人常常在用的表達句
許可／准許

想取得他人的許可時

我可否請問您一下嗎？	Darf ich Sie mal was fragen?
我可以請教您一個問題嗎？	Darf ich Ihnen eine Frage stellen?
我可以拿一個走嗎？	Darf ich eins davon haben?
我可以進去嗎？	Darf ich hereinkommen?
抱歉，失陪一下！	Entschuldigen Sie einen Augenblick!
我現在可以回家嗎？	Darf ich jetzt nach Hause gehen?
我可以在這裡停車嗎？	Darf ich hier parken?
我可以在這裡拍照嗎？	Darf ich hier fotografieren?
我能夠借用這支電話嗎？	Könnte ich das Telefon hier benutzen?
我能有您的電話號碼嗎？	Kann ich Ihre Telefonnummer bekommen?
我明天能不能打電話給您呢？	Kann ich Sie morgen anrufen?

允許他人時

是的，您可以。	Ja, Sie dürfen.
好的。	O.K./Okay.
肯定可以。	Sicher.
當然可以。	Natürlich.
請做。	Bitte./ Bitte, schön.
請您做！／您過來吧！	Kommen Sie schon!
您開始進行吧！	Gehen Sie voran!
趕快做。	Los, sofort!
趕快做事。	Sofort los mit der Arbeit!
沒問題。	Kein Problem.
為什麼不可以呢？	Warum nicht?
當然可以，放心行動！／您著手進行吧！	Natürlich, nur zu!/ Machen Sie!
您可以進來。	Sie dürfen hereinkommen.
您現在可以回家。	Sie dürfen nun nach Hause gehen.
您可以走了。	Sie dürfen gehen.
您可以在這裡拍照。	Sie können hier fotografieren.
您可以使用我的停車位。	Sie können meinen Parkplatz benutzen.

德國人常常在用的詞彙 — 天氣 17

17_3.mp3
（此單元音檔的順序為：左欄全部唸完之後→右欄全部）

Es sieht nach Regen aus.		好像要下雨了。
Es ist	sonnig.	陽光普照。
	klar.	晴朗的。
	schön.	天氣好的。
	heiter.	晴朗的。
	heiß.	燙、熱的。
	regnerisch.	多雨的。
	kühl.	天氣涼爽的。
	kalt.	冷的。
	eisig.	冰冷的。
	warm.	熱、溫熱的。
	windig.	有風的。
	stürmisch.	刮暴風的。
	bewölkt.	多雲的。
	bedeckt.	烏雲密布的。
	wolkig.	多雲的。
	schwül.	悶熱的。
	feucht.	潮濕的。
	neblig.	起霧、有霧的。
	nass.	溼答答的。

Es regnet.	下雨
Es schneit.	下雪
Es friert.	結冰了
Das Wetter klärt sich auf.	放晴了
Es blitzt.	閃電
Es donnert.	打雷
Es hagelt.	下冰雹
Es ist sehr warm.	天氣很熱
Es ist sehr kalt.	天氣很冷
Es ist sehr windig.	颳強風
der Regen	雨
der Schnee	雪
der Hagel	冰雹
die Wolke	雲
der Wind	風
der Regenbogen	彩虹

文化篇－認識德國，了解德語

德國的天氣

「這裡天氣好嗎？」
Ist das Wetter hier schön?

　　德國大致上算是雨水多的國家，到了冬天也時常下雨，但四個季節連續下大雨的機率卻很少。依地型來看，中北部屬於低地勢地帶，越往南部走地勢越高，阿爾卑斯山脈就位於德國南部。以地型上來說，德國屬於大西洋性氣候偏暖，但偶爾會有稱之為「Orkan（颶風）」的強力風暴從大西洋吹過來。冬天下雪過後不用幾天，草皮又會像重獲生機一樣開始生長，所以不算是寒冷的地區。

　　德國到了夏天，還是可以看到穿著外套走到街頭的人。如果覺得有點涼，就會穿上厚衣服。但也有冬天穿著薄衣服到處走的人，這跟個性有關。以外國人的立場來看，當他看到有人穿著不符合季節的服裝時，自己也會跟著穿上不符合季節的衣物。也許，所謂的文化就像這樣彼此模仿的結果！

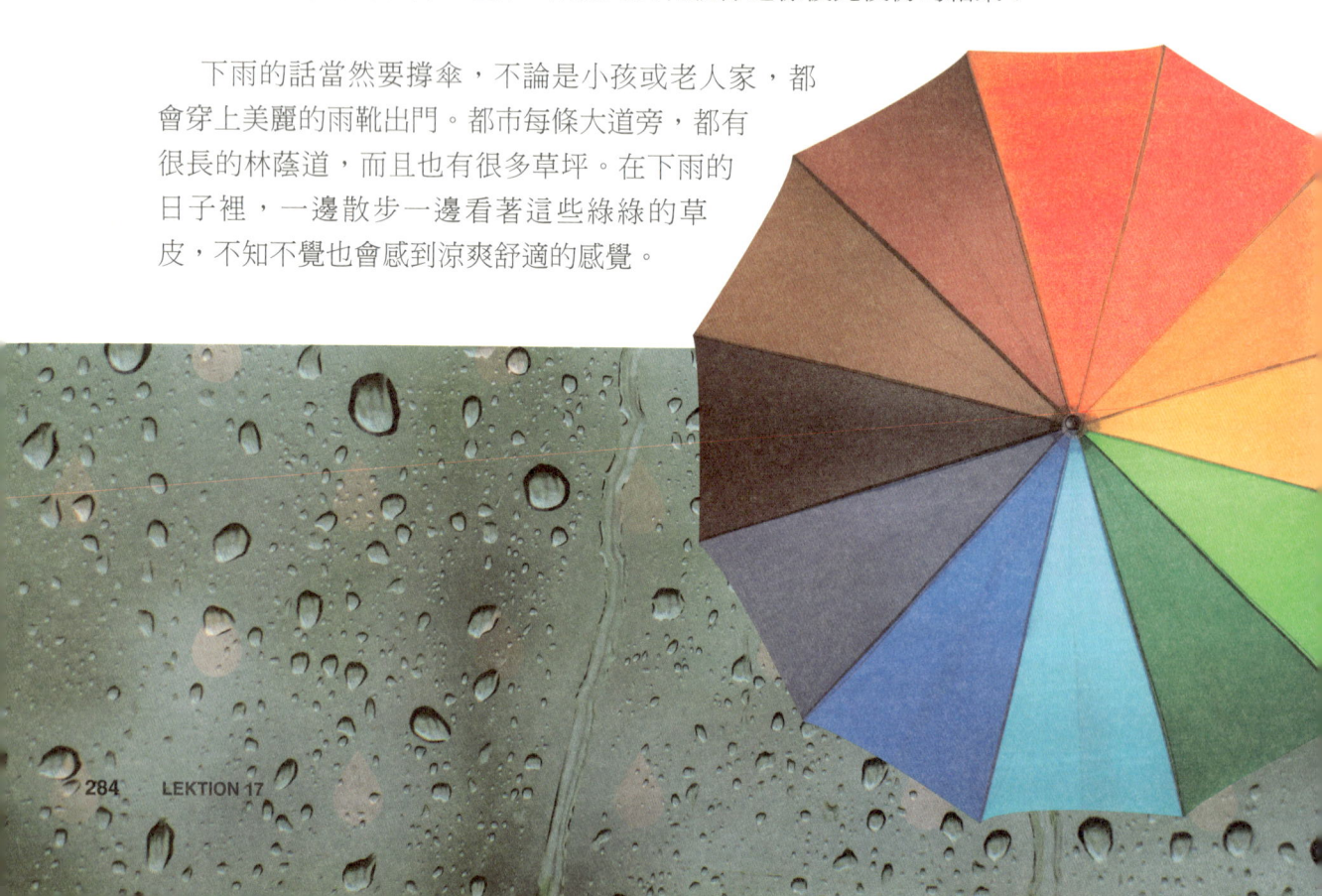

　　下雨的話當然要撐傘，不論是小孩或老人家，都會穿上美麗的雨靴出門。都市每條大道旁，都有很長的林蔭道，而且也有很多草坪。在下雨的日子裡，一邊散步一邊看著這些綠綠的草皮，不知不覺也會感到涼爽舒適的感覺。

德國日照最充足的地方是「Freiburg（弗萊堡）」。一年中的日照天數多達 100 天左右。這個都市的太陽能發電，堪稱是世界級的水準。南部地區地勢較高，冬天下的雪會比其它地區來得多。一般來說，即使是寒冬也大概在零下 3～5 度之間，不算非常冷。雖然溫度也有降到零下 10 度以下的情況，但也只能把它視為是天氣異常。4、5 月即便不是雨季，也有洪水發生的情況，在中歐地區看到這樣的現象，真的是氣候暖化所造成的。

　　學德語時，一定會學到很多關於天氣的表達句，這代表這裡的天氣真的不太好。可以視為一年四季都在下雨，不過下的幾乎是毛毛雨。因此，只要是在風和日麗的日子裡，即使仍有些涼意，也很容易看到在草地上鋪上薄毯、享受日光浴的德國人。由於德國日照量不足的關係，德國的小朋友在小學時，老師還會檢查學生是否有乖乖服用維他命 D。如果太陽出來時，很多人就會出來散步或遠足。如果下了雪，就會看到德國人忙著清除自家門前的雪。現在因為法律規定，如果不剷雪，可能會造成有人在你家門口跌倒受傷的事故，甚至會因此捲入訴訟案也不一定。只是說，冬天只要一下雪，從德國南部到德國中部地區，就會有大量積雪的情形。雪多到可以在路上看到有人在滑雪、小孩子堆雪人、搭雪撬的模樣。

Dieser hellbraune Teppich ist genauso groß wie der gelbe.

這個淺褐色地毯和那個黃色地毯一樣大。

LEKTION
18

- 形容詞的比較變化
- 不定代名詞
- 不定代名詞（etwas/ nichts）＋形容詞

DIALOG 18 基本會話

Verkäufer 1 **Bitte schön!**

Kunde **Guten Tag! Ich suche einen Teppich.**

Verkäufer 1 **Wie finden Sie den grauen?**
Der ist sehr schön und kostet nur 110 Euro.

Kunde **Er ist aber zu klein. Ich brauche einen größeren Teppich.**

Verkäufer 1 **Etwa so groß wie der gelbe?**

Kunde **Genau! Aber die Farbe gefällt mir nicht.**
Ich möchte lieber einen braunen oder
einen hellbraunen.

店員 1　有什麼我能為您服務的嗎？
顧客　　您好，我要找張地毯。
店員 1　您覺得這張灰色地毯如何？
　　　　這個地毯還不錯，而且只要 110 歐元。
顧客　　可是太小了。我需要大一點的地毯。 2
店員 1　大概是要像這個黃色地毯一樣大的嗎？
顧客　　沒錯！但是這個顏色我不喜歡。
　　　　我比較喜歡褐色或淺褐色的地毯。

重點整理

1 這個我比較喜歡。
Der gefällt mir besser.

besser 為 gut 的比較級，有「更好；較好」的意思。

2 我需要大一點的地毯。
Ich brauche einen größeren Teppich.

冠詞＋形容詞比較級的語尾，主要是遵循形容詞語尾變化的規則。
eine schönere Bluse 更漂亮的（女性）襯衫。
ein schöneres Hemd 更漂亮的襯衫

Verkäufer 2	Hier, bitte! Dieser hellbraune Teppich ist genauso groß wie der gelbe.
Kunde	Ja, der gefällt mir besser. Was kostet der?
Verkäufer 2	398 Euro.
Kunde	Nein, das ist zu teuer! Haben Sie keinen billigeren?
Verkäufer 2	Tut mir leid!
Kunde	Na ja. Ich versuche es besser woanders. Auf Wiedersehen!

bitte schön 有什麼能為您服務的嗎？
der Teppich 地毯
grau 灰色
die Farbe 顏色
braun 褐色的
hellbraun 亮褐色，淺褐色
gelb 黃色的
lieber- gern 的比較級
billig 便宜的
versuchen 試圖，嘗試
es （指前句的內容）在此指「去找東西的那件事」
besser- gut 的比較級
woanders 在其他地方

店員2	請看這裡！這個淺褐色地毯和那個黃色地毯一樣大。3
顧客	這樣啊，這個我比較喜歡。1 這多少錢呢？
店員2	398 歐元。
顧客	不行，這太貴了。沒有便宜一點的嗎？
店員2	真是抱歉。
顧客	嗯，那我去別的地方找看看好了。再見！

3 這個淺褐色地毯和那個黃色地毯一樣大。
Dieser hellbraune Teppich ist genauso groß wie der gelbe.

做同等級比較時，會用「(genau)so＋形容詞＋wie~」。
Dieser Tisch ist genauso groß wie der gelbe.
這個桌子和那個黃色桌子的大小一樣。

289

GRAMMATIK 18　掌握文法

1 形容詞的比較變化

> 主要是用形容詞的原級、比較級、最高級的形態，來針對特徵來進行兩個（或以上）對象的比較。

- 形容詞的比較級形態，主要是在原級語尾加上 -er，最高級形態則是在原級語尾加上 -st。

原級（Positiv）	比較級（Komparativ）	最高級（Superlativ）
billig	billig*er*	billig*st*

(1) 比較級基本規則：字尾加上 -er

billig	→	Dieses Hemd ist billig*er*.	這件襯衫比較便宜。
klein	→	Die Bluse ist klein*er*.	這件（女性）襯衫比較小。
schnell	→	Das Auto ist schnell*er*.	這台汽車比較快。
interessant	→	Der Film ist interessant*er*.	這部電影比較有趣。
schön	→	Das Wetter heute ist schön*er*.	今天天氣比較好。
langweilig	→	Das Buch ist langweilig*er*.	這本書比較無聊。
hell	→	Das Zimmer ist hell*er*.	這間房間比較亮。
langsam	→	Er läuft langsam*er*.	他跑得比較慢。
schlecht	→	Das Wetter ist schlecht*er*.	天氣比較差。
weit	→	Japan ist weit*er*.	日本比較遠。
laut	→	Rock ist laut*er*.	搖滾樂比較吵。
kompliziert	→	Das ist kompliziert*er*.	那個比較複雜。

- 句型「am ~ -sten」主要用在當形容詞為謂語時（而非修飾語）的最高級用法。

Die Bluse *ist am* schön*sten*.　　這件（女性）襯衫最漂亮。
Die ICE fährt *am* schnell*sten*.　　ICE 火車跑最快。

(2) 變母音的情況

單音節的形容詞，若遇到能變母音（a, o, u）的形容詞時，有時在比較級和最高級中必須要變成變母音。

原級		比較級		最高級
lang	-	länger	-	längst
groß	-	größer	-	größt
jung	-	jünger	-	jüngst

290　LEKTION 18

a：**alt**（老的，舊的），**arm**（貧窮的），**hart**（硬的），**kalt**（冷的），**krank**（有病的），**lang**（長的），**nah**（近的），**warm**（溫暖的），**scharf**（尖利的），**schwach**（弱的），**schwarz**（黑的），**stark**（強大的）

o：**grob**（粗劣的），**groß**（大的），**hoch**（高的）

u：**dumm**（笨的），**gesund**（健康的），**jung**（年輕的），**klug**（聰明的），**kurz**（短的）

> **Tipp**
> **雖是單母音的形容詞，但不適用以上規則者**
> flach（平坦的）→ flacher
> rund（圓的）→ runder

(3) 音的脫落與加上

- 以齒音（[d], [t], [s], [sch], [ts], [x], [z]）作結的「單音節形容詞」→最高級字尾為 -est。

alt	-	älter	-	ält*est*
kurz	-	kürzer	-	kürz*est*
frisch	-	frischer	-	frisch*est*
hart	-	härter	-	härt*est*

- 以「複合母音＋-er/-el」作結的形容詞（如 dunkel, sauer, teuer, sensibel）→在以 -er/-el 結尾的複合母音形容詞「比較級」中，e 會脫落。

| teuer | - | teurer | - | teuerst |
| dunkel | - | dunkler | - | dunkelst |

- hoch/nah

| hoch | - | höher | - | höchst |
| nah | - | näher | - | nächst |

(4) 不規則變化

gut	-	besser	-	best
viel	-	mehr	-	meist
gern*	-	lieber	-	liebst

→gern 雖然是副詞，但會像形容詞 lieb 一樣進行比較的變化。

DIESER HELLBRAUNE TEPPICH IST GENAUSO GROẞ WIE DER GELBE.

GRAMMATIK 18 掌握文法

(5) 比較的使用方法

❶ 使用比較級

> - 比較兩個對象時，會使用比較級。
> - 這時，使用 als 表示比較的對象。
>   *Wien ist schöner als München.*　維也納比慕尼黑更美麗。

Petra ist *groß*, aber Helga ist *größer*.　　Petra 很高。但 Helga 更高。

Helga ist *größer als* Petra.　　Helga 比 Petra 還要高。

Diese Handtasche ist *schöner als* die schwarze.
這個手提包比那個黑色手提包還要漂亮。

Der Baum ist hoch.　　這棵樹很高。

Aber das Gebäude ist *höher als* der Baum.　　但那棟建築物比這棵樹還高。

- 用來補充說明時，比較級也一樣會隨格位、性、數進行形容詞語尾變化。

  Dieser Pullover ist zu klein. Ich brauche einen *größeren*.
  這件羊毛衫太小了，我需要再大一點的。

  A　Wer ist *älter*, Nina oder Johanna?　　誰年紀比較大？是 Nina 還是 Johanna？
  B　Nina ist die *ältere*.　　Nina 年紀比較大。
  A　Aber ich glaube, Jasmin ist die *älteste*.　　但是我覺得 Jasmin 年紀最大。
  　　　　　　　　　　　　　　　　　　　　（有三個或三個以上時才用最高級）

- noch, viel 等可用來強調比較級。

  Die braune Jacke ist **noch** *schöner*.　　這件褐色夾克還更漂亮。

  Das Wetter heute ist **viel** *wärmer* als gestern.　今天天氣比昨天更溫暖些。

> immer＋比較級＝比較級＋比較級：有「越來越⋯」的意思

Die Tage werden *immer kürzer*. = Die Tage werden *kürzer und kürzer*.
白天變得越來越短了。

Die Tage werden *immer dunkler*. = Die Tage werden *dunkler und dunkler*.
天色變得逐漸變暗。

> je＋比較級…，desto/umso＋比較級…：意指「…越…，…就越…」

Je länger die Nächte werden, *desto kürzer* werden die Tage.
夜晚變得越長，白天就變得越短。

Je schneller der Wagen, *umso größer* die Gefahr.　　汽車越快，危險就越大。

Je *mehr,* desto *besser*.　　越多越好。（多多益善）

❷ 使用最高級的比較

> - 三個以上的對象互相比較時，特徵最突出的那名對象用最高級表示。
> - 當作謂語使用時，形容詞前面用 *am*，並且在形容詞最高級語尾後面加上 -en。
> - *Paris ist am schönsten*.　　巴黎（在所有都市中）是最美的。
> - 當作修飾語使用時，和定冠詞一起使用，並依後方名詞的性、數、格來做語尾變化。
> - *Paris ist die schönste Stadt*.　　巴黎是最漂亮的都市。

Mir gefällt die blaue Krawatte *am besten*.　　我最喜歡藍色領帶。

Was möchtest du *am liebsten* essen?　　你最想吃的是什麼？

Die Zugspitze ist **der** *höchste* Berg Deutschlands.　　楚格峰是德國最高的山。

Dein Geschenk ist **das** *beste*.　　你給的禮物是最棒的禮物。

Sven ist **gut** in Mathe, aber noch **besser** in Musik und **am besten** in Sport.
Sven 的數學很好。但他的音樂更好，體育是最好的。

Ich trinke **gern** Milch, aber noch **lieber** Cola und **am liebsten** Kaffee.
我愛喝牛奶。但更愛喝可樂，最愛喝咖啡。

Karin hat **viel** Geld.　　　　　　　　　　Karin 錢多。

Renate hat **mehr** Geld.　　　　　　　　　Renate 錢更多。

Michael hat **am meisten** Geld.　　　　　　Michael 錢最多。

Helga ist schön.　　　　　　　　　　　　　Helga 長得漂亮。

Petra ist (viel) schön*er*.　　　　　　　　　Petra 更漂亮。

Julia ist *am* schön*sten*.　　　　　　　　　Julia 最漂亮。

GRAMMATIK 18 掌握文法

❸ 使用原級的比較：「和⋯一樣」

當兩個對象在做同等級的比較，表示「A 和 B 一樣」時，會使用「so + 形容詞 + wie + 比較對象」，so 可替換成其他副詞（如 genauso 等）。

Die weiße Tasche ist (**eben**) *so* groß *wie* die schwarze.
白色包包跟黑色包包一樣大。

Ich arbeite *genauso* viel *wie* er.	我跟那位男士一樣做很多事。
Maria ist *gleich* nett *wie* Theresa.	Maria 和 Theresa 一樣親切。
Mein neues Handy ist *gleich* klein *wie* dieses.	我的新手機跟這個一樣小。
Bitte, kommen Sie *so* schnell *wie* möglich!	請您盡快過來。

❷ 不定代名詞

不定代名詞用來表示無法確定的不特定人或物（數量、種類、性質及狀況）。

(1) 人的情況

man	第一格	Hier darf *man* nicht rauchen. （一般人）不可以在這裡吸菸。（這裏禁止吸煙）
	第三格	Das kann *einem** schon mal passieren. 這件事每個人都可能會發生。
	第四格	Das macht *einen** ja ganz nervös. 那個讓人很心煩。

*man 是在第一格（主格）時才使用，若是第三格（與格）、第四格（賓格）時則使用 einem, einen。另外請注意：**man ≠ Mann**。

jemand	第一格	Ist *jemand* dort? 有人在那裏嗎？
	第三格	Ich habe noch nie *jemand(em)** einen Pfennig weggenommen. 我不曾從別人那搶走一分一毫。
	第四格	Kennen Sie hier *jemand(en)**? 您這裡有認識的人嗎？

niemand	第一格	Hier ist *niemand*. 這裡沒人。
	第三格	So ein Mensch gefällt *niemand(em)**. 那種人任誰也不會喜歡的。
	第四格	Ich kenne *niemand(en)** in dieser Stadt. 我在這個都市沒認識半個人。（在這個都市，我認識的人一個也沒有。）

*jemandem, jemanden 和 niemandem, niemanden 分別也使用 jemand 和 niemand。

294　LEKTION 18

(2) 物品的情況

(et)was	第一格（主格）	Ist dir *was* passiert? 你發生了什麼事？
	第四格（賓格）	Hast du am Wochenende *etwas* vor? 你週末有什麼計畫？
nichts	第一格（主格）	*Nichts* ist unmöglich. 沒有不可能的事。（任何事都是有可能的。）
	第四格（賓格）	Ich kaufe *nichts*. 我什麼都不買。

❸ 不定代名詞 etwas/nichts ＋形容詞

etwas 和 nichts 之後接的形容詞為某一不特定對象的特徵，可以當作名詞使用。此時，形容詞語尾為遵循中性的強變化。

第一格（主格）	*etwas* Gut**es**	*nichts* Gut**es**
第三格（與格）	*etwas* Gut**em**	*nichts* Gut**em**
第四格（賓格）	*etwas* Gut**es**	*nichts* Gut**es**

A Ich schenke dir zum Geburtstag *etwas Schönes*.
在你的生日時，我送你好的（漂亮的）東西。

B *Etwas Schönes*? Was ist das? 好的東西？是什麼呢？

A Hier. Eine goldene Armkette. 在這裡，是一個金手鐲。
Hast du dir *etwas Schöneres* vorgestellt? 你以為是更好的東西嗎？

B Nein. Ich wünsche mir *nichts Schöneres*. 不，我沒有期待會是更好的東西。
Das ist das *beste* Geschenk. Danke! 這是最棒的禮物了，謝謝！

A Gibt's *was Neues* in der Zeitung?
報紙上有什麼新的報導嗎？（was 是 etwas 的省略語）

B Nein, *nichts Neues*. 沒有，沒有新的報導。

A Hast du schon gewählt? 你已經選好了？
B Nein, ich finde noch *nichts Gutes*. 還沒，我還沒找到好的東西。

DIESER HELLBRAUNE TEPPICH IST GENAUSO GROSS WIE DER GELBE.

ÜBUNGEN 18 練習題

1. 請選出適當的單字並填入空格中（可複選）。

ruhiger   billiger   günstiger   weniger   schöner   freundlicher

1. Die braune Tasche ist _____ als die schwarze.
2. Auf dem Markt kann man _____ einkaufen als im Kaufhaus.
3. Die braune Jacke war noch _____ als die grüne.
4. In München regnet es _____ als in Hamburg.
5. Die neue Wohnung ist noch _____ als die alte.
6. Der alte Chef war noch _____ als der neue.

2. 請選出適當的單字後，將其適當的形態填入空格中。

warm   nah   hoch   lang   groß   kurz

1. Die Post liegt _____ als der Bahnhof.
2. Der Mount Everest ist noch _____ als das Matterhorn.
3. Könnt ihr nicht _____ bleiben? Es ist doch erst halb zehn.
4. Draußen ist es kalt. Du musst dich _____ anziehen.
5. Je schneller der Wagen, umso _____ die Gefahr.
6. Diese Hose ist mir zu lang. Haben Sie keine _____?

3. 請使用提示的單字來完成下列對話。

alt   schwer   gut   viel

Das Alter（年紀）

Der Alte: Na, wie geht es Ihnen denn heute?
（老先生）

Die Alte:（老太太）　Danke, schon _____. Meine Kopfschmerzen sind jetzt weg, aber meine Beine werden immer _____ _____.

Der Alte:（老先生）　Ja, wir werden eben _____.

Die Alte:（老太太）　Da haben Sie Recht. Je _____ man wird, desto _____ Sorgen hat man auch.

4. 請在空格中填入適當的單字。

1. Diese Idee ist nicht gut. Hast du keine _____?
2. Die Schuhe sind mir zu klein. Haben Sie keine _____?
3. Die Krawatten sind zu teuer. Ich suche noch _____.
4. Die Kleider sind hässlich. Hast du nichts _____?
5. Der Schrank ist nicht breit genug. Ich brauche einen _____ _____.

5. 請選出適當的單字後，在空格中填入其適當的形態。

| kurz | viel | neu | modern | kalt | geeignet | schlimm | nett |

1. Der russische Winter ist am _____.
2. Ich finde Ihre Idee am _____.
3. Das war der _____ Tag in meinem Leben.
4. Die _____ Touristen wollen nur ans Meer.
5. Sie kauft sich nur die _____ Kleider.
6. Das ist der _____ Weg nach Italien.
7. Die _____ Mode kommt aus Paris.
8. Du bist der _____ Mensch der Welt.

DIESER HELLBRAUNE TEPPICH IST GENAUSO GROß WIE DER GELBE.　297

德國人常常在用的表達句
情緒的表達（負面）

啊～我好難過！	Ach, bin ich traurig!
我好難過。	Ich bin sehr traurig!
太可惜了！	Es ist zu schade!
我很憂鬱。	Ich bin deprimiert!
我覺得孤單。	Ich fühle mich einsam!
天啊！（表示訝異！）	Mensch!
我對你非常生氣！	Ich bin dir so böse!
真是令人生氣！	Es ist wirklich ärgerlich!
請您別擔心。	Machen Sie sich keine Sorgen!
你別擔心。	Mach dir keine Sorgen!
別擔心。	Keine Sorge!
對此你不需要擔心。	Sie brauchen sich nicht darum zu sorgen!
真失望！	Wie enttäuschend!
真可惜！	Wie schade!
那真是令人失望！	Das ist sehr enttäuschend!
啊～好煩！	Oh, was für eine Schererei!
真的很煩！	Das ist aber lästig!
您讓我非常生氣！	Sie verärgern mich sehr!
我對我的工作感到厭煩！	Ich habe meine Arbeit schon satt!
我受不了了！	Ich habe die Nase voll!
我真的很生氣。	Ich bin wirklich sauer.
他讓我感到很煩。	Er belästigt mich sehr.
壓力真的很大！	Es ist sehr stressig!
您對什麼不滿呢？	Worüber beklagen Sie sich?
別發牢騷！	Kein Murren!
停止！	Hör doch auf!

德國人常常在用的詞彙
顏色與形狀
18

18_3.mp3

顏色

orange	橙色
rosa	粉紅色
violett, lila	紫色
blau	藍色
gelb	黃色
rot	紅色
schwarz	黑色
braun	褐色
grau	灰色
weiß	白色
grün	綠色

形狀

der Kreis	圓
das Oval	橢圓形
das Dreieck	三角形
das Viereck	四角形
das Rechteck	正方形
das Achteck	八角
der Würfel	骰子
die Kugel	球，球體
der Kegel	圓錐
der Zylinder	圓柱體、圓筒

文化篇－認識德國，了解德語

德國的汽車與交通

「請您開慢一點！」
Fahren Sie bitte langsamer!

　　德國汽車享譽國際，德國實際的汽車生產量達美國或日本汽車產量的三分之二。其安全和優越的技術，是德國汽車的特色。德國平時很難看到大型轎車，特別是最新型的中大型車，像 Audi、BMW、Benz 等，這種車反而很難在德國看到。原因是德國民風簡樸，若要買新型車款，需要等待一段時間。至少里程數要到達 15~20 萬公里以上，或車齡要超過 10 年以上，才會考慮購買新車。換個角度來看，這也表示德國的車子品質很好。在台灣銷售的德國進口車，例如就 Mercedes-Benz 來看，每年以超過 2 萬多台的銷售額，這對德國來說可是一件大新聞。德國汽車品牌有 Audi（奧迪，1899）、BMW（BMW，1917）、Ford Germany（德國福特，1925）、Mercedes-Benz（梅賽德斯-賓士，1886）、Opel（歐寶，1862）、Porsche（保時捷，1931~）、Volkswagen（福斯汽車，1937）。除此之外，還有像 Alpina（阿爾賓娜，1965)、Alpa（阿爾帕，1999）、Pegasus（Pegasus，1995）、Smart（司麥特，1997）等的 17 間少數汽車品牌公司。

　　在德國，要取得駕駛執照是件很困難的事。依法律規定，必須先修習理論教育 14 堂（基本教育 12 次，其它教育 2 次，每次 90 分鐘）、基本駕駛 13 小時，以及特別駕駛 12 小時。特別駕駛課程包含了行駛國道 5 次、高速公路 4 次、夜間駕駛 3 次，即使用了最短的時間通過資格，最少也要花上 1400 歐元的費用。

如果被駕駛教練指出駕駛練習不夠，你得乖乖的再付一筆額外的費用，繼續練習開車。駕駛費用一個小時大約 32~39 歐元左右。然而，想要取得自排駕照的學生，是很難找到駕訓班的。因為，歐洲還是偏好開手排的車，而考取自排駕照的人是不能駕駛手排車的。如果想在租車公司承租自排車，一定要事先預約才能找到自排車。在駕駛執照的理論考試（筆試）中約有 30% 的人會被淘汰、在技術考試（路考）中，約有 28% 的人會被淘汰，而且筆試題目通常不會只有一個答案而已。

　　德國不僅是汽車生產大國，德國的道路建設也做得很好，提供駕駛人很不錯的駕駛環境。但在德國開車，一定要先考慮到行人。而且，要特別注意市區裡汽車不能行駛的區域和單行道。若有違規，罰金可是很重的。如果行駛在市區，可以發現德國也跟歐洲其他國家一樣，紅綠燈被設置在汽車停止線的前面。所以，一般駕駛人會在停止線正前方停下來，若有違規，罰金同樣很重。市區裡的規定時速是 30~50km，所以搭乘大眾運輸（電車、公車、地鐵）或自己騎腳踏車的人也不少。

　　雖說德國的高速公路是沒有規定時速上限的，但那也只有從法蘭克福往南到奧格斯堡的區段才有可能的，不過德國也慢慢開始提出速限的政策。原本車輛就很多了，所以有速限的區段也在增加當中。但即便有限速，也是在 150~180km 之間或 180~200km 之間。

DIESER HELLBRAUNE TEPPICH IST GENAUSO GROẞ WIE DER GELBE.

Hast du deinen Bruder gefragt?

你問過你弟了嗎？

LEKTION
19

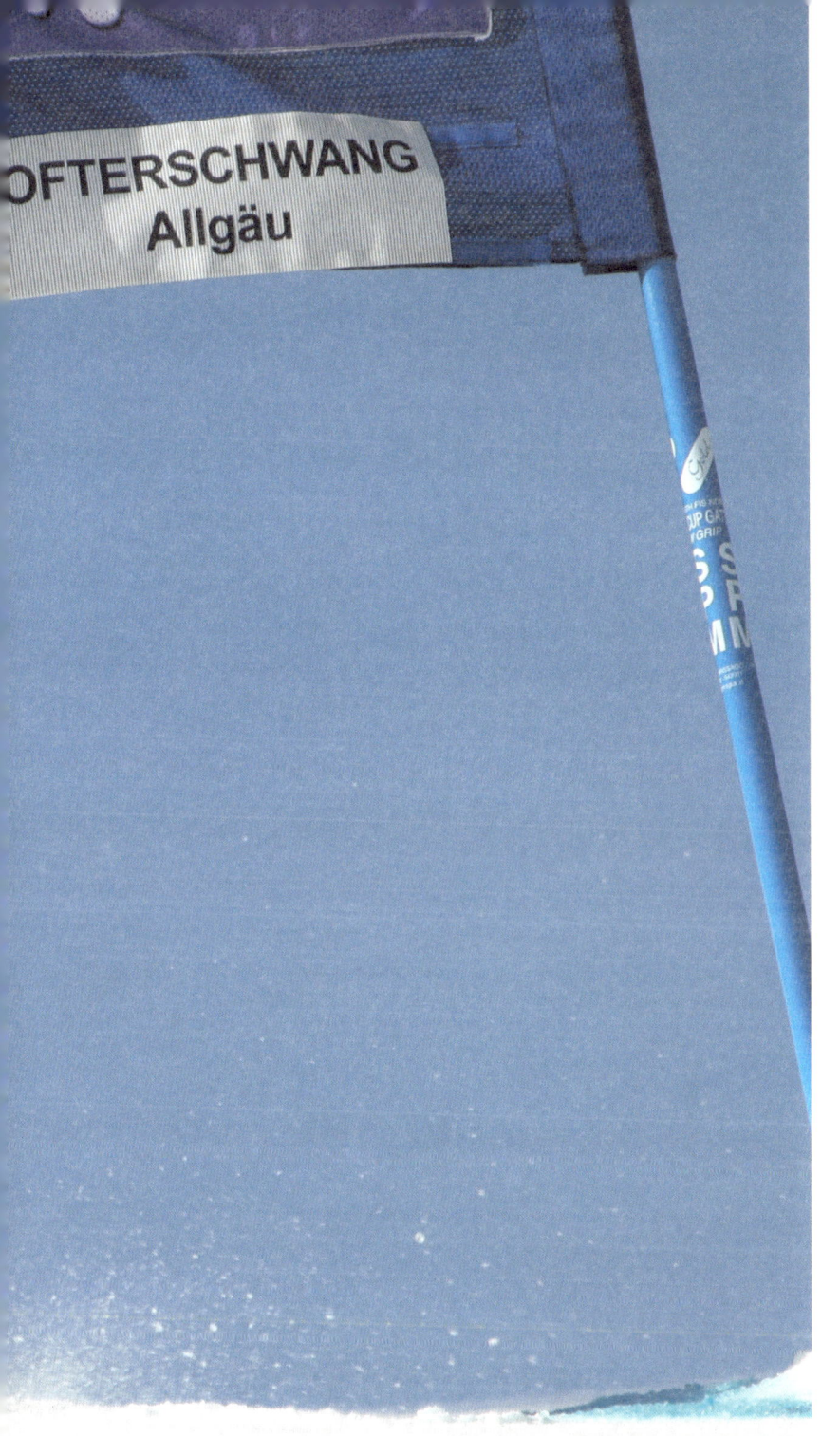

- 現在完成式（Perfekt）
- 可分離、不可分離前綴詞現在完成式

DIALOG 19 基本會話

Alexander Sag mal, Mina! Hast du am Wochenende schon etwas vor?
Mina Nein, noch nicht. Wieso fragst du?
Alexander Ich möchte mal an den Bodensee fahren.
Mina Da war ich noch nie.
Alexander Dann machen wir das zusammen. Es ist ganz schön dort.
Mina Und wie kommen wir dorthin?
Alexander Mit dem zug. Bis zu fünf Personen können zusammen mit einem Wochenendticket fahren und es kostet nur 44 Euro.
Mina Wirklich? Dann frage ich mal meinen Bruder.

Alexander Mina，你說，你週末已經有計畫了嗎？
Mina 還沒有。為什麼這麼問？
Alexander 我想搭車去博登湖。[1]
Mina 我還沒有去過那裡。
Alexander 那我們一起去吧。那裡很美。
Mina 那我們要怎麼去？
Alexander 搭火車去。一張「週末票」可供五個人搭乘，票價只要 44 歐元。
Mina 真的嗎？那我去問問我弟。

重點整理

1 我想搭車去博登湖。
Ich möchte mal an den Bodensee fahren.

Ich **fahre** an die Nordsee. 我（搭車）去北海。
Ich **gehe** an den Strand. 我去沙灘。
Ich **war** am Strand. 我去了海邊。

2 我想，她週末應該不用工作。
Ich glaube, sie muss am Wochenende nicht arbeiten.

ich glaube 為「我認為⋯」的意思，而〈müssen nicht＋動詞原形〉指「不需要⋯」。
Ich glaube, es wird schon regnen.
我覺得會下雨。

Alexander	Und ich rufe Klara an. Ich glaube, sie muss am Wochenende nicht arbeiten.

Nach ein paar Stunden ruft Alexander Mina an.

Alexander	Ich bin's. Mina, hast du deinen Bruder gefragt?
Mina	Ja, er findet deinen Vorschlag gut. Er möchte auch gerne mitkommen.
Alexander	Super! Ich hab' auch Klara angerufen und sie kommt auch mit.
Mina	Hast du schon die Fahrkarte bestellt oder gekauft?
Alexander	Nein, noch nicht. Aber kein Problem. Heute ist Montag und es sind noch vier Tage bis zur Abfahrt.

sag mal 告訴我吧；你說
vorhaben 計畫
etwas 某種東西
wieso 為什麼，怎麼
der Bodensee 博登湖（德國南部、奧地利、瑞士邊境湖）
noch nie 不曾⋯，沒有過⋯
das 那個（去旅遊的那件事）
zusammen 一起，一同
dorthin 到那裡去
der Zug 火車
bis zu fünf Personen 最多五人
das Wochenendticket 週末券（也稱為 Schönes-Wochenende-Ticket。週末票僅能搭乘 RE、RB、IRE，5 人用的票價已調至 56 歐元。）
müssen nicht... 不需要⋯
glauben 覺得⋯／認為⋯／相信
ein paar 幾個，兩三個
ich bin's （電話中）是我！「s」為 es 的省略語
der Vorschlag 提議
aufgenommen 接受，容納（原形動詞 aufnehmen）
es sind noch vier Tage 還剩下四天

Alexander	那我去打給 Klara。我想，她週末應該不用工作。[2]

幾個小時後，Alexander 打電話給 Mina。

Alexander	是我！Mina，你問過你弟了嗎？
Mina	嗯，我弟他覺得你的提議不錯。[3] 他也很想一起去。
Alexander	太好了！我也打電話給 Klara 了，她也要一起去。
Mina	你車票訂了嗎，還是買好了呢？
Alexander	還沒。但沒問題的。今天是星期一，離出發還有四天。

3 他覺得你的提議不錯。
Er findet deinen Vorschlag gut.

也可用 er hat deinen Vorschlag schon aufgenommen. 來回答。現在完成式（此句的 hat）會依據規則（或不規則）變化、混合變化動詞的不同，過去分詞（此句的 aufgenommen）的形態也會不同。規則動詞是 ge-t，不規則動詞是 ge-en，強變化動詞詞根的母音可能會變化。

305

GRAMMATIK 19 掌握文法

① 現在完成式（Perfekt）

用德語表達已發生的事情時，會用到現在完成式，其句型為：

> haben/sein ＋分詞 II（Partizip II）

Er *kauft* eine Blume. 　　　　　　　　他買一朵花。
　→ Er *hat* eine Blume gekauft. 　　　他買了一朵花。
Elias *fährt* in die Stadt. 　　　　　　Elias 搭車去市區。
　→ Elias *ist* in die Stadt gefahren. 　Elias 搭車去了市區。
Das *weiß* ich nicht. 　　　　　　　　我不知道那個。
　→ Das *habe* ich nicht gewusst. 　　我（之前）不知道那個。

- 現在完成式中的分詞形態和上面的例句一樣，共有三種形態：弱變化、強變化、混合變化。
    - **弱變化**動詞的過去分詞 II 是〈ge- 動詞語幹 -t〉。動詞的語尾一直都是 -t。
    - **強變化**動詞的過去分詞 II 是〈ge- 情式不定的動詞語幹 -en〉。動詞的語尾一直都是 -en。
    * 這裡提到的「情式不定」是指，動詞語幹可能會有變母音的現象，也可能不會有此變化，得視動詞而定。但少部分強變化動詞的動詞語幹的子音也會有變化。
    - **混合變化**動詞的過去分詞 II 是跟著〈ge- 過去形動詞語幹 -t〉。

不只是形態上的複雜性，完成式的「助動詞」有可能是 haben，也有可能是 sein。一般而言，大多採用 haben，但有時也會把 sein 當作助動詞來使用，但基本上，會用到 sein 當作助動詞的情況，主要是在當該動詞帶有「狀態變化」「移動」的意義，以及 sein 本身時。

306　LEKTION 19

(1) 弱變化動詞的分詞

動詞原形	過去式	過去分詞 II
bauen	(bau**te**)	**ge**-bau-**t**
fragen	(frag**te**)	**ge**-frag-**t**
holen	(hol**te**)	**ge**-hol-**t**
hören	(hör**te**)	**ge**-hör-**t**
kaufen	(kauf**te**)	**ge**-kauf-**t**
leben	(leb**te**)	**ge**-leb-**t**
lernen	(lern**te**)	**ge**-lern-**t**
machen	(mach**te**)	**ge**-mach-**t**
reisen	(reis**te**)	**ge**-reis-**t**
sagen	(sag**te**)	**ge**-sag-**t**
suchen	(such**te**)	**ge**-such-**t**
wohnen	(wohn**te**)	**ge**-wohn-**t**
zeigen	(zeig**te**)	**ge**-zeig-**t**

動詞原形	過去式	過去分詞 II
antworten	(antwort**ete**)	**ge**-antwort-**et**
arbeiten	(arbeit**ete**)	**ge**-arbeit-**et**
warten	(wart**ete**)	**ge**-wart-**et**
baden	(bad**ete**)	**ge**-bad-**et**
reden	(red**ete**)	**ge**-red-**et**
schaden	(schad**ete**)	**ge**-schad-**et**
rechnen	(rechn**ete**)	**ge**-rechn-**et**
regnen	(regn**ete**)	**ge**-regn-**et**

abholen	(hol**te**... ab)	ab-**ge**-hol-**t**
aufmachen	(mach**te**... auf)	auf-**ge**-mach-**t**
zumachen	(mach**te**... zu)	zu-**ge**-mach-**t**

▶ 如果是可分離動詞（如上三者），則是〈前綴詞＋ge＋動詞語幹＋t〉。

動詞原形	過去式	過去分詞 II
besuchen	(besuch**te**)	besuch**t**
gehören	(gehör**te**)	gehör**t**
erklären	(erklär**te**)	erklär**t**
erzählen	(erzähl**te**)	erzähl**t**
verkaufen	(verkauf**te**)	verkauf**t**

gratulieren	(gratulier**te**)	gratulier**t**
interessieren	(interessier**te**)	interessier**t**
studieren	(studier**te**)	studier**t**

〈一〉弱變化動詞的分詞 II 是在動詞語幹前面接上前綴詞 ge，然後在語幹後方接上後綴詞 t。在可分離動詞的分詞 II 中，ge 會出現在分離前綴詞和動詞語幹之間。

〈二〉語幹以 d, t 或子音＋m/n 結束的動詞分詞 II，後面接 -et。

〈三〉就像不可分離動詞（be-, er- ge-, ver-）或以 -ieren 結束的動詞一樣，重音不在第一個音節的動詞分詞 II 不會加上 ge-。

❶ 助動詞用 haben 的情況

Hast du schon die Fahrkarte *ge***kauf***t*?　　　你車票已經買好了嗎？

HAST DU DEINEN BRUDER GEFRAGT?

GRAMMATIK 19　掌握文法

Es hat viel *ge*regn*et*.	下大雨了。
Wir **haben** die Arbeit gut *ge*mach*t*.	我們順利解決那項工作了。
Astrid **hat** ihn am Bahnhof **ab***ge*hol*t*.	Astrid 到車站接他。
Klara **hat** gestern ihre Freundin **besuch***t*.	Klara 昨天拜訪了她的朋友。
Was **habt** ihr an der Universität **studier***t*?	你們在大學主修什麼？

❷ 助動詞用 sein 的情況

Wir **sind** viel *ge*reist.	我們經常去旅行。
Ich **bin** der Lehrerin *ge*folg*t*.	他跟隨女老師走了。
Er ist schon ab*ge*reis*t*.	他已經去旅行了。
Das Kind **ist auf***ge*wach*t*.	那孩子睡醒了。
Was **ist** hier **passiert**?	這裡發生了什麼事情？

→和 sein 搭配使用的弱變化動詞有 reisen, abreisen, aufwachen, passieren 等。

(2) 強變化動詞

❶ 助動詞用 sein 的強變化動詞

動詞原形	過去式	現在完成式	動詞原形	過去式	現在完成式
bleiben	(blieb)	ist *ge*blieb*en*	steigen	(stieg)	ist *ge*stieg*en*
fahren	(fuhr)	ist *ge*fahren	**sein**	**(war)**	**ist gewesen**
fliegen	(flog)	ist *ge*flog*en*	werden	(wurde)	ist *ge*word*en*
gehen	(ging)	ist *ge*gang*en*	erschrecken	(erschrak)	ist erschrocken
kommen	(kam)	ist *ge*komm*en*	umziehen	(zog... um)	ist umgezogen
laufen	(lief)	ist *ge*lauf*en*			

→主要用在表示狀態、出發、到達、往來（來、去、出發、抵達、搭乘、下車等）時

Gestern **bin** ich zu Haus **geblieben**.	我昨天待在家。
Bist du auch **weggegangen**?	你也離開了嗎？
Wir **sind** in den Zug **eingestiegen**.	我們上火車了。
Ihr **seid** zu spät **gekommen**.	你們太晚來了。
Wir **sind** nach London **geflogen**.	我們搭飛機去了倫敦。

Mein Bruder **ist** Arzt **geworden**. 我哥當上醫生了。

Der Dieb **ist** sehr schnell **weggelaufen**. 那個小偷很快地逃走了。

Ralf **ist** in die Stadt **gefahren**. Ralf 搭車去了市區。

Wo seid ihr denn **gewesen**? 你們（之前）在哪裡？

Die Kinder **sind** sehr **erschrocken**. 那些孩子非常吃驚。

Ich **bin** kurz vor Mitternacht **eingeschlafen**. 我午夜之前睡著了。

Manfred **ist** nach Dresden **umgezogen**. Manfred 搬去了德勒斯登。

❷ 助動詞用 haben 的強變化動詞

動詞原形	過去式	現在完成式（第三人稱單數）	動詞原形	過去式	現在完成式（第三人稱單數）
bitten	(bat)	hat gebeten	halten	(hielt)	hat gehalten
geben	(gab)	hat gegeben	heißen	(hieß)	hat geheißen
finden	(fand)	hat gefunden	schlafen	(schlief)	hat geschlafen
helfen	(half)	hat geholfen	(einschlafen)	(schlief... ein)	ist eingeschlafen
lesen	(las)	hat gelesen	stoßen	(stieß)	hat gestoßen
liegen	(lag)	hat gelegen			
nehmen	(nahm)	hat genommen	laden	(lud)	hat geladen
sehen	(sah)	hat gesehen	waschen	(wusch)	hat gewaschen
sprechen	(sprach)	hat gesprochen			
stehlen	(stahl)	hat gestohlen	anfangen	(fing...an)	hat angefangen
trinken	(trank)	hat getrunken	anrufen	(rief...an)	hat angerufen
stehen	(stand)	hat gestanden	einladen	(lud...ein)	hat eingeladen
(aufstehen)	(stand... auf)	ist aufgestanden	fernsehen	(sah...fern)	hat ferngesehen
treffen	(traf)	hat getroffen			
werfen	(warf)	hat geworfen	beginnen	(begann)	hat begonnen
			befehlen	(befahl)	hat befohlen
ziehen	(zog)	hat gezogen	entscheiden	(entschied)	hat entschieden
			entschließen	(entschloss)	hat entschlossen
essen	(aß)	hat gegessen	versprechen	(versprach)	hat versprochen
sitzen	(saß)	hat gesessen			
			bekommen	(bekam)	hat bekommen
leiden	(litt)	hat gelitten	unterhalten	(unterhielt)	hat unterhalten
leihen	(lieh)	hat geliehen	gefallen	(gefiel)	hat gefallen
schreiben	(schrieb)	hat geschrieben	überfallen	(überfiel)	hat überfallen

Er **hat** endlich einen Job **gefunden**. 他終於找到工作了。

Habt ihr auch das Buch **gelesen**? 你們也讀了這本書嗎？

GRAMMATIK 19 掌握文法

Er **hat** mich um Hilfe gebeten.	他向我求助。
Wir **haben** den Alten geholfen.	我們幫助了（一些）老人。
Klemens **hat** auf dem Stuhl gesessen.	Klemens 坐在椅子上了。
Ich **habe** lange geschlafen.	我睡了很久。
Der Unterricht **hat** gerade begonnen.	課剛剛開始了。
Wir **haben** unsere Freunde eingeladen.	我們邀請（一些）朋友。
Peter **hat** mich gestern angerufen.	Peter 昨天打電話給我。
Jeder **hat** zwei Euro bekommen.	每個人收到了 2 歐元。
Wie **hat** Ihnen Taiwan gefallen?	你喜歡台灣嗎？
Wir **haben** uns lange unterhalten.	我們聊了很久。

❸ 混合變化動詞

動詞原形	過去式	現在完成式	動詞原形	過去式	現在完成式
brennen	(brannte)	hat gebrannt	nennen	(nannte)	hat genannt
bringen	(brachte)	hat gebracht	rennen	(rannte)	ist(hat) gerannt
denken	(dachte)	hat gedacht	senden	(sandte)	hat gesandt
kennen	(kannte)	hat gekannt	können	(konnte)	hat gekonnt
wenden	(wandte)	hat gewandt	müssen	(musste)	hat gemusst
wissen	(wusste)	hat gewusst			
* haben	(hatte)	hat gehabt			

- 混合變化動詞擁有弱變化動詞的語尾。

- 混合變化動詞的原形、過去形、分詞 II 中的語幹母音都不同。因此，必須把它背下來。

Wir **haben** den Kindern Schokolade mitgebracht.	我們帶巧克力給了孩子們。
Er **hat** ein bisschen Deutsch gekonnt.	他會說一點德語。
Ihr **habt** immer an eure Eltern gedacht.	你們總是想到父母親。
Ich **habe** Herrn Schmidt vorher nicht gekannt.	我以前不認識 Schmidt。
Das **habe** ich nicht gewusst.	我不知道那個。

2 可分離和不可分離前綴詞的現在完成式

根據到底是可分離動詞還是不可分離動詞，其意思也會有所不同，現在完成式也會不同。

> über-, um-, unter-, wider-, wieder-

Wir *unter*halten uns lange.	我們聊了很久。
Wir haben uns gestern Abend lange *unter*halten.	我們昨天晚上聊了很久。
Bitte *wieder*holen Sie!	請重複！
Der Lehrer hat den Satz zweimal *wieder*holt.	那位老師重複兩遍那個句子。
Renate *stellt* die Uhr *um*.	Renate 調整時鐘。
Renate hat die Uhr *um***ge**stellt.	Renate 調整了時鐘。
Die Sonne *geht* schon *unter*.	太陽已經下山。
Die Sonne ist schon *unter***ge**gangen.	太陽已經下山了。
Sehen wir uns morgen *wieder*!	我們明天見！
Wir haben uns zufällig *wieder***ge**sehen.	我們偶然地再次相遇了。

- 請從下列的現在完成式中，區分看看為何使用 haben 和 sein 動詞。

ich	habe	**gefeiert**	ich	bin	**aufgestanden**
du	hast	**gegessen**	du	bist	**gefahren**
er, sie, es	hat	**verloren**	er, sie, es	ist	**gekommen**
wir	haben	**gemacht**	wir	sind	**geschwommen**
ihr	habt	**gefunden**	ihr	seid	**verreist**
sie/Sie	haben	**geschlafen**	sie/Sie	sind	**geblieben**

ÜBUNGEN 19 練習題

1. 請將下列句子改成現在完成式。

1. Der Student fragt den Professor.
   ➡ _____

2. Ich kaufe einen DVD-Player.
   ➡ _____

3. Sven sucht ein Zimmer.
   ➡ _____

4. Jasmin hört Musik.
   ➡ _____

5. Mina bestellt eine Fahrkarte.
   ➡ _____

2. 請將下列句子改成現在完成式。

1. Was zeigt das Kind seiner Mutter?
   ➡ _____

2. Was machst du dort?
   ➡ _____

3. Wir spielen Fußball.
   ➡ _____

4. Der Mann repariert das Auto.
   ➡ _____

5. Ich räume das Zimmer auf.
   ➡ _____

3. 請將下列句子改成現在完成式。

1. Peter schreibt mir einen Brief.
   ➡ _____

2. Hans spricht immer langsam.
   ➡ _____

3. Wir essen heute Abend Fleisch.
   ➡ _____

4. Astrid liest die Zeitung.
➡ _____

5. Trinken Sie jeden Tag viel Wasser?
➡ _____

4. 請將下列句子改成現在完成式。

1. Olaf sieht zu viel fern.
➡ _____

2. Ich rufe dich an.
➡ _____

3. Gisela lädt ihre Freunde zum Geburtstag ein.
➡ _____

4. Der Spielfilm fängt gerade an.
➡ _____

5. Sie sehen sich nie wieder.
➡ _____

5. 請將下列句子改成現在完成式。

1. Ich bleibe zwei Tage in Paris.
➡ _____

2. Wann kommt ihr aus Deutschland zurück?
➡ _____

3. Petra geht nach Haus.
➡ _____

4. Herr Schmidt fährt mit dem Auto.
➡ _____

5. Mein Bruder Fritz wird Lehrer.
➡ _____

德國人常常在用的表達句
約定

邀約別人時

您有時間嗎？	Haben Sie Zeit?
星期五下午您有時間嗎？	Haben Sie Freitag Nachmittag Zeit?
週末您有時間嗎？	Haben Sie am Wochenende Zeit?
可以和您簡短見個面嗎？	Kann ich Sie kurz treffen?
我們可以見個面嗎？	Können wir uns treffen?
明天您有什麼計畫嗎？	Haben Sie morgen etwas vor?
你今天有什麼計畫嗎？	Hast du heute etwas vor?
今天晚上我們見面好嗎？	Treffen wir uns heute Abend?
明天您有約嗎？	Haben Sie morgen eine Verabredung?
我們明天十點見面好嗎？	Wollen wir uns um zehn Uhr treffen?
什麼時候見個面吧。	Treffen wir uns irgendwann einmal!
我想訂好約期。	Ich möchte einen Termin vereinbaren!
我想訂下約期。	Ich möchte einen Termin ansetzen!
我平日幾乎沒有時間。	Wochentags habe ich wenig Zeit!
您有其他的約嗎？	Haben Sie eine andere Verabredung?
您大概幾點有時間呢？	Gegen wie viel Uhr haben Sie Zeit?
今天計畫表上有什麼？	Was steht heute auf dem Zeitplan?
我們要不要一起去喝一杯？	Wollen wir einen trinken gehen?
我去接您。	Ich hole Sie ab!

答應別人的邀約時

好的。	O.K / Okay.
當然好。	Sicher.
沒問題。	Kein Problem.
好啊！那時我有空。	Ja, da habe ich Zeit.
這個週末沒什麼特別的計畫。	Ich habe am Wochenende nichts Besonderes vor.

拒絕別人的邀約時

我已經有約了。	Ich bin schon verabredet.
今天行程很滿。	Ich bin heute voll ausgebucht.
我明天有點忙。	Ich bin morgen ein bisschen beschäftigt.

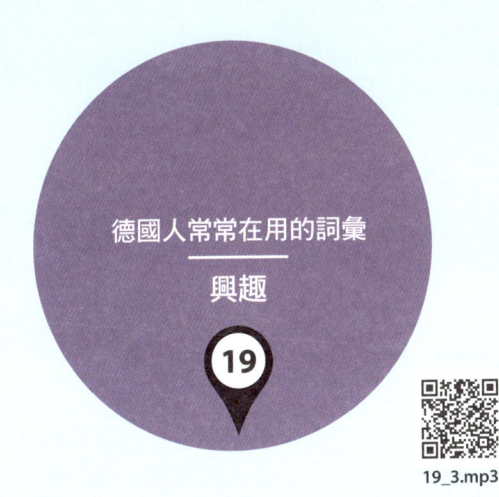

德國人常常在用的詞彙
興趣
19

19_3.mp3

Tennis spielen	打網球	malen	畫圖
Tischtennis spielen	打乒乓球	Musik hören	聽音樂
Fußball spielen	踢足球	reisen	旅行
angeln	釣魚	Schach spielen	下西洋棋
Auto fahren	開車	schwimmen	游泳
bergsteigen	爬山	singen	唱歌
Blumen züchtern	種花	Sport treiben	做運動
Briefmarken sammeln	集郵	stricken	編織
Fahrrad fahren	騎腳踏車	tanzen	跳舞
fotografieren	拍照，攝影	tischlern	做木工
Geige spielen	演奏，小提琴	wandern	健行，漫遊
joggen	慢跑	ins Kino / ins Konzert / ins Theater gehen	去看電影／去聽音樂會／去看戲劇
lesen	閱讀		

文化篇－認識德國，了解德語

德國人的休閒娛樂

「我們下午要不要一起去騎腳踏車呢？」
Wollen wir am Nachmittag Fahrrad fahren?

　　德國人的休閒娛樂有哪些呢？在一整天的忙碌之餘，德國人還是會抽出一些時間跑跑步、散步、去游泳池游泳、打羽毛球，或打桌球等來維持健康。德國人是很享受生活的，像是我們很難會看到德國人在吃東西時狼吞虎嚥，或總是忙碌地在過日子。即便是低收入階層，也有享受休閒娛樂、提升生活滿意度的權利。

　　地方政府或地方自治團體也有一些方案來幫助自己的國民，讓他們可以放心地享受休閒活動。如果想和家人長時間一起度過休閒時光，德國人幾乎會選擇一起到郊外走走，像是遠足、搭遊艇、騎腳踏車等，他們主要是偏好在大自然裡進行休閒活動。一般德國人喜歡去寧靜的鄉間小徑、林間步道、田野小路、河邊、或是湖邊等走走。德國人的夏季假期基本上有 5 週，所以很少人會每個週末都往郊外跑。德國沒有人口過多的都市，首都柏林的人口大約是 400 萬人，只要是超過 10 萬人的都市，就會有幾間綜合醫院。

　　德國大學生因為課業較重，所以不太做休閒活動。但為了身心健康，大學生一般是利用大學的游泳池（幾乎所有大學都附設游泳池）或運動場來運動。也會有學生於大半夜時在路上散步或慢跑。

德國的小學、國中和高中，體育課是必修的重要科目，學生能夠藉此維持身心健康。學校也會有一些課後活動，但德國家長不太喜歡自己的孩子在正規課程結束後，還留下來參與學校的課後活動，因為不想讓孩子被學校束縛一整天，主要還是依孩子的意願來決定，學生其實更喜歡課後和朋友相約出去，或參加學校外面的社團。德國的學生比較不會被入學考試所束縛，所以也沒有補習班，也就有更多的時間去參加戶外活動，當然就算是貧困家庭的小孩也一樣可以參加課餘活動。在青少年這方面的資助政策，似乎沒有比德國做得更好的國家了！在球類方面的活動，德國青少年特別喜歡排球、手球、桌球等球類活動（德國、瑞士、奧地利的專業手球員，就跟足球員一樣非常受到國人矚目）。

　　在德國，有時老師、教授會以自願性不收費方式開課，提供知識技能上的協助，藝人也會自願性地提供表演，這在德國人眼裡是理所當然的事。學生只需支付活動小冊子這一點點費用，就可以一學期或一年期間無負擔地享受這類自願性的活動。休閒活動中心和地方自治團體等單位，都有正規老師。不論是誰都可以參加各種活動。必須要了解的一點是，學生家長和行政當局都必須一致且積極地給予支持，讓孩子自動自發參與自己喜歡的活動。在進行休閒活動時，是不會有「團體制服」的。不論是什麼樣的集會，他們都不會將大家束縛在一起。德國的大學也是，不會有不同科系／專科就要穿不同衣服的事。因為以德國的民族性來說，他們不喜歡將事情統一化。

　　在 20 世紀初表現主義（Expressionismus）的時代，德國人民經歷過在工廠或在其他團體之下工作，但卻以匿名的方式對待。在第一、二次世界大戰之後，全國人民還經歷了不當的、武斷的統一，地區上的特色完全不被重視。但其實，德國人還是比較習慣於地區性主義，重視屬於自己生長環境的地緣性，若有地區性的比賽，對習慣於傳統地區主義的德國人而言，是相當令人為之瘋狂的事。

Mina hatte Husten

Mina 咳嗽了。

LEKTION
20

- 一般動詞的過去式
  （Präteritum）
- 強變化動詞的過去式
  （Präteritum）

DIALOG 20 基本會話

Mina hatte Husten und Kopfschmerzen. Sie war beim Arzt. Seit zwei Tagen hat sie Fieber. Elias ruft sie an.

Elias Hallo, Mina! Hier ist Elias.

Mina Elias! Warum hast du so lange nichts von dir hören lassen?

Elias Ach, ich war bei meinen Eltern. Ich hatte viel zu tun. Wie geht's?

Mina Danke, es geht. Bis gestern lag ich im Bett und hatte Fieber.

Elias Nahmst du jeden Tag Aspirin ein?

Mina Wie bitte?

Mina 咳嗽了[1] 又頭痛，她去看了醫生。從兩天前她就發燒了。Elias 打電話給她。

Elias 哈囉！Mina。我是 Elias。

Mina Elias！怎麼這麼久都沒有你的消息？

Elias 喔，我在我爸媽那裡。[2]。我有很多事情要做。你好嗎？

Mina 謝謝，還不錯。昨天我還躺在床上，而且發燒。

Elias 你每天都吃阿斯匹林嗎？

Mina 你說什麼？

重點整理

1 Mina 咳嗽了。
Mina hatte Husten.

hatte 是 hat（主詞為 sie）的過去式。原形為 haben。
Ich hatte eine Grippe. 我得了流行性感冒。
Ich hatte Probleme. 我出了點問題。

2 我在我爸媽那裡。
Ich war bei meinen Eltern.

〈sein 動詞過去式＋bei＋人〉是「去了…的家」的意思。（單數過去式和現在完成式是一樣的意思）
Ich war beim Arzt. 我去了一趟醫院（醫師那裡）。

Elias	Ich frage dich, ob du täglich Medikamente eingenommen hast.
Mina	Ja, der Arzt sagte, dass ich regelmäßig Tabletten einnehmen soll.
Elias	Kannst du selbst spazieren gehen?
Mina	Ja, aber bis vorgestern konnte ich nicht.
Elias	Du sprichst so, als ob du schon gesund seist.
Mina	Ja. Es geht mir von Tag zu Tag besser. Und ich fühle mich schon wieder sehr wohl.
Elias	Ich wünsche dir gute Besserung!
Mina	Ich danke dir für deine Sorge.

Elias	我問你有沒有每天都吃藥？
Mina	有！醫生跟我說應該要按時服藥。
Elias	你可以自己去散步嗎？
Mina	嗯，但是到前天為止我都沒辦法。
Elias	你說得好像你已經康復了一樣。[3]
Mina	嗯，我每天都有好一點。而且我的身體狀況已經很好了！
Elias	希望你能趕快康復。
Mina	謝謝你為我擔心。

hatte haben 的過去式
Husten 咳嗽
Kopfschmerzen 頭痛
Fieber 發燒
hier ist~ "hier spricht ~"
我是…（電話用語）
nichts von dir hören lassen
沒有傳達你的消息（沒有消息）
hatte viel zu tun
（過去）要做的事很多
lag = liegen （躺著）的過去式
sagte sagen 的過去式
regelmäßig 規律地
Mendikamente einnehmen
服藥
selbst 自己，獨自
vorgestern 前天
konnte können 的過去式
als ob 好像…一樣
gesund 健康的
seist sein 動詞的虛擬式第 2 式
es geht jm. besser
～的狀態漸漸變好
sich fühlen wohl
心情好，（健康）身體狀況好
von Tag zu Tag
每天（=jeden Tag）
die Sorge 擔心，掛念

3 你說得好像你已經康復了一樣。
Du sprichst, als ob du schon gesund seist.

〈als ob＋主格＋動詞〉意指「好像…一樣」。
另外，原本是 gesund worden seist，這裡省略了 worden。

GRAMMATIK 20 掌握文法

1 過去式（Präteritum）的表達 I：sein, haben 以及情態式助動詞

	sein	haben	können	müssen	sollen	dürfen	wollen/möchten
ich	war	hatte	konnte	musste	sollte	durfte	wollte
du	warst	hattest	konntest	musstest	solltest	durftest	wolltest
Sie	waren	hatten	konnten	mussten	sollten	durften	wollten
er/sie/es	war	hatte	konnte	musste	sollte	durfte	wollte
wir	waren	hatten	konnten	mussten	sollten	durften	wollten
ihr	wart	hattet	konntet	musstet	solltet	durftet	wolltet
Sie	waren	hatten	konnten	mussten	sollten	durften	wollten
sie	waren	hatten	konnten	mussten	sollten	durften	wollten

Mina **war** beim Arzt.	Mina 看過醫生了。
Das Wetter in Taiwan **war** sehr schön.	台灣的天氣很好。
Ich **hatte** Probleme.	我（過去）出了些問題。
Ich **konnte** das Café nur schwer verlassen.	我好不容易才能離開那間咖啡廳。
Wir **mussten** einen Umweg machen.	我們（那時）必須繞路。
Sie **durften** keinen Alkohol trinken.	他們（那時）不准喝酒。
Du **solltest** auf deine Eltern hören!	你應該好好聽父母親的話。
Er **wollte** nach Italien reisen.	他（之前）想去義大利旅行。

- möchten 的過去式是 wollte，möchten 是從動詞原形 mögen（喜歡）衍生而來的虛擬式第 2 式動詞。mögen 的過去式是 mochten。

Ich mag Musik.	我喜歡聽音樂。
Ich mochte Musik.	我（之前）喜歡聽音樂。
Ich möchte Musik hören.	我想聽音樂。（我想要聽音樂。）
Ich wollte Musik hören.	我（之前）想聽音樂。（我過去想要聽音樂。）

❷ 過去式（Präteritum）的表達 II：一般動詞的過去式

(1) 弱變化動詞的過去式

動詞原形	過去式	動詞原形	過去式	動詞原形	過去式
bauen	bau**te**				
fragen	frag**te**				
holen	hol**te**				
hören	hör**te**				
kaufen	kauf**te**	antworten	antwort**ete**	besuchen	besuch**te**
leben	leb**te**	arbeiten	arbeit**ete**	gehören	gehör**te**
lernen	lern**te**	warten	wart**ete**	erklären	erklär**te**
machen	mach**te**	baden	bad**ete**	erzählen	erzähl**te**
reisen	reis**te**	reden	red**ete**	verkaufen	verkauf**te**
sagen	sag**te**	schaden	schad**ete**	gratulieren	gratulier**te**
suchen	such**te**	rechnen	rechn**ete**	interessieren	interessier**te**
wohnen	wohn**te**	regnen	regn**ete**	studieren	studier**te**
zeigen	zeig**te**				
abholen	hol**te**... ab				
aufmachen	mach**te**... auf				
zumachen	mach**te**... zu				

- 如同過去式的表達 I，第一人稱單數和第三人稱單數的過去式語尾相同。
- 過去式主要使用在書面中。德語中的現在完成式（Perfekt）和過去式（Präteritum）的時態是相同的。
- sein, haben 和情態式動詞（Modalverben）在口語中習慣用過去式。

(2) 強變化動詞的過去式

❶ 強變化動詞

動詞原形	過去式	動詞原形	過去式
bleiben	blieb	steigen	stieg
fahren	fuhr	**sein**	**war**
fliegen	flog	werden	wurde
gehen	ging	erschrecken	erschrak
kommen	kam	umziehen	zog...um
laufen	lief		

Gestern **blieb** ich zu Haus. 　　　　我昨天待在家裡。
Wir **stiegen** in den Zug **ein**. 　　　我們搭上火車了。
Ihr **kamt** zu spät. 　　　　　　　　你們太晚來了。
Wir **flogen** nach London. 　　　　　我們搭飛機去了倫敦。
Mein Bruder **wurde** Arzt. 　　　　　我哥當上了醫生。
Ralf **fuhr** in die Stadt. 　　　　　　Ralf 去了市區。

GRAMMATIK 20 掌握文法

❷ 強變化動詞

動詞原形	過去式	現在完成式（第三人稱單數）	動詞原形	過去式	現在完成式（第三人稱單數）
bitten	bat	(hat gebeten)	halten	hielt	(hat gehalten)
geben	gab	(hat gegeben)	heißen	hieß	(hat geheißen)
finden	fand	(hat gefunden)	schlafen	schlief	(hat geschlafen)
helfen	half	(hat geholfen)	einschlafen	schlief.. ein	(ist eingeschlafen)
lesen	las	(hat gelesen)	stoßen	stieß	(hat gestoßen)
liegen	lag	(hat gelegen)			
nehmen	nahm	(hat genommen)	laden	lud	(hat geladen)
sehen	sah	(hat gesehen)	waschen	wusch	(hat gewaschen)
sprechen	sprach	(hat gesprochen)			
stehlen	stahl	(hat gestohlen)	anfangen	fing...an	(hat an**ge**fangen)
trinken	trank	(hat getrunken)	anrufen	rief...an	(hat an**ge**rufen)
stehen	stand	(hat gestanden)	einladen	lud...ein	(hat ein**ge**laden)
aufstehen	stand ... auf	(ist aufgestanden)	fernsehen	sah...fern	(hat fern**ge**sehen)
treffen	traf	(hat ge**tr**offen)			
werfen	warf	(hat geworfen)	beginnen	begann	(hat begonnen)
			befehlen	befahl	(hat befohlen)
ziehen	zog	(ist/hat gezogen)	entscheiden	entschied	(hat entschieden)
			entschließen	entschloss	(hat entschlossen)
essen	aß	(hat gegessen)	versprechen	versprach	(hat versprochen)
sitzen	saß	(hat gesessen)			
			bekommen	bekam	(hat bekommen)
leiden	litt	(hat geli**tt**en)	unterhalten	unterhielt	(hat unterhalten)
leihen	lieh	(hat geliehen)	gefallen	gefiel	(hat gefallen)
schreiben	schr**ie**b	(hat geschr**ie**ben)	überfallen	überfiel	(hat überfallen)

Er **fand** endlich einen Job.	他終於找到工作了。
Last ihr auch das Buch?	你們也讀了這本書嗎？
Er **bat** mich um Hilfe.	他向我求助。
Wir **halfen** den Alten.	我們幫助了（那些）老人。
Klemens **saß** auf dem Stuhl.	Klemens 坐在椅子上了。
Ich **schlief** lange.	我睡了很長一段時間。
Der Unterricht **begann** endlich.	課終於開始了。
Du **versprachst** es.	你承諾了那個。
Wir **luden** unsere Freunde **ein**.	我們招待了我們的朋友。
Peter **rief** mich gestern **an**.	Peter 昨天打電話給我。
Taiwan **gefiel** Ihnen sehr gut.	他們很喜歡台灣。

❸ 混合變化動詞

動詞原形	過去式	現在完成式	動詞原形	過去式	現在完成式
brennen	br**a**nnte	(hat gebrannt)	nennen	n**a**nnte	(hat genannt)
bringen	br**ach**te	(hat gebracht)	rennen	r**a**nnte	(ist/hat gerannt)
denken	d**ach**te	(hat gedacht)	senden	s**a**ndte	(hat gesandt)
kennen	k**a**nnte	(hat gekannt)	können	k**o**nnte	(hat gekonnt)
wenden	w**a**ndte	(hat gewandt)	müssen	m**u**sste	(hat gemusst)
wissen	w**u**sste	(hat gewusst)			
*haben	**hatte**	(hat gehabt)			

Wir ***brachten*** den Kindern Schokolade ***mit***.　　我們帶巧克力給了孩子們。

Er ***konnte*** ein bisschen Deutsch.　　他會一點德語。

Ihr ***dachtet*** immer an eure Eltern.　　你們總是想到你們的爸媽。

Ich ***kannte*** Herrn Schmidt vorher nicht.　　我以前不認識 Schmidt 先生。

Das ***wusste*** ich nicht.　　我（之前）不知道那個。

❸ 可分離或不可分離前綴詞的過去式

über-,　um-,　unter-,　wider-,　wieder-

Wir ***unterhielten*** uns lange.　　我們聊了很久。

Der Lehrer ***wiederholte*** den Satz zweimal.　　那位老師重複了兩遍那個句子。

Renate ***stellte*** die Uhr ***um***.　　Renate 調整了時鐘。

Die Sonne ***ging*** schon ***unter***.　　太陽已經下山了。

Da ***sahen*** wir uns zufällig ***wieder***.　　那時我們偶然再度見面了。

ÜBUNGEN 20 練習題

1. 請將下列句子改成過去式。

1. Herr Kim hat Probleme.
   ➡ _____

2. Ich will unbedingt den Film sehen.
   ➡ _____

3. Bist du bei deinen Eltern?
   ➡ _____

2. 請將下列句子改成過去式。

1. Der Professor antwortet dem Studenten.
   ➡ _____

2. Jasmin hört Musik.
   ➡ _____

3. Mina bestellt eine Fahrkarte.
   ➡ _____

4. Mein Bruder lernt fleißig.
   ➡ _____

5. Wann öffnet das Geschäft?
   ➡ _____

3. 請將下列句子改成過去式。

1. Wir nehmen ein Buch aus dem Regal.
   ➡ _____

2. Wir essen heute Abend Fleisch.
   ➡ _____

3. Petra trifft Min-gu am Bahnhof.
   ➡ _____

4. Astrid liest die Zeitung.
   ➡ _____

5. Der Mann hilft einer Dame.
   ➡ _____

4. 請將下列句子改成過去式。

1. Olaf sieht zu viel fern.
   ➡ _____

2. Ich rufe dich an.
   ➡ _____

3. Gisela lädt ihre Freunde zum Geburtstag ein.
   ➡ _____

4. Der Unterricht fängt gerade an.
   ➡ _____

5. Wie gefällt dir der Film?
   ➡ _____

6. Ich verstehe dich nicht.
   ➡ _____

5. 請將下列句子改成過去式。

1. Die Mutter bringt das Kind ins Krankenhaus.
   ➡ _____

2. Der Franzose denkt immer an seine Heimat.
   ➡ _____

3. Sie kennt Herrn Schmidt nicht.
   ➡ _____

4. Kannst du nicht mitkommen?
   ➡ _____

5. Frau Schönberg weiß es nicht.
   ➡ _____

德國人常常在用的表達句
打電話與相關用語

20_2.mp3

請對方保持聯絡

隨時打電話給我。	Rufen Sie mich jederzeit an!
您晚點打電話給我。	Rufen Sie mich später einmal an!
我明天能打電話給您嗎？	Kann ich Sie morgen anrufen?

打電話之前

我可以用一下電話嗎？	Darf ich mal kurz telefonieren?
我可以在這裡使用手機嗎？	Darf ich hier mal mein Handy benutzen?
請問公共電話亭在哪裡？	Wo steht die Telefonzelle?
這附近有公共電話嗎？	Gibt es eine Telefonzelle in der Nähe?
請問電話卡要在哪裡買呢？	Wo bekomme ich die Telefonkarte?
請問哪裡可以打電話？	Wo kann man telefonieren?

打電話時

喂，我是 Park。	Hallo! Hier spricht Park.
我是 Paulsen。	Hier (ist) Paulsen.
可以和 Meyer 講電話嗎？	Ist Herr Meyer zu sprechen?
請轉接給 Koch。	Verbinden Sie mich bitte mit Herrn Koch!
我想和 Melanie 通電話。	Ich möchte gerne Melanie sprechen.
請問您是 Wolf 女士嗎？	Spreche ich mit Frau Wolf?
Schneider 有在那嗎？	Ist Herr Schneider da?

電話響時

電話來了。	Telefon!
找您的電話。	Telefon für Sie!
我來接電話。	Ich gehe ans Telefon./Ich gehe ran.
請您接電話。	Gehen Sie bitte ans Telefon!
您可以幫忙接電話嗎？	Würden Sie den Anruf annehmen?
打電話來的人是誰？	Wer ist am Apparat?
請問是哪位呢？	Wer spricht, bitte?
請問打電話來的是哪位？	Mit wem spreche ich, bitte?

LEKTION 20

德國人常常在用的詞彙
電話／電腦
20

20_3.mp3
（此單元音檔的順序為：左欄全部唸完之後→右欄全部）

電話

das Telefon	電話
das Handy	手機
der Hörer	聽筒
die Telefontaste	電話按鍵
der Anrufbeantworter	自動答錄機
der Klingelton	鈴聲
der Notruf	緊急電話
die Telefonzelle	電話亭
die Telefonkarte	電話卡
das Telefonbuch	電話簿
die Vorwahl	地區號碼，前碼
die Ländervorwahl	國碼
die Gebühren	費用／手續費

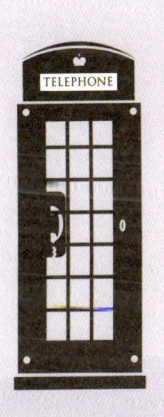

電腦

der Mauszeiger	游標
der Scanner	掃描機
der Laserdrucker	雷射印表機
der Tintenstrahldrucker	噴墨印表機
der Toner	碳粉匣
das Internet	網路
der Server / die Dateneingabeeinheit	伺服器
die Website/der Netzplatz	網站
die Homepage/die Startseite	網頁，主頁
die Software	軟體
der Kommentar	回帖，留言，評論
verletzende Antwort	惡意評論
die Antivirensoftware	防毒軟體
die Datensicherung	備份
die E-Mail-Adresse	電子郵件地址
der Eingang	收件夾
der Papierkorb	垃圾桶
die Spam-Mail	垃圾信
das Attachment/der Anhang	附加文件；附件
der Ausgang	寄件備份夾

文化篇－認識德國，了解德語

德國的教育制度

「您小學是何時畢業的呢？」
Wann haben Sie die Grundschule absolviert?

　　德國的義務教育是 9 年。必須念完小學（4 年）再進入高級中學（5 年）或職業學校（5 年），總共 9 年的義務教育。

1 義務教育
1）幼稚園（Kindergarten）及小學（Grundschule）

　　一般來說，滿 3 歲就會開始上幼稚園（Kindergarten），但不是義務教育。讀幼稚園不會有識字教育，也就是不教孩子閱讀文章或算數。德國法律規定，幼稚園必須施行遊戲、合作、維持秩序，環境等的相關教育。滿 6 歲即可進入小學（Grundschule）就讀。小學是 4 年制。小學畢業時，老師可行使升學的決定權。較特殊的是，為了孩子的教育，學校會召開親師座談會，在親師座談會中家長和老師一起討論與決定有關班級或學生教育等的議題，藉由父母與學校之間的緊密合作關係，來達成對學生的圓滿教育。例如，請家長在教育現場中發揮長才，或提供教學輔助用品等。

2）高級中學（Gymnasium），實科中學（Realschule）或普通中學（Hauptschule）

　　小學畢業之後，一般會聽從老師或父母的建議，進入高級中學、實科中學或普通中學就讀。未來想讀大學的學生，一般會進入高級中學就讀。但即便是選擇實科中學和普通中學就讀的學生，也可以藉由規定的課程及考試，轉進高級中學就讀。德國的高級中學原本是 9 年制，但目前多改成 8 年制，也就是 12 學年，然後再參加高級中學畢業考（Abitur）就可以申請進入大學。即使不是高級中學畢業的學生，在結束了普通中學 12 學年的課程後，再念一年大學準備課程（Abendgymnasium. Kolleg），再參加高級中學畢業考試（Abitur），一樣可以進入大學就讀。但每個邦的教育制度多少會有一點不一樣。大學入學考試，學生只需準備 4 個科目即可。德語和歷史是必考科目，剩下的可以自己選擇。

2 高等教育
1）大學預備課程（StudienKolleg）

　　因為很多國家的學制跟德國的學制不同，所以不符合德國大學入學資格的外國

學生很多。但這些學生可以在大學預備課程裡，準備德國大學的入學考試（Feststellungsprüfung）。在大學預備課程裡，可以同時上自己日後想主修學科的基礎課程以及語言。大學預備課程一般是一年，一年有兩次可申請報名（大約都在 4 月和 9 月，但每間學校略有差異），而且是免費報名（但某些學校仍須付費）。想報名此課程，一般須有中級以上的德語能力（B2）。每個邦的報名條件不太一樣，只要向該大學預備課程諮詢即可。

＊入大學之前，到底需不需要先參加大學預備課程，這不是考生可以決定的，而是由德國大學來決定的。根據報考者的資格或成績，德國大學可以決定你需要先就讀大學預備課程，或可免除。

2）大學（Universität）

一般來說大學要讀 3~4 年，研究所要讀 1~2 年，博士班要讀 3~5 年。大學有所謂的「研究與學習並重」的原則，學生在基本的學習之外，還必須盡快找時間做研究。如此一來，學生在留學期間，可以定下自己的學術領域，也可以好好集中心力在做研究上。大學的學習偏重於深度理論，所以比起高等專科學校（FH／Fachhochschule）要花上更多的時間來念書。但只有念一般綜合大學（Universität）才能攻讀博士班，如此才能培養出大學教授的資質。例如醫學、牙醫學、藥學等科系，只有綜合大學才有。

3）高等專科學校（Fachhochschule）

這是德國固有的大學制度，這種大學為學生提供較實際的學習方向。比起研究學問，更注重畢業後的職業教育。因此，沒有設立博士班課程。在 FH 畢業後，若是想取得博士學位的學生，在得到指導教授的許可及推薦之下，可在一般綜合大學（Universität）修習規定課程。

4）音樂學院（Musikhochschule）

在一般綜合大學裡的音樂系，只會上到音樂學或理論相關的課程。但在音樂學院裡所施行的教育則是技能培訓與實習。

5）藝術學院（Kunsthochschule）

在一般綜合大學裡的藝術系，只會上到藝術史（Kunstgeschichte）、藝術理論（Kunsttheorie）、文化經營（Kulturmanagement）等的理論或經營相關的課程。但在藝術學院講求的則是與藝術相關的技能培訓與實習。

參考資料（www.daad.de）

Was werden Sie jetzt tun?

現在您打算做什麼？

LEKTION
21

- 虛擬式 II
- 直陳式和虛擬式 II 的關係子句

DIALOG 21 基本會話

Arzt   Guten Morgen, was fehlt Ihnen denn?
Ming Ich bin beim Fußballspiel gefallen und habe mich am Fuß verletzt.
Arzt   Ich verstehe, lassen Sie mich mal sehen!
       Tut das hier weh?
Ming Ja, das tut mir sehr weh.
Arzt   Haben Sie hier auch Schmerzen?
Ming Aaah, ich fürchte, ich habe mir das Fußgelenk gebrochen.
Arzt   Ich denke, Sie haben sich das linke Fußgelenk nur verstaucht.
Ming Was werden Sie jetzt tun?

醫生 您好，您哪裡不舒服呢？[1]
Ming 我踢足球時跌倒，腳受傷了。
醫生 我懂了，讓我看看。這邊會痛嗎？
Ming 對，那裡很痛。
醫生 這裡也會痛嗎？
Ming 啊啊～我害怕我腳踝斷了。[2]
醫生 我想，您左邊的腳踝只是扭傷了。
Ming 您現在打算做什麼呢？

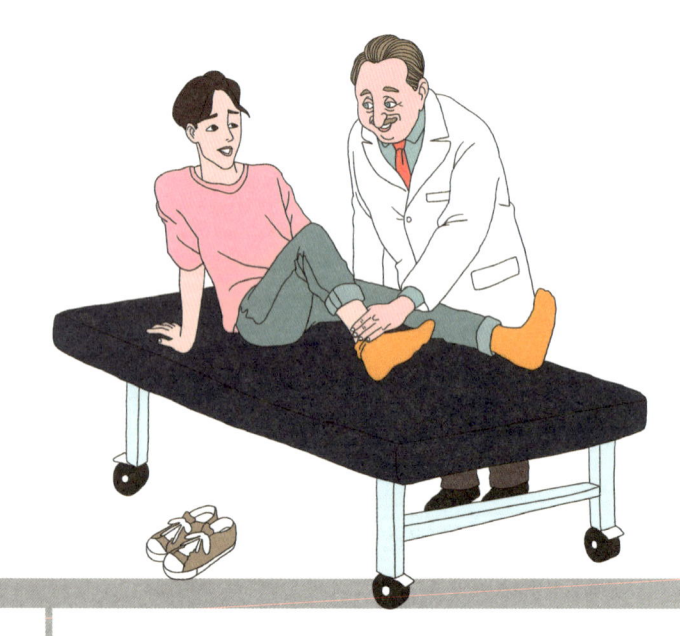

重點整理

1 您哪裡不舒服呢？
Was fehlt Ihnen denn?

fehlt 的原形是 fehlen（失去），主要在問哪裡不舒服。除此之外，還可以用下面的方式來表達。

Wo tut es Ihnen weh? 您哪裡疼痛？
Haben Sie hier Schmerzen? 您這裡會痛嗎？
Tut das hier weh? 這裡痛嗎？

2 我腳踝斷了。
Ich habe mir das Fußgelenk gebrochen.

haben... gebrochen 表示「～弄斷了」的意思，gebrochen 的原形為 brechen。

Arzt　Ich werde eine Salbe auftragen und den Fuß verbinden.
Ming　Könnten Sie mir sagen, wie lange ich mich nicht bewegen kann?
Arzt　Es ist nichts Ernstes. In einigen Tagen sollte es wieder gut sein. Ich stelle Ihnen ein Rezept aus.
Ming　Danke sehr.
Arzt　Bringen Sie dieses Rezept zur Apotheke. Wenn die Tabletten nicht helfen würden, könnten Sie noch einmal vorbeikommen.
Ming　Danke schön nochmals. Auf Wiedersehen.
Arzt　Gerne. Auf Wiedersehen.

醫生　我會擦點藥膏，並且把腳包紮起來。
Ming　您可以告訴我，我多久不能動呢？
醫生　不是很嚴重。幾天後腳就會好了。我開藥給你。
Ming　非常謝謝您。
醫生　請拿這張藥單到藥局去。**如果藥沒有效，您可以再過來一趟。** 3
Ming　再次感謝。再見！
醫生　不用客氣，再見！

---

etw. fehlt jm.　某人感到不舒服；生病
beim Fußballspiel　踢足球時
gefallen　跌倒（fallen 的過去分詞）
sich verletzen am Fuß　腳受傷
lassen　（使役動詞）讓，使
wehtun　痛，不適
Schmerzen haben　疼痛
fürchten　害怕
das Fußgelenk　腳腕
sich brechen　折斷，骨折
sich bewegen　移動身體，運動
nichts Ernstes　不嚴重
sich verstauchen　扭傷，脫臼
eine Salbe auftragen　擦藥膏
verbinden　綁繃帶
ein Rezept ausstellen　開處方箋；開藥
*** jm. Tabletten verschreiben**　給某人開藥
die Apotheke　藥局
wenn　萬一，如果
die Tabletten　藥，藥片
vorbeikommen　路過，經過

---

3 如果藥沒有效，您可以再過來一趟。
Wenn die Tabletten nicht helfen würden, könnten Sie… vorbeikommen.

此為虛擬二式的句型，主要是表示與事實相反的用法。würden（原形 werden）和 könnten（原形 können）皆為虛擬二式的變化。

Wenn ich ein Vogel wäre, könnte ich zu dir fliegen.
如果我是鳥，就可以飛向你了。（與事實相反的用法）

335

GRAMMATIK 21 掌握文法

1 虛擬二式（Konjunktiv II）

虛擬二式主要是用來表示與事實相反。

(1) 虛擬二式的變化

	動詞原形	過去式	虛擬二式	
弱變化	machen kaufen sollen	machte kaufte sollte	*machte* *kaufte* *sollte*	(würde ... machen) (würde ... kaufen) (würde ... sollen)
強變化	fahren finden geben kommen lesen ziehen	fuhr fand gab kam las zog	*führe* *fände* *gäbe* *käme* *läse* *zöge*	(würde ... fahren) (würde ... finden) (würde ... geben) (würde ... kommen) (würde ... lesen) (würde ... ziehen)
混合變化	bringen denken wissen können	brachte dachte wusste konnte	*brächte* *dächte* *wüsste* *könnte*	(würde ... bringen) (würde ... denken) (würde ... wissen)

- 弱變化動詞與直陳式過去式一致，且不變母音。強變化動詞和混合變化動詞在虛擬二式中，直陳式過去式的語幹會像上方的圖表一樣，進行變母音。

	人稱語尾		
	現在直陳式	過去直陳式	虛擬式
ich	___e	___	___e
du	___st	___st	___est
Sie	___en	___en	___en
er/sie/es	___t	___	___e
wir	___en	___en	___en
ihr	___t	___t	___et
Sie	___en	___en	___en
sie	___en	___en	___en

	sein	haben	werden
ich	wär*e*	hätt*e*	würd*e*
du	wär*(e)st*	hätt*est*	würd*est*
Sie	wär*en*	hätt*en*	würd*en*
er/sie/es	wär*e*	hätt*e*	würd*e*
wir	wär*en*	hätt*en*	würd*en*
ihr	wär*(e)t*	hätt*et*	würd*et*
Sie	wär*en*	hätt*en*	würd*en*
sie	wär*en*	hätt*en*	würd*en*

Wenn ich ein Vogel **wäre, könnte** ich zu dir fliegen.
如果我是鳥，我就可以飛向你了。

(Ich bin kein Vogel. Deshalb kann ich nicht zu dir fliegen.)
（我不是鳥，所以我不能飛向你）

(2) 直陳式和虛擬二式的關係

	直陳式		虛擬二式
現在式	Er *kauft* den Computer.	過去式	Ich *kaufte** den Computer nicht.
			Ich *würde* den Computer nicht *kaufen*.
	Er *kommt* nicht mit.		Ich *käme* gern mit.
			Ich *würde* gern *mitkommen*.
過去式	Er *kaufte* den Computer.		Ich *hätte* den Computer nicht *gekauft*.
	Er *kam* nicht mit.		Ich *wäre* gern *mitgekommen*.
現在完成式	Er *hat* den Computer *gekauft*.	過去完成式	Ich *hätte* den Computer nicht *gekauft*.
	Er *ist* nicht *mitgekommen*.		Ich *wäre* schon *mitgekommen*.
	Er *hat* den Computer *kaufen wollen*.		Ich *hätte* den Computer nicht *kaufen wollen*.
過去完成式	Er *war* zu spät *gekommen*.		Ich *wäre* nicht zu spät *gekommen*.
	Er *hatte* den Computer *gekauft*.		Ich *hätte* den Computer nicht *gekauft*.

＊由於和直陳式過去式相同，所以虛擬二式過去式的情況，就主詞 ich 來說也會寫成〈würde…＋動詞原形〉。

(3) 用法

1) 與事實相反的表現法

❶ 條件子句＋主要子句

Wenn ich nach Hamburg komme, besuche ich dich.
如果我去漢堡，我去拜訪你。（符合現實的假設）

Wenn ich nach Hamburg *käme, würde* ich dich besuchen.
如果我當時有去漢堡，就能拜訪你了。（與現實相反的假設）
→ 事實上我不會去漢堡，也不會去拜訪你。

Wenn ich Zeit *hätte, käme* ich mit.
如果有時間，我就一起去。（與現實相反的假設）
→ 事實上我沒有時間，也不會一起去。

❷ 單純句

Er blieb zu Hause.
他（那時）待在家。

Ich kann nicht sagen.
我不能說。

Das sollten Sie mir sagen.
您應當跟我說那件事的。

Ich *wäre* nicht zu Hause *geblieben*.
我應該不在家。

Ich *könnte* gerne *sagen*.
我很樂意說。

Das *hätten* Sie mir *sagen sollen*!
您應該跟我說那件事的。

GRAMMATIK 21 掌握文法

❸ 表達希望（與事實相反的願望表達）

Ich habe heute keine Zeit.
我今天沒時間。

Wenn ich heute nur Zeit *hätte*!
要是我今天有時間就好了！

Monika ist nicht hier.
Monika 不在這。

Wäre sie nur hier!
要是她在這裡就好了！

- 因現實並非如此，如果要表達與事實相反的期望、願望時，可以像這樣使用虛擬二式來表達。

- 省略 wenn 時，動詞移至句首。

❹ 表達比較

Er spricht Deutsch wie ein Deutscher.
他像德國人一樣講（一口流利的）德語。

Tu bitte nicht so, als ob du nichts *gewusst hättest*!
請你不要假裝好像你什麼都不知道一樣。

Er spricht Deutsch, *als ob* er ein Deutscher *wäre*.
他德文說的好像他是德國人一樣。
(=Er spricht Deutsch, *als wäre* er ein Deutscher.)

- als ob 後面接子句。

- 如果 als 取代了 als ob 時，句子的組成順序為〈als＋虛擬二式動詞＋主格〉。

2) 客氣的用法

· Reichen Sie mir das Salz!
　→ *Würden* Sie mir das Salz reichen?　　您可以把鹽遞給我嗎？

· Haben Sie morgen Zeit?
　→ *Hätten* Sie morgen Zeit?　　您明天有時間嗎？

· Darf ich mal durch?
　→ *Dürfte* ich mal durch?　　可以讓我過去嗎？

· Schließen Sie das Fenster!
　→ *Könnten* Sie bitte das Fenster schließen?　　您可以把門關起來嗎？

· Ich *hätte* eine Bitte.　　我想拜託你一件事。

· Ich *hätte* gern einen Kaffee.　　我想要一杯咖啡。

② 從屬子句（Nebensatz）與間接問句（Indirekte Frage）

> wenn, weil, dass, obwohl, damit, wie, wie lange, wie oft, wann, ob, wo, wohin, woher, was

- 如果以「主句＋從屬子句」或「從屬子句＋主句」的順序來組成句子時，子句中的動詞位置放在最後面。

- 從屬子句如果位於整個句子的前面時，主句會以動詞＋主格的順序來做敘述。

    Astrid kommt heute nicht zum Unterricht, *weil* sie krank *ist*.
    Astrid 因為生病，所以今天沒來上課。

    Hast du gehört, *dass* der Professor bald in die USA *fliegt*?
    你有聽說那位教授馬上要去美國的消息了嗎？

    Obwohl es draußen sehr kalt *war*, hat er mit seinen Freunden Fußball gespielt.
    即便（那時候）外面的天氣很冷，他還是在跟他朋友去踢足球。

- damit 之後的主格如果和主句的主格一樣，就會使用短句。（damit 句成了 zu 短句）

    Ich lerne Deutsch, *damit* ich in Deutschland studieren und arbeiten kann.
    (=Ich lerne Deutsch, *um* in Deutschland *zu* studieren und *zu* arbeiten.)
    為了在德國念大學與工作，所以學德語。

- 當句子是以「主句＋間接問句（Indirekte Frage）」組成時，間接問句中的動詞也放在最後面，即由 wie, wie lange, wie oft, wann, ob, wo, wohin, woher, was 引導的子句。

    Würden Sie mir sagen, *wo* die Post *ist*?
    您可以告訴我郵局在哪裡嗎？

    Ich weiß nicht, *wie* die Frau *heißt*.
    我不知道那女生的名字是什麼。

    Kannst du mir sagen, *wie oft* du ins Kino im Monat *gehst*?
    你可以告訴我你一個月去幾次電影院嗎？

    Ich weiß nicht, *ob* es viel geschneit *hat*.
    我不知道是否下了大雪。

WAS WERDEN SIE JETZT TUN? 339

ÜBUNGEN 21 練習題

1. 請參考範例，在空格處填入適當的答案。

> 範例　Ich bin dumm. → **Wenn ich doch nicht so dumm wäre!**
> 　　　我很笨。　　　　如果我沒有那麼笨就好了。
> 　　　　　　　　→ **Wäre ich doch nicht so dumm!**

1. Ich bin zu müde. ➡ Wenn ich doch nicht so müde ＿＿＿＿!
2. Er ist krank. ➡ Wenn er doch nicht so krank ＿＿＿＿!
3. Du bist zu groß. ➡ Wenn du doch nicht so groß ＿＿＿＿!
4. Sven kommt nicht. ➡ Wenn Sven nur ＿＿＿＿!
5. Ich habe kein Auto. ➡ Wenn ich nur ein Auto ＿＿＿＿!

2. 請參考範例，在空格處填入適當的答案。

> 範例　Ich bin arm. → **Wenn ich reich wäre, würde ich viel reisen.**
> 　　　我很窮。　　　如果我是有錢人，我會常常去旅行。

1. Ich bin alt. ➡ Wenn ich jung ＿＿＿, ＿＿＿ ich fleißig lernen.
2. Ich habe keine Zeit.
   ➡ Wenn ich Zeit ＿＿＿, ＿＿＿ ich dich besuchen.
3. Ich bin klein.
   ➡ Wenn ich ＿＿＿ ＿＿＿, ＿＿＿ ich Basketball spielen.
4. Ich habe kein Geld.
   ➡ Wenn ich Geld ＿＿＿, ＿＿＿ ich dir Schokolade kaufen.
5. Ich kann nicht gut Deutsch sprechen.
   ➡ Wenn ich doch besser Deutsch sprechen ＿＿＿, ＿＿＿ ich dir eine E-Mail auf Deutsch schreiben.

3. 請將下列句子改寫成表示與事實相反的句子。

1. Ich wünschte, du _____ hier. (sein)
2. Du _____ das nicht sagen sollen. (haben)
3. Du hast nicht auf mich gehört.
   Ich wünschte, du _____ auf mich _____.
4. Ich darf nicht bis zehn Uhr schlafen.
   Ich wünschte, ich _____ bis zehn Uhr schlafen. (dürfen)
5. Wenn Sie mir noch eine Chance _____! (geben)

4. 請將下列句子改寫成禮貌恭敬的表達。

1. Hast du Lust, mit ins Kino zu gehen?
   ➡ _____ du Lust, mit ins Kino zu gehen?
2. Darf ich mal durch?
   ➡ _____ ich mal durch?
3. Helfen Sie mir bitte!
   ➡ _____ Sie mir bitte _____?
4. Ist es möglich, mit ihr zu sprechen?
   ➡ _____ es möglich, mit ihr zu sprechen?

5. 請利用（ ）內的提示完成句子。

1. Er darf nicht Auto fahren. Er hat zu viel Wein getrunken. (weil)
   ➡ _____
2. Ich werde dich anrufen. Manfred kommt nächste Woche zu mir. (wenn)
   ➡ _____
3. Ich weiß nicht. Elias fährt mit dem Fahrrad zur Uni. (ob)
   ➡ _____
4. Gerd hat mir geschrieben, er fliegt nächsten Monat nach Taiwan. (dass)
   ➡ _____

德國人常常在用的表達句
請託與幫忙

請別人幫忙或幫助他人時

| 不好意思,您可以幫我忙嗎? | Entschuldigung, würden Sie mir helfen? |
| 您可以幫幫我嗎? | Können Sie mir helfen? |

| 您需要幫忙嗎? | Brauchen Sie Hilfe? |
| 我需要您的幫助。 | Ich brauche Ihre Hilfe! |

| 我可以幫忙您嗎? | Darf ich Ihnen helfen? |
| 您希望我能幫什麼忙呢? | Was wünschen Sie von mir? |

| 好的,樂意之至。 | Ja, gerne. |
| 我幫您做。 | Ich werde es Ihnen besorgen. |

| 除了那個,什麼都可以幫你。 | Ich will alles besorgen, nur dies nicht. |

| 我幫您提箱子。 | Ich trage Ihren Koffer. |

| 不用,謝謝。我可以自己來。 | Nein, danke. Ich kann ihn selber tragen. |
| 非常謝謝,但是我自己做。 | Danke schön, aber ich kann es allein tun! |

最好不要。	Lieber nicht.
不,很遺憾不行。	Nein, das geht leider nicht.
不,對不起。	Nein, es tut mir leid.

德國人常常在用的詞彙 — 醫院 21

21_3.mp3

das Krankenhaus
醫院

der Arzt
醫生

die Krankenschwester/der Krankenpfleger
護士

die Krankenhausverwaltung
（醫院中）處理行政業務的部門

**das Sprechzimmer /
das Behandlungszimmer** 診療室

das Wartezimmer
等候室，候診室

das Krankenzimmer / die Krankenstation
病房

die Krankenhausaufnahme
住院

die Entlassung aus dem Krankenhaus
出院

Abteilung für Hals-Nasen-Ohren
耳鼻喉科

Abteilung für Orthopädie
骨科

Abteilung für Gynäkologie
婦產科

Abteilung für Zahnheilkunde
牙科

Abteilung für Augenkrankheiten
眼科

Abteilung für Psychiatrie
精神科

Abteilung für Kinderheilkunde
小兒科

**Plastische Chirurgie /
Schönheitsoperation**
整形外科

Abteilung für Neurologie
神經科

Abteilung für Dermatologie
皮膚科

der Tierarzt
獸醫

文化篇－認識德國，了解德語

德國的醫院

「您跟醫生預約什麼時候？」
Wann haben Sie einen Termin beim Arzt?

　　在德國，要到醫院（Krankenhaus）接受治療，必須先取得「家醫」所開的轉診單，才可以去醫院就診。而在德國的醫院住院或診療，其醫療負擔並不會很大，其原因為 1881 年威廉一世所制訂的社會法，到了 1883 年時，德國全面擴大實施醫療保險制度。

　　如果加入醫療保險，像是診療費、手術費等費用，病患只需負擔一小部分即可。如果要去醫院就診，一定要事先預約。不預約的話，只能等到醫院剛好有空檔時才能就診。因此，等待的時間會很長，而且，診察時也會比較慌張。德國醫師一般診察的時間較長，問的問題也多，一般的認知是能力較差或可信度較低的醫師，其診療時間較短。

　　德國醫師在開處方箋時，藥的種類幾乎是單一藥品。不會一次開好幾種藥丸，不知道是不是因為他們認為一種藥即可醫治。藥局在配藥時，也不會一次給病患好幾種藥，而且患者也只需負擔固定的藥費即可，醫院也不會請病人「3 日後」再回診，一般都是開立一週、十天或 2~3 週左右的處方箋。此外，也沒有保險不給付藥品的狀況。

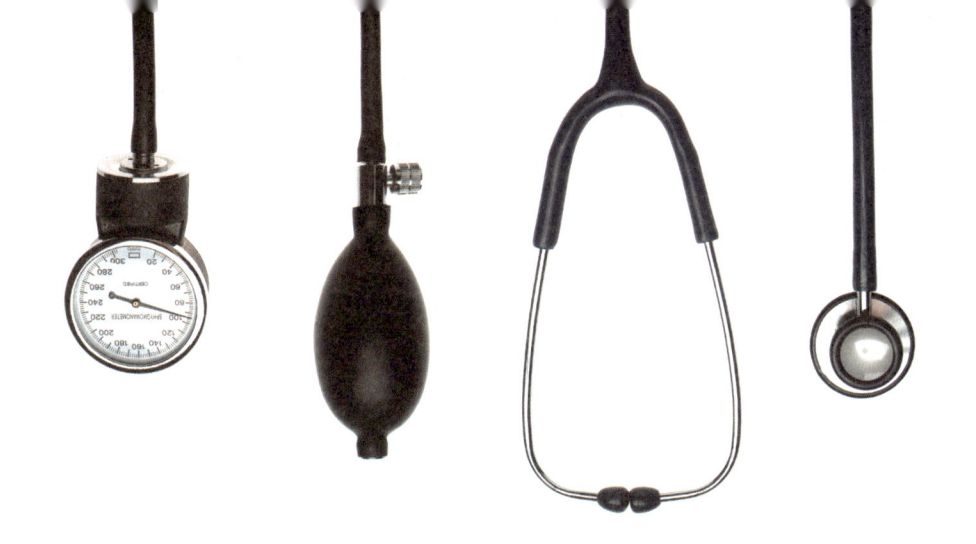

一般的診所是不讓病人住院或做手術的。因為手術只有綜合醫院（Krankenhaus）或大學醫院（Uniklinik）才可以執行的。位於都市近郊的診所或醫院，院裡的設施也都還不錯，那裡的醫師或診所所給的優惠會更多，而且讓病患可以選擇在住家附近的醫院就醫，其醫療制度做得很好。

如果打算長期住院，在 6 個月內醫療保險公會會支付患者薪水的 80%，在往後的 72 週內，以疾病補助金的方式，幫患者保留「每月的生計收入」。德國的醫療保險金堅守一個原則，那就是高所得的人繳多一點，低所得的人繳少一點，然後平等享用各項優惠。目前德國全國大約有 90%的國民加入了醫療保險，但像高所得者、自營業者、公務員等，都不會加入此保險。他們加入的是公會保險或特別的個人保險，為自己準備可以享有另一種優惠的機制。

但德國的醫師漸漸地開始往國外出走。雖然是上下班制，但是跟歐洲其他國家相比，德國醫院的環境並不會比較好。因為在德國的文化中，醫師被視為是「奉獻」的職業。醫師如果未婚，繳交的稅金會很多，但如果結婚並育有子女，上繳的稅金就會大幅減少許多。大學畢業後，即可到有提供研習機會的綜合醫院或大學醫院就職，但不管是哪間醫院，研習的時間都是 6 年。在研習的過程中，還必須參加高級研討會或醫學學會去做學術發表。這所有的過程就跟修學分一樣，須一一取得，然後跟最終的專業考試成績一起合算。如果專業考試合格了，才能當上專科醫師（Facharzt）。

即便如此，近年來的醫學院學生因在意年薪問題，念到中途放棄，另尋他途的情況也層出不窮。但醫師除了星期天之外，也有很多人會在星期一到五裡選擇一天休息。但念在奉獻精神或賺錢的份上，是可以不休息繼續工作的，但是他們更珍惜釋放壓力、享受休閒生活的時間。

WAS WERDEN SIE JETZT TUN?　　345

Bevor er eine Fahrkarte bestellt, sieht er im Fahrplan nach.

他在訂車票之前,先查了列車時刻表。

LEKTION
22

- 表示目的的狀況語〈um zu~＋動詞原形〉
- damit（為了做…）
- bevor（做…之前）
- wenn（條件）
- weil（理由）
- während（在…期間）

DIALOG 22 基本會話

Kiho ist am Bahnhof. Er will nach Berlin fahren, um seinen Freund Min-gu zu besuchen. Bevor er eine Fahrkarte bestellt, sieht er im Fahrplan nach.

Kiho	Um 10.13 Uhr fährt ein Zug ab.
	Hallo, wann kommt der Zug in Berlin an?
Angestellte	Einen Moment, bitte. Um 14.17 Uhr.
Kiho	O.K. Eine Fahrkarte zweiter Klasse nach Berlin, bitte.
Angestellte	Einfach oder hin und zurück?
Kiho	Einfach bitte.

Kiho 在車站。他 為了拜訪他的朋友 Ming-gu [1] 而前去柏林。他在訂車票之前，查看了火車時刻表。

Kiho	10 點 13 分有一班火車出發。
	哈囉，請問那班火車什麼時候會抵達柏林呢？
職員	請稍等，2 點 17 分。
Kiho	好的，請給我一張往柏林的二級車廂票。
職員	單程票還是來回票？
Kiho	請給我單程票。

重點整理

1 為了拜訪他的朋友
um seinen Freund zu besuchen

「um... zu」的意思為「為了…」，是表示「目的」的表達方式。

Ich lerne Deutsch, um fließend zu sprechen.
我學德語是為了能流暢地溝通。

2 因為他要在德國居住…
weil er in Deutschland wohnen... will

表示理由的連接詞為 weil。在有連接詞引導的副詞子句中，動詞位於最後面。

Ich gehe zum Arzt, weil ich erkältet bin.
因為我得了感冒，所以去看醫生。

Angestellte	96 Euro bitte.
Kiho	Es ist zu teuer.
Angestellte	Wenn Sie eine BahnCard haben, bekommen Sie eine Ermäßigung.

Er möchte eine BahnCard kaufen, weil er in Deutschland wohnen und studieren will.

Kiho	Kann ich bei Ihnen eine kaufen?
Angestellte	Aber natürlich.

Während er mit dem Zug fährt, ruft er seinen Freund Min-gu an.

- um ~ zu... 為了做…
- besuchen 拜訪
- abfahren 出發
- einen Moment 暫時，一會
- nachsehen 查詢，調查
- der Fahrplan （火車）時刻表
- zweite Klasse 二級
- einfach 單程
- hin und zurück 往返
- wenn 萬一，如果
- die BahnCard 鐵路卡，火車票優惠卡
- dabeihaben 持有，攜帶
- der Nachlass 折扣
- weil 因為（連接詞）
- studieren 念大學，研讀
- während 在…的期間（連接詞）

職員	96 歐元。
Kiho	太貴了！
職員	如果您有鐵路卡的話，就可以打折。

因為他要在德國居住和念大學 2，所以他想買張鐵路卡。

Kiho	可以向您買一張鐵路卡嗎？
職員	當然可以。

搭乘火車的期間，他打了通電話給他朋友 Min-gu。3

3 搭乘火車的期間，他打了通電話給他朋友。
Während er mit dem Zug fährt, ruft er seinen Freund an.

在表示「在…期間」的副詞子句中，動詞仍放在最後面。
Ich höre Musik, während ich zur Schule gehe.
他在去學校的時候聽音樂。

349

GRAMMATIK 22　掌握文法

❶ 表示目的的狀況語「um… zu＋動詞原形」：「為了……」

Kiho fährt nach Berlin, *um* seinen Freund *zu* besuchen.
Kiho 去柏林為了拜訪他的朋友。

Herr Meier treibt Sport, *um* Appetit *zu* bekommen.
(= Herr Meier treibt Sport, damit er Appetit bekommt.)
Meier 先生為了增進食慾而運動。

- 上面此句型的意義和句型「damit S（主格）… V（動詞）」是一樣的。以連接詞 damit 引導的子句中的主格，若和主句的主格一樣時，會以〈um… zu＋原形動詞〉表示。

Sandra lernt fleißig, *um* den Fahrtest *zu* bestehen.
Sandra 為了取得駕照而認真學習。

- 如果是可分離動詞，前綴詞和動詞之間，會置入 zu，且會加在中間。

Ich kaufe eine Telefonkarte, *um* meine Eltern an*zu*rufen.
我為了打電話給父母而去買電話卡。

Ich gehe zum Bahnhof, *um* meine Mutter ab*zu*holen.
我為了接我媽而去車站。

❷ damit 子句：「為了…」（目的）

在有主句和子句的句子中，子句的主要功能在說明條件、情境或目的。子句的主格會出現在連接詞的後面，動詞則位於子句的最後面。

- 子句如果出現在主句前面，主句的結構為〈動詞＋主格…〉。

Treiben Sie regelmäßig Sport, damit Sie Appetit *bekommen*!
為了增進食慾，請規律性地運動。（=um Appetit zu bekommen!）

Damit Sie Appetit bekommen, *treiben* Sie Sport!
為了增進食慾，請規律性地運動。

Beeil dich bitte, damit wir nicht zu spät *kommen*.
為了我們能不遲到，請你快一點！

3 bevor 子句：「在…之前」

Bevor er eine Fahrkarte bestellt, *sieht* er im Fahrplan nach.
他在訂車票之前，先查了火車時刻表。

Ich trinke keinen Kaffee, **bevor** ich zu Bett *gehe*.
我在睡覺前，不喝咖啡。

Ich hebe Geld ab, **bevor** ich einkaufen *gehe*.
我去購物之前，先領錢。

4 wenn 是表示條件或時間的連接詞

Ich kann spazieren gehen, **wenn** es morgen nicht *regnet*.
如果明天沒下雨，我就能夠去散步。

Wenn ich in Frankurt ankomme, *rufe* ich dich an.
如果我到了法蘭克福，就打電話給你。

Wenn ich zu Hause ein Buch lese, *hört* mein Bruder immer Musik.
每當我在家裡念書時，我弟總是在聽音樂。

= **Immer wenn** ich zu Hause ein Buch lese, *hört* mein Bruder Musik.
每當我在家讀書時，我弟總是在聽音樂。

5 weil 表示理由的子句

weil 的意思是「因為」，為表示理由的連接詞。動詞依然會出現在子句最後面，如果和情態式助動詞一起使用，情態式助動詞會出現在子句最後面。

Ich möchte eine BahnCard kaufen, **weil** ich in Deutschland wohnen *will*.
因為我打算住在德國，所以想買一張鐵路卡。

Ich gehe zum Arzt, **weil** ich eine Erkältung *habe*.
因為我得了感冒，所以要去看醫生。

- 表示理由時，也會使用「denn」。但是 denn 引導主句，動詞會接在主詞後面。

Heute kommt Manfred nicht zur Universität, **denn** er *ist* krank.
今天 Manfred 沒去學校（大學），因為他身體不舒服的關係。

GRAMMATIK 22　掌握文法

❻　während 子句：「在⋯期間」

Er ruft seinen Freund an, **während** er mit dem Zug *fährt*.
他搭火車的期間，打電話給朋友。

Während ich frühstücke, *lese* ich oft die Zeitung.
我吃早餐的期間，時常會看報紙。

Ich räume das Zimmer auf, **während** meine Mutter *kocht*.
我媽煮菜的期間，我在清理房間。

補充例句

● 當要買車票時

eine Fahrkarte **zweiter** Klasse	二等車廂座位車票
eine Fahrkarte **erster** Klasse	頭等車廂座位車票

zweit- 為序數，表示「第二」的意思。die Klasse 的陰性定冠詞第二格（屬格）為 der，如果沒有冠詞，就會在形容詞的語尾接上如同定冠詞的語尾。

Eine Fahrkarte **zweiter** Klasse nach Köln.	一張往科隆的二等車廂車票。
Bitte zwei Fahrkarten **zweiter** Klasse!	請給我兩張二等車廂車票。
Bitte eine Karte **zweiter** Klasse!	請給我一張二等車廂車票。

● 表示時間－第四格（賓格）

當要表示時間、單位、數量等時，會使用第四格（賓格）。

Einen Moment!	請稍等！
Einen Augenblick!	請稍等！
A　Wie lange dauert der Kurs?	那課程有多久？
B　Der Kurs dauert *einen* Monat.	那個課程持續一個月。
A　Wie lange fahren wir noch?	我們還要搭多久的車？
B　*Eine* Stunde noch.	還要一個小時。
A　Wie lange lernene wir noch?	我們還要學多久？
B　*Einen* Monat noch.	還有一個月。
Ein Jahr noch.	還有一年。

● 表示數量、單位－第四格（賓格）

Ich kaufe *ein* Stück Kuchen.　　我買一塊蛋糕。

Ich kaufe *eine* Dose Cola.　　我買一罐可樂。

Ich trinke *eine* Flasche Saft.　　我喝一瓶果汁。

Sie trinkt *ein* Glas Wasser.　　她喝一杯水。

Das kostet *einen* Euro.　　那個要 1 歐元。

● 表示「查詢、確認」：sehen

Ich *sehe* mal nach.　　我查看一下。

Ich *sehe* im Fahrplan nach.　　我查查火車時刻表。

Maria *sieht* im Buch nach.　　Maria 查閱那本書。

● 語順

在德文的直述句中，若出現時間、方式或方法，以及場所的片語時，其語順會以時間→方法→場所的順序來呈現。

	時間 (wann?)	方法 (wie?)	場所 (wo/wohin?)	
Ich fahre	am Wochenende	mit dem Bus	nach Paris.	
Bora kauft	nach der Arbeit	noch schnell	im Supermarkt	ein.
Ich fahre		mit dem Auto	nach München.	
Bora geht	heute Abend		ins Kino.	

▶ Sie fahren in den Ferien immer nach Italien.

→ In den Ferien fahren sie immer nach Italien.
　他們放假時總是去義大利。

BEVOR ER EINE FAHRKARTE BESTELLT, SIEHT ER IM FAHRPLAN NACH.　　353

ÜBUNGEN 22　練習題

1. 請在下列空格中填入適當的連接詞（damit, weil, um...zu~）。
　1. Kiho fährt nach Berlin, _____ seinen Freund _____ besuchen.
　2. Herr Meier treibt Sport, _____ er Appetit bekommt.
　3. Sandra geht ins Kaufhaus, _____ sie etwas einkaufen möchte.
　4. Ich gehe zum Bahnhof, _____ ich meine Mutter abholen muss.
　5. Treiben Sie regelmäßig Sport, _____ Sie Appetit bekommen!

2. 請在下列空格中填入符合句意的連接詞。
　1. Vor der Bestellung einer Fahrkarte sieht er im Fahrplan nach.
　　= _____ er eine Fahrkarte bestellt, sieht er im Fahrplan nach.
　2. Vor dem Einkauf hebe ich Geld ab.
　　= _____ ich einkaufen gehe, hebe ich Geld ab.
　3. Um den Fahrtest zu bestehen, lernt meine Schwester fleißig.
　　= Meine Schwester lernt fleißig, _____ sie den Fahrtest bestehen kann.
　4. Wegen der Erkältung geht Mario zum Arzt.
　　= Mario geht zum Arzt, _____ er eine Erkältung hat.
　5. Während der Fahrt mit dem Zug ruft er seinen Freund an.
　　= Er ruft seinen Freund an, _____ er mit dem Zug fährt.

3. 請在下列空格中填入適當的連接詞。
　1. Ich kann spazieren gehen, _____ es morgen nicht regnet.
　2. _____ ich in Frankurt ankomme, werde ich dich anrufen.
　　= Bei meiner Ankunft in Frankfurt werde ich dich anrufen.
　　（bei＋第三格名詞意指「～的時候」。die Ankunft 到達」）
　3. Ich möchte eine BahnCard kaufen, _____ ich in Deutschland wohnen will.
　4. Heute kommt Manfred nicht zur Universität, _____ er krank ist.
　5. Ich ziehe mir einen Mantel an, _____ es heute sehr kalt ist.
　6. _____ ich frühstücke, lese ich oft die Zeitung.

4. 請從下面選出適當的連接詞填入空格中。

| während | weil | bevor | damit | wenn |

1. Ich treibe Sport, damit ich gesund bleibe.
   ➡ Ich treibe Sport, _____ ich gesund bleiben möchte.
2. Wir müssen schnell essen, wenn wir noch ausgehen wollen.
   ➡ Wir essen schnell, _____ wir noch ausgehen können.
   ➡ Wir essen schnell, _____ wir noch ausgehen möchten.
3. Gisela geht zur Bank, um Geld abzuheben, dann geht sie einkaufen.
   ➡ Gisela hebt Geld ab, _____ sie einkaufen geht.
4. Ich kaufe diese Jacke, _____ mir die da zu klein ist.
5. Du darfst fernsehen, _____ du heute keine Hausaufgaben hast.
6. _____ du ins Kino gehst, musst du zuerst deine Hausaufgaben machen.
7. Ich lese ein Buch, _____ ich esse.
8. _____ wir zur Schule gehen, treffen wir Marion.

德國人常常在用的表達句
與當地人交談 2

22_2.mp3

找人談話時

我能與您聊一會嗎？	Kann ich Sie kurz sprechen?
可以聊聊嗎？	Kann ich etwas sagen?
我有事想跟您說。	Ich möchte Ihnen etwas erzählen.

製造對話的機會時

請問您有時間嗎？	Haben Sie vielleicht Zeit?
您現在有時間嗎？	Haben Sie einen Moment Zeit?
可以耽誤您一點時間嗎？	Haben Sie eine Minute Zeit?
您可以給我一點時間嗎？	Haben Sie einen Moment Zeit für mich?
您有空嗎？	Sind Sie frei?

與人搭話時

不好意思！抱歉！	Entschuldigen Sie mich bitte!
打擾一下。	Entschuldigen Sie mich bitte einen Moment!
不好意思，要打斷您一下。	Entschuldigen Sie, dass ich Sie unterbreche!
可以打擾您一會兒嗎？	Darf ich Sie mal kurz stören?
我有話要說。	Ich habe etwas zu sagen.
我有話跟您說。	Ich möchte mit Ihnen sprechen.
我有些話要說。	Ich möchte ein paar Worte sagen.
我想跟您交談一下。	Ich möchte ein Wort mit Ihnen wechseln.
我能和您聊一會兒嗎？	Kann ich mit Ihnen sprechen?
您想說什麼？	Was möchten Sie sagen?
您有話想說，對吧？	Sie möchten etwas sagen, oder?
您有話要跟我說嗎？	Wollen Sie mit mir sprechen?
我只會打擾您一會兒。	Ich werde Sie nur für einen Moment stören.
可以打擾一會嗎？	Dürfte ich mal kurz stören?
不好意思，我有事想請教您。	Entschuldigen Sie, ich hätte eine Frage.

德國人常常在用的詞彙
交通工具（火車／公車／飛機） 22

22_3.mp3
（此單元音檔的順序為：左欄全部唸完之後→右欄全部）

大眾交通（地鐵、公車、計程車）

der Bus	公車
die S-Bahn	電車
die Straßenbahn	電車
die U-Bahn	地鐵
das Taxi	計程車
der Zug	火車
ein Taxi nehmen	搭計程車
den Bus nehmen	搭公車
der Fahrgast	乘客
der Fahrschein	車票
die Fahrkarte	車票
der Taxistand	計程車候車站
ein Taxi rufen	叫計程車
der Fahrpreis	車費
die Verkehrsampel	交通信號燈（紅綠燈）
der Fahrplan	行車時刻表
die Bushaltestelle	公車站
die U-Bahn-Station	地鐵站
der Bahnhof	火車站
der Wartesaal	候車室

機場、港口

der Flughafen	機場
der Fahrkartenschalter	購票處，購票窗口
die Rückfahrkarte	回程票
der Fahrkartenautomat	車票自動販賣機
das Flugzeug	飛機
der Pass	護照
der Flugschein	機票
das Handgepäck	手提行李
der Abflug	起飛
der Eingang	入口

文化篇－認識德國，了解德語

德國的公共廁所

「洗手間在哪一層樓呢？」
Im wievielten Stock liegt die Toilette?

德國中央站有連鎖經營的廁所，是需要付費才能使用的。因此，不需要擔心廁所的清潔或管理問題。不只是火車站的公共廁所，就連百貨公司或大型賣場的廁所都需要付費才能使用。在入口處會有人坐著收錢，或是直接往機器裡投幣買票，才能進入廁所。通常一個人的收費大約是 50 分到 1 歐元左右。

投入硬幣之後，就像通過地鐵的閘門一樣，要等攔道器移動，才可以進入廁所。此外，地鐵站的廁所、高速公路休息站的廁所等也都是要付費的，往自動販賣機或入口處投入硬幣才可以使用。

有些廁所裡有淋浴設備，一般收費是 7 歐元左右，相當於台幣 231 元以上。但如果是餐廳或咖啡廳，其內部的廁所可以免費提供給顧客使用。如果來到德國的都市旅遊，如果不想太狼狽，來餐廳或咖啡廳用餐時，一定要順便上廁所，這也算是旅遊必要的行程。

使用火車站廁所，多會獲贈一張約 50 分的優惠券，記得要好好收著。也許是因為觀光客太多，擔憂廁所的免費使用會導致環境衛生上的髒亂，與不必要的水資源浪費，所以施行廁所的付費措施。在普遍認知上，德國算是缺水的國家，所以他們在這方面的管理也做得很好。德國人的樸實節儉已成為一種習慣，所以對於這樣的政策也沒有任何不滿，都能夠好好地遵守。

BEVOR ER EINE FAHRKARTE BESTELLT, SIEHT ER IM FAHRPLAN NACH.

LÖSUNGSSCHLÜSSEL 解答篇

LEKTION 1

1.
1. Morgen 2. Tag 3. Abend 4. Nacht
5. wie 6. Tag, gleichfalls

2.
1. -en 2. -en 3. -e 4. -en
5. -es（das Wochenende 為中性名詞，沒有冠詞時，形容詞的中性第一格、第四格語尾是-es。）

3.
1. ich 2. du 3. Sie

4.
1. mir（wie geht es+第三格名詞，因此是 ich 的第三格 mir。）
2. Ihnen, Ihnen（為彼此使用敬稱的情況，因此會出現 Sie 的第三格 Ihnen。）
3. dir, dir（是稱呼 Erika 名字的關係，所以是 du 的第三格 dir）

5.
1. 再見！ 2. 拜拜！ 3. 明天見！
4. 等會兒見！ 5. 馬上見！

6.
1. Wie geht es Ihnen?
2. Danke, (es geht mir) gut./ Danke, mir geht es gut.
3. Auf Wiedersehen!
4. Tschüs, bis morgen!
5. Schönes Wochenende!
6. Danke, gleichfalls.

LEKTION 2

1.
1. ist 2. bin 3. Sind 4. ist, ist 5. bist
6. sind（在複數的情況，指示代名詞依然是 das。單數與複數的差別在於動詞要區分。）
7. seid（Kevin 和 Linus，你們是大學生嗎？→第二人稱複數 ihr 的 sein 動詞為 seid），sind
8. ist（那位男士是誰？）
9. ist（Renate 是大學生。→表示身分時不放入冠詞，不用 eine Studentin。）
10. sind（您是誰？）

2.
1. heiße 2. heißt（那位女生叫 Erika。）
3. heißen（您的名字叫什麼？→不是 Was heißen Sie?）
4. Heißt（你是 Mina 嗎？→不能說 heißst du。語幹如果是-ß，第二人稱單數 du 的動詞語尾-st 中的「s」會脫落。）
5. heißt（那個男生叫 Reiner。）

3.
1. Wie 2. Wer（那個女生是誰？） 3. Wer

4. Wie（您的名字叫什麼？→不會用 was 來取代 wie。原意：您要怎麼稱呼？）
5. Wer（這邊這位 Reiner 是誰？）

4.
1. die, Sie（陰性名詞第三人稱代名詞為 sie，如果放在句首，則要字首大寫用 Sie。）
2. der, Er
3. das（這／那個孩子是誰？）, Es 或 Sie（由於 das Kind 為中性名詞，人稱代名詞可以是 es。但因為 meine Tochter（我女兒）為陰性名詞，在這種情況人稱代名詞也可以使用 sie。） 4. Sie 5. Er

5.
1. mein 2. mein 3. meine 4. Ihr
5. Ihre 6. seine
7. ihr（＊所有冠詞會根據後方出現的名詞的性，來做語尾變化，就如同不定冠詞 ein- 一樣。）

6.
1. Ich heiße 2. Sind Sie 3. Das ist
4. Es freut（es 為非人稱主格。但也可省略掉 es，講成 freut mich。）
5. Er, Herr

LEKTION 3

1.

	ich	du	Sie	er, sie, es	wir	ihr	Sie	sie
kommen	komme	kommst	kommen	kommt	kommen	kommt	kommen	kommen
machen	mache	machst	machen	macht	machen	macht	machen	machen
lernen	lerne	lernst	lernen	lernt	lernen	lernt	lernen	lernen
spielen	spiele	spielst	spielen	spielt	spielen	spielt	spielen	spielen
suchen	suche	suchst	suchen	sucht	suchen	sucht	suchen	suchen
wohnen	wohne	wohnst	wohnen	wohnt	wohnen	wohnt	wohnen	wohnen
liegen	liege	liegst	liegen	liegt	liegen	liegt	liegen	liegen
sein	bin	bist	sind	ist	sind	seid	sind	sind

2.
1. Wer 2. Das, Er 3. Sind, bin 4. bist
5. sind
6. Das（這邊這位是 Veronika。） 7. Sie
8. Wer, das（這裡不用 er 或 sie）, Das, Ute

3.
1. die Schülerin 2. die Studentin
3. die Lehrerin 4. die Professorin
5. die Taiwanerin 6. die Chinesin
7. die Französin 8. die Deutsche

4.

1. kommt　2. Wohnt
3. studiert（Marion 在法蘭克福念大學。[studieren 念大學]）
4. machst（你今天要做什麼？）
5. kommt　6. lerne
7. arbeiten（Lohmann 先生，您在哪裡工作？）
8. sucht（Anne 在找明信片。）
9. liegt（台灣在亞洲。→liegen 放著，位於）
10. macht（你們在這裡做什麼？）

5.

1. aus　2. in　3. bei
4. bei（Eva 在 Leonie 的家。）
5. aus（Leroc 女士來自巴黎。→Frau 意指「女士」，包含了英文「Miss」「Mrs.」的意思，不論是否有結婚都用 Frau）

6.

1. Wie　2. Wo　3. Woher　4. Wer　5. Wie

LEKTION 4

1.

1. der　2. die　3. ein　4. ein　5. eine

2.

1. ein, Der　2. ein, Das
3. eine, Die（這是報紙。這份報紙名叫「Die Welt」。）
4. ein, Das,　5. ein, Der
6. x（無冠詞）, Die（在做介紹時，不會用冠詞。）

3.

1. Der　2. ein
3. Die（這裡這些雞蛋很新鮮。）
4. eine（這是梨子。這顆梨子不大。）
5. Das
6. eine（這不是柳橙。這是檸檬。*Das ist auch keine Zitrone. 這個也不是檸檬。）
7. eine, keine
8. keinen（由於 brauchen「需要」是及物動詞，因此後面的名詞會是受格。）

4.

1. Der　2. Die　3. eine, Die　4. Die
5. die（A: 那顆梨子大嗎？ B: 不，它很小。）

5.

1. nicht　2. nicht
3. nicht（A: 天氣如何？ B: 不好。）
4. Nein　5. nicht

6.

1. Äpfel　2. Kartoffeln　3. Tomaten
4. Männer　5. Brote　6. Fotos　7. Söhne
8. Töchter　9. Frauen　10. Kinder

LEKTION 5

1.

1. Er kommt aus Taiwan.
2. Er ist Taiwaner.
3. Er arbeitet fleißig.　4. Er hat eine Schwester.　5. Das findet er gut.

2.

1. (1) e　(2) est　(3) et　(4) et　2. est

3. et（那個男生很慢地呼吸。）
4. et（下大雨。）
5. t（Beate，你舞跳得很好。→schön 漂亮的，美的，好的）

3.
1. Hast, habe   2. hat
3. habt（你們有什麼問題？），haben
4. hat   5. haben

4.
1. Ich brauche eine Lampe.
2. Ich brauche eine Waschmaschine.（我需要一台洗衣機。）
3. Ich brauche einen CD-Spieler.（我需要CD播放器。）
4. Ich brauche ein Sofa.
5. Ich brauche einen Teppich.（我需要地毯。）

5.
1. Er   2. Sie   3. Es（interessant 有趣的）
4. Sie（這些是筆記本嗎？－是的，那些是筆記本。那些筆記本很棒。）
5. Er（原子筆？－這支原子筆很小支。）

6.
1. keine   2. keinen   3. kein   4. keine
5. keine（你沒有兄弟姊妹嗎？→雖然複數名詞在對話的一開始一般是不會有冠詞的，但在表達否定時，會使用 keine。）

7.
1. es（由於空格是受格的位置，當要使用人稱代名詞時，空格中不用 das，而是用 es。）
2. er（請問您有自動筆嗎？－在這裡。）
3. ihn（您覺得那個男生怎麼樣？－我覺得他很溫柔。→finden 在這裡不是「找到，發現」的意思，而是「認為」的意思。）
4. es（您覺得那幅畫怎麼樣？－喔，我覺得很漂亮。）
5. sie（您覺得這邊這件襯衫怎麼樣？－我覺得很好看。）

LEKTION 6

1.
1. isst   2. tragt（ä 變母音的情況會出現在當主格是第二人稱單數和第三人稱單數時。）   3. atmet   4. sprichst   5. nimmt

2.
1. Der, den   2. ein   3. einen   4. den
5. die

3.
1. es
2. Er, ihn（這支原子筆是新的。它很實用。－你也要買（它）嗎？）
3. sie（這盞燈很貴嗎？－不，它沒有那麼貴。）
4. Sie（這些書很有趣。－它們也很便宜。）
5. wir（你們肚子會餓嗎？－嗯，我們肚子很餓。）

4.
1. mir   2. mir   3. dir（Brigitte，我來幫你。）
4. Ihnen（Jandl 小姐，您喜歡台灣這裡嗎？），mir（我很喜歡。）

5.
1. dem Kind   2. einer Schülerin   3. mir

363

4. dem Lehrer（Julia 回答老師。）
5. der Lehrerin（這支手機是那位女老師的。）
6. den Kindern（Daniel 幫助那些孩子們。→die Kinder 的複數第三格是 den Kindern。）
**文法解說：複數名詞要變成第三格時，在「第三格＋複數名詞」的組合中，名詞字尾沒有n時，要主動加上 n。例如：die Kinder→ den Kindern；die Häuser→ den Häusern。但例外的是：①複數名詞＋s 時，如外來語Autos；②簡寫字，如 USA，都不用加上 n）
7. den Touristen（Kevin 為觀光客帶路。→Touristen 為複數第三格）

LEKTION 7

1.
1. aufstehen(a)　verlieren(b)
   abfahren(a)　anrufen(a)
2. verstehen(b)　fernsehen(a)
   aufhören(a)　stattfinden(a)
3. einladen(a)　mitkommen(a)
   bezahlen(b)　erzählen(b)
4. aufräumen(a)　frühstücken(b)
   einkaufen(a)　benutzen(b)

2.
1. Hast, vor（你今天有什麼計畫？）
2. fängt, an（課馬上就要開始了。）
3. komme, mit（我也要一起去。）
4. Fährt, ab（火車即將出發。）
5. kommt, an（火車抵達。）

3.
1. erreiche（我要怎麼聯絡你？→erreichen 為「聯絡」之意，為不可分離動詞，所以這一題中後面的空格不用填。）
2. beginnt
3. besucht（Veronika 拜訪 Petra。）
4. bekomme（我收一封信。→bekomme 收到，得到）　5. verkauft（販賣）

4.
1. fängt .... an
2. findet .... statt（星期四召開會議。）
3. fährt ... ab（火車什麼時候出發？）
4. kommt .... an（火車什麼時後抵達？）
5. räumt auf（Sven 打掃。）
6. sehen fern.（孩子們看電視。）
7. Kommst ... mit（你要一起去電影院嗎？→雖然 Kommst du ins Kino mit? 才是正確的講法，但 mitkommen 一般是習慣將可分離前綴詞放在介系詞的前面。）
8. lädt ... ein（Mina 招待朋友們。）
9. rufe ... an（我明天早上打電話給你。→「anrufen＋（人）第四格」意指「打電話給～」）

5.
1. kauft ... ein（他總是在超市購物。）
2. sehe ... fern（我不常看電視。）
3. fährt ... ab（開往法蘭克福的火車什麼時候出發？）
4. laden ... ein（我們邀請很多客人來到我們的派對。→einladen zu＋第三格受格）

6.
1. einen Weihnachtsmann（有聖誕老人嗎？）
2. ein Musical（das Musical 為中性名詞，發音為 [ˈmjuːzɪkl]）

3. am（你下午要做什麼？）
4. In der
5. Am Morgen（早上我爸打電話給我。→如果寫成 morgen，是「明天」的意思。）

7.
1. elf   2. sieben   3. drei   4. dreizehn
5. sechzehn（唸作[ˈzɛçtseːn]）
6. siebzehn   7. zwanzig
8. vierundzwanzig   9. achtunddreißig.
10. einundsiebzig.

LEKTION 8

1.
1. beim（我住在市立公園附近。）
2. zum（我妹妹去看醫生。）
3. zur（Elias 上大學。）
4. beim（他今天早上看醫生。）
5. vom（我去車站接 Inge）

2.
1. gegen（我反對那個計畫。→für 贊成）
2. durch（Alexander 穿過公園。→Er läuft durch den Park.他用走／跑的穿過公園。）
3. mit（我搭汽車去。→Ich fahre mit dem Auto. 我開車去。）
4. zum
5. nach（nach 意指「往、到（某處、國家、都市等」→nach Haus 回家）

3. ＊正解是（）後面的語尾。
1. (d)en
2. (sein)e（他沒有眼鏡就無法閱讀。）
3. (d)en   4. (d)er
5. (ein)em（一年前 Mina 就在學德語了。）

4.
1. aus
2. hinter（後面）或 gegenüber（對面）
3. mit（Sven 騎腳踏車去。）
4. zum（請問要怎麼去中央站？／請問往中央站的路要怎麼走？＊wie komme ich zu＋第三格受格）
5. zur（這條路是往郵局的路嗎？）
6. hinter 或 gegenüber（郵局在博物館後面／對面。）

5.
1. durch den
2. entlang（Ming 沿著道路跑過去。）
3. für mich（你今天晚上要為了我做菜嗎？）
4. gegen（那台公車撞到樹木。）
5. um das（我們坐在火的周圍。→Wir sitzen um den Tisch. 我們坐在桌子周圍。）
6. Ohne dich（沒有你，休假就不好玩。）

LEKTION 9

1.
1. der, Den
2. die, Die（Sie ist prima. 那個很棒。）
3. das, Das
4. die, Die（die Hose（褲子）的複數形是 die Hosen）

2.
1. ihn   2. sie   3. es
4. sie（我在找襪子。－都在這裡。－但我不太喜歡。→＊Strümpfe 長襪, Strumpfhose 褲襪, Strümpfe einziehn/ausziehen 穿／脫長襪）
5. Ihnen

365

6. Ihnen（這件裙子多少錢？－這件裙子很便宜，而且很適合你！）
7. dir（Mina，那副眼鏡根本不適合你。→passen zu＋人（第三格）：適合～）

3.
1. diese 2. Dieser
3. diesen（您覺得這件外套怎麼樣？－我不太喜歡。）
4. Dieses 5. dieses 6. diesen
7. Diese（這個手提包很適合客人您！－這個手提包多少錢？）

4.
1. jenen 2. Jener 3. jene 4. Jenes
5. jenem（您認識坐在那個桌子的那位男士嗎？）
6. jenes（那孩子的媽媽還沒來。）
7. jener（那位女大學生的名字很長。→陰性 jene 的第二格為 jener。→*die Studentin 為第一格，der Studentin 為第二格）

LEKTION 10

1.
1. drei Uhr fünfundvierzig./Viertel vor vier.
2. null Uhr fünf./fünf nach zwölf.
3. zwanzig Uhr fünfzig./zehn vor neun.
4. vier Uhr fünfundzwanzig./fünf vor halb fünf.（「四點半」是 halb fünf。）
5. ein Uhr fünfzehn./Viertel nach eins.
6. neun Uhr fünfunddreißig./fünf nach halb zehn.
7. zehn Uhr fünfzig./zehn vor elf.
8. zweiundzwanzig Uhr zehn./zehn nach zehn.
9. vierzehn Uhr vierzig./zwanzig vor drei zehn nach halb drei.
10. achtzehn Uhr dreißig./halb sieben./sechs Uhr dreißig.

2.
1. Martin Krüger: fünfundachtzig dreiundzwanzig null eins
2. Metzgerei Otto: achtzig sechsundsechzig neunundzwanzig
3. Hans Adler: neunundvierzig sechsunddreißig zweiundachtzig
4. 牙科：(null sieben vier drei zwei) eins sechs neun drei sieben 或是（Vorwahl 地區號碼：null sieben vier drei zwei）sechzehn dreiundneunzig sieben
5. Astrid Wieser: sieben acht drei drei sechs zwei null 或（兩個兩個一起唸）achtundsiebzig dreiunddreißig zweiundsechzig null.

3.
1. Wann（Meier 先生什麼時候來？－他今天晚上會來。）
2. Wie lange（你會在台北待多久？－一週。）
3. Um wie viel Uhr（幾點開始上課？）或是 Wann（什麼時候）
4. Wie oft（你多常去看戲劇？－一個月一次。）
5. Von wann bis wann（那門課是從什麼時候到什麼時候？－從 10 點到 11 點 30 分。）
6. Bis wann（那間銀行開到幾點？－開到四點半。）

7. Wie lange（足球賽有多長時間？－90 分鐘。）
8. Wie lange（你們有多少時間？－半個小時。）
9. Wann/Um wie viel Uhr（你什麼時候／幾點就寢？－午夜的時候。）
10. Wie spät（現在幾點？－12 點 30 分。）

4.
1. am 2. in 3. am 4. um
5. mit（他搭公車去大學。） 6. in
7. um（他傍晚六點回家。）或 gegen（大約）
8. in（他吃完晚餐後，在自己的房間看一下電視。→ein bisschen 稍微、有點）
9. Am（週末時他去找女朋友 Birgit。）
10. ins（他們一起去看電影。）

5.
1. jeden（你每天晚上都在做什麼？－我都在寫作業。）
2. Jede（每天晚上我經常會聽音樂。）
3. Jeden（我們每年夏天都會去度假。）
4. Jeden（我們每天打網球。）
5. jedes（我每個週末都回家。）

LEKTION 11

1.
dreizehnte Januar/Erste (13.1.)
achte Februar/Zweite (8.2.)
fünfzehnte Juli/Siebte (15.7.)
einunddreißigste August/Achte (31.8.)
siebzehnte September/Neunte (17.9.)
vierte Oktober/Zehnte (4.10.)
elfte November/Elfte (11.11.)
fünfundzwanzigste Dezember/Zwölfte (25.12)

2.
1. am vierzehnten April Geburtstag
2. am zwanzigsten Mai Geburtstag
3. am einunddreißigsten Juli Geburtstag
4. am sechzehnten Oktober Geburtstag
5. am siebenundzwanzigsten Dezember Geburtstag

3.
1. Der zwanzigste März ist Frühlingsanfang.
2. Der siebte Sonntag nach Ostern ist Pfingstern.
3. Der erste Mai ist Maifeiertag.
4. Der neunte Mai ist Muttertag.
5. Der dritte Oktober ist der Tag der Deutschen Einheit.
6. Der elfte November ist der Beginn der Faschingszeit.
7. Der sechste Dezember ist Nikolaustag.
8. Der vierundzwanzigste Dezember ist Heiligabend.

4.
1 Anstatt 或 Statt
2. Trotz（即使下雨了，我們還是在散步。）或 Während（下雨的期間，我們在散步。）
3. Trotz（即使下雨了，他還是去游泳池（游泳）。）
4. Während   5. Wegen

5.
1. Ich rufe dich während der Fahrt an 或是（如果先使用介系詞句時）Während der Fahrt rufe ich dich an.
2. Trotz des Regens gehen wir spazieren.

3. Trotz der Erkältung geht er ins Schwimmbad./ Er geht trotz der Erkältung ins Schwimmbad.
4. Während der Fahrt liest er die Zeitung.
5. Wegen der Hausaufgaben spiele ich nicht./Ich spiele nicht wegen der Hausaufgaben.

LEKTION 12

1.
1. es（das Heft 筆記本）
2. er（der Rucksack 背包）
3. sie
4. sie（der Bleistift（鉛筆）的複數形, die Bleistifte）
5. ihn（der Pullover 是陽性名詞，人稱代名詞主格是 er，第四格是 ihn）

2.
1. einen
2. eine（A: 你有帶影印卡嗎？→dabeihaben 持有，攜帶 B: 嗯，你需要一張（影印卡）嗎？
3. eine   4. eins
5. welche（der Apfel, die Äpfel／一開始的對話出現複數名詞時，經常以無冠詞的方式介紹。因為是複數名詞，所以不定代名詞是 welche）
6. einen   7. welche   8. welche   9. einer
10. eins（Brötchen [小麵包] 是單複數同形）。davon 是「從中、其中」的意思。

3.
1. keins   2. keine
3. Keiner（Freunden 是 der Freund 的複數形第三格→einer von meinen Freunden 我朋友中的一位／eine der Studentinnen 那些女大學生中的一位學生→[例句中文]：我的朋友之中，沒有一個人會講中文。）
4. keine   5. keinen

4.
1. Der   2. Die   3. Das   4. Die   5. den

LEKTION 13

1.
1. will   2. kann   3. muss   4. soll
5. darfst   6. sollen

2.
1. Willst du am Wochenende uns besuchen?
2. Können Sie mir helfen?
3. Er kann Tango seht gut tanzen.
4. Michael möchte nächstes Jahr eine Reise machen.
5. Wollt ihr im Sommer wieder nach Madrid fahren?（在一個句子裡，時間名詞擺在場所名詞前面。）

3.
1. Giselas Fahrrad ist kaputt. [Gisela 的腳踏車壞掉了。（人名的所有格會直接在字尾加上 s 來表示，或以 von＋人名的方式來表示）]

2. Hast du den Schlüssel des Zimmers?
3. Ich brauche die Telefonnummer der Universität.（陰性名詞的定冠詞第二格和第三格是 der。）
4. Kennen Sie die Eltern des Jungen?（der Junge（小男孩）的第二格、第三格、第四格都是 Jungen。）
5. Der Wagen des Polizisten ist hier.（如同 der Polizist 一樣，「-ist 形」的陽性名詞，除了主格以外，所有的名詞形語尾都是「-isten」。）

4.
1. einer Lehrerin
2. eines Kunden（Kunde 是陽性名詞，第二格、第三格、第四格是 -n。）
3. des Jungen   4. des Buchs
5. des Hauses

5.
1. Opas Hut（爺爺的帽子）
2. Die Landkarte Deutschlands（德國的地圖）；（die Flüsse Deutschlands 德國的江河）
3. Boris' Café（Boris 的咖啡廳→固有名詞的所有格語尾是 s, sch, ts, x, z 時，只需標記「'」。）
4. Goethes Werke（Goethe 的作品→不是 Goethe's Werke。）
5. Max' Garten

LEKTION 14

1.
1. bis zur（請您到交叉路口為止再左轉）

2. zum [Es ist weit von hier 意指「離這裡很遠」。此時，es 是表示距離的非人稱主格。], mit
3. gegenüber
4. bis zum（請繼續直走到電影院。）
5. bis

2.
1. geh   2. trinken   3. Fahr   4. Iss
5. Sei（你很吵，拜託你安靜一點。）

3.
1. Hab（ich helfe dir. 是對第二人稱 du 的命令形）
2. Lies   3. seht, fern   4. nimm, mit
5. hört, zu（Inge 和 Petra，仔細聽好了！→是對第二人稱複數 ihr（你們）的命令形；zuhören 聽，傾聽）

4.
1. Komm, kommt
2. Warten, warte, wartet
3. Essen, iss   4. Schlaf   5. Seien, sei
6. fahr, fahrt   7. sprechen Sie, sprich
8. Gib, Gebt   9. sieh   10. geht, aus

5.
1. Ich gehe bis zum Rathaus.（或是 Ich fahre bis zum Rathaus.）
2. Komm doch bitte bis neun Uhr!
3. Wir wohnen gegenüber der Post.（或是 Wir wohnen der Post gegenüber.）
4. Sprechen Sie bitte langsam!
5. Ruf mich doch an!（或是 Ruf mich doch mal an! / Ruf mich bitte an!）

LEKTION 15

1.
1. mich   2. mir   3. mich   4. dich   5. dir
6. sich   7. mir   8. euch   9. uns   10. dir

2.
1. Ich wasche mir die Hände
2. Putzt du dir heute nicht die Zähne?
3. Zieh dich warm an! Es ist kalt.
4. Ich wasche mir das Gesicht.
5. Morgen treffe ich mich mit meiner Freundin.（我明天要和女朋友見面。→「sich treffen mit 人」意指「和…見面」）

3.
1. wird   2. wird
3. willst, werden?（你想當什麼？）, will, werden
4. werden（in Urlaub Fahren 去度假→我們下週要去度假。／Wir fahren nächste Woche in Urlaub. 我們下週去度假。）
5. Werdet（你們明天打算再看一次那部電影嗎？）

4.
1. Wofür, dafür   2. Mit wem, womit
3. Auf wen（誰）, auf sie
4. Woran   5. Worüber

LEKTION 16

1.
1. Nach（如果在這裡使用 vor，不符合句子的內容。）
2. vom（Bahnhof 是陽性名詞，因此 vom 是 von dem 的縮寫形）   3. (Bei)m
4. (bei)m（如果寫成 bei dem Fahrer 的話，表示「向那位司機」的意思）
5. (zu)m（此為 zu dem 的縮寫形，Rathaus 是中性名詞，也就是 das Rathaus。zu 是第三格支配介系詞，因此 zu 之後會出現受格 dem Rathaus。）

2.
1. zum   2. ins   3. ans
4. am（如果動詞是 setzen，就會是 ich setze mich ans Fenster。）
5. im（das Regal 書架）

3.
1. den   2. dem   3. die（他去圖書館。）
4. der（他在圖書館念書。）
5. das（Mina 去那間電影院。／Mina geht ins Kino. 表示「Mina 去看電影。」／Mina geht in ein Kino. 表示「Mina 去某間電影院。」→ins Kino gehen. 去看電影）

4.
1. den   2. dem   3. die
4. der（那張海報掛在牆上。）
5. das（她把那些 CD 放在書架／書櫃上。→如果要說「放在書櫃」時，則是 aufs Regal。）
6. dem

5.
1. die   2. den
3. deren（後面的名詞是 Sohn，也就是陽性名詞，所以第二格關係代名詞後面不加語尾。關係代名詞第二格後面，不管出現什麼名詞，關係代名詞第二格本身不需要加任何語尾。）
4. der（關係子句的動詞是 helfen，因為是第三格支配動詞的關係，受格會使用關係代名詞第三格。）
5. mit dem

LEKTION 17

1.
1. moderne   2. schönes
3. teurer（注意：不是 ein teuerer Rock）
4. praktische   5. nette

2.
1. neuen
2. alten（我昨天和一位老朋友見面。→「sich treffen mit＋人」（和…見面）是事先約好再見面的表達。）
3. hohe（不可以說成 hoche）
4. starken   5. kleinen

3.
1. (zweit)en（我住在二樓。→注意：相當於我們的三樓）
2. (schmal)es（他是細長臉）, (klein)en
3. (jung)e, (schwarz)en（穿著黑色裙子的那位年輕女子在那邊。）
4. (dick)en, (blau)en

A: 你認識那邊那位男生嗎？
B: 你說哪一位男生？（meinen 指的是）
A: 我是說穿著藍色褲子的那位胖胖的男生。

4.
1. vierten（我們住在四樓。）
2. großen（附近沒有大間的超市。）
3. neuer   4. kleinen   5. braunen

5.
1. Was für（因為 Schuhe 是複數名詞的關係，所以不會是 was für ein-。）, Leichte（輕便的運動鞋）
2. Was für ein（das Hemd 襯衫）, dunkles（棉質的黑色襯衫）, graue（灰色）
3. A: Welcher   B: rote
4. B: Welches（您想要這邊的哪種字典？）
   A: kleine (=Dieses kleine Wörterbuch)

LEKTION 18

1.
1. billiger/günstiger/schöner   2. billiger
3. billiger/günstiger/schöner
4. weniger（慕尼黑下的雨比漢堡還要少。）
5. ruhiger（更安靜的）／billiger（更便宜的）／günstiger（更便宜的）／schöner（更美麗的）
6. freundlicher（前任社長比新任社長更親切。）

2.
1. näher
2. höher（珠穆朗瑪峰比馬特洪峰更高。）
3. länger   4. warm

371

5. größer（汽車開越快，危險越大。）
6. kürzere

3.
besser, schwerer, älter, älter, mehr（不是 vieler。請注意 viel, mehr, meist）

4.
1. bessere 2. größere 3. billigere
4. Schöneres（注意：「etwas 形容詞的名詞形」和「nichts 形容詞的名詞形」語尾會是 -es。因為在比較級形態中也是一樣的，所以不是 nichts Schönes，而是 nichts Schöneres。）
5. breiteren（breit 寬敞的）

5.
1. kältesten
2. geeignetesten（最適當的）
3. schlimmste
4. mehreren（viel 的比較級是 mehr，在做形容詞語尾變化時，會以 mehrer- 的詞根來進行變化。）
5. modernsten 6. kürzeste
7. neueste 8. netteste

LEKTION 19

1.
1. Der Student hat den Professor gefragt.
2. Ich habe einen DVD-Player gekauft.
3. Sven hat ein Zimmer gesucht.
4. Jasmin hat Musik gehört.
5. Mina hat eine Fahrkarte bestellt.

2.
1. Was hat das Kind seiner Mutter gezeigt?
2. Was hast du dort gemacht?
3. Wir haben Fußball gespielt.
4. Der Mann hat das Auto repariert.
5. Ich habe das Zimmer aufgeräummt.

3.
1. Peter hat mir einen Brief geschrieben.
2. Hans hat immer langsam gesprochen.（Hans 的話總是慢慢地説。）
3. Wir haben heute Abend Fleisch gegessen.
4. Astrid hat die Zeitung gelesen.
5. Haben Sie jeden Tag viel Wasser getrunken?

4.
1. Olaf hat zu viel ferngesehen.
2. Ich habe dich angerufen.
3. Gisela hat ihre Freunde zum Geburtstag eingeladen.
4. Der Spielfilm hat gerade angefangen.
5. Sie haben sich nie wiedergesehen.（他們再也不見面了。）

5.
1. Ich bin zwei Tage in Paris geblieben.
2. Wann seid ihr aus Deutschland zurückgekommen?
3. Petra ist nach Haus gegangen.
4. Herr Schmidt ist mit dem Auto gefahren.
5. Mein Bruder Fritz ist Lehrergeworden.（我哥當上了老師。）

LEKTION 20

1.
1. Herr Kim hatte Probleme.
2. Ich wollte unbedingt den Film sehen.（我（之前）一定要看那部電影。）
3. Warst du bei deinen Eltern?

2.
1. Der Professor antwortete dem Studenten.
2. Jasmin hörte Musik.
3. Mina bestellte eine Pizza.
4. Mein Bruder lernte fleißig.
5. Wann öffnete das Geschäft?

3.
1. Wir nahmen ein Buch aus dem Regal.
2. Wir aßen zu Mittag.（我們吃了午餐。）
3. Petra traf Min-gu am Bahnhof.
4. Astrid las die Zeitung.
5. Der Mann half einer Dame.

4.
1. Olaf sah zu viel fern.
2. Ich rief dich an.
3. Gisela lud ihre Freunde zum Geburtstag ein.
4. Der Unterricht fing gerade an.
5. Wie gefiel dir der Film?
6. Ich verstand dich nicht.

5.
1. Die Mutter brachte das Kind ins Krankenhaus.
2. Der Franzose dachte immer an seine Heimat.（那位法國人總是想到故鄉。）
3. Ich kannte Herrn Schmidt nicht.
4. Konntest du nicht mitkommen?
5. Frau Rupp wusste es nicht.（Rupp（之前）不知道那個。）

LEKTION 21

1.
1. wäre   2. wäre   3. wär(e)st   4. käme
5. hätte

2.
1. wäre, würde   2. hätte, würde
3. groß wäre, würde（或是 könnte）
4. hätte, würde
5. könnte, könnte/würde（注意：Ich spreche nicht gut Deutsch 是「我不太會說德語。」的意思，若要表達「如果我德語講得很好」，就必須使用虛擬二式。但 Wenn ich gut Deutsch Sprechen würde/könnte 會變成「如果我説德語的話」的意思，語感比較不自然。）

3.
1. wär(e)st   2. hättest
3. hättest, gehört（你沒聽我的話。／如果你能聽我的話就好了。）
4. dürfte   5. gäben/geben würden

4.
1. Hättest   2. Dürfte   3. Würden, helfen
4. Wäre

5.
1. Er darf nicht Auto fahren, weil er zu viel Wein getrunken hat.
2. Ich werde dich anrufen, wenn Manfred nächste Woche zu mir kommt.
3. Ich weiß nicht, ob Elias mit dem Fahrrad zur Uni fährt.
4. Gerd hat mir geschrieben, dass er nächsten Monat nach Taiwan fliegt.

5. wenn   6. Bevor
7. während/wenn
8. Während（我們去學校的路上遇到了 Marion。）

LEKTION 22

1.
1. um, zu
2. damit（因為主要子句和子句的主格相同，所以這種情況，子句可以是「um Appetit zu bekomen」。）
3. weil   4. weil   5. damit

2.
1. Bevor   2. Bevor（abheben 領錢）
3. damit（den Fahrtest bestehen 駕照考試合格）
4. weil   5. während

3.
1. wenn   2. Wenn   3. weil   4. weil
5. weil   6. Während.

4.
1. weil   2. damit, weil   3. bevor
4. weil（我因為那邊那件夾克很小件的關係，所以買這件夾克。→die 是指示代名詞）

374

語言學習NO.1

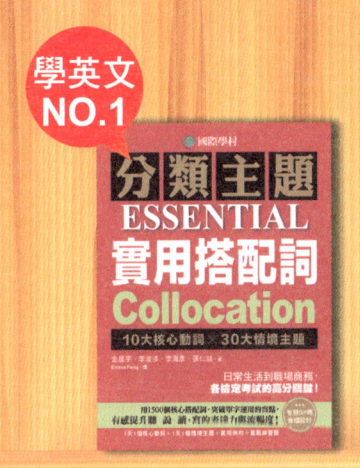

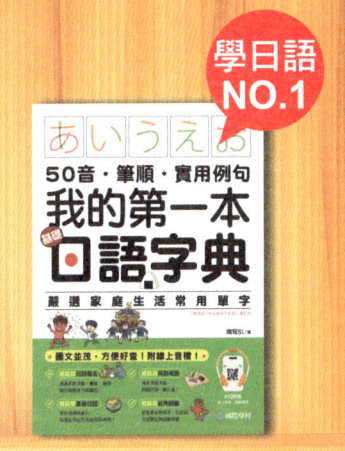

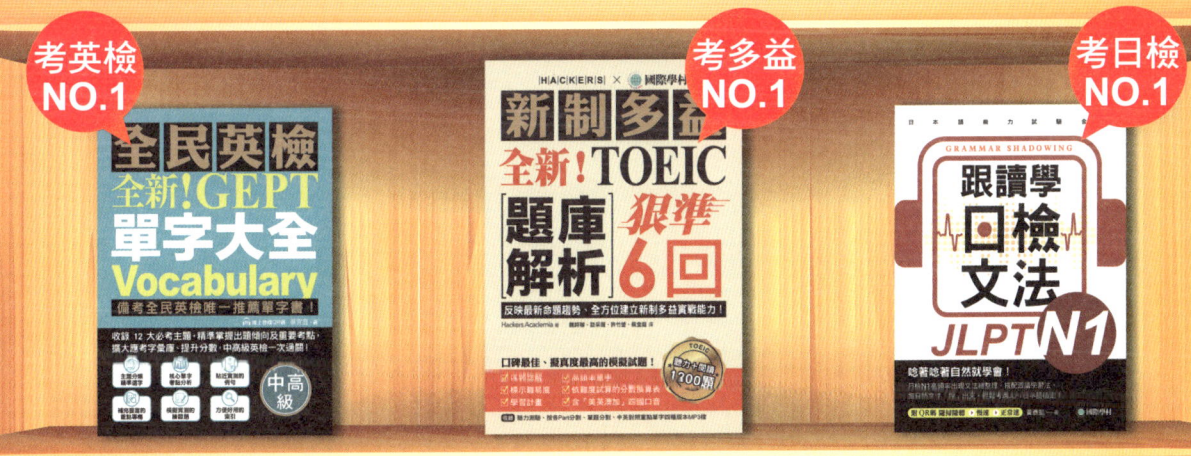

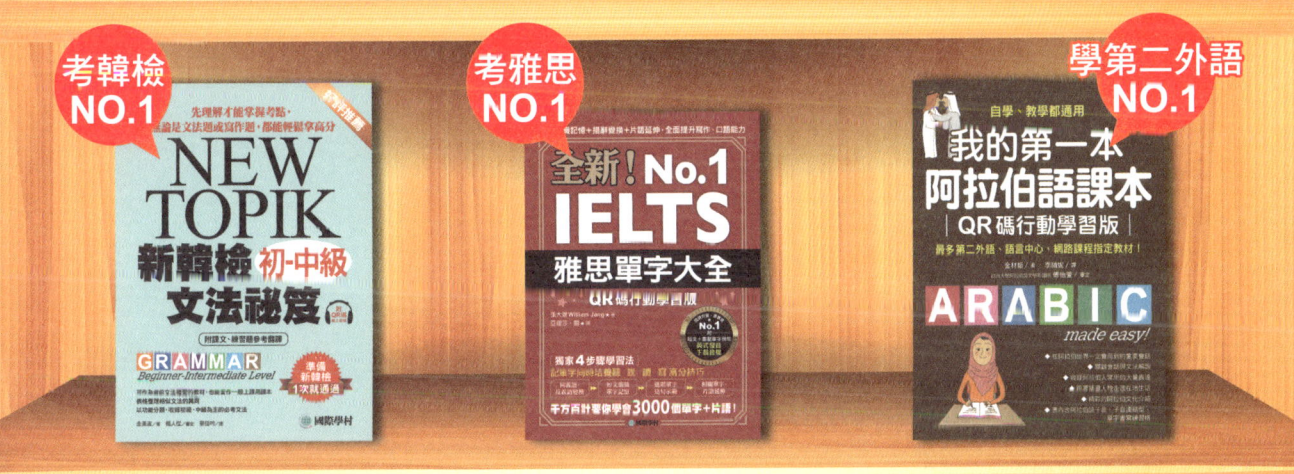

國際學村 | **LA PRESS 語研學院 Language Academy Press**

- 學英文 NO.1：分類主題 ESSENTIAL 實用搭配詞 Collocation
- 學韓語 NO.1：我的第一本韓語40音
- 學日語 NO.1：我的第一本日語字典
- 考英檢 NO.1：全民英檢 全新！GEPT 單字大全 Vocabulary
- 考多益 NO.1：新制多益 全新！TOEIC 題庫解析 狠準6回
- 考日檢 NO.1：跟讀學日檢文法 JLPT N1
- 考韓檢 NO.1：NEW TOPIK 新韓檢 初-中級 文法秘笈
- 考雅思 NO.1：全新！No.1 IELTS 雅思單字大全
- 學第二外語 NO.1：我的第一本阿拉伯語課本 ARABIC made easy!

台灣廣廈 國際出版集團
Taiwan Mansion International Group

國家圖書館出版品預行編目(CIP)資料

我的第一本德語課本 / 朴鎭權著. -- 修訂一版.
-- 新北市：國際學村, 2025.09
　面；　公分.
ISBN 978-986-454-330-4（平裝）
1.CST: 德語　2.CST: 讀本

805.28　　　　　　　　　　　112022146

國際學村

我的第一本德語課本【QR碼行動學習版】

作　　　者／朴鎭權	編輯中心編輯長／伍峻宏・編輯／古竣元
譯　　　者／呂欣穎	封面設計／何偉凱・內頁排版／菩薩蠻數位文化有限公司
審　　　定／張秀娟	製版・印刷・裝訂／東豪・弼聖・秉成

行企研發中心總監／陳冠蒨
媒體公關組／陳柔彣
綜合業務組／何欣穎

發　行　人／江媛珍
法　律　顧　問／第一國際法律事務所 余淑杏律師・北辰著作權事務所 蕭雄淋律師
出　　　版／國際學村
發　　　行／台灣廣廈有聲圖書有限公司
　　　　　　　地址：新北市235中和區中山路二段359巷7號2樓
　　　　　　　電話：(886) 2-2225-5777・傳真：(886) 2-2225-8052
讀者服務信箱／cs@booknews.com.tw

代理印務・全球總經銷／知遠文化事業有限公司
　　　　　　　地址：新北市222深坑區北深路三段155巷25號5樓
　　　　　　　電話：(886) 2-2664-8800・傳真：(886) 2-2664-8801
郵　政　劃　撥／劃撥帳號：18836722
　　　　　　　劃撥戶名：知遠文化事業有限公司（※單次購書金額未達1000元，請另付70元郵資。）

■出版日期：2025年09月　　ISBN：978-986-454-330-4
　　　　　　　　　　　　　　版權所有，未經同意不得重製、轉載、翻印。

"만만한 세계도전, 독일어 첫걸음"
Copyright ©2015 by JIN KWON PARK
All rights reserved.
Original Korean edition published by Moonyelim Pubilshing Co.
Chinese(complex) Translation rights arranged with Moonyelim Pubilshing Co.
Chinese(complex) Translation Copyright ©2025 by Taiwan Mansion Publishing Co., Ltd.
Through M.J. Agency, in Taipei.